雪の女

イネン

ロースベリ館。有名なセラピストである女主人エリナが女性限定のセラピーセンターを開設，敷地内に一切の男性の立ち入りを認めず，かつて物議を醸した。エスポー警察の巡査部長マリア・カッリオは，依頼されてそのロースベリ館で講演をおこなう。数週間後，エリナが行方不明になり，館から離れた雪深い森の中で死体で発見された。彼女はなぜ厳寒の中，ガウンとパジャマという格好でそんなところにいたのだろうか？　当時館に滞在していたのは，なにやら訳ありげな女性ばかりで……。北欧フィンランドを舞台に，小柄な女性警官マリアが事件を追う。

登場人物

マリア・カッリオ……エスポー警察の巡査部長
アンティ・サルケラ……マリアの夫
ユルキ・タスキネン……エスポー警察の警部
ペルッティ（ペルツァ）・ストレム……同、警部補
ユハニ・パロ……同、巡査部長
プーッポネン……同、刑事
ピヒコ……同、刑事
アッキラ……同、刑事
ハイカラ……同、刑事
エリナ・ロースベリ……ロースベリ館の女主人。セラピスト
アイラ・ロースベリ……エリナのおば
ヨーナ・キルスティラ……エリナの恋人。詩人
クルト・ロースベリ……エリナの父。故人
ヨハンナ・サンティ……古レスタディウス派の信者
レーヴィ・サンティ……ヨハンナの夫

アンナ・サンティ……………………ヨハンナの長女
マイヤ＝レーナ・ユリ＝コイヴィスト……ヨハンナの妹
ミッラ・マルッティラ……………………ストリッパー
ラミ・サロヴァーラ……………………ミッラが働く店のオーナー兼経営者
ニーナ・クーシネン……………………音楽学校の非常勤講師
ヘイディ・クーシネン…………………ニーナの母。故人
マルッティ・クーシネン………………ニーナの父
タルヤ・キヴィマキ……………………公共放送ＹＬＥの政治記者
カリ・ハンニネン………………………アストロセラピスト
マルック・ハルットゥネン……………脱獄囚

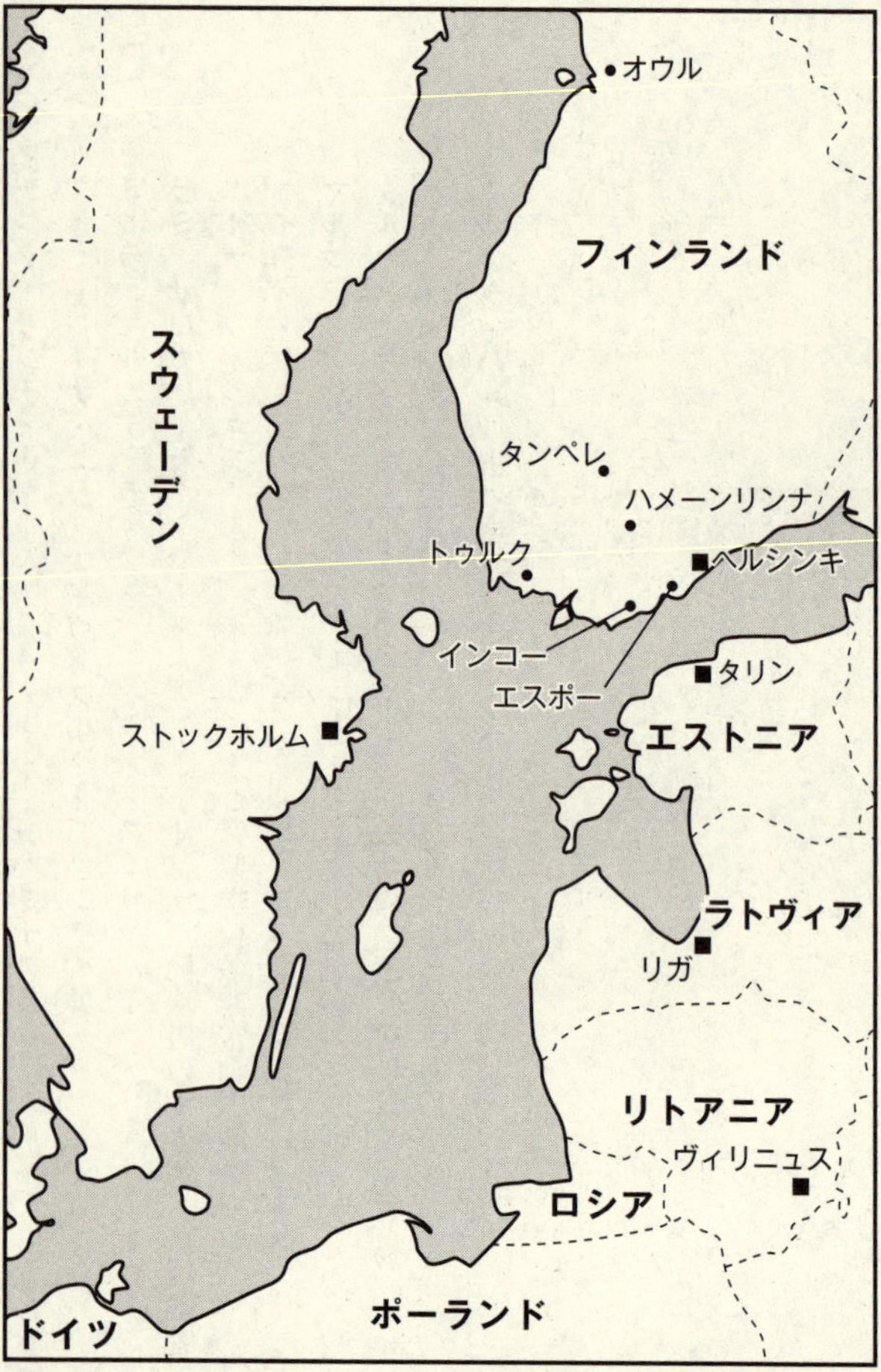
オウル
フィンランド
スウェーデン
タンペレ
ハメーンリンナ
トゥルク
ヘルシンキ
インコー
エスポー
タリン
ストックホルム
エストニア
ラトヴィア
リガ
リトアニア
ヴィリニュス
ロシア
ポーランド
ドイツ

雪の女

レーナ・レヘトライネン
古市真由美訳

創元推理文庫

LUMINAINEN

by

Leena Lehtolainen

Original edition published by Tammi Publishers
This book published in Japan
by TOKYO SOGENSHA Co., Ltd.
Japanese edition published by arrangement with
Tammi Publishers & Elina Ahlback Literary Agency, Helsinki, Finland
through Japan UNI Agency, Inc., Tokyo

雪の女

プロローグ

わたしと、目の前に立っている裁判官と、どちらがひどく緊張していただろう。大学で同期だったリーナが結婚式を執《と》り行うのは、彼女が裁判官になって以来これが初めてだった。式を始めたとき、リーナの頬がぴくぴくと震えているのがわかった。だけど、わたしだって結婚するのは初めてだ。両足が泥でできているみたいで力が入らず、並んで立つアンティとつないだ手からは汗が滝のように流れて、ヴィラ・エルフヴィークの広間の床に滴り落ちた。

「マリア・クリスティーナ・カッリオ、あなたはアンティ・ヨハンネス・サルケラを夫とし……」

民事婚の式でも宣誓する必要があるなんて、すっかり忘れていた。とっさに言葉が出ずに口ごもるわたしを、アンティがちらちらと横目で見ている。やっぱりやめる、と言い出すんじゃないかと思ったのだろう。どうにか誓いの言葉をのどの奥からしぼり出すと、それで安心したのか、アンティも大きな声で宣誓した。あまり大声だったのでリーナがたじろいでしまったほどだ。後でゲストに聞いたところでは、式次第に滞《とどこお》りがあったなんて誰も気づかなかったらしい。

わたしたちが夫婦になったことをリーナが宣言すると、アンティとわたしはゲストのほうへ向き直り、キスを交わした。みんながお祝いの言葉をかけにきてくれる。結婚式はできる限り形式ばらないものにしたいというのがわたしたち二人の考えだった。アンティが教会に所属していないこともあって、民事婚はごく自然な選択肢だった。わたし自身、宗教に対して確固たる信念を持っているわけではなく、べつに教会の祝福を受けたいとも思わなかったのだ。

ゲストの列は途切れることなく続いた。双方の両親、きょうだい、それから友人たち。以前ヘルシンキ警察で一緒だったペッカ・コイヴはわたしを高々と抱き上げ、アンティに向かって半ば真顔で言った。

「マリアのことは頼んだぞ」

わたしの職場のみんなは妙に静かだった。直属の上司、エスポー警察暴力・常習犯罪捜査課の警部ユルキ・タスキネンは、作法どおりに祝福の言葉を述べてくれた。同僚代表として選ばれたパロとストレムは、おめでとうと言いながらその顔は困惑気味だった。結婚によって仕事の効率が落ちるとでも思っているみたいだ。おまけに、タスキネンがアンティと握手を交わした直後、タスキネンのポケットで携帯電話が鳴り出した。

「強姦事件じゃないことを祈るわ。いまは現場に行けないもの」

パロに向かってため息まじりに言うと、ちょうどアンティと握手していた彼の大学の同僚が、ぎょっとした表情でわたしの顔をまじまじと見つめてきた。

握手を続けながら、席を外していたタスキネンが戻ってきたのを目の隅に認めた。課の責任者が現場に行くほどの事件ではなかったのだろう。何があったのか知りたい気持ちを抑え、目の前のゲストのことだけを考えようと努めた。二週間かそこらの結婚休暇の間に、仕事が逃げていってしまうことはないはずだ。

女性の中には、少女のころこそ結婚式に憧れを抱くものの、やがて白いヴェールとリッチな男性だけが人生の主たる目的じゃ物足りないと気づいてしまう、そういうタイプがいる。わたしもその一人だった。十五歳から三十歳になるころまで、ずっとシングルを宣言し続けてきたのだ。アンティ・サルケラにプロポーズされたとき、わたしにイエスと言わせたのはいったいなんだったのだろうと、いまでも不思議に思うことがある。アンティを愛していないのではない。ただ、自由のほうをもっと愛しているだけだ。勤務形態の不規則な警察官の仕事も、わたしはかなり気に入っていた。

「あなたの姓はまだカッリオなの?」

アンティの姉さんに訊かれた。

「ぼくたち、夫婦別姓にしたんだよ」

すかさずアンティが答えた。タキシード姿のアンティは、普段より一段と痩せて背が高くなったようだ。フォーマルな服装に抵抗するように、黒い髪を肩に垂らしている。わたしのいでたちはさらに正装らしからぬものだった。確かにドレスの裾は長く、色もアイボリーホワイトだけど、ドレスを飾っているのは、血のように赤いバラのコサージュをつないだ花綱だ。花綱は髪にも届き、バラの一輪が髪飾りになっている。手袋と靴もカジュアルな赤だった。十歳のマリアがこの花嫁衣装を見たら大満足とはいかないかもしれないが、今日のゲストの目には問題ないと映っているようだった。

「いつもと違う格好も、なかなかいいじゃないか。きみときたら年がら年中ジーンズだし、たまにスーツを着てるかと思えば決まって同じやつだしな」

ゲストのテーブルをまわるわたしたちが同僚たちのところで席に着くと、パロがおどけて言った。パロの隣でペルッティ・ストレムがにやにやしている。何年か前、ある殺人事件に関わったわたしは、革のミニスカートと網タイツに身を包んだ姿を彼に見られているのだ。

「例のヴィレンの件の報告書は、おれのデスクに置いてあるか?」

ストレムに訊かれたが、わたしが返事をする前に、タスキネンが厳しい表情で口を挟んだ。

「ペルッティ、仕事の話はなしだ。マリアの結婚式だろう」

「報告書ができてなければ、新婚旅行の最中にでも邪魔することになりますよ」

ストレムは吼えるように言い返した。

「ご心配なく、ちゃんとあなたのデスクに置いてあるわよ」

とろけんばかりの優しい声で言って、アンティと次のテーブルへ移った。ストレムは四六時中わたしのあら探しばかりしている。どうして彼が式に出席する気になったのか、謎だった。わたしとペルツァことペルッティ・ストレムは、うまくいったためしがないのだ。

披露宴のディナーはすばらしく美味だった。なにしろ朝からなにも食べていなかったのだ。両家の父親や友人たちが、お決まりのジョークを飛ばし合っている。アンティは趣味のヨットで岩《カツリオ》にぶち当たったってわけだ、だの、往年の悪党の〝どでかいアンティ《イソ・アンティ》〟も逮捕されて手錠をかけられたよな、だの。さすがに聖処女マリアを話題にする人はいなくて、ほっとした。新婚のワルツは、身長二メートル近い男性と小柄な女性のカップルとしては、それなりにうまくいった。ちょうどパロと組んで踊っていたとき、ペルツァが近づいてきてわたしたちのステップを止めた。

「ライティオがトゥルク空港で拘束された。身柄を引き取りにいく必要がある」

それ以上の説明は不要だった。わたしたちの課が長いこと追ってきた、麻薬密売組織の重要人物の一人だ。この男は数週間前から地下に潜伏しており、すでに国外へ逃亡してしまったのではないかと疑い始めていたところだった。

「新婚初夜はお預けにして、トゥルクへ来たらどうだ。どうせ今夜やることなんぞ、おまえには目新しくもないだろうが」

ペルツァの口調は、彼としても珍しいくらいとげとげしかった。

「あら、公式には今夜が生まれて初めてよ」

同じ調子で言い返し、帰り支度を始めた上司と同僚に気をつけてと声をかけた。タスキネンは去り際にわたしの手を握り、パロはおずおずと抱き締めてくれさえした。最後に残ったペルツァがわたしの耳元にささやいた。

「警察官だって、結婚してみてもかまわないさ。だがな、ろくな結果になりゃしない。おまえ、自分の結婚式だっていうのに、仕事のために抜け出したくなっているだろう。そんな女を望む男なんか、一人もいないぜ」

「ご親切に、忠告をどうもありがとう、ペルツァ」

わたしは甘い声でささやき返し、ペルツァの頰に大きな音を立てて赤い口紅の跡をつけてやった。たじたじとして退散するペルツァを見送りながら、わたしは考えていた。もしかして、彼の言ったとおりなのだろうか。けれど、アンティにダンスフロアへとさらわれて、その夜はもう、そんな疑問などすっかり忘れてしまったのだった。

1

吹きすさぶ風がフィアットの小さな車体を揺さぶり、フロントガラスに雪を叩きつけてくる。今年の十二月は、冬らしい天候の日が例年になく多い。時刻はまだ午後三時だが、あたりはもうほとんど真っ暗だ。ヌークシオ地区なんてしょっちゅう訪れているのに、ヌークシオンティエ《り》が急にぜんぜん知らない道みたいに見えてくる。わたしは教わった道順を頭の中で繰り返《通》した。ピトカヤルヴィ湖のカーブを過ぎて少し行ったら右折して、それから二回続けて左折。最後の小道は狭くて雪が積もっているかもしれない。トランクに雪かきシャベルを入れておいてよかった。

けれども結局、車を停める必要は一度もなかった。ローズベリ館へ通じる小道は、きれいに除雪されていたからだ。丘の上で、館の窓の明かりが輝いている。バラ色の石で築かれた門へと続く上り坂には、滑り止めの砂まで撒かれていた。夏のローズベリ館はきっと美しいに違いないけれど、いまは敷地を取り囲む塀の周りにとげだらけのバラの茂みが突っ立っているだけだ。

門扉はぴったりと閉ざされていた。その上に掲げられた看板の文字も、お世辞にも友好的とはいえなかった。何年か前、ローズベリ館にセラピーセンターが設立されたころ、大いに物議を醸《かも》した看板だ。〈男子禁制〉。看板には愛想のない黒い文字でそう書かれていた。門柱の上で雪をかぶっている、猫ほどの大きさの熊の石像のほうが、よほどわたしを歓迎してくれている気がした。

ローズベリ館の当主エリナ・ローズベリは、敷地の中に男性を一切受け入れていない。彼女はここでセラピーのコースや護身術のクラスを開いているが、受講者は女性限定だ。館の修繕が必要なときも、女性の配管工や左官を手配しているらしい。今回、〝精神的護身術〟のクラスに講師として警察官を招きたいと考えたローズベリは、女性を指定してきたのだった。

わたしが勤務するエスポー警察では、数年前から対外的な広報活動にかなり力を入れている。小中学生向けに署員の写真を印刷した〝キロ地区のおまわりさん〟カードを作成して配ったし、さまざまなイベントに喜んで出掛けていき、警察官の職務について講演をしたり、啓蒙活動をおこなったりしていた。そんなわけで、エリナ・ローズベリから、女性を標的とした犯罪や女性と警察との関わり方について話のできる女性警察官に来てもらいたい、と依頼があったときも、エスポー警察はごく自然に受け入れたのだった。

『カッリオにぴったりの仕事じゃないか』課の休憩室で、ペルッティ・ストレムが笑いながら言った。『フェミニストどもに警察を信頼させようと思ったら、同類を送り込むのが一番だからな』

『男子禁制なのが残念だわ。男も入れてもらえるんだったら、あなたを連れていきたいのに。〝さあみなさん、警察官の中で最悪の男性優位論者の見本ですよ〟って』

すかさず言い返してやった。

『ペルツァが男性優位論者だって？　奥さんが働きに出るのもちゃんと許してやったじゃないか。まあ、その結果どうなったかは、みんなも知ってるとおりだけどな』

口を滑らせたパロにペルツァの拳が飛び、パロはあわててテーブルの下に逃げ込んだ。ペルツァは冗談めかしたふりをしていたが、心の中では本気だったと思う。数年前の離婚は、彼にとってはいまだに触れてほしくない話題なのだ。

わたしは、女性警察官の職務についても、女性が警察と関わりを持たねばならないケースについても、できる限り具体的なイメージを持ってもらえるよう講演の準備をしていた。問題は、今回はどんな人たちを相手に話をすることになるのか、わからないことだ。ロースベリ館は、世間から過激なフェミニストたちの牙城というレッテルを貼られている。館で開かれる講座の一部が、女性問題連合組合やＳＥＴＡ（同性愛者や性転換者など性的少数者の人権保護を目的とする団体）との共催だったから、なおさらだった。わたしはどちらの団体にも登録しているが、メンバーには実にさまざまな人たちがいる。ことによると、今日のわたしは警察官という職業を弁護する立場に立たされるかもしれない。年金生活者やマルッタ協会（家庭生活の質の向上を目指し十九世紀に設立された婦人団体）の集まりに呼ばれて講演したこともあるけれど、今回はちょっと勝手が違いそうだった。

エスポー警察がわたしを署の代表として派遣したがるのは、わたしが古くさい警察官のイメージからかけ離れているせいでもあった。女性だということを脇に置いても、わたしの身長は百六十センチを少々上回る程度で、警察官としてはずいぶん小柄だ。どうにもまとまらない髪は生まれつきの赤毛で、その色を強調するためにいつもカラーを入れている。つんと上を向いた鼻の頭のそばかすは、幸い冬の間は姿を消していた。ボディラインは女性特有の丸みと筋肉の絶妙なブレンドだ。ぷっくりした唇と、子どもっぽい服装のせいか、いまだにお酒を買いにいくと身分証明書の呈示を求められることがある。もう三十代なんだけど。今日のわたしの服装はジーンズにポロシャツ、その上にメンズライクな仕立てのジャケットをはおっている。化粧で少しは大人っぽく見えていることを祈った。ローズベリ館の門の呼び鈴を鳴らそうと車を降りかけたとき、門扉はひとりでにするすると開いた。冬枯れのバラの茂みに埋め尽くされた庭へ、わたしは車を進めた。背後で門扉が閉まる音がした。その音に、なぜか脅威を覚えた。門は外からの脅威を閉め出すためにあるはずなのに。

　館の建物もやはりバラ色に塗られ、庭も館の外壁もバラで覆われていた。男子禁制のセラピーセンターが設立された当初は、この館に眠り姫のお城のイメージを重ねて揶揄《やゆ》する向きも多かった。〈フェミニストも結局は王子のキスを期待?〉。二大夕刊紙のどちらだったか、そんな見出しが紙面に躍ったものだ。聞いたところでは、バラを植えたのはエリナ・ローズベリの曾祖母だったという。

　白い縁取りのある扉の前で待っていたエリナ・ローズベリは、わたしの手をしっかりと握った。彼女はわたしより二十センチほど背が高く、肩幅が広くて胸が豊かだったが、体つきはほっそりしていた。ショートカットの金髪が風に巻き上げられ、横からの光に照らされて、細く鼻筋の通った大ぶりな鼻の形と頬骨の高さが際立って見える。ジーンズと使い込んだスエードのジャケットといういでたちでいてさえ、エリナ・ローズベリは由緒ある館の女主人そのものだった。彼女の声は低く、いまにも笑い出しそうな朗らかな響きを含んでいて、魅力的だった。「講演の前に、お茶でもいかが？」握手が済むとエリナは言った。「ホールはまだ、心身の緊張をほぐすエクササイズで使っているのよ」

わたしが講演をすることになっているクラスには、〝精神的護身術〟という講座名がつけられている。受講者はどんな人たちなのか尋ねてみた。

「珍しく大人数で、二十人ほどいるわ。この内容の講座は今回が初めてなの。みんなそれぞれに違う意見を持っていて、議論も活発よ」

わたしは広々としたダイニングキッチンに案内された。キッチンの隅に煉瓦《れんが》を組んだ昔ながらのオーブンがあって、あたりにぬくもりを放っている。わたしの目は無意識に、オーブンのへりに寝そべる猫を探していた。

「アイラ、カッリオ巡査部長にお茶をお願いできるかしら。わたしはちょっとホールへ行って様子を見てくるから」

エリナはそう言うと、〝カッリオ巡査部長〟と正式の肩書きで呼ばれて面食らっているわたしを残して、キッチンから出ていった。アイラと呼ばれた女性がオーブンの脇から立ち上がり、アイラ・ロースベリと名乗ってから、ひとこと付け加えた。

「エリナのおばですよ」

二人が血縁関係にあることは言われなくてもわかった。見た目がとてもよく似ている。アイラ・ロースベリは七十歳を過ぎているに違いなかったが、姪のエリナと同じくらい背が高く、背筋がすっと伸びているのも似ていた。鼻筋の通った大ぶりな鼻も、明るいブルーの目も、そっくりだ。ただ、髪の色合いだけは違っている。アイラ・ローズベリの銀髪は、スタイリッシュな鉄製ヘルメットのようだった。

紅茶は熱く、黒すぐりの味がした。わたしは隅に置かれたロッキングチェアに腰を下ろし、勧められたパンは断った。講演の内容を頭の中で確認しておこうと思ったけれど、つい目がアイラに引きつけられてしまう。彼女はグレーの縞模様がプリントされたマリメッコのエプロンをかけて、食器洗い機から皿を取り出しては戸棚にしまっていた。この人はローズベリ館のコック役を務めているのだろうか。アイラはわたしにかまわず、きびきびと無駄のない身のこなしで仕事を続けた。一度だけ、お茶のおかわりはいかが、と訊いてきただけだ。

ゆったりとした時間がずいぶん流れたような気がしたが、エリナが戻ってきたときに時計を見ると、たったの七分しか経っていなかった。

「もしよろしければ、こちらは準備が整っているわ」

エリナに案内されてホールに向かった。幅の広い階段を通り両開きの扉から出入りするホールは、かつてこの館の大広間として使われていた部屋なのだろう。バラの模様のタペストリーが壁を覆っていたが、つやつやした板張りの床に置かれているのはどっしりと古めかしい家具ではなく、移動の簡単な軽量の机と椅子で、壁際に集めてあった。エリナが演台とプロジェクターの場所を示してくれた。机の並べ方が学校の教室のようで、性に合わない。エリナが受講者たちに紹介してくれたので、それが済むとわたしは話し始めた。最初の数分間が過ぎると、軽い緊張も消えていつもの自分に戻ることができた。エリナは最前列に座って聞いていた。淡いブルーの瞳に水色のセーターが映り込んで濃い青に見えている。長い脚をおかしな格好で椅子の下に突っ込んでいて、グレーの毛糸のソックスの片方が紫色の糸で間に合わせに繕ってあるのが見えた。途中でアイラがそっと入ってきて後ろの席に着いた。エプロンを外し、グレーのフランネルのシャツと濃紺のベルベットのパンツだけになったその姿はどこか頼りなげだった。受講者たちはわたしの話に静かに耳を傾けてくれた。びっくりするほど興味を持ってくれている様子で、メモを取っている人さえいる。彼女たちは、ローズベリ館の〝精神的護身術〟の講座に来るのはきっとこういう女性だろうと想像していたとおりの人たちだった――平均年齢は三十五歳程度、ゆったりと楽な服装で、少なくとも半数は髪に赤系のカラーを入れている。ほぼ全員の耳にカレワラ・コルのブランドのピアスが揺れ、わたしと同じ、〈月の娘《クータル》〉シリーズの小ぶりのタイプをつけている人も二人いた。わたしがこの集団の中に入ったら、すっかり溶け込んでしまうに違いない。わたしを見分けて、あそこに警察官がいる、と指さすことはまずできないだろう。

そんな中で二人だけ、周りから浮いている女性がいた。二人のうち若いほうは、ダークパープルのメッシュを入れた髪をベリーショートに刈り上げて、化粧ときたら受講者全員を合わせたよりもっと濃かった。ほとんどの人が、おそらくは直前におこなわれたエクササイズのためだろう、スウェットスーツを着ているのに対し、メッシュの髪の彼女はヒップがかろうじて隠れるかどうかという超ミニ丈の黒いスカートをはき、その下でむっちりとした体がはじけんばかりだ。黒い革のジャケットを着て、足元はヒールの高い紫色のスエードのブーツで固めている。化粧で大人っぽく見せようとしているが、よく見れば彼女がまだ二十歳をいくつも過ぎていないことがわかる。ダークパープルの長い爪をつまらなそうに眺めていて、わたしの口から〝警察官〟という言葉が出るたびに反射的に顔をしかめた。

もう一人はげっそりと痩せこけた女性で、生まれてこのかた過酷な重労働にでも従事してきたかのようだった。色みのはっきりしないブロンドの髪をひっつめてきつく結い上げ、どんより曇った空にも似た灰色の瞳はどこか遠くを見つめている。年齢はよくわからない。年寄りじみた茶色のニットの上着に、やはり茶系のチェックのワンピースという服装では、誰だって老けて見える。わたしは、もっとそばに寄って彼女を見てみたい、彼女の声を聞いてみたいという衝動に駆られた。身じろぎもせずに座っているこの女性は、透明な泡に包まれて外界から遮断されているようだった。ほかの女性たちはわたしの話に笑ったり、互いに腕をつつき合ったり、目配せし合ったりしているのに、この二人だけは周囲にまったく溶け込まず、それぞれ自分だけの世界に閉じこもっている。メッシュの髪の女性は落ち着きなくわめき散らすような雰囲気を身にまとい、ひっつめ髪のほうは息苦しいほどの静けさに身を包んでいた。

ひととおり話し終えると、質疑応答に移った。このところ増加傾向にある、女性を狙った屋外での性犯罪について知りたいという声が上がった。当然のことだろう。

「警察の人は、暗くなってから一人で出歩かないようにとか、そんなことばかり言うけど」わたしと同い年くらいの赤毛の女性がちょっと怒った口ぶりで言った。「でもわたしは、自分にも家族にも都合のいい時間帯に、ゆっくりジョギングしたいの。主人が帰宅して、子どもたちは寝た後ってことよ。わたし自身は犯罪者でもなんでもないのに、どうしてこっちが犯罪者に振り回されなくちゃならないんですか?」

「まったく同感です。そんなことがあってはならないわね。ただ、避けられる危険は避けたほうがいいでしょう。ジョギングはいつもどんな場所で?」

真っ暗なさびしい場所をジョギングしているときに心を捕らえる恐怖には、わたしにも覚えがあった。ちょっと物音が聞こえただけで、道端の茂みに殺人者が潜んでいるのではないかとびくびくしてしまうのだ。ほかの受講者が、痴漢に襲われかけ相手に噛みついて逃げたことがあると話してくれた。同僚に体を触られ続け、思い余って職場のクリスマス・パーティーで相手の妻に事実を告げたところ、ようやく被害に遭わなくなったと打ち明ける人もいた。気がつくと、わたしはその場でセラピストのような役割を演じていた。女性たちはみんな、体験を告白することでわたしの中に自己を投影している。いたたまれない気分だった。わたしは警察官の職務について話をしに来ただけで、生き方のアドバイスなんかしてあげられないのに。そのとき受講者の一人が、とある男性警察官との体験を興奮した口調で話し始めたので、わたしはほっとした。その受講者の車が交差点で事故に巻き込まれたとき、男性の警察官が彼女の過失だと決めつけ、さらにはありがちなせりふで彼女を激怒させたという。『ご主人の車を奥さんがこんなにしちまって、ご主人が見たらなんとおっしゃるでしょうなあ』実際には、車は女性が自分の収入で買ったもので、夫は運転が荒いからとハンドルに触れることすら許していなかったのだ。話を聞く女性たちの間に、わたしのよく知っている空気が生まれていた。女同士の連帯感だ。やはりロースベリ館の中では自然と男が非難の的になるのだ。それに気づいて思わず苦笑してしまった。まさに、メディアが書き立てているとおりだわ。そのとき突然、ガタンと大きな音がして、警察官を相手にする際の実践的対応策を伝授しようとしたわたしの言葉は中断されてしまった。これまでずっと紫色の爪にマニキュアを重ね塗りすることに余念がなかったメッシュの髪の女性が、いきなり立ち上がってわめき出したのだ。

「ばかばかしすぎて聞いてられないよ！　車で事故ったって？　あらあら、お気の毒さま！　そんなことのために〝精神的護身術〟が必要ってわけ？　それともあんたたち、ほんとの問題がなんなのか、みんなの前でばらす勇気がないの？　ええ？」

彼女はつかつかと歩み寄ってきてわたしの前に立った。ムスク系の香水がきつく香った。厚塗りした色の明るすぎるファンデーションの下で、額の皮膚が汗をかいている。

「あたしはこれまでに何度もレイプされてきた。何度やられたか、もうわかんないくらいだよ。当然、近親相姦もやられたし、その後はよそのおやじたちさ。たいていは酔っ払ってるときだったから、そいつらの顔はほとんど覚えてないけどね。だけど、一番最近のやつはよく覚えてる。あたしはね、あんたたちのほとんどが白い目で見るような人間さ。自分じゃ性風俗従事者って言ってるけどね。でも、娼婦じゃない。あたしは誰とでも寝たりしない。料金を払った相手のためだけに踊ってやるんだ。隣のおやじがうちの店の常連で、そいつは何度もあたしの踊りを見に来ていた。ある晩、あたしがアパートの地下室にジャガイモを取りにいったとき、そのおやじが襲いかかってきたのさ。裸で踊ってるんだから、やってもいい女だと思った、って言ってた。あたしは地下室のコンクリートの床に押し倒された。隣のおやじは、そういうのに興奮するたちだったんだよ」

幅が五ミリはあるアイラインに縁取られた奇妙に色の薄い瞳が、わたしをひたと見つめてきた。リングピアスをつけた小さな鼻の穴が、虐待されて怒った動物のように震えている。

「被害届は出したんでしょう？」

わたしは尋ねた。ほかに言うべき言葉が思い浮かばなかった。

「出すわけないだろ！　まさか、おまわりは隣のおやじとは違うとでも思ってるんじゃないだろうね。あたしは隣のおやじに手紙を書いてやった。あたしはエイズにかかってるって」彼女はわめいた。それから、社会的要求に突き動かされでもしたのか、さらに付け加えた。「エイズなんて、嘘だからね。糞おやじにうつされてなけりゃの話だけど」

「ミッラ、あなたはこの講座に何を求めているのかしら？」

エリナが割って入ってくれて、助かった。これ以上どうやって会話を続ければいいか、わからなくなっていたのだ。

「何を求めてるかって？　よくわかんない。こんなとこで何をやってんだろうって、自分でも思ってるし。だけど、あんた」ミッラは再びわたしを見た。「あんたはフェミニストのおまわりってわけ？　もしもあたしが被害届を出しにいったら、あんたはどうしてた？　まともに話を聞いてくれた？」

「もちろん」

「あたしがストリッパーでも、モラルがどうとか、フェミニストくさい説教を垂れたりしなかった？」

「そういう状況でお説教なんかしません」

わたしはなんとか友好的な態度を保とうとしたが、うまくいかなかった。ミッラと呼ばれたその若い女性が全身から発する怒りの激しさを、ひしひしと感じたからだ。まるで冷たい氷が燃え盛っているようだ。

「あら、被害届を出さなかったのは、泣き寝入りしたことになるんじゃないかしら！」最前列に座っている豊満な体型の女性が声を上げた。さっきから熱心にメモを取っていた人だ。「あなたは、自分がそういうことをされても仕方のない女性だというレッテルを自分で貼ってしまったようなものよ。あなただけじゃなく、女なら誰でもそうだってことにもなるわ。だって、その男はなんの罰も受けないんだから。事件はいつあったの？　いまからでも被害届を出せるんじゃない？」

「その気はないね」ミッラが答えた。「幸い、隣のおやじもそれっきり店には顔を出してないし」

「さっき言っていた、近親相姦のことだけれど……」エリナが口を開いた。つらい話題を扱うことに慣れた人の、穏やかで思いやりに満ちた声だった。「その件で、警察の方に話しておきたいことがあるかしら？　ちょうどカッリオ巡査部長もいらしているし、警察に対処していただけるところをお話ししてはどうかと思うけれど」

「もう、大昔のことだから」ミッラは鼻を鳴らした。「それに、あたしのことなんか話しても意味ないよ。あんたたちの車の話でも続けたら。いなくなった猫の話とかさ。あたし、たばこを吸ってくる」

ミッラはくるりと背を向けると、格好よく腰を振りながらピンクの扉を抜けて出ていってしまった。

エリナは奇妙に困惑した表情を浮かべた。その場を仕切る力が、いっとき彼女の手から滑り落ちてしまっていた。誰かなにか言ってくれないかと期待するように、受講者たちの顔とわたしの顔に交互に視線を走らせている。わたしはむりやり被害届の話題を繰り返したが、わたし自身も戸惑いを覚えていた。ミッラの行動にではなく、エリナの見せた態度に。エリナ・ロースベリといえば、わたしにとってはずっと以前から知っている名前だった。十五年ほど前、妹たちが定期購読していた少女向け雑誌に、エリナが心理療法士として執筆するコラムが連載されていたのだ。そのころのわたしはもう高校生で、雑誌自体は子どもっぽいと思っていたが、エリナのコラムだけは毎号読んでいた。エリナの文章は説教くさいところがなく、少女たちの抱える問題を、ただ表面的になぞるのではなく非常に的確にとらえて論じていた。わたしにとってのエリナはいわば理想の女性で、警察学校を目指していたころも、エリナ・ロースベリのように常に他者への共感を持って職務を果たせる人間になりたい、と思っていたものだ。自分自身に対する幻想はとうに消えたが、エリナのことはずっと、三十歳前だった彼女が抱いていた情熱のままにいまも仕事に打ち込んでいるに違いないと決めつけていた。ローズベリ館にセラピーセンターを設立してからのエリナは、拒食症など女性特有の精神的症状に苦しむ女性たちのケアという、彼女自身が最も関心のある分野に専念するようになったと聞いている。

質問は出尽くしたようだった。資料をまとめてバッグにしまいかけたとき、ひっつめ髪の女性が突然立ち上がった。なにか言いかけたものの、すぐに口をつぐみ、助けを求めるようにエリナの顔を見る。エリナがうなずくと、彼女は口を開いた。

「親が自分の子どもに会うのを妨げることはできるのでしょうか」

女性の声は震え、大きな音を出しすぎた楽器のようにひび割れていた。無表情だった彼女の顔がみるみる真っ赤になった。ほんのひとこと言葉を発するのが、大変な難事業だったみたいだ。

「具体的にはどういうケースでしょう？　詳しい事情がわからないと、正確に答えるのは難しいわ」

女性はおびえた表情で下を向いてしまった。代わりにエリナが答えた。

「ヨハンナは、夫と子どもたちのいる家を出てきたのよ。離婚を申し立てようとしているの。ヨハンナも夫も、双方が子どもたちを自分の手元に置きたがっているのだけれど、夫のほうはヨハンナが子どもたちに会うのを邪魔していてね」

「そういうことなら、ご主人には確かにあなたの邪魔をする法的な権利はありません。あなたが、裁判の結果、お子さんたちに近づかないよう命じられているなら別ですけど」わたしが

〝裁判の結果〟と言ったとき、ヨハンナはびくっと体を震わせた。「どうしてご主人は、お子さんたちに会わせてくれないんですか?」

今度はヨハンナが自分で答えた。挑むような口調だったが、声はだんだんかすれて小さくなり、最後のほうは消え入りそうになった。

「一番下の子を、わたしが殺したからです」

その場にいる全員が、一瞬にして雪像に変わったかのようだった。冷たい、動かない、雪の女の一群。女性たちの口から恐怖に駆られた短いため息が一斉に漏れ、言葉を発する人はいなかったが、誰の目もヨハンナに釘付けになっていた。真っ赤だったヨハンナの顔は再び青ざめている。わたしも彼女を見つめた。垂れた頭、干からびたような体を包む大きすぎる衣服。この人は刑務所に入っていたのだろうか? それでこんなにやつれた感じがするのだろうか?

そのとき、再びエリナの落ち着いた声が沈黙を破った。

「ちょっと誤解が生じたようね。ここにいる人で、中絶を殺人とみなすような人はいないでしょう。まして、妊娠を継続したり出産に至ったりすれば、ヨハンナも胎児も命の保証はなかったのだから。ヨハンナは九人の子どもの母親だけれど、九人目を産んだときも命を落としかねない危険な状態だったのよ」

「医者に相談して不妊手術を受けるとか、避妊リングを入れてもらうとか、できなかったの?」

先ほどミッラを泣き寝入りと非難した女性が叫んだ。

「わたしたちの教区では、産児制限は禁じられているの。神のご意志に背くことだから」

ヨハンナは感情のこもらない声で、そらんじているらしい言葉を淡々と並べた。

「あなた、どこの宗派？　カトリック？」

同じ女性が尋ねた。

「ヨハンナは、この国で最も戒律が厳しい、古レスタディウス派の教区の出身なのよ」

答えたのはエリナだった。

「ヨハンナには弁護士がついているんですか？」

わたしはエリナに尋ねたが、内心、ヨハンナの頭越しに会話していることに苛立ちを覚えていた。これじゃ、ヨハンナが半人前みたいだ。エリナはわたしの質問には答えず、代わりに有無を言わせぬ口調で言った。

「ほかにカッリオ巡査部長に質問がある人がいなければ、これで終わりにしましょう。ありがとうございました、とても興味深いお話でしたわ」

エリナが拍手すると、女性たちも戸惑い気味にぱらぱらと手を叩いた。みんなが席を立ってホールから出始めると、エリナがわたしのところにやってきた。

「お支払いの手続きを済ませましょう。でも、お時間があれば、ぜひヨハンナと話をしてやっていただきたいわ」

時間ならあった。わたし自身、ヨハンナの半生について聞いてみたくてうずうずしていた。ほかの受講者がすっかり引き上げてしまうと、ヨハンナもドアの近くにいるわたしのところへ近づいてきた。エリナがドアを閉めようと後ろを向いたとき、ヨハンナは初めて視線を上げてわたしと目を合わせた。灰色の瞳に浮かぶ強烈な不安に巻き込まれてしまいそうで、思わず目をそらしたくなるのをなんとかこらえた。

「お子さんたちは、いくつくらいなんですか?」

わたしは尋ねた。ほかに何を言えばいいかわからなかった。こういうのは苦手だ。わが子を恋しがる母親の気持ちなんて、わたしに理解できるわけがない。わたし自身は、近頃ようやく、いつかは子どもを持つのもいいかもしれないと思えるようになってきたところで、でもそんなのはまだ何年も先の話だと考えていた。

「一番上のヨハンネスは十四歳。末っ子のマリアは一歳半よ」

子どもたちのことを話すヨハンナの口ぶりは先ほどとは比べ物にならないほどしっかりしていた。この話題なら、隅々まで完璧に把握しているという感じだ。

「マリア……わたしと同じ名前ね。それに、うちの夫もミドルネームがヨハンネスというのよ」

無意味と知りつつ軽い口調を装って言った。気楽なおしゃべりで話題の深刻さを少しは減らせるとでもいうように。

「ご主人は、どうしてあなたがお子さんたちに会うのを邪魔しようとするのかしら。中絶したせい? それとも、あなたが家を出てしまったから?」

「わたしたちの家庭では、夫の言葉が法律で、子孫繁栄は神の恩寵《おんちょう》なんです」ヨハンナの言葉にはひとかけらの皮肉も含まれていなかった。「もしも、出産でわたしが死ぬのを神がお望みなら、それが神のご意志ということなの」

「でも、あなたは九人の子の母親でしょう。そんなあなたが死ねばいいなんて、いったいどういう神なのよ！」

職業倫理は一瞬でどこかへ吹っ飛んでしまい、わたしは途方もない怒りを爆発させていた。ヨハンナは顔を背けてしまい、エリナがかばってやるようにそばに歩み寄ってきた。わたしは赤面した。わたしときたら、いつまでたっても自分を抑えることを覚えられないんだから。

「ごめんなさい。あなたが信じている教義を批判するつもりはないんです。もっと実際的な話をしましょう。ご主人は、なにか具体的な手段を講じてあなたがお子さんたちに会うのを妨害しているの？」

「ヨハンナは北ポホヤンマー地方の小さな郡の出身なの。住民の七十パーセントが古レスタディウス派の信者で、医師もそうだし、警察官も一人を除いて信者だそうよ」

説明してくれたのはエリナだった。ヨハンナの夫は、子どもたちが母と電話で話すことすら禁じている上、ヨハンナから届いた手紙を隠してしまい、いまでは手紙が配達されないよう郵便局に手を回しているという。ヨハンナが子どもたちに会おうとすると、夫は警察に通報し、ヨハンナは警察の命令で村から強制的に退去させられたのだった。聞きながら、怒りを抑えるために何度も十まで数えなくてはならなかった。それでもふつふつとわきあがるものを感じた。まるでフィクションの世界だ。九〇年代のフィンランドで、こんなことが本当に起きているのだろうか。わたしの故郷の田舎町にも、古レスタディウス派やエホバの証人の信者はいた。でも、ひと目でわかる違いといえば、彼らは学校で音楽関係の行事に一切参加せず、タンバリンのリズムに合わせて行進するのも拒否したことと、学校放送のテレビ番組を見なかったことくらいだった。確かにどの家にも子どもが大勢いたが、出産で命を落としたという話は聞いたことがない。

「あなたが暴力行為に及んだのでない限り、警察の処分は間違っているわ。信者でない警察官に話をして、相談に乗ってもらうべきよ。それから、州警察にも連絡したほうがいいわ。ご主人のお名前と職業は？」

「レーヴィ・サンティ。宣教師です」

ヨハンナの答えを聞いて、笑い出しそうになった。信じ難い話だ。

「つまり、ご主人は地元の有力者というわけ？」

「わたしたちの教会の信徒宣教師です」

「全国的にも名の知れた宣教師なのよ」

エリナが補った。エリナとヨハンナは、わたしにいったい何を望んでいるのだろう。よくわからなかった。弁護士についてもう一度尋ねてみたが、この件も一筋縄ではいかないようだ。自治体が提供する無料の弁護士もやはり古レスタディウス派の信者で、ヨハンナには個人的に弁護士を雇う余裕はないという。

わたしに任せて、という言葉が口から出そうになるのを、必死で抑えた。いまは巡査部長として警察に勤務しているが、わたしは大学で法学の学士号も取っているのだ。とある法律事務所に就職し、そこが倒産するまで一年ほど働いた経験もある。ときどき、もう一つの専門分野でも経験を積みたいという思いに駆られることもあるが、どうにも時間がなかった。わたしのデスクには未処理の案件が山積みになっているんだから。それに、いくらヨハンナの自宅がこのエスポーから遠く離れた場所とはいえ、現役の警察官が弁護士の真似事をするのは、倫理的にやはりまずいだろう。

「そういえば、知り合いに弁護士がいるのよ」法学部で同期だったレーナのことを思い出して、わたしは言った。彼女とはたまに、女性問題連合組合が主催する法律相談会の当番で一緒になる。「電話番号を教えるから、連絡を取ってみるといいわ。きっと力になってくれるから。もちろん、わたしも……。地元の警察のほうにちょっと当たってみましょう。もしかしたら知り合いがいるかもしれないし。離婚の手続きはもう始めたの?」

「まだです」

ヨハンナは蚊の鳴くような声で答えた。

「わたしの見る限り、あなたは精神状態に問題もないし、アルコール依存症でもない。ほかに男がいるわけでもない、そうですね?」ヨハンナはわたしの言葉にぞっとした様子で、何度も激しくうなずいた。「その条件で、裁判所がお子さんをご主人に引き渡す決定を下すとしたら、かなり異例といえるわ」

なんとか励ましてあげたくて、努めて明るい声で言ったが、実際には裁判の結果も裁判官次第だとわかっていた。そのとき、ポケットでポケベルが鳴り出した。

「すみません、電話をお借りしたいんですが。当直なんです」

「キッチンの電話が一番近いわ。ついでにアイラが書類のほうも済ませてくれるでしょう。夕食もご一緒できるといいのだけど、お忙しそうね」

「ええ、残念ですが。でもヨハンナの件でなにかあれば、わたしにも知らせてください」

そう言いながら、レーナの電話番号をメモして渡した。

キッチンに入っていくとアイラが夕食の支度をしていた。匂いからして、ハーブで風味をつけた野菜の煮込み料理のようだ。講演料の領収証にサインを済ませ、急いで署に電話をかけた。電話口に出たペルツァは不機嫌な声で、スヴェラ地区で女性が内縁の夫を刺したと告げた。おまえの得意分野だろう、と言っている。このままスヴェラに直行すると返事した。

エリナともヨハンナとも、もう言葉を交わす機会はなかった。車まで歩いていく途中、カーテンが開けられたままの窓越しに、女性たちがろうそくの光に照らされた長いテーブルを囲み、楽しげにさんざめいているのが見えた。ちょうどエリナが席に着き、アイラがパンを盛ったかごを運んできたところだ。ヨハンナの姿はなかった。イグニッションキーを回したちょうどそのとき、玄関の扉が開いた。扉のあった空間に紫色のメッシュの入ったミッラの頭が一瞬現れたが、すぐに扉は閉まり、その直後、バックミラーにたばこの火の弱い光が映った。わたしは門に向かって車を進めた。門扉はまたひとりでに開き、わたしが通り抜けると背後で音もなく閉まった。ロースベリ館は、外界から隔絶された塀の内側に再び閉じ込められたのだった。

2

わたしはエスポー署の自室から、窓の外の高速トゥルク線をぐったりと眺めていた。午後の時間帯にもかかわらず、車の影はまばらだ。原因不明の倦怠感がわたしにとりついていた。気がつくと頭がデスクにくっつきそうになっているし、部屋の隅からソファーが誘うように笑いかけてくる気がして仕方がない。

たぶん、クリスマスぼけだろう。今日は聖ステファノの祝日《タパニンパイヴァ》（十二月二十六日。クリスマスの期間を構成する祝日の一つ）の翌日だから、十二月二十七日だ。クリスマスの連休の間、わたしとアンティはヘンッター地区のわが家で、ごろごろしたり本を読んだりして過ごした。クリスマスと新年に挟まれた数日間を出勤日にするのはいいアイデアだと思っていた。インコーにいるアンティの両親や、北カルカラ（カレリア）地方に住むわたしの両親のところでクリスマスを過ごさずに済む、格好の口実になるからだ。だけどいまは、もう少し休日が続いてほしかった。あと数日、猫のアインシュタインと一緒に暖炉の前に寝そべって、アガサ・クリスティの『ポワロのクリスマス』を最後まで読んでしまいたい、チョコレートをかじりながら……。

うっ、チョコレートはパス。甘いもののことを考えたとたん、急に胸がむかむかしてきた。休みの間にお菓子を食べすぎたのかしら。

ふっとため息をつくと、パソコンで新規ファイルを開き、先ほど済ませた事情聴取の報告書を作り始めた。エスポー市民の誰もがわたしのように穏やかなクリスマスを過ごしたわけではない。祝日が続いて連休になると、家庭内暴力の件数が増えるのだ。連休明けのわたしを待っていたのは複数の傷害事件だった。刃物による事件も一件発生していて、死者が一名出ている。同僚の多くが、自らの家庭生活や夫婦の関係を省みる暇も持てずにいるが、無理もない。うちの課でも、職員の半数以上が離婚経験者だし、パロなんかいまの奥さんでもう三人目だ。

それにしても、どうしてこんなにだるいんだろう？　特別なことをした覚えはないのに。アンティと二人で日課にしているクロスカントリースキーも、このところの冷え込みのせいで、ごく短いコースをのんびりと回っているだけだ。わたしたちはこの夏から、エスポー市のヘンッタ一地区に立つおんぼろの一軒家に住んでいる。一・五階建てのこの家は、アンティの同僚の、亡くなったお兄さんの遺産相続人が管理していた。家の立地が環状二号線の建設予定地のすぐ脇なので、どうにも買い手がつかないという。いまはまだ、家の窓の外には森になりかけている休耕地が広がり、野ウサギが走り回ったりモグラが地面を掘ったりしている。でも、いずれ環状二号線が建設されれば、風景は灰色のアスファルトに覆われてしまい、騒音にも悩まされるようになるだろう。いまの家はいわば仮住まいだが、いつ引っ越すかわからないというこの状況も、わたしとしては問題なかった。むしろ、人生には少しくらい変化の可能性があったほうがいい。定職に就いて結婚もしたいまは、特にそう思える。一つの職場に長く勤めるのはどうも性に合わないのだ。これまでも、期限付き契約で働いたり休職者の代理を務めたりしてきたが、わたしにはぴったりだった。アンティと二年半も付き合ったのも、わたしとしては上出来だったと思う。もしかすると、わたしが結婚に踏み切れたのも、最近は簡単に離婚できるからなのかもしれない。

アンティのほうはヘンッター地区の自然にすっかり魅了されてしまい、この景観が失われるのを嘆いていた。彼は環状二号線建設プロジェクトの責任部署に抗議していたが、むなしい戦いに思えた。道路局やエスポー市の役人たちがいったんこうと決めたことは、結局実現してしまうだろう。新しい道路なんか必要ないとしても。アンティが子ども時代を過ごしたエスポー市のタピオラ地区の風景も、高速西線が拡張されたときに台無しになってしまっていて、彼はひどい絶望を味わっている。アンティの両親がタピオラ地区のイタランタにあった自宅を売り払い、それまで夏の別荘として使っていたインコーの家に引っ越したのも、やはり風景が変わってしまったのが理由だった。

アンティの中に目覚めた道路建設反対と環境保護の精神は相当なものだった。あんまり熱心なので、次の地方選挙では緑の同盟から立候補しそうな勢いね、と半分本気で言ってやったくらいだ。

『それともいっそ、社会民主党か中央党にスパイとして潜入したら？　あの人たちこそ道路建設が大好きでしょ』

このごろのアンティは明らかに、仕事のほかに打ち込める対象を求めている。わたし自身は、空いた時間はジョギングとジム通い、それに署の射撃練習場に行くくらいで十分だった。去年の夏に起きたある事件以来、射撃練習場には定期的に通っている。その事件で、わたしは警察官になって初めて銃を使わなくてはならない状況に追い込まれ、自分の射撃の腕がすっかり錆び付いていることを痛感したのだ。いまではまた腕前も回復してきていたが、こんなものを使う機会がないことを心から願っていた。

そのとき電話が鳴った。署の交換からで、アイラ・ローズベリという人物がわたしと話がしたいと言っている、という。アイラやエリナ、そしてローズベリ館のことを思い出すまでに数秒かかった。ヨハンナについてもその後なにも聞いていなかったし、わたしもクリスマス前の忙しさにかまけて、ヨハンナの地元の警察に連絡を取って知り合いがいないか確かめてみると約束したのを、つい忘れてしまっていた。

電話がつながるとアイラはすぐに話し始めたが、その口ぶりは妙に歯切れが悪かった。

「こんなことで警察の手を煩わせていいのか、わからないのだけれど……エリナがいなくなったのです」

「いなくなった？　どういうことですか？」

「昨晩以来、誰もエリナの姿を見ていないのです。部屋のベッドで眠った形跡もないわ。ただ、エリナのパジャマもガウンも見当たらなくて、その代わり、普通の衣類はすべて部屋にあるのです。まるでパジャマを着たままどこかへ行ってしまったようで」

「最後にエリナを見たのはいつですか？」

「昨日の夜、十時ごろですよ。エリナは夜の散歩から戻って、部屋に入ろうとしているところだった。この館でクリスマスを過ごした女性が、エリナとわたしのほかにあと四人いるのだけど、昨日の夜から誰もエリナを見ていないと言っているわ」

「書き置きは残されていないんですね？」

わたしは尋ねた。

「ありません」

そう答えたアイラの声に、疑念は混じっていただろうか。

「エリナが訪ねていきそうな相手の心当たりは？　親しい友人とか？」

「もちろん、すぐにヨーナに……ヨーナ・キルスティラに電話しました。彼はエリナの恋人ですから。でも、ヨーナのところにも行っていなかったわ」

「それ、詩人のヨーナ・キルスティラのことですか？」

わたしは興味津々で尋ねた。エリナはメディアへの露出がそれなりにある人だが、浮いた噂は、少なくともわたしは耳にしたことがない。

「ええ。二人はこの二年ほど付き合っていてね。エリナはときどき、ヘルシンキのラピンラハデンカトゥ通《り》にあるヨーナの家に泊まるから、今回もそうかと思ったのだけれど」

「エリナが姿を消したことについて、特に心配すべき理由はありますか？　クリスマスの間に、なにか変わったことは？　たとえば、誰かと言い争っていたとか。いまロースベリ館に滞在しているのは誰と誰ですか？」

「ヨハンナ・サンティとミッラ・マルッティラがいます。お会いになったわね。二人とも、月初めのあの講座に出ていたわ。ヨハンナは以前から泊まっているし、ミッラもあれ以来ずっとここにいるのですよ。それと、エリナの古い友人のタルヤ・キヴィマキも、クリスマスの間はずっとここにいました。あと一人、クリスマスの当日にやってきたニーナ・クーシネン。ニーナもエリナの講座に何度か参加したことがあるわ」

ミッラがまだロースベリ館にいるとは意外だった。あの館での滞在を楽しんでいるようには見えなかったからだ。それに、ヨハンナ……クリスマスだというのに、子どもたちのそばにいさせてもらえなかったのかしら。ヨハンナのことを考えたくなかったので、わたしは質問を続けた。

「エリナは日ごろ、黙って突然いなくなるようなことはないんですね？」

「ありません！　どうにもおかしな感じで、わたしは……」

「いなくなってからまだ二十四時間未満ですね。加えて、エリナは成人なので、この段階で警察が動くことはないんです。ほかにエリナが訪ねていきそうな友人や親戚は？」

アイラはやはり心当たりがないと答えたが、まだ電話を切りたくないと思っているのがわかった。アイラはわたしに何を望んでいるのだろう。たぶん、警察官の口から、心配いりませんよ、と言ってほしいのかもしれない。理由もなく姿を消して何事もなかったかのように戻ってくる人なんて、いくらでもいますよ。でも、そんな言葉を口にすることはわたしにはできなかった。エリナ・ロースベリの突然の失踪は、わたしにも奇妙に思えたのだ。

「アイラ、もし明日の朝になってもエリナの行方がわからないままだったら、もう一度電話をもらえるかしら」しまいにわたしは言った。四十歳も年上のアイラのファーストネームで呼びかけるのは妙な気がしたが、アイラのほうも親しげに話しかけてくれる。それがローズベリ館の流儀らしかった。「エリナが戻ってきた場合も、念のため電話番号を入れてください」本当はあまりほめられた行為ではないと知りつつ、アイラに自宅の電話番号を教えた。わたしは好奇心が旺盛なのよ、と自分を納得させようとしたが、それは嘘だと自分でわかっていた。わたしは不安だったのだ。

エリナのことを忘れようと、その後は報告書の作成に没頭した。署を出る前に家に電話を入れて、スキーの板にワックスをかけておいてとアンティに頼んだ。今日は朝から大雪で、うちの近所の畑はすっぽりと雪で覆われている。日が暮れると空は晴れ上がり、気温が下がり始めていた。こんなときは、雪面がスキーにぴったりのコンディションになる。自宅の庭からすぐにスキーに出掛けられるのは、ヘンッター地区に立つわが家の魅力の一つだった。ジョギングの代わりにクロスカントリースキーもいいものだ。

帰宅しようと廊下に出たところで、ペルツァ・ストレムに出くわした。彼はクリスマスの間もずっと働いていたらしい。家族に必要としてもらえなかったという話だ。彼の別れた奥さんは、子どもたちを連れて新しいパートナーとカナリア諸島へバカンスに行ってしまったのだ。ペルツァは、いつもよりさらにむっつりとしていた。あばた面には深い皺《しわ》が刻まれ、こめかみのあたりが薄くなりかけている明るい茶色の髪が、汗でもかいているみたいに頭にぺったりと貼り付いている。薄暗い冬の間に青白くなった顔の真ん中で、幾度かの乱闘を経験して曲がった鼻がてらてらと真っ赤に輝いていた。この人、風邪でもひきかけているんじゃないかしら。

「ペルッカー地区の糞野郎どもの発砲事件一つで、丸一日潰れたぜ。全員が、なにも覚えてないとほざきやがる」わたしが声をかけるとペルッァは噛みつくように言った。「畜生、あいつら、被害者を撃っちまってから飲みにいったに決まってるんだ。酔っ払ってたから記憶がない、そう言えば誰も罪に問われずに済むと思ってな。そりゃそうと若奥様のクリスマスはどうだったんだ、ええ？　食って、やって、そればっかりか？」

ペルツァとは警察学校で同じクラスになって以来の知り合いで、彼の口のきき方にはもう慣れている。わたしはただにっこりと微笑んでやった。まあ、クリスマスに何をしていたかと訊かれれば、確かにペルツァの言ったとおりだ。わたしならちょっと違う表現を使うけど。

「そろそろガキでもできたか？」

ペルツァはわたしの頭のてっぺんからつま先までじろじろ眺め回しながら言った。

「そんなこと、あなたにこれっぽっちも関係ないと思うけど、興味があるなら教えてあげるわ。いまのところ子どもは考えてないの。わたし、避妊リングを入れてるし」

ペルツァがさらになにか言い出す前に、フロアのドアから外に滑り出た。いまは彼と舌戦を繰り広げるような気分じゃない。ペルツァとわたしの会話は、けんか腰になってしまうのが常だった。お互いに、どうしてもうまくいかないのだ。エスポー警察に就職が決まったときも、ペルツァと同じ職場でやっていけるか不安だった。もっとも聞いた話では、エスポー署で働きたいというわたしの希望を上司のユルキ・タスキネンに取り次いでくれたのはペルツァだったらしい。何年か前、わたしがタピオラ地区の法律事務所で働いていたころに、とある殺人事件が発生し、その事件を巡ってわたしはペルツァと激しく対立した。ペルツァに逮捕された無実の青年が、わたしを弁護人に指名したのだ。結局、わたしは警察を尻目に自分の手で事件を解決したのだが、それがペルツァには我慢ならなかったらしい。後になって、そのころペルツァはちょうど離婚話が進んでいる最中だったと知った。ペルツァの仕事ぶりもその影響を受けていたのだろう。ペルツァ自身は離婚についてなにも語らなかったけど、パロのいまの奥さんがペルツァの別れた奥さんをよく知っているのだそうで、パロはペルツァの私生活をしょっちゅう話の種にしていた。

ヴァハン・ヘンッターンティエ《通り》の脇に吹き寄せられた雪は絵はがきのように美しく、家々の窓辺や庭先にともるクリスマスの明かりを反射していた。アンティがわたしのためにキャンドルランプに火を入れてくれていて、赤い壁のおんぼろのわが家も、それは居心地よさそうに見える。また雪が降り出したので、アンティは庭で雪かきをしていた。

スキーの支度をして、あわただしくバナナを一本お腹に入れた。戸外の空気が、わたしの顔にこびりついた疲れをぬぐい去ってくれる。スキー板の下で雪が鳴った。この音を聞くといつも懐かしい気分になる。それでいて、冬が来るたびに耳に新鮮に響く音だ。スキーに集中しようとしたが、どうしてもエリナ・ロースベリのことが頭に浮かんできてしまう。いったいどこへ行ってしまったのだろう？　メディアを通して知られている顔がその人の素顔とはいえないけれど、わたしが知る限り、エリナは思いつきだけで行動するような人物ではない。ここ数年、彼女はテレビのさまざまな討論番組に出演しては、セクシャリティーやジェンダーについて論じていた。議論が白熱し、ほかの参加者たちが興奮して口から泡を飛ばし合っても、エリナは常に冷静さを保ち続け、ちょっと憎らしくなるほどだった。エリナが口を開けば、ほかのみんなは静まって耳を傾ける、彼女はそういう人だった。遠い町に住む女友達を訪ねようと急に思い立ち、誰にもなにも告げずに列車に飛び乗ってしまう、そんなタイプではない。まして、館にはクリスマスのゲストを迎えていたのだから、なおさらだ。

何キロか滑ると、また体がだるくなってきた。足がへなへなとして力が入らず、スキーが前に進んでくれない。前を滑るアンティは一定のペースを保ったままどんどん先に行ってしまう。スピードを落としてと頼むのは気が引けたが、仕方がなかった。

「雪の女さん、どうしたの？」

アンティが笑った。わたしは頭を振って、髪にかかった雪を払い落としてから答えた。

「足に力が入らなくて、なんだか調子が出ないの。どこか具合でも悪いのかしら。ああ、そういえばそろそろ生理が始まるはずだから、そのせいかも」

「戻ったほうがよさそうだね」

アンティがそう言ってくれたので、わたしはへなへなの足に鞭《むち》打ってどうにか方向を変えた。自分の無力さはできるだけ考えないようにして、目の前を行くアンティの背中の動きに気持ちを集中させた。夕闇の中で黒ずむ雪面に、緑色のアノラックがよく映えている。アンティの影が、信じられないほど長く、細く伸びている。振り向いて、これくらいのスピードで大丈夫かい、と訊いてくれるアンティの大きな鷲鼻が、ますますインディアンめいて見える。わが家の明かりが見えてくるとほっとした。あそこまで帰れば、温かいサウナと自分のベッドが待っている。ベッドに入れば、足元にはお腹が膨れたアインシュタインが丸くなるだろう。疲れていたが、わたしはエリナのことを考え続け、夢の中でさえ気が休まらなかった。夢に現れたエリナは、白いパジャマを着て氷の上を歩いていた。急に風が吹いてきてパジャマをはためかせ、エリナの体は宙に浮いた。風にもてあそばれながら、エリナはどんどん高く昇っていく……高く……高く……とうとうその姿は、空を埋めて舞う雪片の中に紛れてしまった。

次の朝、署の自室へ滑り込んだとたん、アイラ・ローズベリから電話が入った。エリナについては依然としてなんの手がかりも得られていないという。わたしはアイラに、申し訳ないけれど、犯罪がからまない行方不明者の捜索はうちの部署の担当ではなく、いまの組織では生活安全部のほうなんです、と説明した。

「ご面倒をおかけして、申し訳ないと思っています。でも……マリア、あなたは警察官だから、重要なものとそうでないものを見分ける目が人より優れているでしょう。できれば……できればあなたに、来てもらえないかと思って」アイラの口ぶりには心配と困惑がにじんでいた。

「生活安全部へ電話すれば、男性の警察官が派遣されてくるでしょう。それはエリナが許さないわ」

「生活安全部にはこのごろ、女性の警察官がかなりいるんですよ。でも、そうね、考えてみるわ」午後のスケジュールはまだ少し空きがあった。ちょっとヌークシオに行ってくるくらいなら、なんとかなりそうだ。「二時過ぎに電話します。その前にもしなにかわかったら、電話をもらえるかしら」

そのときドアが開き、顔を出したタスキネンに早く取調室に来るようにと呼ばれた。わたしたちの課では、クリスマスの間に発生した数々の傷害事件に加え、非常に入り組んだマネーロンダリング事件の一次捜査を進めている。この案件に経済犯罪対策の部署だけでなくうちの課も関わることになったのは、主犯格の一人であるハウキラハティ在住のエコノミストが七〇年代から詐欺破産に手を染めていた人物で、州刑務所で服役中に今回のロンダリング組織を作っていたからだ。これから取り調べる相手はこの男の義理の弟で、ロンダリング会社の大株主の一人だったが、関与を全面的に否定している。わたしとタスキネンは、この男に対しては十字砲火のように質問を浴びせ続けるテクニックが功を奏すると気づいていた。そうすれば短時間とはいえ混乱に陥らせることができるのだ。わたしたちは男を三時間ほど絞り上げ、ようやく満足した。供述の矛盾や、男の口から滑り出たちょっとした言葉を積み重ねると、起訴に必要な証拠が急速に形を取り始めた。この件には夏からずっと取り組んでいる。ついにわたしたちの手を離れるかと思うと、晴れ晴れとした気分だった。

「昼食を取る時間はあるか？」

取調室を出るとタスキネンが訊いてきた。

「実は、ちょっと相談したいことがあるんです」わたしはタスキネンにエリナ・ロースベリが謎の失踪を遂げたことを話した。正式の捜査でなくてかまわないので、ロースベリ館を訪れて犯罪の形跡がないか確認してくる許可を、上司から取り付けようと考えたのだ。もっとも心の中では、たとえ許可が出なくても行くつもりでいたと思う。

「アイラ・ロースベリは、警察を頼ってくるほどエリナの身を案じている本当の理由を、話してくれていないと思うんです。そうじゃなくても……」

わたしとタスキネンはそれぞれトレイに料理の皿を載せていった。タスキネンは飲み物に無脂肪の牛乳を選び、パンにもバターを塗らなかった。わたしのほうは、マカロニのラーティッコ（耐熱容器に具材を入れオーブンで焼いた料理）にケチャップをなみなみとかけ、サラダにもガーリック風味のドレッシングをたっぷりと回しかけた。タスキネンが面白がっているような目でわたしのトレイを見ている。職員食堂の隅の席に落ち着くと、タスキネンはようやく口を開いた。

「行ってくるといい。ただし、少しでも不審な点があったら、アイラ・ロースベリには正式に捜索願を出させるように。もちろん国外に出ている可能性も調べてみてかまわない。成人が姿を消したケースは難しいな。私がきみの立場なら、その恋人の男にも話を聞いてみるが」

「ええ、わたしもそれを考えていました」

言いながら、フォークに山盛りにしたマカロニを口いっぱいにほおばった。見ると、タスキネンの手は、これから食べるライ麦パンのスライスをきれいにちぎってひと口サイズに分けている。

ユルキ・タスキネン警部は清潔感あふれる几帳面な人物だ。身長は百八十センチを少し超えており、くせのない金髪を、定規で測ったみたいにきっちりと横分けにして櫛《くし》でとかしつけている。ブルー系のスーツの襟にふけだの髪の毛だのがくっついていることなど、あろうはずもなかった。爪はいつも短く切りそろえられている。彼の顔立ちはすべてがほっそりと直線的で、真っ白な歯も非の打ち所のない列を成していた。体つきもスマートだが、それでいて筋肉質で、五十歳近いというのにマラソンランナーのようだ。実際、いまでも十キロを四十分以内で走ると噂されている。唯一ほっそりしているとはいえないのは、幅が一センチもありそうな、磨き抜かれた金の結婚指輪だった。

タスキネンの外見から、わたしは最初、細かくてうるさい人なんじゃないかと警戒したものだ。しかし実際には、彼は付き合いやすい上司だった。彼の仕事ぶりは実にすばらしく、部下にも同じレベルを要求したが、タスキネンは自分が何を求めているのかを明確に言葉にできる人だった。どんなことに満足したか、不満なのはどの点か、はっきり言ってくれるのだ。警察の規則を拡大解釈しがちなわたしのやり方に、タスキネンはときに難しい顔をしたが、それ以外にわたしたちの間に問題が生じたことはない。わたしがこれまでに持った上司といえば、ヘルシンキ警察のアルコール依存症患者だの、あやしげな弁護士だので、彼らの後でタスキネンとともに働くのは気分がよかった。彼の私生活についてわたしが知っていることは多くはない。確か、奥さんはエスポー市の職員で、日中保育サービスの事業計画に携わっている人だったと思う。十代の娘が一人いるが、彼女はフィギュアスケートの選手で、フィンランド選手権年齢別クラスのチャンピオンだった。うちの課にはいまのところわたしのほかに女性はいないけど、ストレムを別にすれば、わたしは課のみんなとうまくやっている。幸い、ほかの課や生活安全部には女性の職員が何人かいるので、週に一度、彼女たちと一緒にバレーボールを楽しむ機会もある。いまではもう、職場にいても警察学校時代や卒業直後のように自分を異端者だと感じることはなくなっていた。ただ、少数派を代表しているという感覚があるくらいだ。

午後はタスキネンと二人で、マネーロンダリング事件の調書をまとめる作業に追われるうちに過ぎていった。フィアットをヌークシオに向けて出発させたころには、もう日が傾きかけていた。この車はヘンッターに引っ越してから必要に迫られて買ったものだ。夏の間は自転車通勤も快適で、急いでいなければ署まで歩いてもよかったし、大学に勤めるアンティも、二路線あるものの一キロ離れたバス停から平均して一時間に一本しか出ないバスを使わなくてはならないことに不満は漏らさなかった。だけど、買い物なんかがどうしても不便で、とうとう一万マルッカ（ユーロ導入以前のフィンランドの通貨単位）でくたびれた黒のフィアットを購入したのだ。イタリア製のこの車はどう見ても、滑りやすい凍結路面を走ることなどこれっぽっちも考えずに設計されている。丘陵地帯にくねくねとカーブを描くヌークシオンティエ《通り》をロースベリ館へ向かっていくと、小さなフィアットは下り坂になるたび右に左にいやになるほどお尻を振った。

館の門扉はやはりきっちりと閉ざされていた。今日は自動的に開くことはなく、アイラが開けに来てくれた。夕日の最後の光がロースベリ館の外壁に斜めに当たり、淡く輝くバラ園のような色合いを添えている。庭でミッラがたばこを吸っていた。黒ずくめの彼女の姿は、バラのお城の眠り姫というよりも、悪いお妃を連想させた。

「あれ、巡査部長さん。エリナの死体を探しに来たわけ?」

ミッラの言葉にアイラは体を硬くした。わたしもぎょっとしたが、それでもミッラの目をまっすぐに見つめ返した。あざけるような表情の下に、真摯《しんし》な気遣いが隠されている気がする。

「そうじゃないことを願ってるわ」

ミッラの脇を抜けて玄関に足を踏み入れた。どこからか、やわらかなピアノの音色が聞こえてくる。サティの曲だ。趣味でピアノを弾くアンティが、いつだったかこの曲を練習していたのを思い出した。

「エリナの部屋へ行きましょう。部屋の中を見れば、わたしがなぜこんなに心配しているのか、あなたにもわかると思うわ」アイラはそう言って、わたしを左手にあるキッチンのドアのほうへ導いた。「この館はいくつかのブロックに分かれています。一階の右半分が共用部分で、食堂と講座で使うホール、それに図書室があります。キッチンがちょうど真ん中、二階へ上がる階段の脇です。二階の部屋はすべて客用寝室で、講座の受講者はそちらに泊まってもらっています」

「一度に寝泊まりできる人数はどれくらいですか?」

「二十人ほどですよ。二階の寝室は八部屋あります。エリナとわたしの部屋はこちら」アイラは青く塗られた細長いドアを開けてみせた。「ここがわたしの部屋です」

アイラが部屋の中までわたしを入れるつもりはないことは明らかだった。ちょっと覗かせてくれただけだ。もう一つのドアがキッチンにつながっているらしく、昔は召使いの部屋だったのではないかと思わせる造りだ。置いてある家具は最低限で、どれもありふれたものばかりだった。ベッド、書き物机、二人がけのソファー、その正面の本棚に小さなテレビ。ベッドの枕の真上には、橋を渡ろうとする少年と少女を守護天使が見守っている様子を描いた版画が掛けられている。

「エリナが使っている部屋はこちらですよ。居間は二人で共用だけれど」

今度は部屋の中まで入るよう、アイラはわたしに手振りで示した。足を踏み入れたわたしは意外な光景に息を呑んだ。ロマンチックな花模様の家具とレースのカーテンで飾られたその部屋は、このバラ色の館にはふさわしかったが、エリナ・ロースベリ本人とは容易に結びつかなかったのだ。わたしが想像していたエリナの部屋は、きっぱりとした雰囲気のシンプルな内装で、家具はアルテックかクッカプロ（いずれもフィンランドの家具ブランド）で統一されていて……。椅子の脚にかぶせられたカバーや、小さなテーブルに広げられたレースのクロスは、わたしがそれまでエリナ・ロースベリという人物に抱いてきたイメージとはまるで正反対のものだった。わたしの戸惑いに気づいたらしく、アイラが説明してくれた。

「この部屋は、わたしの母が使っていたのですよ。つまり、エリナにとっては祖母の部屋ね。母は歳を取ってから階段を上がるのがつらいと言うようになって、亡くなる前の二十年ほどは一階のこの部屋で寝起きしていたの。ここからの眺めも気に入っていたようでね」

大きな窓から外に目をやったが、すでに暗くなり、ものの輪郭がぼんやりとわかるだけだった。館のこちら側は下り斜面になっていて、館を取り巻く塀も低く見え、その向こうの谷間まで視界が開けている。遠くにぼんやりと白く光っているのは、ピトカヤルヴィ湖だろう。

「エリナがこの部屋を元のままにしておきたがってね。寝室のほうは、エリナが自分の好みでまとめていますよ」

アイラはもう一方のドアを開けた。ドアの向こうはすぐ寝室だったが、この部屋もやはり、わたしの予想とは違っていた。家具は確かにモダンでシンプルなものばかりだが、色調が鮮やかすぎる。真紅、黄色、水色。部屋中を占領するほど大きなダブルベッドはウォーターベッドのようだ。ベッドカバーは外されていたが、ベッドが最後に整えられてから人が横になった形跡はなかった。窓際には座り心地の悪そうな安楽椅子と三角形の足置き、書き物机にはパソコン、その脇の本棚には精神分析関係の本がずらりと並んでいる。机の前の椅子に、紫色のベルベットのパンツと白いシャツ、それにスモーキーグレーのセーターが、きちんとたたんで掛けられていた。

「おとといエリナが着ていた服です。エリナはいつも、特に汚れていない限り、何日か続けて同じ服装をするのよ。おとといの服を脱衣かごに入れず、椅子に掛けたままにしたということは……」

アイラの沈黙はあまりに雄弁だった。

「パジャマはいつもなら枕の脇にたたんであるのに、なくなっているの。バスルームに置いてあるはずのガウンも見当たらなくて」

「外出用の上着や雪靴は?」

「エリナの上着や靴は、受講者のものとまじってしまわないように勝手口に置いてあります。こちらですよ」

アイラはわたしを導いて玄関ホールへ戻り、キッチンからつながっている勝手口へ向かった。勝手口からは館の裏庭へ出られるようになっている。衣類フックには女物の上着が何枚も掛けられていた。

「これとこれは、わたしのものです」

アイラは、着古して型の崩れた流行遅れのペルシアンラムのコートと、濃紺のキルティングジャケットを指さして言った。その間に挟まれているスエードのジャケットは、確かにエリナが着ていたものだ。外で体を動かすときにちょうどよさそうな、ショート丈の紫色のキルティングジャケットもあった。コート掛けには上等なダークグレーのロングコートが丁寧に掛けられている。

「エリナが持っている冬物の上着はこれで全部です。靴もすべてここにあるのよ、冬用のブーツも、長靴も、トレッキングシューズも」

「受講者の衣類をちょっと借りたということは？」

「それは直接、彼女たちに訊いていただいたほうがいいわ。持ち物がなくなったと言っている人はいませんけれどね。その前に、もう一度エリナの部屋へ行きましょう。なにかがおかしい、そうはっきりわかる一番の手がかりは、バスルームにあるのですよ」

寝室とつながっているバスルームは、設備は最新式ながらクラシックな雰囲気を残していた。

バスタブは脚がついているタイプだし、便器の蓋《ふた》は木製だ。小さな化粧台も置いてあり、さまざまな容器が所狭しと並べられていた。壁のフックには電動歯ブラシが下げられている。

「エリナは肌の手入れにとても気を使っているのよ。それなのに、クレンジングジェルもクリームもすべてここに置いたままで」

わたしは高価なスキンケアグッズの容器を注意深く観察した。

「旅行用の詰め替えボトルを持っていった可能性は？　そういうのを出しているメーカーも多いでしょう。出先で新しいのを買うのも簡単だし」

「でも、抗生物質を置いていくはずはないわ！　エリナは上気道炎の持病があって、おととい抗生物質治療を始めたばかりだったの。咳がひどくて、声がかすれてほとんど出なくなってしまってね。それなのに、抗生物質はここに置いたままなのです。これをご覧なさい！」

化粧台の端に小さな白いプラスチックのボトルが置いてあった。エラシス、四百ミリグラム、と書いてある。ボトルに貼られた紙のラベルには、エリナ・ロースベリ殿、治療完了まで一日三回服用のこと、と指示が書かれている。蓋を開けてみると、錠剤が二十粒ほど残っていた。

「確かに変ね。でも、どこかで薬を手に入れることはできるんじゃないかしら？　医師の知り合いもいるでしょうし」

言いながら、わたしは考え込んだ。アイラは、エリナの失踪が重大な事態だと強く確信しているようだ。明らかに当局が捜索に乗り出すことを望んでいる。ただ、アイラはまだわたしに話してくれていないことがある、そんな気がしてならなかった。

「最後にエリナを見たのはタパニンパイヴァの夜、十時ごろでしたね？」

「ええ。エリナはちょうど散歩から帰ってきたところだった。咳が止まらなくて眠れない夜が続いていたから、ぐったりしていたわ。そんな体調なのに氷点下の屋外へ出るなんてどうかしていると思ったけれど、エリナは一人になりたかったと言っていた。お茶を飲ませようとしたら、カップごと部屋へ持っていきました。いつもと違う様子など、まったくなかったのです。どこかへ出掛けようとしているなんてそぶりも見せなかった」

「エリナは一人で散歩に？」

アイラは少し考え込むような顔になった。

「ヨーナと一緒だったと思っています、もちろん証拠はないけれど。エリナが彼をこの館へ招いたことは一度もありませんからね。ロースベリ館は、男子禁制なのだから」

「だったら、二人はどこで会っていたんです？」

恋人さえも館に入れることを拒否するエリナの態度は、筋は通っているものの、実際にはいろいろと苦労も多いだろう。

「たいていはヨーナのところよ」声の調子から、アイラがエリナとヨーナ・キルスティラの関係をあまり快く思っていないのがわかった。「それから、小家屋《ピックタロ》も使っていたわね」

「ピックタロ？　それはどういう建物ですか？」

「館の西側にある、古いサウナ小屋ですよ。エリナが二年ほど前に電気を引いたのです。ロースベリ館は基本的に、塀の内側に男を入れることを拒否しているけれど、エリナはあそこでもときどきヨーナに会っていたと思うわ」

アイラはやや決まり悪げに言った。

「そのピックタロという建物も見てみたいわ。でも、先に話を聞かせてください。エリナが部屋に戻った後、彼女が再び外出するような物音は聞かなかったんですね?」

アイラは苦しげな、どことなく後ろめたそうな表情を浮かべた。

「エリナの咳のせいで、わたしもよく眠れない夜が続いていたのです。それで、睡眠導入剤を飲んで、耳栓もしてベッドに入りました。次の朝、ニーナが朝食の支度をする気配で目が覚めたときは、もう九時ごろだったわ」

いま滞在している女性たちにも話を聞かせてもらうことにした。もっと詳しい情報を提供してくれる人がいるといいんだけど。アイラによれば、エリナの友人のタルヤ・キヴィマキはすでにタピオラの自宅に戻ったという。今日は仕事があったそうだ。

タルヤ・キヴィマキ……聞き覚えのある名前だが、誰だか思い出せない。ヨハンナの故郷の村を管轄する警察には今朝のうちに電話してあったが、残念ながら成果はなかった。わたしの知っている警察官は一人もいなかったのだ。でも、警察にはヨハンナが子どもと会うのを妨害する法的な権利などないことは確かだ。わたしはアイラに、ヨハンナがわたしの友人の弁護士に連絡を取ったかどうか知っているかと尋ねたが、アイラは首を振るばかりだった。

「ヨハンナは、それは落ち込んでしまっていてね。クリスマスだというのに、子どもたちと引き離されて……でもエリナが、誰か弁護士と話をしていましたよ。もっともエリナは、ヨハンナの罪の意識を薄めてやることのほうに力を注いでいたけれど」

「罪の意識ですって？　中絶のことで？」

「それと、子どもたちを捨てたことについても。ニーナ・クーシネンが図書室でピアノを弾いているようね。まずはニーナに話を聞いてはいかが？」

わたしはアイラに導かれてキッチンを突っ切り、図書室へ向かった。ショパンのエチュードが猛烈な勢いで演奏されているのが聞こえてくる。かなり巧みな弾き手だ。アンティだって昨日や今日ピアノを始めたわけではなかったが、それでも彼がこの曲の中間部の難しいパッセージをこれほど鮮やかに弾きこなしたためしはない。

ピアノを弾いている若い女性は音楽に没頭していて、わたしたちが入っていってもまったく気づかなかった。それで最初、わたしの目に入ったのは彼女の背中だけだった。痩せた背中は青と白のストライプ柄のシャツに包まれ、腰まである栗色のまっすぐな髪が、体の動きにつれてゆらゆらと揺れている。年季の入ったワイドなジーンズをはいて、足元はごついワークブーツだ。後ろ姿だけ見るとニーナ・クーシネンはまるで十代の少女のようだった。どっしりした家具と書物でいっぱいの図書室は、入口側の壁際に置かれたテレビを除けば、一九二〇年代のいかめしい雰囲気に満ちている。この重厚な部屋にいると、ニーナの姿はあまりにもはかなげで、いまにも壊れてしまいそうに見えた。

「ニーナ！」エチュードが終わったときに呼びかけたアイラの声はほとんど叫び声だった。

「カッリオ巡査部長が、あなたに少しお訊きになりたいことがあるそうよ」

ニーナは椅子に座ったまま振り向いた。その動作があまりに急だったので、楽譜が床にばらばらと散乱し、ピアノの蓋がバンと音を立てて閉まった。彼女の顔を正面から見ると少女めいた印象は薄まった。それでも、おびえた表情を浮かべたアーモンド形の茶色の目と小さな口は、やはりどことなく幼い感じがする。ただ鼻は大きめで鼻筋は細く、人形のような顔立ちに大人っぽい雰囲気を与えていた。年齢は、おそらく二十四歳くらいだろうか。

「エリナのことで、なにか……新しい情報でも入ったの?」

ニーナは落ち着かない様子で言った。カレワラ・コルの銀の指輪で飾られたすらりと長い指が、髪の毛の先をしきりにいじっている。

「いいえ。だからこそ、話を聞きたいの。だけど、これは正式な事情聴取ってわけじゃないわ。あなたが最後にエリナを見たのはいつ?」

「タパニンパイヴァの夕食のときよ……八時ごろだったかしら。夕食の後、みんなここに移動して、本を読んだりテレビを見たりしたの。でも、エリナはどうしても散歩に出掛けると言って、出ていったわ。姿を見たのはそれが最後よ」

ニーナの顔にパニックの色が浮かび、彼女はわたしからふっと目をそらした。エリナの身になにか起きたという証拠を見てしまったとでも言わんばかりだ。ニーナにとってわたしは、つまり警察官は、脅威の象徴にほかならないのだろう。いくら警察官でも、一般市民の順調で穏やかな暮らしにずかずか踏み込んだりはしないのに。

「ここでクリスマスを過ごしたということは、エリナはあなたにとってかなり親しい人だったのね？」

わたしの質問に、ニーナはびくっと体を震わせた。わたしはエリナについて過去形で話してしまったことに気づいた。だけど、いまさら訂正はしなかった。そんなことをしたら、相手をますます混乱させてしまう。

「いえ、それほどでもないけど。前にも何度かエリナの講座に参加したことがあって、十二月の初めからはセラピーのコースを受け始めたの。ほかにクリスマスを一緒に過ごす相手もいなかったのよ。母は亡くなったし、父はフランスで暮らしているし、きょうだいもいないしね」

ニーナの声には、クリスマスのせいで何倍にも膨れ上がった孤独がにじんでいた。

「エリナが行きそうな場所の心当たりはない？」

「エリナのチャートから読み取ろうとしているんだけど、はっきりしなくて……」

「チャートって？」

「占星術のチャートよ。土星と冥王星の影響がかなり強く出ているわ。これは自己破壊を暗示しているの。それから、家族など近しい人との争いも……」

ニーナはちらりとアイラの顔を見た。

警察には時折、占星術師だの予言者だの透視能力者だのを名乗る人々から電話がかかってくる。困難な事件の解決に手を貸してくれるというわけだ。こういう手合いを真剣に相手にすることはわたしにはできず、この手の電話を受けても、拒絶の言葉を二言三言告げてガチャンと切ってしまっていた。占星術についてわたしが知っていることといえば、自分の星座が魚座だということくらいだ。魚座の人は、繊細で感受性が強く、順応性と創造力に富んでいるらしい。週刊誌の星占い欄に書いてある性格診断を読んでも、自分に当てはまるとは到底思えなかったが、こういうのを読むのは面白いものだ。これまでに付き合った男性は、アンティも含めてほとんど全員、射手座だった。ひょっとすると、これにはなにか意味があったりして……。

後で訊きたいことが出てきた場合に備え、ニーナに住所と連絡先を尋ねた。この後どれくらいロースベリ館にいるつもりなのか、彼女自身まだはっきりと決めてはいないようだったが、ともかく自宅の住所と電話番号を教えてくれた。ほかの女性たちを探そうと図書室を後にしたとき、ニーナの顔に安堵の表情が浮かんだのを見たような気がした。

ミッラはホールでパソコンを相手にカードゲームをしていた。ディスプレイに黒と赤のカードが飛び交っては次々と重なり、マウスが激しくクリックを繰り返している。署のパソコンにゲームが入っていなくてよかった。ゲームをやり出したら、わたしは間違いなく中毒になってしまうだろう。声をかけると、ミッラはいらいらと画面から視線を上げ、ため息をついてパソコンの電源を落とした。

「いよいよ拷問でも始めようってわけ？　建物の中でたばこを吸うのもだめなのにさ！」

ミッラの言葉づかいや声の調子は、面白いほどペルツァのそれに似ていた。二人とも、比べられたと知ったら激怒するだろうけど。妙なことに気づいてしまって変な気分になり、そのせいかわたしがミッラにかけた声は母のように優しかった。

「わたしの質問に答える義務はないのよ。これは正式な事情聴取じゃないんだから。だけど、ここでクリスマスを過ごしたということは、あなたも少しはエリナを好きだったんでしょう？　だったら、彼女の捜索に協力してくれるわよね」

「ふん、ばかみたい！　エリナのことなんて、あたしはなんにも知らないね。だいたい、おとといの夜、あたしはここにいなかったんだから」

　アイラが驚いた顔をした。

「どこにいたというのです？　ここからどこかへ行こうにも、夜になってからではもう無理でしょう」

「まったくだよ、ろくでもないったら！　あの寒さの中、雪まで積もって足元も悪かったのにヌークシオンティエ《通り》まで苦労して出てって、ヒッチハイクでヘルシンキへ行ったんだから。次の朝、八十五番のバスの始発で戻ってきたんだ。ほかのみんなは当然まだ寝てたけど、ヨハンナだけは起きていた。廊下でばったり会ったよ。だけどさ、ヨハンナってあたしのことを怖がってるんだよね。だから、あたしがどこに行ってたのか訊く勇気はなかったってわけ」

　ミッラは挑むような目でわたしとアイラを見た。その目を縁取るアイメイクは、前回会ったときよりさらに濃く、さらに黒々としている。そんなことがありえるとしての話だけど。今日の口紅はオレンジ色だった。

「なんだよ、あたしの顔に変なものでもついてるの？　ちょっと出掛けるのくらい勝手だろ、強制収容所じゃないんだから！」

「なぜヘルシンキへ行こうと思ったのです？」

アイラの声は、寄宿学校から脱走した悪童を尋問する校長先生さながらだった。

「酒と男が恋しくなったんだよ。男っていえばさ、あたし、ヌークシオンティエ《通り》まで出ていく途中で、エリナを見たよ。例の詩人の男と一緒に、館の丘を下っていった」

「それは何時ごろ？　そのときのエリナの服装は？」

「九時十五分過ぎくらいだったと思うけど。服装はわかんない、そんなによく見なかったし」

「あなたがここに戻ってきたのは次の朝になってからなのね？」

「そうだよ。クロサーリに住んでるおっさんの部屋に転がり込んでさ。名前も訊かなかったけど、家がどのへんにあったかは、頑張れば思い出せるかも。朝のコーヒーまで付き合いたいタイプじゃなくてさ、でも金はちゃんと持ってたよ」

「まだ、アリバイが必要になるような事件は起きてないわ。だけどもし今後、なんらかの理由で捜査を続けることになった場合、あなたをつかまえるにはどこへ連絡すればいいかしら？」

「今夜は仕事に出なくちゃならないんだ。ヘルシンギンカトゥ《通り》のエロチック・バー、ファニーヒル。ハイグレードなショーを開催中、ご来店をお待ちしてます。あたしの家は、ヘルシンギンカトゥ《通り》とフレミンギンカトゥ《通り》の交差点のとこにあるアパートだよ。あたしには何があったのか見当がつくね。エリナは詩人の坊やに別れを切り出したんだよ、きっと。男はそれに耐えられなくて、エリナに泣いてすがってさ、結局エリナを殺して、自分も自殺しちゃったんだ。そうすりゃ、フィンランドの文学史に詩人として名が残るとでも思ったんだろ。シド・ヴィシャスみたいにさ」

パンクロック界の伝説的ミュージシャンの名は、アイラにとっては聞き覚えのないものだったようだが、わたしはミッラの推理に思わず噴き出しそうになった。

「わたしの知る限り、ヨーナ・キルスティラはまだ生きてるわよ。さて、ヨハンナはどこかしら?」

アイラはしばらく黙っていたが、やがて口を開くと、いまはまだヨハンナになにか尋ねるのは控えてほしいと告げた。ヨハンナも、タパニンパイヴァの夕食を最後にエリナの姿は見ていないと言っているという。ヨハンナのことを考えると胸が苦しくなった。今日は会わずに済んだほうが、わたしとしてもありがたかった。

でもまだ、タピオラ地区に住んでいるというタルヤ・キヴィマキを訪ねなければならないし、ラピンラハデンカトゥ《通り》のヨーナ・キルスティラの家にも行かなくてはならない。ヨーナには昨日アイラが電話しているが、やはり会っておくべきだろう。館の西側へ回ると、敷地を取り巻く塀の角のところに、灰色がかったバラ色のサウナ小屋がひっそりと立っていた。小屋の鍵穴に鍵を差し込んだままにしてあるとアイラから聞いていた。この古いサウナ小屋に鍵をかけたことなど、一度もないそうだ。中はアイラが確認済みだというので、ここでエリナを発見できると思っていたわけではなく、期待していたのは別のなにかだった。

ドアから流れ出てくる空気はたばこくさかった。きっとミッラが、冷え込みがきつい日にはここに隠れてたばこを吸っているのだろう。中に入ると、サウナの後でくつろぐためのスペースは室温が十五度くらいあったが、サウナそのものの中までは電気が通っていないとみえて寒く、せいぜい二、三度しかなかった。家具はごくわずかだ。クロスの掛けられた小さなテーブルと空っぽの花瓶、ワイングラスが二つ、吸殻で半分ほど満たされた灰皿。それから椅子が一脚、幅が一メートルはあるベッドは愛し合う二人がたまさかの一夜を過ごすには十分だろう。ほかには色あせた青いパイル地のバスローブ、タオルが何枚か、テーブルの下の物入れに歯ブラシが二本ほど、フェイスクリームのボトルと、封の切られていない赤ワインが一本くらいだった。ベッドはぎこちなく整えられている。上掛けをめくってみると、壁側の枕に黒っぽい髪の毛が一本落ちていた。

ミッラが、たばこを吸いに来たついでにここで昼寝でもしたのかもしれない。

わたしはもう一度エリナの部屋に戻り、書き物机の上のスケジュール表に目を通した。クリスマスと新年に挟まれたこの週の予定は家族関係診断テストの面談が一つだけで、それも線を引いて消してあった。スケジュール表と住所録を持ち帰ろうか迷ったが、そのままにしておくことにした。エリナがいつ戻ってくるかわからないし、戻ってきたときに物がなくなっていたら訝しく思うだろう。

ヌークシオンティエ《通り》は暗く、路面は滑りやすかった。気温がまた上がっている。署に電話を入れて、飛行機の国際線とフェリーの国際航路の乗客名簿を確認してほしいと頼んでおこう。とはいえ、エリナが突然海外へ出掛けたとは考えにくかった。警察に伝わる古いセオリーが、望んでもいないのに心に浮かんできた。失踪してからの時間が長くなればなるほど、その人物が生きて見つかる可能性は低くなるのだ。

3

車からタルヤ・キヴィマキの自宅に電話をかけてみたが、彼女は出なかった。タピオラ地区に行くのは後日にしよう。急ぎの案件はなかったので、そのまま帰宅することにした。

アンティはまだ大学だった。クリスマスと新年に挟まれたこの時期は大学も静かなので、研究に没頭するにはもってこいなのだ。アンティは提出期限が迫っている論文を二本ほど抱えている。数学科で准教授のポストに空きが出ることになり、彼も応募するつもりなのだ。そのためには、発表論文のリストをより完璧にしておく必要がある。

『あなたがそのポストに就けば、わたしは准教授夫人ってわけね。死ぬほどすてきな響きじゃないの』

アンティからこの話を聞いたとき、わたしはちょっぴり皮肉っぽく言ったものだ。

『ぼくが選ばれる可能性はそんなに高くないんだよ。最有力候補は、キルスティ・イェンセンだね。でも、競争に参加すること自体に意義があるし』

ああ、アンティ……わたしはまた倦怠感に襲われていた。ビタミンでも不足しているのかしら。このままベッドに潜り込み、アンティに励ましの電話でもかけたい。でも、今日中にヨーナ・キルスティラを訪ねるとアイラに約束している。コーヒーケトルいっぱいにうんと濃いコーヒーをいれ、仕事用の化粧を落として服を着替えた。コーヒーはなんとなく金属っぽい味がしたが、体を動かしているうちに少し気分がよくなってきた。

もう一度タルヤ・キヴィマキに電話をかけてみた。今度は留守電に切り替わり、急用の場合は勤務先のYLE（フィンランドの公共放送局）に電話を、というメッセージが流れた。そのとたん、頭の中でカチッと音がした。どこでタルヤ・キヴィマキの名前を見たのか、思い出したのだ。YLEのニュースだ。キヴィマキはテレビのニュース番組の政治記者だった。ほかのキャスターと違って、彼女はけっしてカメラの前に姿を現さない。テレビの前の視聴者は、彼女のハスキーな、往々にして攻撃的な声を聞くだけだ。視聴者が見ることができるのは、インタビューの相手にマイクを突きつける彼女の手だけ、指がすらりと長く、指輪をしていないその手がちらりと画面に映る様子だけだった。キヴィマキはインタビューの相手を容易に放免しない。彼女が財務相のイーロ・ヴィーナネンまでしどろもどろに追い込んだときは、わたしも大いに楽しませてもらったものだ。タルヤ・キヴィマキの容姿を思い出そうとしてみたが、無駄だった。彼女は雑誌のインタビューに顔を出すようなキャスターたちとは一線を画している。

　留守電が告げた番号にかけたものの、キヴィマキとは話ができなかった。夜のニュースで使うリポートの編集中で手が離せないという。明日の朝、署に電話してほしいと伝言を残した。CDの中からロックバンドのエップ・ノルマーリのアルバム『アクネポップ』を選んでCDプレイヤーに入れ、ボリュームを最大にして、化粧を始めた。アンティが電話してきたので、これからラピンラハデンカトゥ《通り》のヨーナ・キルスティラの自宅を訪ね、仕事が済んだらビアバーのヴァスタランナン・キースキに寄るつもりだと伝えた。アンティも合流するという。ベルギー産の強い黒ビールのことを考えるとうっとりしてしまう……でも、まずは仕事を片付けなくちゃ。キルスティラに対して事前に訪問を告げるつもりはなかった。もしもエリナが、なにか意外な理由でラピンラハデンカトゥ《通り》に潜んでいるのなら、不意をついてやりたいと思った。もしかするとエリナは、クリスマスに押し寄せてきた来客に疲れてしまい、新年までの日々を静かに過ごしたいと思っただけかもしれない。

足元の悪い道を歩いてバス停に着いたとき、空から湿った雪片が落ちてきた。バスの中は暖かくてついうとうとしてしまった。でも、乗り換えのためにタピオラのバス停で降りると、凍りつくような風がわたしの目を覚ましてくれた。ヨーナ・キルスティラの自宅は日本食レストランのカブキの近くだった。ラピンラハデンカトゥ《通り》とテュオミエヘンカトゥ《通り》の交差点の角にあるアパートだ。キルスティラは家にいた。玄関に出てくる足音がドアの外まで聞こえてくる。覗き穴からこちらをうかがい、やっと開けてくれたが、細く隙間を開けただけでチェーンはかけたままだった。

「なんの用？」

つっけんどんな口調だ。きっと、青年詩人の家には毎晩のようにファンが押しかけ、やかましくチャイムを鳴らすのだろう。

「こんばんは。エスポー警察の巡査部長、カッリオといいます」ドアの隙間から身分証明書を示した。「エリナ・ロースベリさんのことでお話をうかがいたいんですが」

「エリナのことで、警察がなんの用です?」

訝しげな声が返ってきた。

「エリナ・ローズベリさんが行方不明になったんです。アイラ・ローズベリさんから連絡があったと思いますが」

「アイラなら昨日電話してきたけど……行方不明って、どういうことです? いったい何があったんですか?」

「中に入れていただければ、お話しします。外で話すほうがよければ、近くのカフェにでも行きましょうか」

ヨーナ・キルスティラは迷っているようだったが、結局チェーンを外した。

「かなり散らかってるんだけど。このところ、まともにそうじする暇もなくてね」

キルスティラの自宅はキッチンのほかに二部屋の手狭な住居だった。右手のドアが開いていて、魔窟と化した寝室が見える。その脇の簡易キッチンは、電気コンロの台と電子レンジ、それからうなるような音を立てているくたびれた冷蔵庫だけでもう満杯だ。古い建物なので天井が高く、一続きになったリビングと書斎に独特の魅力を与えている。リビングも書斎も本と紙の束でいっぱいだった。アンティが以前暮らしていたイソ・ローベルティンカトゥ《通り》のアパートを思い出した。わたしが同居し始める前のあの部屋に、どことなく雰囲気が似ている。ただ、キルスティラの家にはピアノがない。書き物机には、詩人本人と同じくらい年季が入っていそうな黒いタイプライターと、いかにも機能的なノートパソコンとが、仲良く並んでいた。

キルスティラは紙の束をソファーからどけて、そこへ座るようわたしに手振りで示した。彼自身は床の上に座り込み、たばこに火をつける。ヨーナ・キルスティラの外見は絵に描いたような詩人のそれで、わたしは以前から面白いと思っていた。波打つ黒髪が耳の下まで伸び、前髪が目にかかるのを、強迫行動みたいな動作で時折はらりとかき上げる。肌は青白く、まつげの長い大きな瞳がダークブラウンに輝いている。まっすぐで線の細い鼻、繊細な口元は片方の端がいつも少し下がり気味だ。青年詩人ならこういう容貌だろうと誰もが思うとおりの顔立ちで、三十歳を過ぎているはずだが、いまだに少年のように見えた。背は低く、百七十センチあるかないかで、かなりの痩せ型だ。トレードマークの黒いセーターが、ほっそりとした印象をいっそう際立たせている。セーターの袖から小さな手が突き出していて、手首の骨のでっぱりが目立った。指はすんなりと長くて細く、羽根ペンを持つためだけに作られたようだ。彼の詩集はわたしも何冊か読んだが、ユニークな言葉の使い方がすばらしかった。作品の根底に流れる雰囲気は、わたしの好みで言えばちょっと男のロマンが過剰だと思ったけど。

「エリナが行方不明って、いったいどういうことです?」

キルスティラはたばこの煙を吐き散らしながら訊いてきた。わたしが返事をする前に、すぐ脇の本棚の上に積み上げられた本が妙な音を立て始めた。次の瞬間、本の山がどさどさと降ってきて、わたしは間一髪で飛び退いた。

「ペンティ、やめないか!」

キルスティラがどなった。グレーと茶色の縞模様、胸は白のほっそりした猫が、本棚から本棚へ軽々と飛び移り、床にぽんと降りてくると、わたしの足元にやってきてくんくんやり始めた。うちのアインシュタインの匂いがするのだろう。

「この子、ペンティっていうのね」

「詩人のサーリコスキの名前をもらったんだ。すまないね、そいつはどうも好奇心が旺盛すぎて。だけど、エリナのこと……」

キルスティラは本当に心配しているようだ。おとといの夜から誰もエリナの姿を見ていないと説明すると、彼の中でますます不安が増したのがわかった。二本目のたばこにせわしなく火をつけている。煙を顔に吹きかけられた猫のペンティが、嫌がってキッチンへ退散していった。

「エリナがいったいどこにいるのか、ぼくには見当もつかないよ!」

キルスティラは立ち上がり、窓に歩み寄った。幅の広い窓枠にたばこを押し付け、額を窓ガラスに押し当てる。輝くダークブラウンの瞳が鏡になったガラスに映り込んだ。

「エリナとは毎日連絡を取り合っているわけじゃないのね?」

「毎日ってわけじゃない」キルスティラは窓ガラス越しに答えた。「詩を書いているときのぼくは、ほかの世界のことには関心がないんだ。エリナだって講座があるし。年が明ける前にまた電話しようって言っただけで、そのときはエリナが来ることになってて……」

キルスティラの声はまた弱々しくなった。文章の途中までしか言わないのが彼のスタイルらしい。

「最後にエリナに会ったのはいつなの?」

キルスティラの反応は意外なものだった。

「エリナがいなくなったのはいつ？」

「二十六日、聖ステファノの祝日《タパニンパイヴァ》の夜よ。つまり、おとといの夜ね」

「ぼくが最後にエリナに会ったのは、クリスマスイブの前日の午後だ。ハメーンリンナの両親のところでクリスマスを過ごすために列車で出掛けたんだけど、その少し前だった」

どうして嘘をつくのだろう？　アイラは、エリナがタパニンパイヴァの夜にキルスティラと二人で散歩していたのはまず間違いないと主張しているし、ミッラは二人が一緒にいるところを見たとさえ言っている。もっとも、いまのわたしは犯罪捜査をしているわけではなく、ただエリナがどこにいるのか突き止めたいだけだったから、彼の嘘を追及はせず、ハメーンリンナから戻ったのはいつかと尋ねるだけにした。昨日の朝早く戻ったという。

「ということは、アイラから電話があったのは帰宅した直後？」

「ちょうどベッドに入ったところだったんだ。徹夜で古い友人たちと飲んでいたからね。だから頭が回らなくて、エリナがいなくなったと言われたのに、よくわかっていなかったんだ。なんて恐ろしいことだろう。ふいと姿を消すのはいつもぼくのほうだったのに」

繊細な外見とは裏腹に、キルスティラはフィンランドの詩人たちに受け継がれてきた名誉ある飲酒の伝統を守っていることで有名だった。そんな彼をエリナ・ロースベリのような女性が恋人に選ぶなんて、なんだか似つかわしくない気がする。でも、人間の感情に理屈なんかない。もしもわたしが完全に理性の声だけに従って生きていたら、アンティとも、ほかの誰とも、結婚なんかしなかっただろう。

キルスティラはすっかり混乱してしまい、わたしが辞したときもただ首を振るばかりだった。そのまま歩いて待ち合わせのビアバーへ向かった。わたしは気落ちしていた。エリナがどこにいるのか、いまだに手がかりすら得られていない。ただ何人もの人にショックを与えてしまっただけだ。

アンティはキャンドルがともされた窓際の席にいて、手にした本に集中しようとしていた。ゆらめく炎が影を投げて、アンティの顔がますますほっそりと、インディアンめいて見える。窓ガラスをコンコンと叩くと、彼の顔に笑みが広がって、表情に少年のような輝きが生まれた。

「何を飲んでるの？」

アンティの前に置かれた丸底のグラスを覗き込んだ。赤いハートと太っちょの男の絵が描かれている。

「ベルギーの、ウルビア。すごくうまいよ」

味見させてもらったけど、やっぱり定番のオールドペキュリアにした。店の中にたばこの煙が普段よりもっと濃く立ち込めている気がして、息苦しくなった。それに、なぜだかいつものビールが、いつもほどはおいしく感じられなかった。アンティとヨーナ・キルスティラの詩について話したが、わたしはじきに電池が切れたようになり、早々に引き上げることになってしまった。ビールがおいしくないなんて、もう若くない証拠だろうか。その夜は重苦しい眠りにからめとられ、しかも次の朝起きてみると二日酔いみたいな症状があった。ビールをやっと二杯飲んだ程度だったのに。夜のうちにソウッカ地区の飲食店で強盗事件が発生していた。プロの手口だったので、わたしはパロと二人でパソコンを駆使し、犯罪歴から犯人に該当しそうな常習犯を洗い出そうとした。何人かに絞り込んだとき、タスキネンがドアのところに現れた。

「ヌークシオの森で女性の死体が発見された。年齢は四十歳前後。パジャマを着ている。見にいくか、マリア？」

行きたくありません、と答えたかった。エリナ・ロースベリの死んだ姿なんて見たくない。ほかの誰であっても、死体なんて見たくなかった。それでもわたしはのろのろと立ち上がり、上着の袖に腕を突っ込んだ。パロはパソコンと格闘を続けている。

「ストレムが下で車を選んでいる。私はコートを取ってから行くよ」

外出の申告をするため受付に向かって廊下を急ぐわたしに、タスキネンが大声で言った。駐車場に下りていくと、ペルツァは署で一番ありふれたサーブのエンジンをふかしていた。わたしは助手席に滑り込んだ。タスキネンには後ろに座ってもらおう。スピーカーから鑑識班の声が響いている。

「ヌークシオか……ソルヴァッラ方面と同じルートで行くか？」

ペルツァが訊いてきた。

「死体の発見場所がどこなのか、まだ聞いてないのよ。タスキネンに確認しないと」

「ヌークシオンティエ《通り》を、ロースベリ館の交差点まで行ってくれ。現場まで車で入るのは無理だろう。長靴を持ってきた。マリアにはちょっと大きすぎるが」

ちょうど現れたタスキネンが言った。装備の入った手提げ袋を抱えている。

「車では無理って、そりゃどういうことです？　死んだ女はいったいどこで見つかったんですか？」

ペルツァがいつものすてきな調子でわめいた。

「クロスカントリースキーのコースの脇だ。本道からは一キロほど離れている。スキーヤーが発見して、近くの民家から警察に通報してきた」

「民家って、ロースベリ館ですか？」

わたしは訊き返した。だとしたら、アイラもほかの人たちも、死体が誰なのかすぐに察しただろう。

「いや、その近所の家だ。通報者はロースベリ館の門も叩いたらしいが、男はあの中に入れてもらえないだろう」

「つまり、死体はロースベリ館に泊まり込んでいるレズビアンどもの誰かってことですか」

ペルツァは急カーブを切って車を道路へ出した。泥混じりの雪が歩道に飛び散り、ちょうど歩いてきた老人にはねかかってしまった。タスキネンの口元がぎゅっと引き締まった。彼はペルツァの口のきき方が好きではない。運転の仕方もだ。

「館の所有者エリナ・ロースベリが、数日前から行方不明だった」

タスキネンの声にまだ苛立ちは混じっていなかった。彼は電話に手を伸ばし、鑑識に道順を指示し始めた。

「スキーを持ってきたほうがよかったんじゃないのか」ペルツァは独りごちた。「雪をかきわけていくんだと。最悪だ、最悪だ、最悪以下だぜ……」

ローズベリ館に向かう道の脇で、死体を発見したスキーヤーがわたしたちを待っていてくれた。目の覚めるようなブルーのスキーウェアに身を包み、最高級のスキーを履いた彼の姿は、よその星から落ちてきた人のようだった。なんだか彼に申し訳ない気分だ。きっと軽快なスピードで滑っていただろう、汗もかいていただろうに、いまはすっかり体が冷え切っているはずだ。おまけに彼の身元を聞き出してメモするペルツァの態度ときたら、友好的とは程遠い。何十センチも降り積もった雪が森を覆っているのは、確かにあまりうれしくない光景だった。スキーヤーのスキーの跡が積もった雪の上を横切って続いている。わたしたちは雪をかきわけていくしかないだろう。

「森の奥へ入れば歩きやすくなりますよ。夜中に雨が降ったから、雪がだいぶ解けているんでね」

スキーヤーは励ましてくれるかのように言った。長靴を履きながら、今朝はウールのロングコートでなくヒップレングスのジャケットを選んで正解だったと思った。スキーヤーとペルツァとタスキネンの後をついていこうとしたが、これはちょっとフェアじゃなかった。だってペルツァは身長が二メートル近くあるし、タスキネンはマラソンランナーだし、スキーヤーはスキーを履いているんだもの。わたしだって体を鍛えていないわけじゃないけど、今日もわたしの足は調子がおかしく、ちっとも力が入らない。

開けた場所に出ると、降り積もったやわらかい雪が長靴の中に入ってきた。トウヒの木が鬱《うっ》蒼《そう》と生い茂っているあたりでは、積雪はほんの数センチ程度だったが、雪は凍結してつるつるの塊になっている。木が生えていない場所では吹きつけてくる風に顔が引きつった。木々が密生しているところに入ると、針のようなトウヒの葉が頬にちくちくと突き刺さってきて、小さな引っかき傷が無数にできた。

スキーの跡をたどれたので、目的の地点は容易にわかった。森のへりから数キロ入ったあたりまでは木を伐採して小道が造られており、夏には遊歩道、冬にはスキーのコースとして利用されている。土地が小高く盛り上がったてっぺんに、枝葉を濃く生い茂らせたトウヒの木が一本立っていて、死体はその根元に横たわっていた。正確にいえば、トウヒの根元に見えたのは、華奢《きゃしゃ》なはだしの足だけだった。昨日はまだ雪に覆われていたのだろう。トウヒの枝に積もっていた雪が雨で解けて滴り落ち、足を濡らしていた。まずペルツァが慎重にトウヒの枝をかきわけた。はっと息を呑む気配があり、彼が枝の下に横たわる死体を凝視しているのがわかった。自分の番になったときも、どんなものを見ることになるのか、わたしはまだ想像できずにいた。

トウヒの根元に横たわっている死体は、間違いなくエリナ・ロースベリだった。バラ色の薄いサテン地のガウンが、凍って体に貼り付いている。同じ色のパジャマの裾は、いったん凍ったのが枝から落ちた水滴で解かされていて、わたしが思わず後ずさったときにかすかに動いた。凍傷をおこしたはだしの足にはまだら模様が浮き上がっていたが、顔つきは穏やかで、微笑んでいるようにさえ見えた。だが、彼女は死んでいた。

死んだいまもエリナの頬骨は高く、閉じているまぶたは黒ずんでいた。暴行を受けた形跡は見当たらない。まるで、エリナが自ら木の根元に横たわり、ゆったりと眠りについたかのようだった。眠り姫のように。しかし、彼女を目覚めさせてくれる王子は、おとぎ話の世界にしか存在しない。

「エリナ・ロースベリです、間違いありません」

わたしは背後に顔を出したタスキネンにうなずいてみせた。雪で濡れた足がかじかみ、のどには得体の知れない痛みが貼り付いていた。ペルツァがごく低い声でスキーヤーと言葉を交わしている。エリナの死体を見つけたことで、傲慢で荒っぽいペルツァさえもついにおとなしくなったかのようだ。森は静寂に包まれていたが、しばらくするとわたしたちが来た方向から物音が聞こえ出し、続いてタスキネンの携帯が鳴った。鑑識班が到着したようだ。

決まった手順を踏んでいると気持ちが紛れた。写真撮影、計測、成果は期待できないながらエリナの足跡の捜索。エリナは凍死したと思われるが、正確な情報は解剖の結果を待たなくてはならない。

「ここまでだな」やがてタスキネンがため息をついた。鑑識班は、トウヒの根元にエリナのほかにも人がいたかどうかを示す証拠を、今日のところは見つけ出すことができなかった。「マリア、きみはロースベリの近親者を知っているんじゃなかったか」

「わたしが知っているのは、ロースベリ館に住んでいるエリナのおばだけです。知る限りでは夫も子どももいませんし、両親もすでに他界していると思います」

「それなら、ロースベリ館へ行こう」

タスキネンは雪をわけて、車を停めた場所へ森を横切って引き返し始めた。鑑識班の通った跡が雪の上に幅広い道を作ってくれていた。彼らが重たい装備を載せて運んだそりが、ところどころで除雪車の役割も果たしたようだ。車に戻るのはあっという間で、わたしはあわててアイラになんと言おうかと考え始めた。考えなくてはいけない問題がもう一つある。エリナは、ロースベリ館に男性を入れることを拒否していたのだ。

「おれたちは車で待ってるか？　あの館の女どもも、男はどうせ中に入れないだろう」

ロースベリ館の立つ丘の上に向かい、時折タイヤを空転させせつつ車を走らせながら、ペルツァが言った。ずいぶんと館の規則に詳しいようだ。

「そんなことをする意味はないと思うわ」

わたしは車を降り、呼び鈴を鳴らした。アイラが監視カメラを通してわたしたちの姿を認めたのだろう、彼女が出てくる代わりに門扉が自動で開いた。タスキネンとストレムを乗せたまま、車は門の中へ滑り込んだ。九〇年代に入ってからロースベリ館が迎え入れた初めての男の訪問者だ。

玄関の扉はアイラが開けてくれた。彼女の顔は一気に老け込んで、腰も曲がってしまっている。わたしたちが何を伝えに来たのか、すでにわかっていたようだった。彼女の口から最初に出た言葉で、それが知れた。

「エリナを見つけたのですね。場所は？」

タスキネンが事情を説明し、エリナが木の根元に横たわることになった経緯や、犯罪がからんでいるかどうかは、いまの時点ではわからないことを強調した。アイラの目に涙は浮かんでおらず、その目はただタスキネンを通り越して虚空を見つめていた。

「エリナに会わせていただけますか?」

しまいにアイラが言った。わたしはあわてて、いずれにしろ正式に身元確認をしていただく必要があるんですと説明した。

「いますぐ現場に向かって大丈夫ですか? それとも、明日にしましょうか? いずれにしても、あらためて事情聴取を受けていただく必要があります。タパニンパイヴァの夜にこのロースベリ館にいた人は全員です」

アイラが口を開きかけたとき、二階からヒステリックな悲鳴が聞こえてきた。続いてドアがバタンと開く音が響き、ニーナ・クーシネンが金切り声を上げながら階段を駆け下りてきた。わたしたちの姿を認めたニーナは一瞬足を止めたが、再びわめき声を上げるとペルツァにつかみかかった。

「ここは男子禁制なのよ!」

ニーナはペルツァを玄関のほうへ押し戻そうとしたが、さすがに無理だった。ニーナは女性としては背が高いけれど、身長百九十センチ、体重百キロのペルツァの相手ではない。わたしはニーナをペルツァから引き離そうとしたが、どちらかというと同僚がニーナに危害を加えるのを防ぐためだった。

「ニーナ」アイラの声が、斧のような鋭さで空気を細く切り裂いた。「警察の方々ですよ。エリナを見つけてくださったの」

ニーナの動きが止まった。わたしの手の中で彼女の体がぐにゃりと力を失い、それからまたこわばった。アイラは相手に聞き返す余裕を与えず、これまでに彼女の口から聞いたことのない尖った声で告げた。

「エリナは亡くなったのよ」

ニーナは床にくずおれ、絶望したように泣き出した。ずいぶん反応が早い。こういう場合、何が起きたのか理解するまでに時間がかかることが多いものだ。アイラがニーナの体に腕を回し、慰めの言葉をささやきかけている。誰よりも慰めを必要としているのはほかならぬアイラだということに、わたしは突然気づいた。だけどアイラという女性は、自分より周りの人々のことを優先し、悲しいときは暗い部屋の片隅でたった独り涙を流す人、そんな印象があった。

わたしも涙が出そうになったが、仕事に意識を集中させることでこらえた。

「タパニンパイヴァの夜にここに泊まった人で、いまも滞在している方はいらっしゃいますか?」

自分の声も冷たくて、身を切るようだと思った。市電のブレーキに軋む鉄のレールみたいだ。アイラはニーナに向けていた視線をわたしに移した。

「二階にヨハンナがおります。巡査部長がご自分で話をされますか?」

残酷な質問だった。よそよそしくなった口調のせいで、いっそうきつく耳に響いた。正直言ってわたしは、ヨハンナにどう接するべきか、いまだに心を決めかねている。信仰に身を捧げる人たちのことを、わたしは昔から不可解だと感じてきた。たぶん、ときどき自分自身の中にも存在を感じる、盲目的狂信が恐ろしいのだと思う。ヨハンナの瞳の中に口を開けている裂け目も、わたしをおびえさせた。どこか知らない場所、絶対に行きたくない場所へわたしを連れ去ろうとする、あのまなざしが怖かった。

「わたしが話します」あごをぐっと上げて答えた。「身元確認のほうはどうしますか?」

「二時間ほど待っていただけるなら、行けます」アイラの声にも戦いを挑むような響きがあった。「いまは、ニーナとヨハンナのそばにいてやらなくては」

ニーナの泣き声はかすかな嗚咽《おえつ》に変わっていた。彼女はアイラの肩から顔を上げて尋ねた。

「エリナはどこにいたの?」

わたしは説明した。訊かれたことにはできる限り答え、解剖の結果がわかり次第もっと多くのことを話すと約束した。そのとき、階段の上から物音が聞こえてきて、わたしたちは一斉に視線を上げた。

ヨハンナが、表情のない青ざめた顔でこちらを見下ろしていた。ブルーグレーのガウンをはおり、腰ひもを無造作に巻きつけている。昼寝をしていたのだろう。色の薄い金髪が何本か、きつく結ったまげからこぼれて、曲線を描きながら顔の輪郭を縁取っている。髪形のせいで気づいていなかったが、彼女の髪は生まれつき強いくせ毛のようだ。ヨハンナの言葉は、まるで説教壇から下される宣告のように降ってきた。

「自殺は罪よ！　自殺した者は天国に入れないわ。わたしはレーヴィに尋ねたの。十番目の子を、その子もわたしも死ぬとわかっていながら妊娠し続けるのは、罪ではないのかと。それは自殺であり、同時に殺人ではないかと。でも、それが神のご意志だとレーヴィは言ったわ」

ペルツァの目の中でパニックが膨れ上がっていくのがわかった。ここにいる女性たちはみな頭がおかしいと決めつけ、一刻も早く退散したいと思っているのが、手に取るようにわかる。わたしはタスキネンの視線をとらえようとした。このまま続けるかどうか、彼の判断を仰ぎたかったのだ。ヨハンナはゆっくりと階段を下りてきて、アイラとニーナに近づくと、二人の体に腕を回した。大勢の子どもたちの世話に慣れた、母親の仕草だった。目を閉じて穏やかな表情になったヨハンナはまだ若い少女のようで、彼女の年齢はわたしといくつも違わないはずだと気づいた。せいぜい三十三歳か、三十四歳。最初の子を出産したときは、かなり若かったのだろう。

「署には何時ごろ来ていただけますか？　全員のお話をうかがいたいのですが」

タスキネンの声には、要請と命令の両方の色合いが含まれていた。翌日の午前中に事情聴取をおこなうことで話がまとまった。土曜出勤になるが、仕方がない。アンティの同僚の家族が年越しのパーティーに招いてくれているのも、行けるかどうかわからなくなってきた。

署に戻る車の中で、エリナの失踪について知っていることをペルツァとタスキネンにあらためて説明した。タスキネンは、解剖の結果を見て事情聴取が必要になった場合は、一次聴取をわたしに任せると言った。予想していたとおりだ。

「死亡した女性はなぜ、厳寒の夜にガウンとパジャマという格好で、雪深い森の中へ歩いていったのか。本件で完全に不可解な点は、これだけだ。この点についても、真っ当な説明が見つかるかもしれない。夢遊病の気がなかったか、訊いてみればよかったな。人口統計局の記録にも当たって、関係者全員のデータを可能な限り集めてくれるか」

「ロースベリという女は金持ちだったろう。自宅だけで何百万マルッカもの価値があるし、ヌークシオに自然保護区ができたときに、森林の一部を国に売却させられているはずだ。夫も子どももいないとなると、その金は誰の手に渡るんだ？　同居しているおばか？　それとも、男を憎むやつらの団体か？」

「そうね、去勢推進協会とか」

ペルツァに言葉を返しながら、彼が指摘したのは興味深いポイントだと思った。エリナ・ロースベリは裕福な女性だった。ロースベリ一族が資産を築き上げた業種はなんだったかしら、確か製材業？　手始めに、エリナ・ロースベリの個人情報を徹底的に洗ってみよう。

署の自室に戻るとさっそくパソコンを起動し、人口統計局のデータベースにアクセスして、エリナ・ロースベリの記録が出てくるのを待った。〝美男子図鑑〟の中の男たちが、壁からわたしに笑いかけてくる。独身最後の女だけのパーティーで友人たちがプレゼントしてくれたものだ。写真のコラージュに、〈あんたが逃したいい男！〉と大きな字で書き添えられている。ノルウェーの短距離走選手ゲイル・モーアン、ヒュー・グラントにミック・ジャガー、フィンランドが誇る競歩選手のヴァレンティン・コノネン……これを見た男性の同僚たちの口からは不機嫌なコメントが飛び出した。そもそも、こんなものを目につく場所に貼っておくこと自体がけしからん、とも言われた。だけど、セクハラだと言ってきた人は、ストレムを含めていまのところ一人もいない。この部屋で正式な事情聴取をおこなうことはまずなかったから、警察官としての威信を揺さぶりかねない、ティーンエイジャーの女の子みたいなこのコラージュを貼っておく気にもなれたのだった。

やがてパソコンが結果をはじき出した。画面に表示された情報に目を走らせながら、プリンターの電源を入れる。ロースベリ、エリナ・カトリーナ。一九五四年十一月二十六日エスポー市生まれ。父は地主だったクルト・ヨハンネス・ロースベリ、一九一四年生まれ。母はシルヴァ・カトリーナ・ロースベリ、旧姓カヤヌス、一九二〇年生まれ。配偶者なし、子どもなし。その他特記事項なし。犯罪歴も一応調べたものの、なにか出てくると思っていたわけではなかった。ところが一度だけ逮捕歴があるのがわかった。一九七〇年、ペルシアの国王《シャー》に抗議するデモに参加したときだ。その後の記録は二十五年間、真っ白だった。ほかに何を調べたらいいだろう……警察のデータベースに医師の人名録はあったかしら。心理療法士の情報も載っているかもしれない。しばらくキーボードを叩いて、求める情報に行き着いた。エリナ・ロースベリ、一九七三年に大学入学資格試験合格、ヘルシンキ市フランス語学校卒業。一九七九年に心理学修士号を取得。一九八一年に心理療法士の資格を取得。一九九〇年にロースベリ・セラピーセンターを設立、現在に至る。それ以前の職歴としては、首都圏大学中央病院の青少年精神科クリニック、ラピンラハティ病院などに勤務。趣味は自然の中を歩くこと、読書。やはり、捜査を進展させるようなめぼしい手がかりはなにもない。エリナは珍しいほど親類が少ない人だった。エリナ本人は一人っ子で、母親にもきょうだいはなく、父方のおじは二人とも継続戦争（第二次ソ連－フィンランド戦争。一九四一－四四年）で命を落としている。アイラを除くと、エリナが特に親しくしていた人物といえるのはヨーナ・キルスティラとタルヤ・キヴィマキだ。彼らなら、エリナを殺した可能性があるのは誰か、エリナを一度解けた雪の女にしてしまったのは誰なのか、心当たりがあるかもしれない。

エリナを殺した？　わたしったら、どうしてエリナが殺されたなんて思ったのだろう？　エリナの死に関して、犯罪を匂わせる要素はなにも見つかっていないじゃない。事故か自殺の可能性が十分にある。

腹部にずっと重たい感じがあった。そろそろ生理が始まらないとおかしいのに……前回はいつだったっけ？　長年、生理の周期はピルの残量で見当がついたから、避妊リングを入れているいまも、計算するのをさぼってしまっていた。だけど胸は張っている感じがして、いつもの生理前の兆候と同じだ。買い置きのタンポンがデスクの引き出しに残っているか確かめようとしたとき、誰かがドアをノックした。

「どうぞ！」

課の誰かだと思ってわたしは答えた。きっとタスキネンだろう。同僚でノックする人はあまりいない。

ところが、ドアの向こうに立っていたのは見知らぬ女性だった。年齢はわたしと同じか、二つか三つ上だろうか、実際の年齢を推測するのが難しいタイプだ。身長はおよそ百六十センチ、わずかに青ざめた顔、無個性であることを強調する入念な化粧。女性誌のグラビアなら、ナチュラルメイクとキャプションがつくような化粧法だ。耳が隠れるほどのセミロングの髪は茶色で、毛先が内巻きにカールされ、顔にかからないように黒いヘアバンドで留めている。スタイリッシュな眼鏡のレンズ越しに、未熟なブルーベリーの実の色をした瞳がわたしをひたと見つめてくる。しなやかな体を包む茶系の厚手のスーツは、『活躍するキャリアウーマンの制服』という名のカタログから抜け出してきたかのようだった。

「カッリオ巡査部長でいらっしゃいますね。エリナ・ロースベリの件でお話ししたいことがあって来ました」

なんて奇妙な組み合わせだろう。女性の顔にはまったく見覚えがないのに、声はよく知っている。タルヤ・キヴィマキに違いなかった。本人が名乗ったので裏付けが取れた。キヴィマキはわたしの手をしっかりと、しかしごく短く握った。彼女の手の爪は念入りに手入れされていて、マニキュアは目立たない淡い色だった。

「アイラ・ロースベリから電話があって、エリナが死体で発見されたと聞きました。自殺の可能性もあるとお考えだそうですね」

タルヤ・キヴィマキは狭い部屋に入ってきてソファーに腰を下ろし、格好良く足を組んだ。ふくらはぎのラインが美しい。運動で鍛えているに違いない。この人が選ぶのはどんなスポーツだろう。なんとなく、ボクシングかフェンシングじゃないかという気がした。

「自殺と推測なさっているとしたら、その推測は適切ではありません。それをお伝えしたくて来ました。エリナは絶対に自殺などしないわ。仮に自殺を考えるほど追い詰められていたとしても、彼女ならプロにアドバイスを求めたはずです」

タルヤ・キヴィマキの落ち着いた声は、鋭さと怒りを内に秘めていた。政治関連の報道番組でおなじみの声だ。なかなか面白い組み合わせだった。表面は穏やかで知的なのに、その下からしばしば、政治家たちをたじろがせる手厳しい質問が炸裂するのだ。

「解剖の結果が出るまでは、なんであれ推測の域を出ません」

わたしはいつの間にか戦闘態勢になっている自分に気づいた。タルヤ・キヴィマキの目に、間抜けな警察官と映るのだけはごめんだった。確かに彼女は、先の首相エスコ・アホさえ絶句させたかもしれない。それは認めるわ。だけど見てらっしゃい、マリア・カッリオはもっと手強いわよ……。

「捜査はいま、どんな段階にあるのですか?」

「まだ捜査といえるようなことはおこなわれていません。解剖の結果、犯罪に結びつく要素が見つかれば別ですが。でも念のために、エリナ・ロースベリさんに最後にお会いになったときのことをうかがっておきましょう。タパニンパイヴァの夜はヌークシオにいらしたんですね?」

「クリスマスの間はずっとヌークシオにいました。おとといの朝、つまりタパニンパイヴァの次の日の朝に、ヘルシンキに戻ってきたんです。仕事があったので」

タルヤ・キヴィマキがたいして動揺していない様子なのが不思議だった。アイラの話によれば、キヴィマキとエリナはもう何年も親しい友人同士だったはずだ。エリナが死んだと聞いて、キヴィマキはショックで取り乱しているのではないかとさえ思っていた。なのに、わたしの目の前にいる女性は、事前の合意の下で順調に進む所得政策の交渉をリポートしてでもいるみたいに、冷静そのものだ。

「クリスマスの間になにか変わったことはありましたか？　エリナ・ロースベリさんがパジャマのまま森で発見されたことを説明できるような」

タルヤ・キヴィマキは質問される立場に立たされたのが気に入らないようだった。それはそうだろう。彼女はこれまで、常に誰かに質問する側だったのだから。

「確かになにかと緊張したムードはありました。もともと、クリスマスにロースベリ館に滞在するのは、わたしとアイラとエリナの三人だけのはずだったんです。ヨハンナ・サンティとミッラ・マルッティラは、それぞれなにかの講座に参加した後そのまま残っていただけです。エリナはいつも気の毒な人たちを受け入れて世話をしてやっていました。飼い主の手から逃げた猫の世話をする人たちがいるけど、それと同じ。そう、たとえばニーナ・クーシネンがいい例よ。彼女はただあまりにも自己本位なだけで、たいした問題などない人の典型です。あの中で本当に問題を抱えているのは、たった一人、ヨハンナ・サンティだけ。彼女だって、離婚を申請して、子どもたちを手元に置きたいと訴えればいいだけの話よ。さほど難しいことではないわ」

「エリナ・ロースベリさんと知り合われたのはいつごろですか？」

「六年ほど前です。そのころわたしは〝Aスタジオ〟の記者で、児童の性的虐待に関する番組を制作していました。当時、非常にタイムリーな話題でしたから。番組でインタビューした相手の一人が、エリナでした。すぐに意気投合したわ。インタビューの相手として、彼女は最高だった」

「その番組、よく覚えています」

わたしは言った。ちょうど法学部で勉強していたころで、刑法の教授が番組で紹介された近親相姦の事例を授業で取り上げたのだ。家族を相手取って裁判を起こすのがいかに困難かを示す例だった。アメリカで起きた事例で、成人年齢に達した姉妹が、父親を過去にさかのぼって強姦の罪で訴えたものの、母親と兄弟が父親に不利な証言をすることを拒んだのだ。思い出すだけで悔しさが込み上げてくる。

「エリナは非常に理性的な人でした。彼女が上着も着ないで真冬にふらふら出歩くなんて、想像もできないことです。まして、あのときはひどい咳の症状が出ていたのですから。なんらかの理由があるとしたら、誰かがとても困難な状況に陥っているのをエリナが知ったということくらいしか考えられません。仮にそうだとしても……ロースベリ館の敷地には、部外者は入ることができないのです。門扉はいつもロックされていますから」

「それはなぜですか？」

「エリナの意向です。侵入者、特に男性を閉め出すためです。エリナは、エスポー市内に一つでも、女性たちが男に悩まされず安心して過ごせる場所を作りたいと願っていました。ときどき、ソルヴァッラあたりから流れてきた酔っ払いの集団や、ヌークシオでキャンプしている十代の若者たちが、門扉の前で騒ぐこともありましたが。男はみな、自分たちが入れない場所があるということにひどく腹を立てるらしいわね」

「まったく。ところで、タパニンパイヴァの話に戻りますが、エリナ・ロースベリさんを最後に見たのは何時ごろでしたか？」

「わたしはアイラと図書室でテレビを見ていました。ニーナ・クーシネンもいたと思います。マリリン・モンロー主演の古い映画だったわ、センチメンタルで、おかしくて。そこにエリナが顔を出して、頭痛がするからちょっと外の空気を吸ってくると言ったのです。みんなで止めようとしたわ、なにしろひどい風邪をひいていたし。だけどエリナは耳を貸さずに、行ってしまったのです。彼女はそういう人でした。一度こうと決めたら、他人が何を言っても無駄なのよ。

映画が終わると、わたしはベッドに入りました。次の日は朝早く出なければならないことがわかっていましたから。翌朝、エリナの部屋のドアの前までは行ってみました。もしエリナが目を覚ましているようなら、ひとことクリスマスのお礼を言ってから出ようと思ったので。でもドアの隙間からは光が漏れていませんでした。門扉のロックを解除するコードはエリナから聞いていましたから、自分で開けて、車で職場のあるパシラ地区へ戻りました」

「ほかに門扉のコードを知っている人は？」

「当然ながらアイラが知っています。それと、たぶんヨハンナも。彼女はロースベリ館に来てもう長いですから。でも、基本的には秘密です。招かれざる客を避けるために」

そのときデスクの上の電話が鳴り、同時にタルヤ・キヴィマキがソファーから立ち上がった。電話が鳴ったことを切り上げる口実にしたみたいだ。わたしは受話器を取り、少し待ってくれるよう電話の相手に頼むと、立ち上がってキヴィマキと握手を交わし、新たな情報が入ったら連絡すると約束した。これ以上の事情聴取は必要ないかもしれない。キヴィマキは去り際に愉快そうな表情を浮かべて〝美男子図鑑〟をちらりと見やり、ドアを抜けていきながら意外なほど少女っぽい声で叫んだ。

「なかなかいいラインナップね！　ヒュー・グラントは、わたしの目にはもうオーラが見えないけれど」

わたしは返事の代わりに肩をすくめ、受話器をもう一度耳に当てた。エリナの遺体を検死している検死医からだった。早くも一つ、明らかになったことがあるというのだ。

エリナの体には、大腿部の後ろ側と背中、そして臀部《でんぶ》に擦過傷と青あざができているという。傷とあざは、まだ息があるうちに、意識を失った状態でできたものだということだった。検死医と鑑識は、何者かがエリナを引きずって森へ入っていき、木の根元まで運んだと推測している。意識を失った原因はまだ特定できていなかったが、ラボの結果が明日の朝には出るそうだ。

電話を切ったとたん、吐き気が込み上げてきた。森の中を引きずっていかれたなんて。少なくとも過失致死罪が適用できるだろう。もっと重い罪になるかもしれない。わたしはまたしても、複雑に入り組んだ、手強い被疑者が満載の殺人事件に関わってしまったようだった。

4

「だからさ、聖ステファノの祝日《タパニンパイヴァ》の夜にエリナと歩いてたのは、絶対にあの詩人だってば。間違いないよ」

ミッラ・マルッティラは電話の向こうであえぐように言った。言葉の後に大きなあくびが続いた。明日はもう大晦日という土曜日、時刻は午前九時を過ぎたところだ。わたしがかけた電話が、朝の四時まで働いていたというミッラを起こしてしまったのだ。ミッラは一人ではないらしい。背後からかすかないびきが聞こえてくる。

「ヨーナ・キルスティラに会ったことは？」

「何度かうちの店に来たことがあるよ。エリナには言ってないんだと思うけど。あの男は見間違えようがない、すごくちっちゃくて痩せてるだろ。エリナと並んでると小人さんって感じだよね。それに、いつもお決まりの赤いスカーフを首に巻いちゃってさ。あれを巻いてれば、誰が見ても詩人だってわかると思ってるんだよ。エディス・セーデルグランみたいにさ」

「なんの話？　ああ、セーデルグランは、詩人はなにか赤いものを目印に用いるべきだと言っていたのね。セーデルグランの詩が好きなの？」

「あんた、ストリッパーが叙情詩のことなんか知ってるわけがないと思ってるだろ。ちくしょう、あたしは眠いんだよ。あたしはさ……」

「午後一時に警察署へ来てくれる？　あなたがエリナとキルスティラが一緒にいるところを見たという証言を、公式の書類にする必要があるの。エリナが……いなくなった夜に」

「どこへ来いって？　エスポー警察？　どこにあるんだよ」

署の場所を説明しようとしたが、ミッラが〝糞おまわりの建物〟なんか見つけられっこないとわめくので、車を迎えにいかせると約束した。一時にミッラが来るとなると、その次にキルスティラを呼びたいところだわ……。

一時間後には署のロビーでアイラと待ち合わせている。エリナの身元確認に、一緒に行くつもりだった。法医学部の遺体安置室のことを考えるとまた吐き気が込み上げてきた。なんだか頭もずきずきする。倦怠感が湿った綿のように目の裏側にまとわりついてうずいている。昨日の夜は断続的にいろいろな夢を見た。夢にはエリナと、妊娠検査薬を使いたいのに署のトイレに入れずにいる自分とが、交互に出てきた。昨日、家に帰ろうと車を走らせているときに、ずっと続いている倦怠感の原因はそれではないかという考えが頭をもたげたのだ。手帳をチェックしてみた――最後の生理からもう六週間も経っている。医学書をめくり、避妊リングに関する注記に目を通した。〈避妊の効果は百パーセントではありません〉。

どこかでちょっと仕事を抜け出して薬局へ行き、妊娠検査薬を買ってこよう。

妊娠のことはできるだけ考えないようにした。まだ、ひょっとしてそうかもしれない、というだけだし。それでも昨夜はビールを控えておいた。エリナの死の知らせを受けて、本当は飲みたい気分だったんだけど。殺人事件のことを考えるほうが、妊娠や子どものことを考えるよりも、わたしには気が楽だった。殺人事件は解決するためにあるし、解決してしまえばもう過去のもので、二度とわたしの人生に影響を及ぼしたりしない。でも、子どもができたら――その子は、何十年もの間、ずっとわたしの子どもなのだ。

ヨーナ・キルスティラの自宅の電話番号を回しかけたとき、ペルツァがドアを開けた。断りもなく入ってきて、〝美男子図鑑〟の真下にある幅の狭いソファーにどかっと腰を下ろすと、両足をデスクに乗せてきた。

「結局、今回の不審死も殺人事件になりそうだな。またしてもおまえの大好きな仕事じゃないか、カッリオ。おまけに、真性のフェミニスト集団の事情聴取ができるときた」

「殺人事件が大好きだなんて、何を根拠に言うわけ？」

「ふん、殺人事件の捜査となると、おまえは腹が立つほど有能じゃないか。おまえは仕事以外のことはやらない女だ、命の危険にさらされてもな。しかし、いまから顔が真っ青だな、気をつけたほうがいいぞ。それともあれか、激しい夜が続いてるってわけか？」

「消えてくれる？　わたし、死ぬほど忙しいの。事情聴取の手配をしなきゃいけないし、遺体安置室にも行かなきゃならないし」

「おお、知ってるとも。今日の事情聴取は、おれが補佐につくことになってるからな」

ペルツァの表情はむかつくほど満足げだった。自分が補佐についたらわたしが嫌がることを知っているのだ。昨年設立されたわたしたちの課では、すべての案件に一人ないし二人の担当者が指名され、事情聴取の手配や捜査の進行をできる限り独自の裁量で進めることになっている。必要があれば、誰もがどんな仕事でもこなすし、ときにはタスキネンでさえも事情聴取でわたしの補佐についてくれる。こうすることで、警察の硬直したヒエラルキーを打ち壊し、同時に、代わり映えのしない仕事に追われて職員の労働意欲が低下するのを防ぐ意図があった。

「補佐にはピヒコがついてくれると思ってたんだけど。彼、今日は勤務日じゃないの?」

「年末年始の休暇でサーリセルカのスキーリゾートに行ってるぜ。この時期はおれで我慢するんだな」

「わかったわよ。ただし、職務分掌を忘れないように。あなたは口を閉じていること。質問するのは、このわたし。レコーダーの録音ボタンを押す必要すらないわよ、あなたはただ座ってればいいんだから。ところで、カルフマーかイイの警察に知り合いはいない?」

「心当たりはないな。なんでそんなことを訊く?」

「この件の関係者の一人が、そのあたりの出身なのよ。ちょっと当たってみて。さあ、とっとと消えてちょうだい。わたしは仕事があるんだから。それとも遺体安置室に同行する?」

ペルツァの顔に嫌悪の表情が浮かんだ。好きで死体を見たがる人間なんていないのだ。慣れはするが、なにも感じなくなるわけじゃない。ただ、エリナ・ローズベリの遺体は損傷も出血もなく、滅多にないほどきれいな状態だった。

「こっちもやりかけの仕事がいくつかあるからな。取調室に来てほしいときは電話しろ」

ペルツァが消えた後、すぐには電話に手を伸ばす気になれず、わたしはしばらく個人的な問題に思いを巡らせていた。妊娠したのに避妊リングが入ったままだと、危険なのだろうか。妊娠検査薬の結果が出たら、すぐ医者に相談しないと。アイラとミッラの事情聴取の合間に、薬局に行く時間くらい取れるだろう。部屋の空気がよどんでいる気がした。ちっぽけな通風孔を開けると、冷たい空気が胸に突き刺さってきた。いままで感じたことのない冷たさだった。

そのとき電話が鳴った。エリナの解剖を担当した、検死医のケルヴィネンからだった。

「ロースベリが失踪したとき、抗生物質治療をおこなっていたかどうかわかるか？」

「ああ、治療中だったわよ。抗生物質が容器ごとバスルームに置きっぱなしになっていたから、アイラはなにかあったと確信したのよ」

「抗生物質の商品名を覚えていないか？　なんという病名で処方されたかだけでもいいんだが」

「商品名は確か、エラで始まる名前だったわ。処方は上気道炎の治療用。ひどい咳の症状があったそうよ」

「だとすれば、うまく説明がつくな。ロースベリの組織から検出された物質の一つに、エリスロマイシンがある。気管支炎などの治療に使われる抗生物質だ。容器が手に入ればありがたいな、少なくともロースベリがかかっていた医師の名前は記載があるだろう。エリスロマイシンはベンゾジアゼピンの代謝を阻害するんだが、医師はそれを伝えるのを忘れたようだな」

「代謝を……つまり、どういうこと？　用語はもちろん聞いたことがあるけど、どういう意味だったかしら？」

「物質が体内から排出されるのを遅らせ、作用を増幅させるんだ。ロースベリはベンゾジアゼピン系の鎮静剤を規定量の何倍も服用して、さらに酒も何杯か飲んでいる。これらが相互に作用した結果、ロースベリは意識を失い、その状態が長時間に及んで、凍死に至ってしまったんだ。種類の異なる医薬品を同時に摂取した場合の作用についてはあまり知られていない。おれも、二、三年前に薬理学会で初めて知ったんだ。そのとき取り上げられたのは死に至るような事例ではなく、四十八時間ほど続く昏睡状態だったが。しかし、これに寒気が加われば、人の命を奪うこともありえるだろう」

わたしの頭は猛スピードで回転していた。抗生物質、鎮静剤、酒……エリナが死んだのは無知であるがゆえだというのだろうか？　だけど、パジャマ姿で雪の中を歩いていた理由は？

「検出された鎮静剤とアルコールの量はどうだったの？　それだけでも意識を失うほど大量だった？　抗生物質がなかったとしても？」

「この量でもしばらくの間は意識を失うだろうが、凍死に至るほど長時間ではないな。もっともアルコールと医薬品による影響はかなり個人差があるから、断定は難しい。それに気温の影響も考慮に入れる必要がある。クリスマスの間は氷点下の厳しい冷え込みが続いていた。ロースベリが失踪したのは深夜だろう、違うか？」

「そのとおりよ」

事件は謎めいた様相を帯びてきた。誰かが、エリナが抗生物質を服用していることを知らないまま、彼女が通常より深い眠りに落ちるよう仕組んだのだろうか？

「わたし、三十分後に身元確認でそっちへ行くのよ。ロースベリのおばも一緒に行くことになってるから、薬と医者の件はもう一度彼女に訊いてみるわ。だけど、彼女にはまだ正確な死因は伏せておいて。だって……」

「おばも、被疑者の一人ってわけだな?」

ケルヴィネンは推理小説でも読んでいるみたいにうれしそうに言った。この仕事に耐えるための、彼独特の流儀だ。彼は事件から距離を置き、死者はただ興味深い謎として扱っている。生きている人間からはけっして得られない謎だ。同僚の多くと違い、ケルヴィネンは死体をばかげた冗談の種にしたり、生々しい話で人を脅かそうとしたりすることはなかった。彼はただ純粋に名探偵の助手役を楽しんでいるだけのように見える。

「まあ、そういうことね。ところで、ちょっと個人的に訊きたいことがあるんだけど。妊娠したときに避妊リングが入ったままだと、危険なの?」

受話器の向こうから面食らったような咳払いが聞こえてきた。

「おれは検死医であって産婦人科医じゃないからな。そうだな……早く医者に診せたほうがいいんじゃないか。ええと、つまり……」

ケルヴィネンの笑い声にはどこか戸惑った響きがあった。彼には子どもがいたかしら、と考えた。それとも、妊娠や出産に関わる話題はすべて、彼にとっては遠い世界の出来事なのだろうか。彼は医師としてのエネルギーのすべてを、生きている人間より死んだ人間のほうに捧げているのだろうか。

「やっぱりそうよね。じゃ、後でまた。ロースベリのおばを迎えにいかないと」

車を署の玄関先に回しておいてからロビーに行くと、アイラ・ロースベリのほかにヨハンナ・サンティもわたしを待っていた。痩せ細ったヨハンナと並んでいると、アイラはずっと背が高く、肩幅もがっしりと広く見える。だが、二人の顔に浮かぶ悲しみの色は、生気がなくて茫漠として、同じだった。アイラはロースベリ館の衣類フックに掛かっていたペルシアンラムの黒いコートを着て、同じ素材の帽子を目深にかぶっている。ヨハンナのほうは、黒っぽい寸胴のコートに、頭にはダークグレーの模様の入ったスカーフをかぶり、なんだか顔がつるんとした感じに見えた。

「ヨハンナも連れてきました。警察の方にお話ししたいことがあるそうよ」アイラが説明した。「ヨハンナ、ここで待っている？　身元確認はそんなに長くかからないわ。それとも、一緒に行って、向こうで待っているほうがいい？」

誰も彼もがヨハンナの代わりに話すのが、わたしは気に入らなかった。エリナもそうだったし、今度はアイラだ。少なくとも、事情聴取では本人にしゃべってもらわないと。

「一緒に行きます」

ヨハンナの声はやはり小さく、おどおどとして、こっちがいらいらするほどだったが、それでも自分から口を開いた。わたしは二人を車まで案内し、後ろの席に並んで座ってもらった。薄暗い中を、高速トゥルク線に乗ってヘルシンキ大学法医学部のあるキュトスオンティエ《通り》へ向かう。

「これは単なる形式的な手続きですから。エリナだということは、もちろんわかっていますからね」

後部座席に向かって声をかけながら、穏やかで気持ちのこもった口調になるよう努めた。また霧雨が降り出している。ラジオの天気予報によれば、フィンランド南部ではしばらく気温の高い状態が続くらしい。十二月に降った雪はこれですっかり解けてしまうだろう。脇をすり抜けていったバンが、追い越しざまに路肩にたまった泥をフロントガラスにはねかけてきて、一瞬前がまったく見えなくなった。二秒ほど経過してからようやく気がついてワイパーのスイッチを入れた。あの車、スピード違反よ。三十キロはオーバーしてる。だけどいまはことを荒立てる気になれなかった。

「ご心配なく。わたしは両親の臨終に立ち会っていますので。エリナの両親のときもね」アイラ・ロースベリの淡々とした声には面白がっているような響きがあった。「わたしは看護師だったのですよ。エリナが館にセラピーセンターを作ったので、二年ほど早めに退職したのです。それまでは老人介護施設で何年も働いていたわ。エリナの死因がなんだったのか、まだ話してくれていないわね。エリナは見るに堪えないようなひどい状態なのですか」

「そんなことはありません」

言いながら、頬が恥ずかしさと怒りとでかっと熱くなるのを感じた。アイラ・ロースベリは、同情を示そうとするわたしの努力をことごとく突き返すつもりのようだ。そっちがその気ならもう結構よ。

ヨハンナには病棟の待合室で待っていてもらうことにした。ヨハンナはソファーの端に、背筋を伸ばし、両足を行儀よくそろえて腰掛けた。まるで、お母さんは買い物に行ってくるからいい子で待っていなさい、と言いつけられた幼い少女のようだ。こんな自分の意志を持たないような人が、いったいどうやって九人の子の母親を務めてきたのだろう。受付で氏名を記入した。検死室の前でケルヴィネンが待っていた。案内してくれた看護師は、救命パトロール隊員のようにドアの前に立った。死体を目にした近親者が気絶したりヒステリーを起こしたりしたらすぐに駆けつけられるよう、待機しているのだ。

身元確認はどこか儀式めいていた。白い布で覆われたキャスター付きベッドを中心とする、宗教的な踊りのようだった。わたしたちがベッドに歩み寄ると、白い布はいっとき取り外された。冷気の立ち上るエリナの顔をあらためて見つめ、それから視線を上げてアイラを見ると、彼女はうなずいた。

「凍えたのね」

アイラは優しい声で言った。うなずき返して、書類に署名を求め、それから薬のことを尋ねた。アイラは薬の商品名も、抗生物質を処方した医師の名も、正確に記憶していた。

「じゃ、待合室に戻ってヨハンナと一緒にいてください。わたしもすぐに行きますから」

アイラがドアに向かっていくと、看護師が彼女に歩み寄り、声をかけた。大丈夫かと訊いているのだろう。アイラの返事は聞こえなかった。アイラと看護師が蛍光灯に照らされた廊下を並んで歩み去っていく後ろ姿が見えただけだ。いまになって急に、消毒薬のきつい匂いがつんと鼻につきだした。ケルヴィネンのシェービングローションの匂いまで混ざり込んでいる。妙に女性的な、花の香りだった。

「抗生物質の商品名はエラシスと言っていたな。エリスロマイシンに関するおれの推測と、ぴったり合致するよ。エラシスはアルコールとベンゾジアゼピンの作用を増幅するんだ。もしもロースベリが自分のベッドで発見されたのだったら、熟睡したくて鎮静剤と酒をいつもより多めに飲んだのだろう、と考えることもできたんだが。もちろん自殺の可能性も否定できない。だが、そうだとしたら背中の擦過傷はどう説明できる？　傷は意識を失った直後についたはずだ、かなり新しいからな。ただし、死亡する前だ。出血している傷口がいくつかある」

「仰向けになったまま、足だけ使って自力で移動した可能性は？　それとも薬の作用で体が麻痺していたとか……」

「どちらも考えにくいな。足首の状態をもっと仔細に検分してみるよ。答えが得られるかもしれない」

「つまり？」

「強くつかんだ跡か、組織の変質が見つかれば、誰かがロースベリの足首を持って引きずり、発見された場所まで運んだという証拠になりえる。発見場所は木の根元だったな。その周辺に、引きずった形跡は？」

「雨が降ったせいで雪が解け出してしまって、特定が難しいのよ。背中の状態を見せて」

ケルヴィネンは死んだ肉体を造作なく扱った。わたしは、解剖器具に切り開かれ、手早く縫合された跡をできるだけ見ないように努めた。それらの傷跡に比べると、背中についた擦過傷はどれもかなり小さく、たいした意味はなさそうにさえ思えた。エリナが着ていたガウンとパジャマが何を物語ってくれるか、調べないと。何者かに森の中を引きずっていかれたのなら、背中の部分が破れているはずだ。

「しかし、ロースベリは健康体で、身体の状態は良好だった。喫煙の習慣はないようだし、日ごろ酒を飲みすぎていた形跡もない。筋肉を鍛えていたようだな。それと、一つ妙なことがあるよ」ケルヴィネンが言ったとき、わたしはもうドアに向かいかけていた。「子宮口の形状を説明する記載が書類にはないな。手術の経歴とか」

「子宮口？　どういう意味？」

「書類によれば、ロースベリには子どもがいなかったな。きみも知っていると思うが、出産の経験のない女性の子宮口は、形状が丸くて引き締まっているんだ。ところがロースベリの場合、まるで経産婦のように子宮口が広がっている」

「つまり、ロースベリには出産の経験があったはずだってこと？」

ケルヴィネンは目をきょろきょろさせ、照れくさそうにあらぬ方向を見た。

「電話でも言ったが、おれは産婦人科医じゃないからな。子宮口が広がっている理由はほかにも考えられる。婦人科の手術とか。もしこのことになんらかの意味があると思うなら、専門医に検分させるよう手配するよ」

「そうね。もっとも、意味があるかどうか、わたしにもよくわからないけど。流産の経験があったのかもしれないわね」

「その場合でも、書類に記載があるはずだ」

もう少しケルヴィネンと意見を交換したかったが、アイラとヨハンナをあまり待たせてもいけない。廊下に出ると、寒々とした非現実的な光が降ってきて、わたしの心に一瞬浮かんだ考えを払い落とした。エリナに子どもがいるということはありえない。それなら人口統計局のデータに記録が残っているはずだ。それにしても、どうしてケルヴィネンはあんなにうろたえていたんだろう。妊娠にまつわる話題を口にするのが恥ずかしいみたいだ。わたしの知っている医師は、妊娠を話題にするときはやたらと実務的な態度を取るか、わざとらしくざっくばらんな物言いをするか、どちらかだった。あんなふうに動揺を見せる医師は、ケルヴィネンが初めてだ。

アイラは待合室の椅子にぼんやりと座っていた。ヨハンナの姿が見えない。アイラの隣に腰を下ろし、彼女の中にショックの痕跡を探そうとしたが見つからなかった。

「ヨハンナはトイレにでも行ったんですか?」

「ヨハンナ」アイラはその名前を、なんの意味も持たない音の羅列のように発音した。「ああ、そう、ヨハンナね。いいえ、わたしが来たときにはもう、ここにはいなかったわ」

この人もやはり、周囲に印象付けようとしているほどは強くないのだ。かなり混乱している。それにしてもヨハンナはどこへ行ったのかしら? 早く署に戻って事情聴取を始めたかった。いつもの仕事のサイクルの中に身を置きたかった。でもヨハンナをここに置いていくわけにはいかない。地方出身の彼女がエスポー警察まで自力で戻れるわけがない。

「ここで待っていてください。ちょっと探してきます」

ヨハンナの名前を呼びながら近くのトイレをいくつか回ったが、どこにもいない。なんてことかしら。この建物には確か喫茶コーナーがあったから、そこにいるかもしれないと思いついた。場所は覚えているつもりだったのに、五分間うろうろした挙句、完全に道に迷ったと認めざるを得なくなった。看護師に道順を尋ねたが、なんだか面白がられている気がした。刑事部の警察官は制服着用の義務がなくてよかった。病院で迷子になった警察官なんて、情けない喜劇みたいじゃないの。だいたい、わたしは他人にアドバイスを求めなくてはならない状況が嫌いなのだ。自分の無知をさらけ出す状況が。わたしはいつだって統治者でありたいのだ。ようやく喫茶コーナーに向かう廊下に出て角を曲がると、ヨハンナが喫茶コーナーの脇の壁に掛けられた絵に見入っている姿が目に入った。そっと歩み寄ったが、彼女はわたしに気づきもしない。強く様式化され繊細な筆致で描かれたその絵の中では、幸せそうな子どもたちが花の咲き乱れる野原ではしゃいでいる。ヨハンナの目からは涙がとめどなくあふれ、灰色のコートの襟を濡らしていた。わたしが肩に手を置いてもぴくりとも反応しない。声をかけると、ようやく気づいてくれたようだ。

「そろそろ行きましょうか、ヨハンナ。すてきな絵ね」

すてきな絵ね。自分の言葉がばかみたいに思えた。どうしてわたしは、心の底から悲しんでいる人に寄り添うすべを、いつまでたっても身につけられないのだろう。どんなに同情しているか、すっと口にすることが、どうしてできないのだろう。どうしてわたしは、誰かを慰め励ますことができないのだろう。わたしはこれまで、刑務所の常連の手強い悪党や巧妙な経済犯を相手にして、たいていは口を割らせてきた。だけど、悲しみを前にするとわたしは沈黙し、臆病になる。まともな言葉が口から出てこなくなる。そして、歩み寄る代わりに逃げ出したくなってしまうのだ。

幸いヨハンナは素直にわたしの後について廊下を歩いてきてくれた。命じられれば従うことに慣れているのがわかる。アイラは辛抱強く待っていた。わたしたちは雨の中を車まで行き、署のあるニヒティシルタに向かった。来たときと同様、車の中は静かだった。

署に戻るとヨハンナに、待たせてしまったから先に事情聴取をしましょうかと尋ねた。

「わたし、待つのは平気」ヨハンナは静かにつぶやき、それから少しだけ声を大きくして言葉を続けた。鋭いと言っていい調子だった。「なにもせずにただ座っていていいなんて、本当にうれしいわ」

エスポー警察署の建物自体は新しかったが、取調室はよくある殺風景な、無菌室じみた白くて狭い部屋だった。椅子の座り心地がまあまあなのがせめてもの救いだ。ペルツァが来るのを待つ間、レコーダーのマイクを調整しながら、コーヒーはいかがとアイラに尋ねた。ペルツァがミートパイの切れ端を口に突っ込みながら取調室に入ってきたころには、わたし自身は募る空腹感にさいなまれていたが、アイラが望んだのはコップ一杯の水だけだった。レコーダーに今日の日付を吹き込んでから、生年月日や職業などを述べるようアイラを促した。

「アイラ・エリナ・ロースベリ、一九二五年二月二日生まれ。職業は看護師、いまは引退して年金生活です。結婚はしていません」

公式の個人情報を一つずつレコーダーに吹き込むのを、アイラはほとんど面白がっているようにさえ思えた。

「エリナはあなたの名前をもらったんですね」

「この名はわたしの母の一族に伝わるものなのですよ。わたしはエリナの洗礼親ですから……でしたから」アイラの抑制のきいた声に、とうとうほころびが生じた。「過去形で話すのに慣れるまで、少し時間がかかりそうだわ」

「エリナの財産は誰が相続することになるのか、ご存じですか？　遺言は？」

「用意してあると思います。家族の法的な手続きをお任せしているユハ・サーリオ弁護士にお問い合わせいただくのがよろしいでしょう。サーリオ&ストールベリ法律事務所、番号は電話帳に載っています」

アイラは自分が何をしゃべっているかわかっていないようだった。心ここにあらずという感じだ。

わたしは法律事務所の名をメモし、タパニンパイヴァの夜の出来事をあらためて尋ねたが、アイラの話に新たな事実はなかった。事情聴取を始めて三十分ほど経ったころ、アイラは突然夢から覚めたかのようにわたしの言葉をさえぎり、ハンドバッグの口を開いた。

「マリア、よく聞いてちょうだい。エリナがいなくなったとき、書き置きの類は一切残されていなかったわ。ところが今朝、わたしのハンドバッグからこんなものが見つかったのよ」

アイラはハンドバッグから白い封筒を取り出した。青いボールペンで〈アイラ〉と書かれている。受け取ろうと身を乗り出したが、アイラは封筒を握り締めたままで言葉を続けた。

「わたしがこのバッグを使うのは、ロースベリ館から出るときだけなのです。クリスマスの後、外出はしていません。買い物も今日済ませるつもりだったわ。それで、この封筒を見つけるまでにこれほど時間がかかってしまったのよ。読んでみてちょうだい！」

ここまで言って、アイラはようやく封筒をわたしに差し出した。中身は手書きのメモで、ごく簡潔にこう書かれていた。〈愛するアイラ。なにもかもを知ってしまった後では、もうこのままではいられない。迷惑をかけてごめんなさい。エリナ〉。

まるで、遺書だ。

もう一度メモを読んでみた。〈なにもかもを知ってしまった後では〉。エリナはいったい何を知ってしまったのだろう。エリナ・ロースベリのような女性を自殺に追いやる事実とはなんだろう。ヨーナ・キルスティラのことが思い出された。アイラもミッラも、エリナがタパニンパイヴァの夜に彼と会っていたと主張している。ヨーナに別れを切り出されたエリナが自殺を決意したという可能性はあるだろうか。わたしには、そんなことがあるとは思えなかったが。

「この手紙にはどういう意味があると考えていますか？　遺書だと思いますか？　エリナが知ってしまったこととはなんでしょう。この書き方だと、エリナはあなたもそのことを知っていると思っていたように読めるわ」

アイラは疲れたように首を振った。

「ヨーナのことではないかと……」

「キルスティラが、エリナと別れたがっていたということですか？」

わたしはアイラの言葉を先取りしてしまっていた。存在をすっかり忘れていたペルツァに脇から小声で警告されて、それに気づいた。アイラは、つらそうにうなずいた。

「それじゃ、タパニンパイヴァの夜、エリナが散歩から戻って部屋に入った後で、もう一度彼女に会ったんですか？」

「会っていないと言ったでしょう！　ただ、別れ話はすでにクリスマスの前から出ていたのです」

「それはエリナが落ち込んでいた明らかな理由になるじゃないの！　なぜそのことをすぐに話してくれなかったんです？」

「ヨーナのせいにしたくなかったのよ」

アイラの声はうつろで、悲しみに満ちていた。涙がこぼれ出して、急に開けた蛇口から勢いよく水がほとばしるように、どっとあふれ出した。わたしは机を挟んで向かい合ったまま、泣いているアイラを呆然と見ていた。ペルツァも床をにらみつけたまま黙って座っている。アイラが泣き出してから何分か経ったころ、わたしはやっと、ティッシュか水でもお持ちしましょうか、と声をかけた。彼女は首を振り、ハンドバッグからハンカチを取り出した。

「ごめんなさい。本当にごめんなさい」

機械的に繰り返しながら涙をぬぐっている。わたしは慰めの言葉らしきものをもごもごと口にし、ペルツァはガタンと音を立てて立ち上がると、水を持ってくると言って出ていった。そのときになってようやくレコーダーが回ったままだったのに気づき、スイッチを切った。懸命に自分を落ち着かせようとするアイラの姿を、できるだけ見ないようにした。やがてアイラは、どうしても必要でないのなら今日はこれ以上続けたくないと切り出した。

「いますぐ帰宅なさりたければ、ヨハンナは後で誰かがロースベリ館まで送っていきますよ」

「少し風に当たってくるわ。こんな状態でハンドルを握りたくはありませんからね」

アイラの手は震えていたが、ペルツァが持ってきたコップの水を二口ほどで飲み干した。わたしはペルツァにヨハンナを連れてくるよう頼んだ。アイラとヨハンナは廊下で短く言葉を交わし、どうやってロースベリ館へ戻るか相談していた。ちらりと腕時計を見る。十二時になるところだ。一時にはミッラが来ることになっている。これじゃ薬局に行くどころか、昼食を取る暇もなさそうだ。ああ、いやになる。

ヨハンナはコートを脱ぎ、スカーフも外していた。コートの下に着ていた灰色のウールのワンピースは大昔のスタイルで、あまりに古くてあと何年かすればまた最先端になりそうだった。髪はいつもよりさらにきっちりと結い上げられていたが、巻き毛の束がいくつか飛び出してしまっている。生まれつきのくせ毛は、妊娠と授乳を経験するとまっすぐになるものだと聞いたことがあったが、九回の出産を経験してもヨハンナの髪はくるくるとカールしたままだった。

再び氏名や生年月日から話し始めてもらったが、生年月日を聞いてわたしはごくりとつばを飲んだ。ヨハンナはわたしよりは年上だったが、その差はたったの一歳半だったのだ。

「ということは、最初のお子さんを産んだときはまだ十八歳？」

思わず訊いてしまった。

「十九歳になっていました。わたしとレーヴィは、わたしが大学入学資格試験に合格した二週間後に結婚したの。次の年の三月には長男のヨハンネスが生まれました」

「最近、お子さんたちに連絡は？」

ヨハンナの瞳にひととき喜びの光が宿り、その顔から皺《しわ》が消えた。

「昨日、長女のアンナからロースベリ館に電話があったのよ。家を抜け出して、村の電話ボックスからかけてきてくれたの。みんな母さんに会いたがっているって、話してくれたわ。もちろんヨハンネスは別だけれど……あの子は父親の言うことしか聞かなくて」

ヨハンナの顔は再び曇り、早くに老け込んでしまった人の、苦痛に歪んだ表情に戻った。それでも、言葉を続けた彼女の声は依然として力強く、温かかった。

「アンナはいい子よ。まだ十三歳だけど、とてもしっかりしているの。かわいそうに、あの子は妹や弟たちの面倒を見たり、わたしの手伝いをしたり、苦労してきたのよ。いまは負担が増えてしまって、きっと大変な思いをしているわ。姑一人でなにもかも切り盛りすることはできないはずだもの」

ペルツァがいらいらと足を組み替えた。無駄話に時間を費やしていると思っているのだろう。でもわたしは、エリナについて話を始める前に、ヨハンナにリラックスしてもらいたかった。それに、一人の女性がどんなふうに生きてきたのか聞くのは興味深い。夫が妻に、それも九人の子の母親に向かって、おまえが出産で死んだとしてもそれは神の思し召しだと平然と口にするなんて、わたしにはとても信じられなかった。そんなのはどこか遠いところ、女性が顔をヴェールで隠し、自分自身の体さえも自分で所有できない、そういう場所で起きることのように思えた。九〇年代のフィンランドでそんなことがあるなんて、想像できない。

「どうしてロースベリ館に行こうと思ったの？　エリナとは前から知り合いだったの？」

「あんな人と知り合う機会なんて、わたしにあるはずもないわ。わたし、末っ子のマリアはヘルシンキのレディスクリニックで産んだのよ、あのときも危険な状態だったから。クリニックに女性向けの雑誌が置いてあって、エリナのインタビューが載っていたの。ある晩、テレビを見ていたら」そこまで言うとヨハンナは悪事を告白してしまったかのように顔を赤らめた。古レスタディウス派の信者で最も厳格に戒律を守る人たちは、テレビですら罪とみなしていることを、わたしは思い出した。「討論番組をやっていて、エリナが出ていたの。エリナはとても……とても落ち着いていて、頼りにできそうな人だと思った。彼女はこう言ったの。すべての女性には、自分の体をどうするか自分で決める権利があるって……」

ペルツァの席から不平のつぶやきが聞こえてきた。じきに、いい加減本題に入れと言い出すだろう。

「妊娠を中断する勇気をくれたのもエリナだった。わたし、エリナの電話番号を調べて電話をかけて、相談に乗ってもらったの。エリナは、もしも処置の後でゆっくり体を休める場所が必要だったらロースベリ館にいらっしゃい、と言ってくれたのよ」

ヨハンナは明らかに中絶という表現を避けていた。ペルツァはせかすように咳払いを始めた。

「中絶の後すぐにロースベリ館へ行ったの？」

ペルツァが口を開きかけたので、すかさずじろりとにらんでやった。ペルツァはすぐに口を閉じた。わたしがどんどん怖い顔になっていくのに気づいたのだろう。

「いいえ。家に帰ったわ。でも、わたしが何をしたか知ると、レーヴィはわたしを殴ったの……かなりひどく殴られたの。レーヴィは子どもたちに、母さんは人殺しだと言ったわ」

ヨハンナがこぼれそうになる涙と戦っている間、わたしはまた怒りが込み上げてくるのを感じていた。気がつくと歯を食いしばっていて、ぎりぎりと音がしていた。口を開いたのはペルツァだった。

「暴行を受けたとき、被害届は出してますよね？」

ヨハンナはびっくりして、泣き出しかけていたのをやめてしまった。

「わたしは罪を犯したんです。殴られたのは、その罪に対する正当な罰です」

「あんた、いまいましいイスラム教徒かなんかですか！」

ペルツァのどなり声に、ヨハンナは椅子の上で体を縮こまらせ、視線を床に落とした。

「サンティさんは古レスタディウス派の教会の一員なのよ。ご主人は宣教師なの」

口を閉じてなさいという言外の警告を、ペルツァが理解することを祈った。そして、自分がエリナやアイラと同じことをしているのに気づいた。ヨハンナの代わりにしゃべってしまっている。自分に腹が立った。ヨハンナを黙らせるのでなく、彼女に戦うことを教えたいと思った。

「暴力を振るわれた後に、ロースベリ館へ行ったの？」

「レーヴィに出ていけと言われたの。でも、列車の切符代の足しにしろと少しお金はくれたわ。家計から少しずつ貯めていたお金は、出産でヘルシンキへ行くために使ってしまったから」

わたしは耳を疑った。家計から少しずつ貯めていたお金？　九人も子どもがいれば、児童手当だって何千マルッカも支給されるはずだ。支給されたお金はどこへ行ってしまったわけ？　レーヴィ・サンティの懐へ？

「エリナが駅まで車で迎えに来てくれたわ。なにも心配しなくていいのよって、言ってくれた。一緒にレーヴィから子どもたちを取り戻しましょうねって。そうよ、エリナならできるはずだった。エリナにはしかるべき知り合いだっていたんだもの。だから、レーヴィはエリナを殺したんです」

「殺した⁉」

ペルツァとわたしと、どっちの声が大きかったかわからない。

「レーヴィは電話で、エリナに言ったそうです。神がエリナを罰するだろうって。なぜなら、エリナはわたしをたぶらかして子どもを殺させ、さらに父親の手から子どもたちを奪おうとしていたから。レーヴィは自分のことを神の道具だと思っているの。彼がエリナを殺したんだわ。間違いありません」

5

ヨハンナが出ていった後、わたしとペルツァは呆然と顔を見合わせていた。ヨハンナは、夫のレーヴィ・サンティがエリナを殺したのだと、あらためて請け合った。しかも、エリナが姿を消した晩に一緒に歩いていたのは、ヨーナ・キルスティラではなくレーヴィ・サンティだとまで主張している。もっともヨハンナの言うことに確かな根拠はなく、どちらかというと願望を口にしているように思えた。もしもレーヴィ・サンティがエリナを殺した犯人なら、ヨハンナは晴れて子どもたちを手元に置くことができる。

子ども……そのとき、遺書めいた手紙に気をとられて、エリナの妊娠についてアイラに尋ねるのを忘れたことに気づいた。なんらかの理由で記録に残されていない、妊娠あるいは婦人科の手術の経験はなかったか、後で確認しなくては。

「昼飯に行くか」

やがてペルツァが言った。わたしは時計に目をやった。十二時五十五分だ。

「時間がないわ。一時にマルッティラが来ることになってるから」

「そんなもの、待たせておけばいいだろうが！　おまえの腹だってさっきから鳴りっぱなしじゃないか。五メートル先からでも聞こえるぞ」

やっぱり食べにいく、と言いかけたときに、電話が鳴った。ヘルシンギンカトゥ《通り》に行かせたパトロール班のハイカラだった。ミッラ・マルッティラが自宅にいないようだという。玄関のドアを開けないし、電話をかけても出ないらしい。

「どうしたらいいですかね？」

ハイカラの声はいらついていた。逮捕するわけでもないのに、わざわざ迎えにいってやるなんて無意味だと思っているのだ。

「アパートの管理人はいないの？」

「連絡先が壁に貼ってありますがね。だけどおれたち、捜索令状も持ってないし」

「ああ、そうだったわね。でも……もう少しだけ、待ってみてもらえない？　十二時四十分の約束だったんでしょ。ちょっとそのへんに出掛けているだけかも」

お腹の中の空っぽな感覚は、空腹のせいだけではなくなっていた。エリナがいなくなり、今度はミッラが行方不明なんて。いや、もしかしてミッラは逃げたと言うべきなのかも？　あの夜エリナを殺したのはミッラで、森の奥へ死体を引きずり込んでおいてからヘルシンキへ出たのだとしたら。いまもまた、逃亡を図ったのだとしたら。

そして、自分の身になにかしてしまったのだとしたら。

「おれはもう待てないからな」ペルツァがわめいた。「その女が消えたところで、なんだっていうんだ？　それとも、そいつが被疑者の中で最有力なのか？」

「違うわよ、いまのところはね。どちらかというと、ロースベリの恋人の足取りについての証言者よ」

「だったら、その恋人とやらをつかまえるんだな。さあ、飯に行こうぜ。ポケベルを持っていけばいいじゃないか」

「わたし、やっぱりヘルシンキへ行ってくる」

ヘルシンギンカトゥ《通り》に行く途中で、薬局に寄る時間が取れるだろう。ペルツァは肩をすくめて出ていった。わたしは携帯を持ち、自分の車に乗り込んで、まずタピオラの薬局へ向かった。妊娠検査薬を物色していると、店内の注目を一身に浴びている気がしてきた。宣伝文句を見て最も信頼性が高そうなのを選び、セルフサービスのレジで代金を払った。いますぐ家に帰って検査をしたかったが、そんな気持ちを抑え込み、自宅のあるヘンッター地区に向かう代わりに環状一号線に乗ってヘルシンキを目指した。オタニエミの交差点で赤信号に引っかかったとき、またハイカラから電話が入った。

「マルッティラの姿は見えないし、ちょっと確信がないんですが、部屋の中からガスの匂いが漂ってくる気がして」

「冗談じゃないわ！　管理人を呼びなさい、わたしもそっちに向かってるから！」

このいまいましいフィアットにはホイッスルも積んでない。二十キロほどスピードオーバーしてレヘティサーリとクーシサーリを走り抜ける。ムンッキニエミの交差点で、信号が黄色に変わりかけたところをすれすれで通過し、パシウクセンカトゥ《通り》へ入った。またみぞれが降り出している。トゥクホルマンカトゥ《通り》では除雪車が交通を渋滞させながら積もったみぞれを脇に寄せていた。恥も外聞もなく市電のレールの上を走って除雪車を追い抜いた。もっとも、急いでも無意味だと頭ではわかっていた。もしもミッラがガスオーブンに頭を突っ込もうと決めてしまったのなら、わたしに何ができるだろう？

黄色い漆喰《しっくい》の壁の古ぼけたアパートの前にパトカーが停まっていた。いまのところ救急車は来ていないようだ。フィアットを歩道に乗り上げて停め、アパートに駆け込んだ。上のほうの階から、なにかを叩くような音と、なんだかよくわからない騒音が聞こえてくる。エレベーターが来ていなかったので、四階を目指して階段を駆け上がった。目的の階に着くと、青の上下を着た男の背中が目に入り、わたしは足を止めた。ビールの匂いをぷんぷんさせた管理人が、ぶるぶる震える手に握ったマスターキーをミッラの部屋の鍵穴に差し込もうと悪戦苦闘していて、それを巡査補のハイカラとアッキラが面白そうに眺めている。管理人の二日酔いは最大レベルで、両手の震えの揺れ幅が十センチはあった。ようやくアッキラがわたしに気づき、それで急に頭が冴えたのか、マスターキーを管理人の手からもぎ取った。

「貸してください、開けますから」

鍵はすぐに開いた。部屋の中からは確かにガスのきつい匂いが漂ってくる。お腹の中に雪玉を投げつけられたような感覚に襲われた。雪玉はみるみる解けて冷たい砂になっていく。なのに依然としてミッラのところへ駆けつけることができない。ドアチェーンが行く手を阻んでいたのだ。二十センチほどの隙間から中に入ろうとしたが無理に決まっている。ミッラの名前を大声で呼んだ。それから動きを止めて耳を澄ました。かすかにシューッという音が聞こえるのでは？

「ペンチを持ってませんか？」

アッキラが管理人に訊いたが、相手は何を言われたかすぐには理解できないようだった。

「工具箱は家に置いてきちまったな」しまいに彼は言った。

「おれがやってみます」

ハイカラが宣言した。彼は空手やキックボクシングなどいくつかの格闘技を趣味にしている。わたしは脇にどいた。一年前に警察学校を卒業し、すぐにうちの署に配属になったハイカラは、十種競技の選手みたいな外見の若者だ。彼はチェーンの前に、戦闘陣地に立つかのように進み出た。

「ねじを蹴って外せないか、やってみますんで」

言うが早いか足を振り上げた。

ところがミッラのほうが早かった。ミッラがチェーンを外してドアを開けたのと、ハイカラが蹴りを入れようと飛び上がったのが同時だった。ドアはハイカラと管理人を直撃し、二人はノックダウンを食らってしまった。管理人はハイカラの下敷きになり、苦悶の声を上げ始めた。胸の内ポケットに突っ込んであった予備のビール瓶が割れて、左の脇腹に刺さったらしい。幸い、わたしとアッキラはうまく難を逃れていた。

「いったいなんの騒ぎだよ！」

ミッラはシャワーを浴びていたらしい。頭にタオルを巻き、真っ赤なミニ丈のレースのバスローブを着ているのでそれと知れた。化粧していない彼女のふっくらとした顔はやわらかくあどけなかったが、目の表情には人を寄せ付けない光があった。

ハイカラが立ち上がり、アッキラと一緒に管理人の傷の具合を確かめている間に、わたしはミッラに事情を説明した。ガスの匂いに話が及んだとたん、ミッラが叫んだ。

「アシカイネンだよ、あのばか！」

言うなり中へ駆け戻る。

わたしは薄暗い玄関に足を踏み入れた。廊下の突き当たりにあるらしいキッチンに近づいていくと、ガスの匂いがどんどんきつくなった。

「あいつ、朝食に一人で穀物粥《ブーロ》を作って、ガス栓を開けたままにして行っちゃったんだ。ああ、もう、信じられない！　まだ朝の一服前で、助かったよ」

ミッラは片手でガス栓を閉め、もう片方の手で窓を開けた。

「アシカイネンって誰？」

「誰でもないよ、ただ一晩ここに泊まっただけの男さ。あんたたちこそ、なんでこんな時間に押しかけてきたんだよ。あたし、三時にエスポーに行けばいいんじゃなかったっけ？」

「一時よ。ドアのチャイムを鳴らしたし、電話もかけたんだけど、聞こえなかった？」

「今朝あんたがかけてきた後に、電話の音量をゼロにしてあったんだ。二度とどっかのばかに起こされないようにね。あたしはさ、朝の四時まで仕事してたんだよ！　まともな人間なら九時に電話なんかかけてこないっていうの」

「ドアのチャイムの音も消してたの?」

「誰が来たのかわかるまではドアなんか開けないよ。エホバの証人だの、強姦魔だの、わけのわかんないのがうろうろしてるんだから。それに、ちょうどシャワーを浴びてるところだったし」

ミッラが時間を間違えたのはわざとに違いないと思ったが、彼女を責める気にはなれなかった。事情聴取は、いまここでおこなえばいい。折よく巡査補も二人来ているし。署に戻るついでに、キルスティラをピックアップしよう。

巡査補たちに付き添われて、管理人が血を流しながらよろよろと入ってきた。転倒した拍子に頭もかなり強く打ってしまったようだ。気の毒に。わたしはアッキラに、彼を救急センターへ送り届けてくるよう指示した。

「おれはしょうもない救急車の代行じゃないですよ」

アッキラは、裸に近いミッラの姿を期待に満ちた目でちらちら見ながらぶつぶつ言っている。ハイカラのほうは、時間の節約のためここでミッラの事情聴取をすると告げたときも、文句は言わなかった。

「ゆっくり身支度してね、あわてる必要はまったくないから」

ミッラに声をかけてから、ヨーナ・キルスティラに電話を入れて、二時間ほどしたら迎えにいくと告げた。その前に逃げ出したりしないといいけど。キルスティラの声は暗く、ほとんど泣き声のようで、一瞬わたしは彼に会うのが怖くなった。

ミッラは身支度するつもりなんかぜんぜんないらしい。ハイカラが目のやり場に困っているのを楽しんでいるのがありありとわかる。ミッラの体つきは丸みを帯びてやわらかく、スレンダーにつくられたいまどきの女性アイドルよりも、『お熱いのがお好き』に出てくるマリリン・モンローに似ていた。彼女がキッチンを動き回り、コーヒーメーカーをセットしたり、戸棚からシリアルの箱を取り出したりするたびに、ヒップがぎりぎり隠れるかどうかというレースのバスローブから豊かな体が惜しげもなくこぼれ出した。

「あたし、朝食まだなんだよね。あんたたちにも、なんか出してやろうか？」

キッチンにしつこく残るガスの匂いでまた吐き気がしてきた。空っぽの胃にコーヒーを流し込んだら、もっと気分が悪くなるだろう。かといって、ここでシリアルをぱくつくわけにもいかない。一瞬、ミッラの事情聴取は後であらためて実施しようかと思ったが、やはりヨーナ・キルスティラに会う前にミッラの話を聞いておくことが重要だと考え直した。ミッラの住まいは、隣接する住居からかつての使用人の部屋とキッチンの部分だけ独立させたものであることが見てわかった。キッチンがリビング兼用のようで、小さなテーブルと椅子が二脚のほかに、でこぼこのソファーと安楽椅子、それにテレビを載せたキャビネットが置いてある。ハイカラはソファーに身を沈め、レコーダーの準備をした。わたしはテーブルを挟んでミッラの向かい側に座り、二人の声がちゃんと録音されるようマイクの位置を調整した。

「ミッラ・スサンナ・マルッティラ、七五年の十一月八日生まれ。職業は、エロチック・ダンサー」

最後の部分は意味深な声で、明らかにハイカラに向けられていたが、ミッラが口いっぱいにシリアルをほおばると、誘う女のイメージは崩れ去った。

「エリナ・ロースベリとは知り合ってどれくらいだったの?」

ロースベリ館の女性たちには、タルヤ・キヴィマキを除いてずっとファーストネームで呼びかけてきたから、事情聴取だからといって急にかしこまった口調に変えるつもりはなかった。

「〝精神的護身術〟の講座のときからだよ。あんたが話をしに来たやつ」

「なぜあの講座に参加しようと思ったの?」

この質問は本題からはそれていたが、わたしは好奇心を抑えられなかった。

ミッラはハイカラをちらりと見やり、それからわたしに視線を戻した。

「あの講座が精神的なものだって、知らなかったんだよね。あたしはただ護身術をやりたかったんだ。仕事からの帰り道、男につきまとわれることが多いからさ」

ミッラはあのとき話していたレイプの件には触れなかった。なんてことだろう。ハイカラの前で、ハードボイルドなストリップ嬢を演じようとしているのだ。質問に答えるより、その役を演じきることのほうが、彼女には重要らしい。

「あの講座のとき、あなたはロースベリ館をあまり気に入っていないように思ったんだけど。でも実際には、講座が終わってからもずっと館にいたのよね? アイラに聞いたのよ。館に残ろうと思った理由は?」

ミッラは口に入れたシリアルを飲み下し、鋭い目でわたしをにらんだ。

「あたしが館に残ったことと、エリナが死んだことと、なんの関係があるわけ?」

「少なくとも、あなたはエリナと長い時間一緒にいたわ。いまの段階ではまだ、自殺などの可能性も否定できないの。ローズベリ館にいる間に、エリナ本人か、エリナに近しい人の様子がいつもと違うと思ったことはなかった?」

わたしの言葉にはお腹がぐーっと鳴る音が混じってしまった。レコーダーに録音されたに違いない。ミッラがシリアルの箱をわたしのほうに押しやってくれたが、わたしは首を振った。スーパークリスピータイプのチョコレート味のシリアルなら、ぜひ味わいたいところだったけど。箱に書かれた宣伝文句によれば、トラのパワーがチャージできるらしいし。ミッラはさくさくと音を立てて自分の分をたいらげてしまった。シリアルに注がれた牛乳がココア色に染まっていた。ミッラは明らかにハイカラを意識した表情で、上唇についた牛乳をぬぐっている。さらにたばこに火をつけて、それからようやく口を開いてわたしの質問に答え始めた。彼女の目にはもうわたしたちは映っておらず、ただマイクの先端をじっと見つめている。

「あたしがあの講座に行ったのは隣のおやじに襲われた二日後だった。レイプ被害者の相談窓口に電話したら空きのあるクラスがあるって教えてくれたんだ。あたしの役に立つんじゃないかって。エリナの名前はもちろん聞いたことがあったし、女性誌に載ってる記事も読んだことがあった。ガキのころは、雑誌の『スオシッキ』に連載してた心理療法コラムも読んでいたよ……」ミッラは両足を椅子の下に突っ込み、身を守ろうとするかのように体を丸めた。「仕事にはどうせ行けなかった。体中にあざができて、傷だらけだったからね。化粧でごまかそうとしたんだけど、ラミのやつが、そんな姿で来られちゃ困ると言ってきた。ラミってのは、あたしが働いてるファニーヒルって店のオーナーだよ。クリスマスが過ぎて、傷が治ったら出てこいって言われたんだ。もちろん抗議した。クリスマス・パーティーのシーズンはまだ二週間もあって、個室ダンサーにとっては書き入れ時だったんだから。でも、どうしようもなかった」

「つまり、病気休暇を取ったわけね」

ミッラはマイクに向かってあざけるように笑った。

「その言い方は間違ってるよ。あたしと店とは期間契約で、病気休暇なんて最初からありゃしないんだから。だけど、戻ってきていいと約束はしてくれたよ。ひどい男だと思ってるだろ、言われなくてもそんなことくらい知ってるよ。とにかくそういうわけで、あたしはローズベリ館に残ったんだ、だって……だって……だって、あたしは隣のおやじが怖かったんだよ、ちくしょう！　あいつの顔を見るかもしれないと思うだけで吐き気がする。エリナはわかってくれた。もちろん、警察に届けるべきだって何度も言われたけどね。クリスマスの前に、エリナと一度一緒にここへ来てドアにチェーンを取り付けたんだ」

「どうして家に戻ってきたの？」

「ローズベリ館にもいられなかったからだよ！　キヴィマキのばばあは安物のソーセージでも見るみたいな目つきであたしのことをじろじろ見るし、ヨハンナはおろおろ歩き回って、子どもに会いたいと言っちゃめそめそ泣くし、それからあのニーナときたら、ピアノで変なクラシックの曲を狂ったみたいに弾いてるかと思えば、わけのわかんない星占いの話をごちゃごちゃ言ってくるし。あたしは蠍《さそり》座の影響を三重に受けてるんだってさ。そのせいで、こんなろくでもない人間になったらしいよ。きっとニーナにとっては、なんでもかんでも星の動きで説明できるのが楽なんだよね。エリナもいなくなっちゃったし、あたしは出てくることにしたんだ。誰も止めなかったし」

「最後にエリナを見たのは聖ステファノの祝日《タパニンパイヴァ》の夜だったのね？」

「前に言ったとおりだよ、同じことを繰り返さなきゃならないわけ？」

ミッラはマイクから視線を上げた。その表情から、レイプの体験を口にするのはやはりつらかったのだとわかった。近親相姦と言っていたのはどういうことだろう。この子はこれまでどんな人生を歩んできたのだろう。壮絶な体験をしていても、わたしの目にはやはりミッラはまだごく若い女の子に見えてしまう。どうしてだろう。ティーンエイジャーみたいな口のきき方のせいだろうか。

「エリナと一緒に歩いていた人物について、わたしたちが入手した情報がちょっと矛盾しているのよ。あなたは以前、エリナはヨーナ・キルスティラと一緒だったと言っていたわね」

「確かにこの目で見たし、声も聞いたよ。道の向こうから、二人があたしのほうに向かってくるのが見えた。エリナに気づかれて、どこへ行くのか問い詰められるのがいやだったから、道端のトウヒの林に隠れたんだ。あの二人は、話に夢中になっててあたしに気づかなかったよ」

「エリナと一緒にいたのはキルスティラだという確信があるのね？」

「そうだよ、この目で見たんだから！　背の低い、巻き毛の黒髪の男、黒い服、首に赤いスカーフ。絶対にあたしが知ってる男だよ、雑誌の表紙に載りそうなあの色男さ」

「二人はどんな話をしていた？」

「話をしていたんじゃない、あれはけんかだよ。一緒に暮らし始めるかどうかで揉めていた。エリナは、いまの状況ではヨーナと暮らすことなんてとても考えられない、とかなんとか、そんなことを言ってたね。どんな状況なのかってヨーナが尋ねていたけど、エリナがなんて返事したのかは聞こえなかった」

　ミッラの口からキルスティラの話が出るのは興味深かった。彼のことをどれくらい知っているのだろう。ミッラは以前、ヨーナはファニーヒルの客だと言っていた。血の上った頭に、ミッラとヨーナが共謀してエリナを殺したという構図が浮かんできた。だけど、動機が思いつかない。

「キルスティラの件はひとまずいいわ。ロースベリ館を抜け出して、どこへ行ったの？」

「前にも言ったけど、ヒッチハイクしてヘルシンキに出たんだよ。うまいこと、ヌークシオンティエ《通り》からエスポーの街ん中まで乗せてもらえてさ、あとは電車。バーを何軒かはしごして、カールレの店であいつに会ったんだけど……あいつ、なんて名前だっけ。もう覚えてないよ、けど、あの男の名前になんか意味でもあるっていうの？」

　もちろん意味があった。エリナの正確な死亡時刻を特定するのは不可能だが、彼女が死んだのはタパニンパイヴァの日の深夜から翌朝にかけてであることはまず間違いない。ミッラは実際にはヘルシンキに行っておらず、嘘をついている、という可能性もある。わたしはミッラに、車に乗せてくれた人物について詳しく話すよう求めた。ローズベリ館の近くに住んでいる男性のようだ。はしごしたバーの名前と、一夜をともにした男のことも詳しく尋ねた。ミッラは、その男がヨルッカというあだ名で呼ばれていたことと、地下鉄のクロサーリ駅の近くにあるアパートに住んでいたこと以外、思い出せないと言い張った。

「アッキラと一緒にマルッティラを連れてそのアパートへ行ってちょうだい」わたしはハイカラに言った。「ヨルッカという男と接触できたら、その男がマルッティラのアリバイを裏付けることができるか確かめて。それから……」

そのとき携帯の着信音がわたしの言葉をさえぎった。ペルツァの、普段の数倍増しで不機嫌な声が、いったいどこで油を売ってるんだとどなってきた。わたしの中で、空腹と妊娠検査への不安とが鋭い怒りに変わり、ペルツァがその格好の標的になった。わたしは携帯にどなり返した。

「うるさいわね、あんたこそ人に電話かけて仕事の邪魔する以外にやることがないわけ？　これからキルスティラを迎えにいくところだから、三十分以内にそっちに着くわよ。もう少々お待ちいただけませんこと？　ご自分でわたしと組むってお決めになったんだから！」

「カッリオ、おまえ、おれに命令できる立場じゃないだろうが」

ペルツァがわめいた。確かに彼の言うとおりだった。警察のヒエラルキーの中では、ペルツァの階級がわたしより上だ。だけどうちの課の組織上、わたしたちの立場は対等で、どちらかが目上というわけじゃない。ときどき、いっそどちらかに権力があるとはっきりしたほうが、いまの状態よりましなんじゃないかと思うことがある。いまのわたしたちは、互いに相手の上に立とうとし、決定権を握ろうとしていがみ合ってしまっている。

巡査補の若い二人はわたしのどなり声に目を丸くしていた。ミッラは服を着替えにほかの部屋へ行ってしまった。わたしは蛇口をひねってコップに生ぬるい水を汲み、それから巡査補コンビに指示を与えた。二人は高校生みたいににやにや笑いながら目配せし合っている。ミッラの一夜限りの相手を捜査するなんて、彼らにしてみればジョークみたいな気がするのだろう。ミッラのほうは、自分に同行する若い警察官たちがどぎまぎする様子を楽しむに決まっている。でもわたしには、ここに残ってこの後の展開を見届ける時間はない。

ヨーナ・キルスティラがなぜ嘘をついたのか、その理由を明らかにしたいのだ。

「ねえちょっと、カッリオ、でいいんだっけ？　あんたの名前」ミッラが突然寝室から声を張り上げた。「ちょっと来てくれない？」

ミッラの寝室は天井だけは高いもののかなり狭く、サテン地の黒いベッドカバーが掛けられた幅広のベッドに部屋中が占領されていた。黒いサテン地や赤っぽく薄暗い照明が、十九世紀末のパリの娼館のような雰囲気を醸し出していたが、それが意図的な演出かどうかはよくわからなかった。普通の女性の寝室というよりは、売春婦の仕事部屋を思わせるが、ただのはったりかもしれない。

ミッラはぴったりした黒いスパッツと、胸元の大きく開いたコルセットのようなシャツを着ていて、ハンドボールの球を二つ入れたみたいに胸が盛り上がっている。黒いアイシャドウに縁取られた目とダークブラウンの唇とが、ハードな女の印象とティーンエイジャーみたいな印象を同時に与えた。まつげにマスカラを重ね塗りしていたが、それが済むとようやく口を開いた。

「あのさ……アイラとヨハンナは、エリナが死んだって聞いて、どんなふうに反応してる？」

「普通、人が亡くなったときに見せる反応よ。ショックを受けてるわ。悲しんで、泣いて。あなたはどう感じているの？」

「あたしはべつに家族や親戚じゃないしさ」

ミッラの口調には自己弁護の響きがあった。真っ赤なシフォンのスカーフを首に巻き、鏡に向かって鼻に皺《しわ》を寄せている。

「親戚じゃないからって、悲しんではいけないという決まりはないわ」

「なんであたしが悲しむはずだって思うわけ？」ミッラは立ち上がり、ベッドの下からヒールの高い厚底の黒いブーツを引っ張り出すと、足を突っ込んだ。「まったくとんでもない騒ぎだよ、おまわりが踏み込んでくるなんて。頼むから、二度と午後二時より前には電話してこないで。睡眠を取らなくちゃいけないんだよ、じゃないと仕事にならないんだから」

ミッラはコツコツとヒールの音を立ててわたしの脇を通り過ぎていった。やわらかな作り声で巡査補たちに行きましょうよと声をかけている。玄関を出ると通路にはビールの匂いがぷんぷん漂っていた。キルスティラの家に向かう途中、カンッピ地区のマクドナルドに寄った。いますぐなにか食べないと、頭がこれ以上もう一秒だって働かない。ダブルチーズバーガーとL

サイズのフライドポテトは、ものの数分でわたしの胃袋に収まった。最後の何口かになってやっと、もしも妊娠しているとしたらもっと体によい生活をしなくてはいけないと気づいた。でも、本当に妊娠しているんだろうか。時計をちらりと見た。妊娠検査の結果は一分でわかると書いてあった。マクドナルドのトイレに入れば……面白いアイデアだとさえ思ったが、あと数時間はプライベートを忘れるよう自分に言い聞かせ、エリナの死とヨーナ・キルスティラのことに意識を集中しようとした。二大夕刊紙がどちらもこの事件を一面で取り上げている。記事の内容も同じだった。有名なフェミニストの心理療法士が、死体となって不審な状況で発見された。警察が捜査中。二紙のうち一紙は、遺体がわずかな衣服しか身につけていなかったことをいやらしい書き方で報じていた。まるでエリナが乱交パーティーの真っ最中に踏み込まれたとでも言わんばかりだ。

キルスティラはアパートの入口でわたしを待っていた。黒いコートを着た彼の姿は小さくていまにも壊れそうに見えた。ミッラが言っていた赤いスカーフが、マリア病院の方角から吹きつける風にはためいている。顔色が常にも増して真っ青だ。助手席に乗り込んでくるとき、わたしの視線を避けてふっと目をそらした。キルスティラがようやく口を開いたころには、高速トゥルク線まで来ていた。

「ぼくにいったい何を望んでるんです」

「エリナ・ロースベリさんはあなたの恋人でしたね。死亡の状況に不審な点がある場合は、親しかった人すべてに事情を聞くんです」

「エリナは凍死したとアイラが言っていた。どうしてそんなことになったのか、ぼくにはわからない」

キルスティラの声に混じる苦悶は本物のように聞こえたが、わたしは冷静さを保っていた。わたしは昔から美男子に弱いし、キルスティラは美男子の中でも文句なしにトップクラスだったけど、わたしの好みでいえばちょっと背が低すぎるし、線が細すぎる。荒っぽい言葉一つで倒れてしまいそうな雰囲気だ。繊細な外見と彼が書く詩の内容は矛盾していたが、それが彼の魅力でもあることは間違いない。キルスティラの詩には男性的なセクシーさがあり、同時に十九世紀の香りのするロマンチシズムを備えていて、今世紀のバイロンさながらだった。

いずれにしろ、署に着いてペルツァが同席する取調室に入るまでは、キルスティラと話を始めるつもりはない。

「詳しい話は、署に着いてからにしましょう。捜査の都合上、あまり多くはお話しできないんですが」

「でも、ぼくはエリナを愛していたんだ！」

キルスティラは声を張り上げた。大声を出せば頑固な親も言うことを聞いてくれると信じている五歳の子どものようだった。わたしは答えず、左の車線に割り込むことに集中した。時速七十キロでのろのろ走っているセミ・トレーラーを追い越したかったのだ。パトカーだったら、このぽんこつフィアットなんかよりよっぽど簡単に車線変更できるのに。おまけにフロントガラスのウォッシャー液まで切れてしまったようだ。それでもどうにか無事に署のあるニヒティシルタに到着した。

受付で、ペルツァに第三取調室へ来てほしいと伝えるよう頼み、キルスティラにコーヒーを飲むかと尋ねた。キルスティラはかすかに首を振るだけだった。彼はいまや、他者を寄せ付けない自分だけの世界に入り込んでしまっている。取調室に向かう間も、自分がどこへ連れていかれるのかわかっていないかのように、ただ壁の向こうのなにかをじっと見つめていた。

廊下の自動販売機でコーヒーを一杯買った。取調室に入るとペルツァがすでに待っていた。ほっそりと色白のキルスティラと並ぶと、ペルツァはいよいよ図体が大きく赤ら顔に見える。詩人はコートを脱ごうとさえせず、わたしが示した椅子に寒そうに身を沈めた。

「たばこ、いいですか?」

たばこの箱を取り出そうと片手でポケットを探りながら、彼は言った。

「ここは禁煙なんです」

わたしは、申し訳ないけど、という表情を作って言い、壁に貼ってある禁煙の貼り紙を示した。もちろん、被疑者が重度のニコチン中毒で、警察官が喫煙の儀式に参加することで口が軽くなりそうな場合は、この規則は適用外になるんだけど。

「ああ、そうだよね」

キルスティラは手をポケットの奥に突っ込んだ。キオスクに不法侵入して警察に連行された十代の男の子のような風情だ。まずは彼の身元を確認する。キルスティラにも逮捕歴があった。とはいえもうかなり前のことで、内容も悲喜劇的なものだ。八〇年代の半ばに二度ほど泥酔して騒ぎを起こしたのと、一九七九年、十七歳のときにハメーンリンナ市でデパートのショーウインドウを故意に破壊している。

「先日お話ししたときは、非公式でした。あのとき、最後にエリナ・ロースベリさんに会われたのはクリスマスの前だとおっしゃっていましたね。ロースベリさんが失踪した夜に何をしていたか、もう一度このレコーダーに向かって話していただけますか」

キルスティラはまったくためらいのない声で、タパニンパイヴァの夜にはハメーンリンナでレストランを何軒か回り、昔からの友人たちと飲んでいたと語った。

「一緒にいたお友達の名前を教えていただけますか」

「誰と誰がいたかな……エサ・キンヌネンとティンデ・ハタッカはいたはずだけど……ああ、それからティモだ。あとはブッラ、畜生、あいつの本名はなんといったか……ちょっと待ってください、思い出すから……」

キルスティラはびっくりするほど真剣に考え込んでいる。もしかして本当に日付が頭の中でごっちゃになっているのだろうか？　でも、そんなことはありえない。クリスマスが何月何日だったか、わからなくなる人なんているわけはない。

「一緒に飲んでいたお友達の住所も、もしわかれば教えてください。それと、訪れた店の名前もすべて。実は、タパニンパイヴァの夜、あなたがエリナ・ロースベリさんと一緒にヌークシオ地区を歩いているのを見たという情報があるんです」

キルスティラはまずわたしの顔をちらりと見て、それからペルツァに視線を移した。なんと答えるべきか考えている彼の頭の中で、なにかがぎしぎしと激しく軋む音が聞こえるようだ。結局、彼は質問に質問で返してきた。

「誰がそんなことを言ってるんです？　アイラですか？」

「誰でもかまわないわ。どう説明なさいますか？」

キルスティラの小さな手がわなわなと震え、視線は逃げ込める穴を探すかのように壁を這い回った。ペルツァの目に興味の色が浮かんだ。嘘と真犯人の匂いを嗅ぎつけたのだ。キルスティラは、タパニンパイヴァの夜にローズベリ館にはいなかったと繰り返したが、わたしはさほど驚かなかった。

「わかりました。ハメーンリンナのお友達に確認することにします。では、エリナ・ローズベリさんとの関係について話してください。交際してどれくらいでしたか？」

キルスティラの顔に苛立った表情が生まれた。

「交際……高校生みたいだな。高校生のころは確かに女の子たちと交際していた。でもエリナ・ローズベリとは違う。ぼくたちは、愛し合っていたんだ」

バイロンさながらの詩人の瞳は、半ば怒りをたたえ、半ばすがるようにわたしを見つめてきた。明らかに取調官の女性ならではの同情心に訴えようとしている。もちろん彼に同情はしていた。愛する人を失うことは悲劇だ。ただ、わたしはキルスティラが潔白だという確信が持てないだけだ。

「ぼくたちが知り合ってどれくらいだったか、そういうことを知りたいんですよね。警察も、くだらないマスコミも、知りたがることは同じだな。ぼくたちの関係は公にしてなかったのに、今日もなんとかいう週刊誌の記者が電話してきて、追悼の詩でも書いてもらえないかと言ってきたよ」キルスティラの優雅な口元が軽蔑に歪んだ。「つまらない作品だといってぼくのことまで打ちのめすつもりだろう」

キルスティラの話が脇にそれてばかりなのに、ペルツァがうんざりしているのがわかった。

「ロースベリさんとの関係について話してもらえますかね」

彼はいらいらと言った。わたしはむっとした。ペルツァの言葉は彼の意図どおりにわたしの耳に響いた。『女の警察官が被疑者の無駄話を止められないものだから、男がきちんと軌道修正してやらねば』

「わかったよ」

キルスティラの指はまた無意識にたばこの箱をまさぐりかけて止まり、やがてポケットからマッチをつまみ出した。彼はしゃべりながらマッチの軸をくわえて嚙み始めた。

「エリナと知り合ったのは二年ほど前、コウヴォラで開かれた男性性に関するセミナーの席だった。ぼくとエリナは当然ながらすべてにおいてまるで意見が違い、セミナーが終わってからも列車の食堂車で議論を続けた。ヘルシンキに着いてからも、駅のレストランに場所を移して話し続けたんだ。エリナはタクシーでヌークシオに帰るのが面倒だといってうちに泊まり、そこからすべてが始まって……」キルスティラはマッチを吐き出すと、ポケットから次の一本を取り出した。「いつの間にか、ぼくたちは恋人同士になっていた。ぼくもエリナも、特にそうなることを望んだわけじゃなかったんだけど。エリナにはロースベリ館があるし、こなさなければならない仕事も多かった。個人面談のクライアントも抱えていたしね。男なんて、彼女の人生で最も重要度の低いものだったんだ」

キルスティラは眉根に皺を寄せた。その表情はなんだか鳥に似ていた。彼が涙をこらえようとしているのだと気づくまでしばらくかかった。目の前の患者がすすり泣きながらつらい体験を打ち明け始めたら、精神分析医や心理療法士はどう感じるのだろう。エリナ・ロースベリのような人物は、どんなふうに反応したのだろう。エリナはじっと座ったまま冷静さを保っていたのだろうか、それとも患者たちの感情に呑み込まれてしまったのだろうか。彼女はいかにも医者といった冷徹なタイプではなかったし、フェミニストの理念をも取り入れたセラピーセンターなら、セラピストだって感情豊かであっていいはずだ。でも、警察官はどうだろう？　わたしはいつの間にか、被疑者が泣いたりわめいたりし始めると無表情を装うようになっていた。それでうまくいくことが多かったのだ。答えたくない質問をされるとわっと泣き出すことで返答を回避しようとする者、わたしの中に女性特有の同情心があるはずだと思い、哀れっぽい振る舞いでそれを引き出そうとする者、そんな例が後を絶たなかった。そういう意味ではアイラ・ロースベリは成功したといえる。彼女が泣き出してしまったため、尋ねられなかった質問がいくつか残っているのだから。

いま、キルスティラを相手に同じ轍《てつ》を踏む気はなかった。

「でも、お二人の関係は続いたわけですね。お二人の間柄は、最近はどう変化してきていましたか？　距離を置くようになっていたとか、逆に結婚を考えていたとか」

「変化……なぜ、ぼくたちの関係が違うものに変わらなくてはならないんです？　ぼくたちはあのままで満足していたのに」

「会うときはどこで？」

「ぼくの家がほとんどでした。たまにヌークシオで会うこともあったけど。ロースベリ館の本館のほうじゃなくて、小家屋《ピックタロ》でね。これは秘密なんだけど」

ピックタロに残されていたたばこの吸殻、枕に落ちていた黒い髪の毛……。キルスティラが最後にヌークシオに泊まったのはいつだろう？　わたしがその質問を口にする前に、ペルツァが割って入った。

「キルスティラさん、エリナ・ロースベリさんがあなたより八歳年上だったという事実は、あなたにとって問題ではなかったんですか？」

ペルツァのくだらない質問に、キルスティラはそれまでしばたたかせていた両目をぱっちりと見開いた。

「ばかなことを訊きますね。ぼくのほうが八歳年上だったら、そんな質問しないでしょう。彼女ならそんなこと訊かないと思うけど」

キルスティラはわたしに向かってうなずきながら言った。しかしペルツァも簡単に黙り込んだりしなかった。

「つまり、あなたが誰か若い女性に目を留めていて、そのために彼女と別れようと思っていたというわけじゃないってことですね？　ロースベリさんの遺言についてはなにかご存じですか？　独身で子どももいなかったが、莫大な財産があったはずだ。遺言の中に、あなたの名前があるのでは？」

相手を苛立たせようとするペルツァの手法は、かえってわたしの被疑者への同情心をかきたてた。ヨーナ・キルスティラのほうも明らかに敵意をむき出しにし、情緒的なまつげの震えも、眉の下で苦悶に歪むまなざしも、彼の顔から消えていた。

「若い女に金、男ならみんなそれを欲しがるってことになってるよな！　だけど、ぼくはそんなものに興味はない。エリナは知的でセクシーで、一日中べったりしている関係は望んでいなかった。ぼくも同じだ。ぼくがエリナと別れたがっていたなんて、どうしてそんなことが言えるんだ。だいたい、まだエリナの死について詳しいことをなにも教えてくれていないじゃないか。彼女は殺されたんですか？」

「エリナ・ロースベリさんを殺す動機のある人はいましたか？」

わたしは質問に質問で返した。キルスティラの言葉には説得力が感じられたが、それでもわたしは、二つの事実を忘れることができなかった。キルスティラは風俗店ファニーヒルの客だという、ミッラの言葉。彼がエリナを捨てようとしていたという、アイラの主張。

「エリナのクライアントの中には、精神のバランスを崩している人もかなりいたから、そのうちの誰かがやったとしても不思議じゃない。それに、エリナの主張を腹に据えかねると思う人も多かったし。同業者の中にさえ、エリナの敵といえるような相手が何人もいたんです。だけど、本当に人を殺すなんて一線は、そう簡単に越えられるものじゃない……ぼくにはわからない」

「自殺という一線ならどうですか」キルスティラがわたしの質問を理解できないようだったので、言葉を継いだ。「エリナ・ロースベリさんには、自殺するような理由がありましたか？」

遺書めいた手紙にまつわるアイラの話には不確実な要素が多かったが、手紙についてキルスティラに告げずにおくことはできなかった。エリナの背中のあざにはなにか別の原因があるのかもしれないし、もしかしたら誰かが、すでに死んでいるエリナを発見し、疑いをかけられることを恐れて、死体をトウヒの根元へ引きずっていったのかもしれない。自殺の可能性を示唆したわたしの言葉に対するキルスティラの反応は奇妙なものだった。たっぷり三十秒間、考えに沈んだように黙り込み、それからきっぱりと否定したのだ。

「エリナが自ら死を選ぶ理由として一つだけ考えられるとすれば、安楽死の類です。だけど彼女は病気だったわけじゃないし。ひどい風邪をひいていたのを別にすればだけど」

「そうですね。つまり、最近彼女が落ち込んでいたといった事実はなかったということですね？」

「確かに、なにかがエリナの心に重くのしかかっているようではありました。なにか、解決が困難な問題を抱えていたらしくて。だけど、仕事上の問題だったはずだ。ぼくには詳しいことを話してくれなかったから」

キルスティラのアリバイについてあらためて考えていたところへ、ペルツァのポケベルが鳴り出した。ペルツァが自分の部屋に戻って呼び出しの件を処理してくる間、正式な事情聴取は中断することになる。

「あいつ、最低の最悪だな」

ペルツァが出ていったとたん、ヨーナ・キルスティラは世間話でもするような調子で言った。残念ながら同意するわけにもいかず、わたしはただ小さく笑みを浮かべた。

「ぼく、若いころに一度、逮捕されたことがあるんです。酔っ払って騒ぎすぎてね。そのときの警察官の一人が、ちょうどああいうあばた面の、偉そうなやつだった。たいして抵抗しなかったのに、パトカーで連行されるときにそいつに腕を後ろにねじ上げられて、おかげでいまでも痛む箇所がある。まあ、そういうわけで、警察の人たちのことはあんまり好きになれないんですよね」

「だからといって、嘘をついていいということにはならないわよ」

どうしてキルスティラは二人だけになると親しげな態度を示そうとするのだろう。わたしが女性で、女性なら魅了できると思っているから？　それとも、エリナがわたしにとっても知人だったことを知っているから？　実際、キルスティラの自宅で初めて会ったときのわたしたちは、共通の知り合いの身を案じる友人同士のようだった。こちらから親しげに振る舞ってやるのもいいだろう。わたしはいかにも共感しているというように身を乗り出し、レコーダーのスイッチを切ってみせた。

「嘘って、それ、どういう意味さ？」

わたしの判断は正しかった。キルスティラの口調が打ち解けたものに変化している。

「あなたはタパニンパイヴァの夜にロースベリ館にいた。そうでしょ?」

しかしキルスティラの返事はまたしても否で、作戦はうまくいかなかった。ペルツァが戻ってきたとき、わたしはキルスティラから両親の電話番号を書いたメモを受け取るところだった。タパニンパイヴァの夜の彼の行動を裏付ける証言が得られるかもしれない。

「キルスティラさん、簡単に済んでよかったですな。われわれはこれからマンッカー地区へ行くことになりましたので。だが心配いりませんよ、アリバイはこっちでしっかり確認させてもらいますから」

「マンッカーで何があったの?」

キルスティラをバス停まで送り届け、ペルツァと急ぎ足で駐車場に向かいながらわたしは尋ねた。

「また凍結した死体だ。今度のはロースベリほどきれいな死体じゃなさそうだぞ。重度のアルコール依存症患者、現場はごみ集積場だ。内臓が全部は残っていないそうだ」

胃がぎゅっと縮こまった。もしいま、地下駐車場で隣を歩いているのがペルツァ以外の誰かだったら、わたしは行かない、と言っていたかもしれない。タルヤ・キヴィマキかニーナ・クーシネンの名前を出し、事情聴取があるからと言って逃げたかもしれない。だけど、ペルツァに怖気をふるっている姿を見せるわけにはいかなかった。

「わたしは自分の車で行くわ。そのまま帰宅することになるかもしれないし」

マンッカーに着くと、恐れていたとおりの凄惨な光景がわたしたちを待ち受けていた。酒のせいで年齢不詳になった男の体は暴行を受けてからすでに二日ほど経過しており、凍った内臓を鳥がくちばしで引きずり出している。死体を見るのは必要最小限にとどめ、恐るべき悪臭を減じてくれている気温の低さに感謝した。この後は四十八時間の年末年始休暇になる。なんてすてきな休日の始まりだろう。休みの間、ロースベリの件の事情聴取も中断してしまう。滑りやすい細い道を運転して家に帰った。家の中は真っ暗で、いつも玄関先に置いてあるアンティのスキーが見当たらない。暗がりの中で、アインシュタインがお帰りというようにわたしの脚に体をぐいぐいすり寄せてきて、あやうくバランスを崩しそうになった。

バッグから取り出した妊娠検査薬を手にトイレに入り、便器に座った。急に怖くなってきた。もしも本当に妊娠していたらどうしよう？　マンッカーで見た死体が脳裏によみがえり、込み上げてきた吐き気をあわてて呑み込んだ。少なくともいまは死体のことを忘れなくちゃ。やっぱりアンティの帰りを待ってからにしようか？　だけど、折よく尿意を催してしまった。検査薬のパッケージを開け、もう一度使い方の説明を読んで、検査に取り掛かった。スティックを濡らし、キャップをかぶせて待つ。一分待って判定窓に青い線が現れたら、妊娠しています。一分間……ばかみたいにスティックを見つめている代わりに、わたしは寝室へ行き、避妊リングに付属していた説明書を探し出した。〈妊娠の疑いがある場合は、速やかに医師に相談してください〉。なるほど。もし、医師に相談しなかったら？　子どもは死んでしまうのだろうか？

一分はとっくに過ぎたはずだ。トイレに戻る道のりは、あまりに短すぎるように思えた。わたしの手は、トイレのドアを開けることも、電気をつけることも、拒否している気がした。歯《バ》を食いしばれ、立ち向かう《イト・ザ・ブレット・ベイビー》んだ。さあ、目を開けて、結果を見るのよ。フィンランドの国旗に描かれているような青い線が、判定窓からわたしを見つめ返してきた。気付けにウィスキーを一杯飲もうとキッチンに行きかけて、気づいた。わたしはもう、そんなものを飲んではいけない体なのだ。

6

アンティが帰ってきたとき、わたしは真っ暗なリビングのソファーにアインシュタインを抱いて座っていた。アンティが明かりをつけると、光がわたしのまぶたを貫き、わたしは現実に引き戻された。

「なんだ、帰ってたのか。仕事、きつかったのかい?」

「最悪ってわけでもないわ。ストレムの態度にいらついただけよ。シャワーを浴びる?」

「サウナを温めてあるんだ。ビール、きみの分も持っていこうか」

「ううん、いらない」

キッチンに入っていたアンティがドアから首を突き出した。スキーに行ってきたせいで、カールした黒い髪が濡れて束になり、額に垂れかかっている。彼の目は、びっくり仰天、と言っていた。

「ビールがいらないなんて、どうしたんだ? どこか悪いんじゃないのか? それとも、この後まだ車で出掛ける用事でもあるの?」

わたしは首を振り、夫についてサウナに入った。アンティは、濡れたウールと、冷え込みが緩いときに使うスキーワックスの匂いがした。何があったのか知ったら、彼はどんな反応をするだろう。なんと切り出せばいいかわからない。アンティと並んでベンチに座り、キウアス（サウナを熱するためのストーブ）に水をかけた。シュウシュウと音を立てて蒸気が立ち上り、わたしは去年の夏にペナおじさんの飼っている猫のミッコとサウナに入ったことを思い出した。ミッコは温度が百度になってもベンチの真ん中の段に座り、のどを鳴らしながら熱気を楽しんでいたっけ。うちのアインシュタインは、熱いサウナを断固として拒否するんだけど。

ほの暗いサウナの中で、わたしたちは黙って座っていた。自分のへそと、その下で陰毛に覆われてなだらかな曲線を描いている下腹部を見つめた。この中に、目に見えないほど小さな細胞のかたまりが、まだ人間とは呼べないものが、存在している。アンティのすごく大きな鷲鼻に目をやり、自分の鼻がサヴォ地方あたりの人間らしくちんまりと小さいのを確かめて、わたしたちの血を引いた子どもはどんな顔立ちになるのだろうと想像した。

アンティがキウアスにもう一杯さっと水をかけた。シューッと立ち上る熱気にわたしは背中を丸め、目をぎゅっと閉じた。膝に当たる乳房は引き締まってずっしりとしている。ようやくまた背中を伸ばし、アンティの顔を見る勇気を持てたとき、いま話そうと決心した。まっすぐに、事前の準備なんかせずに、いつものわたしのやり方で。

「アンティ、聞いて。わたし、赤ちゃんができたの」

「えっ?」

夫の顔は、わたしがビールをいらないと言ったときの何倍も面食らっていた。もう、からかうような色合いはひとかけらも残っていない。

「生理が来ないから、妊娠検査薬で検査をしたの」

「だけど、避妊リングは……」

「リングも完璧じゃないのよ」

「ぼくの気持ちは、わかってるだろう？」

言うなり、アンティはわたしを抱き締めた。彼の肌は冬と汗の匂いがした。休みの間に伸びた無精ひげが、頬に当たってちくちくする。アンティはもうずっと前から、わたしとの間に子どもを持つ心の準備ができていたのだ。でも、わたしが心から子どもを欲しいと思えるようになるまで待つと約束してくれていた。アンティは出産や子育てにできる限り関わりたいと言ってくれるが、お腹に子どもを宿し、この世に送り出すのは、どうしたってわたしの役割になる。

「これからどうするの？」

アンティはわたしの髪に顔を埋めたままささやいた。

「取り出さなくちゃ」

アンティがわたしの体を離した。信じられない、という顔をしている。

「子どもをか？」

「リングよ。入れたままだとまずいのよ」

アンティの目が優しくなったが、その奥底にはまだ恐怖が残っていた。わたしは一瞬、命の危険があったから中絶したと夫に明かしたときのヨハンナになった気がした。少しの間、独りぼっちで虚空を漂っている気分を味わった。アンティはもう大喜びで、はっきりと自分の子を望んでいる。でもわたしは、自分が何を望んでいるのかわからなかった。誰もわたしの気持ちを尋ねてくれなかった。なんの計画もしていなかったのに、まるでコケモモの実を食べたらお腹に宿ったかのように、子どもはわたしの体の中に突然やってきた。何年もの間、人生はわたしをあちらこちらへ転がし続け、わたしは町から町へ、仕事から仕事へ、転々としながら生きてきた。今度は子どもが、わたしの人生のピースをばらばらにし、ごちゃ混ぜにしようとしている。万華鏡をくるくる回す手のように。

「赤ちゃんが健康なら、中絶なんてすべきじゃないわ」わたしはアンティのほとんど毛の生えていない胸にもう一度顔を押し付けた。「でも、うれしいと思えるようになるまでには時間がかかりそう。やっぱりショックなのよ」

「もちろん、そうだよね。いつごろ生まれるの？」

「八月だと思う。母なる神の思し召しで、心の準備をする時間が何か月かは用意されているってわけ」

その晩は二人して、新たな状況に驚いたり戸惑ったりしながら遅くまで起きていた。アンティはもうすっかり夢中で、なのに努めて平静を装っているのがわかった。だけど気がつくと感慨にふけった目でわたしのお腹をしげしげと見つめている。何度かそれを指摘して、彼を動揺させてやった。やがてわたしが、オレンジが丸ごと口に入るほどの大あくびをすると、アンティは、これからはもっと睡眠を取らなくちゃいけないよ、などと言い出した。

「ちょっと、やたらと世話を焼いたりごちゃごちゃ言ったりするの、よしてよね」

わたしは声を荒らげた。母性とセットになっているふわふわしたピンクのイメージが、苦手なのだ。妹たちの話から考えても、現実はぜんぜん違うもののはずだし。上の妹のエーヴァは二人目を妊娠中で、甥っ子のサクは四月にはお兄ちゃんになる。下の妹のヘレナには、ちょうど一歳になる女の子のヤニナがいた。

「つわりで猫の砂が食べたくなる時期って、いつごろかな?」

とうとうアンティがそんなことまで言い出したので、わたしは二階に退散した。必要な睡眠時間が増え、ぐったりと疲れていたのがいっそありがたかった。ベッドに入るやいなや寝てしまい、その夜の眠りは信じられないほど深かった。

次の日もまたわが家はいささか混乱した状態で、夫婦そろってイェンセン家に招待されていることがありがたく思えてきた。しばらくは妊娠のことを忘れていられる。イェンセン家には車で行くことにした。どうせわたしは、飲んだとしてもワインをせいぜいグラスに半分がいいところだ。イェンセン家の人々が住んでいるのはマンッカー地区のわりと新しい建物で、外から見ると、二世帯がそれぞれ独立した住居を持てる、ごく普通のセミデタッチハウスだった。二つある郵便受けのうち片方には〈四〇番地A棟　ユッカ&ラウリ・イェンセン〉とある。二人とも男性の名だ。もう一方は〈四〇番地B棟　エヴァ&キルスティ・イェンセン〉、こちらは二人とも女性だ。三人いるという子どもたち宛の郵便物はどっちに配達されるのだろうと思ったが、どっちでもたいした問題ではないのだろう。

B棟のドアから建物の中に入った。キルスティというのが、わたしたちを招待してくれたアンティの同僚の名前だったからだ。アンティは前にもここに来たことがあるが、そのときはわたしは仕事の都合でキャンセルしていた――あれは確か、連続強姦犯を逮捕した夜だった。アンティは大学でキルスティと同室なので、彼女が大家族とともに送っている個性的な日々の様子は自然とアンティの耳にも入っていた。

玄関でわたしたちを出迎えてくれたのは、大人が四人に子どもが三人、加えて二匹のゴールデン・レトリバーだった。二匹の犬はわたしの周りで飛び跳ね、どうにかしてわたしを床に引き倒そうとする。すんでのところで、お腹の大きいエヴァが犬たちを奥の部屋へ連れていった。エプロンをかけて忙しそうなユッカが、飲み物を載せたトレイを持って現れた。キルスティは、末っ子が上の子たちと犬たちの足の間に挟まってむずかったのをあやしている。大変なにぎやかさだったが、それは耳障りな騒音ではなく、くつろげる雰囲気とさえ言ってよかった。

歓迎のカクテルはちょっと口をつけるだけにして、残りはアンティに渡した。エヴァとユッカがディナーの支度を済ませるまでの間、建築家のラウリが家の中を案内してくれるという。真ん中の女の子、四歳になるカネルヴァもついてきた。

イェンセン家の住む建物は、入口は二つに分かれているものの、実際には一つの世帯だった。建物の中は二つのエリアに分けられていて、どちらのカップルも、自分たちが使っているエリアに専用の寝室と仕事部屋を持ち、キッチンも二つある。建物の真ん中に共用のダイニングルームとリビング、それに書庫があって、子どもたちの寝室はリビングの周りだ。地下には物置のほかに広いサウナ室があり、バスタブが二つと洗濯機が二台置かれていた。建物は広々と明るく、内装は細部まで緻密な計算が行き届いていながら、いきいきと活気があふれている。

「この家はあなたが一から設計したの？　それとも、改築のプランだけ？」

ラウリに尋ねた。

「この状態だったのを購入したんだよ。七〇年代のセミデタッチハウスとしては、標準的な形式なんだ。住まいのベースとして最高だった。これこそまさにぼくらが必要としていたスタイルだったからね。一番上のユリが生まれたとき、アパートで並びの部屋に住み始めたんだけど、うまくいかなかったんだ。いちいち玄関を出たり入ったりしなくちゃならないしね」

「ねえパパ、あたしとユリの自転車をマリアに見せてあげたい」

カネルヴァが言ったので、わたしたちは屋外の物置にも足を運んだ。庭には子どもたちが作った小さな雪のお城まであった。

やがてみんながテーブルに着き、前菜の黒ラッパ茸のスープに舌鼓を打っているとき、わたしは訊いてみた。

「四人のうちで、もともとの苗字がイェンセンだったのはエヴァだけなの？」

「ぼくもそうだよ」ラウリが笑って言った。「だけど、エヴァとは親戚ってわけじゃないんだ、知る限りではね。ぼくとエヴァが知り合ったのは、八〇年代の初めにあった、SETAの会合だった。お互い、同じ苗字なんで気になってね。そのうちに、苗字だけじゃなく、ぼくらは互いに気が合うってこともわかったんだ。だから、エヴァとキルスティが子どもを望んだとき、ぼくが父親として選ばれたのは、ある意味、自然なことだったんだよ」

もちろんこれまでに、アンティからイェンセン家の人々のことを聞いてはいた。それでも、もっと詳しい話をいろいろと聞いてみたい。

「ということは、ユリはあなたとエヴァの子なのね?」ラウリに尋ねた。六歳の男の子の顔立ちを見れば、大きな茶色の瞳は父親のラウリから、すぐに微笑を浮かべる大きな口は母親のエヴァから受け継いでいるのが見て取れる。

「どの子も、みんなの子どもなの。どの子にも、父さんとパパと、母さんとママがいるのよ」キルスティが笑った。「でも遺伝的なことを言えば、カネルヴァとケルッコを産んだのはわたしで、カネルヴァの父親はユッカ、ケルッコの父親はラウリよ」

「そしてこの最新の成果は、ユッカが父親なの」

エヴァが、風船のように大きくなったお腹に微笑みかけながら言った。わたしは自分の、まだ細身のパンツに収まっているお腹に目をやり、夏の終わりにこれがエヴァと同じくらい膨らんできたらどんな気がするだろうと考えた。そして、お腹が大きくなった自分の姿を想像していることに気づき、思わずスプーンをお皿に当ててカチャンと音を立ててしまった。わたしは、妊娠を受け入れ始めているんだろうか。

「つまり、考えうる遺伝子の組み合わせはすべて試してみたってわけ」キルスティは笑い、ユリとカネルヴァに手伝わせて前菜のお皿を下げ始めた。「もちろん、書類上は遺伝的な父親と母親が子どもの養育者として登録されているわ。だけど、みんなで一緒に子どもを育てたって、いいじゃない。みんな苗字が同じだから、なにかと便利なのよ。わたしもユッカも、苗字を変更するために州政府とずいぶんやり合ったけどね。珍しい例だそうよ」

「親が四人だなんて、すばらしいアイデアよ」わたしはため息をついた。「育児で問題が起きることなんて、きっとないわね」

「四人とも、仕事がかなり不規則だしね。建築家、レストランのオーナー、研究者、そしてわたしは心理療法士ですもの」エヴァが説明してくれた。「もっとも、この二年ほど、クライアントを受け付ける時間はだいぶ規則的にしているけれどね。ねえマリア、あなたもわたしと同じように、職務上の守秘義務を負っていることは知ってるわ。だけど、エリナ・ロースベリが殺された事件、あれはあなたが、というかあなたの部署が担当しているの？　本当にショックだったわ！　なにか明らかになったことはあるの？　自殺なんて、ありえないわよ！」

「ええ、担当してるわ」

わたしは認めた。テーブルの向かい側に座っているアンティの目が、仕事の話はやめなさいと警告するように光っている。目の前のお皿に盛られた牛のフィレ肉を口に運んでから、まだなにも確かなことはわかっていないと付け加えた。さらに、どうしても訊かずにいられなかった。

「エヴァ、あなたはエリナと親しかったの？」

「エリナは研修時代にわたしを担当してくれたセラピストで、研修が終わってからはいい仕事仲間だったわ。エリナが最後にうちに来てから、まだ三週間も経っていないのに」

「そのときエリナはなにか……」アンティの目つきがいよいよ険しくなり、ほとんど彼に蹴飛ばされているような気がして、わたしは言葉を呑み込んだ。「ごめんなさい、仕事の話はやめるわね。でもエヴァ、近いうちに一度会えないかしら？　あなたはエリナの同業者で、親しかったのよね。捜査の役に立つことがあるかも」

「いつでもいいわよ、わたしはもう産休に入ってるから」

わたしのスケジュールが不透明なので、年が明けてからあらためて電話することにした。イエンセン家の人々が一緒になって奏でるにぎやかな家庭の音に包まれながら、わたしはなんとなくさびしいような、懐疑的な気分になっていた。子どものこんな騒々しさにわたしは耐えられるだろうか。一歳児は自力で食事することを覚えようとしていて、ベビーチェアの下はこぼした食べ物ですさまじいことになっている。四歳の子の口からは次から次に質問が飛び出し、ほとんど休む間もない。だけど同時に、子どもがいる人生のもう一つの側面、バラのフリルで縁取られた面を、感じるひとときもあった。一歳のケルッコの、いちごシャーベットでべたべたするほっぺに、自分の頬をくっつけたとき。凍てつく夜空にロケット花火を打ち上げたときの、カネルヴァとユリの大はしゃぎぶり。ソファーの上のケルッコが、眠たそうにむにゃとつぶやく声。このところ、物事の進展があまりに早すぎる気がしていた。それなのに気がつくと、避妊リングがわが子に悪影響を及ぼしたらどうしようと心配している。年が明けたら、すぐにでも医者に行けますように。心の中で、わたしはそう願っていた。

連休明けの署でわたしを待ち構えていた混乱は、毎度おなじみのものだった。電話が欲しいという伝言の嵐も書類の山も、もう慣れっこだ。クリスマスに続き、大晦日にも傷害事件がいくつか発生するかもしれないと予想し、わたしはそれに備えていた。そんなわけで、新年が明ける数日前に州刑務所からマルック・ハルットゥネンが脱獄したという連絡を受けたときも、さほど驚きはしなかった。ハルットゥネンは去年の秋に、エスポー市内で発生した銃を用いた銀行強盗三件と、二件ほどの傷害の罪で起訴され有罪判決を受けた男だ。その前の裁判で執行猶予になってわずか数週間だったのに、また強盗事件を起こしたのだった。わたしはパロと二人で、アメリカ式のプロファイリングの手法を用いて彼を追い詰めた。この手法は近年フィンランドにも急速に上陸し始めている。ときどき、これじゃまるで超人的な捜査官が巨大犯罪を解明する、『羊たちの沈黙』みたいな映画の世界だわ、と思うこともあったが、ともあれハルットゥネンの件ではこの方法が功を奏した。

ハルットゥネンは、刑務所から出てきたらわたしとパロを殺してやると宣言していた。だからこそ、刑務所からわたしたちに連絡があったのだ。もっとも、そんな脅迫など、どれほど真剣に受け止めるべきかわからないとわたしは思っていた。ハルットゥネンは、自分を捕らえた警察官のうち一人が女性だという点に、特に強い憎悪を抱いている。女性を暴力の対象に選ぶ傾向は、ハルットゥネンの犯罪歴の中核を成す部分だった。彼は、短時間で実行した銀行強盗でも、女性行員の少なくとも一人には暴行を加えずにいられなかったし、傷害事件のうち一件は強姦事件でもあった。

「おれはハルットゥネンの身柄が確保されるまで拳銃を持ち歩こうと思ってるよ」パロが言っ

た。「あの男は、正真正銘、いかれたやつだからな。署にやってくる人間も、通常よりよくチェックするように指示しておいた」

パロは神経を尖らせているようで、わたしもだんだん、これは真剣に考えたほうがいいかもしれないという気がしてきた。とはいえ長く思案している暇はなかった。連絡が欲しいと伝言してあったタルヤ・キヴィマキが、電話をかけてきたのだ。

「十二時なら空けられます」彼女は冷ややかに言った。「昼食の時間を削りますから。そうでもしないと、一日中極めてタイトなスケジュールなものですから」

十二時だと、わたしはぜんぜん都合がよくない。十二時半に医者を予約してあるのだ。どうにかしようと頭をひねっているうちに、突然、この状況は今後ずっと続くのだと思い当たった。仕事と家庭をなんとかして両立させなくてはならないというストレス。どれが一番重要なのか、常に考え続けなければならない重圧。相手がハルットゥネンだとしても、仕事のことだけ考えていられるほうが楽なんじゃないかしら……。

結局、十一時半に内閣府の前でキヴィマキと待ち合わせることにした。あそこからなら、トーロ地区のクリニックまで、どうにか十二時半までに行けるだろう。次につかまえなくてはならないのはニーナ・クーシネンだったが、電話をかけても出ない。連絡が欲しいとメッセージを残し、ほかの業務に集中しようとしたとき、パロが戻ってきた。ペルツァがついてきている。

ペルツァはわたしのデスクに、マンッカーの死体を撮影した写真の束をどさっと置いた。

「ちょっと見てみろよ、カッリオ。医師は、凶器がなんなのかさっぱりわからんと言ってる。

おまえ、どう思う」

写真から匂いは漂ってこなかったが、見るだけで吐き気がした。降ったばかりの雪の上で、凍りついた男の腹の中身とあざだらけの顔を鳥がくちばしでつついている。

「ナイフではこういう切り口にならない。もっと大型の凶器だ。おれは、のこぎりじゃないかと思うが」

ペルツァが言った。彼のシェービングローションは甘ったるい匂いがして、暑い部屋に長いこと放置したチェリーワインみたいだった。また気分が悪くなってきた。汗が首筋から腰へ流れ落ち、朝飲んだコーヒーが胃から逆流してくる。なにか言う間もなく、席を立って近くのトイレへ走った。男子トイレだったが、そんなことにかまっていられない。吐き気で体が震え、乳房の下や太ももや足の指の間まで、みるみるうちに全身が汗まみれになった。

少し治まってきたので水を飲み、タスキネンの歯磨きチューブから少し中身をひねり出した。さすがに歯ブラシまで借りる勇気は出なかった。

「二日酔いかい、つらそうだな」

よろよろと部屋に戻ると、パロが同情のこもった声で言った。

「ウイスキーをちょっと飲みすぎちゃって。きっとそのせいよ」

わたしは何気ないふうを装った。

「酔い止めの薬を飲むか？」パロはいそいそとポケットをまさぐり始めた。薬のデパートみたいなそのポケットのせいで、彼は署内で〝歩く薬局〟と呼ばれている。「こいつと、ビタミン

Bも二錠ほど飲むといい。すぐよくなるから」

「ありがとう、だけどいまは胃が受け付けないみたい」

ペルツァがわたしの顔をいやにしげしげと見つめている。なぜかわたしには、二日酔いなんかじゃないとペルツァに気づかれたことがわかってしまった。

「被害者の身元はわかってるの？」

ペルツァが口を開く前に、わたしは急いで訊いた。

「確認できてるよ」パロは書類をめくった。「名前はペンティ・オラヴィ・リンドストレム、一九四〇年生まれ。いわゆる〝九十九番〟だ。酒飲み仲間が証言してくれた」

署内で〝九十九番〟と呼ばれているのは住所不定の人々で、この呼び名は選挙区の番号に由来している。彼らが投票に行くべき選挙区が九十九番なのだ。リンドストレムはおそらくマンッカーのごみ集積場の近くに並ぶバラックに身を寄せていたのだろう。

「犯罪歴は？」

「小さいのがいくつかある。酒の密造にソーセージの屋台で窃盗を何度か、あとは若いころにセウトゥラで飲酒運転をやって捕まってる」

「よくある酔っ払い同士のいさかいに思えるけど。あなたたち、どうしてこの件をわたしに押し付けようとするわけ？　ペルツァがラハデと二人で担当するんじゃなかったの？」

「この被害者は、いかれ頭のハルットゥネンの父親なんだよ……ハルットゥネンが脱獄したのは、これが理由だったとしたら……」

パロがつっかえながら言った。

「ちょっと、やめて！　父親が殺されたという情報が警察より先に刑務所内に伝わって、あの男は犯人に復讐するために脱獄したって、そう言いたいの？」

パロは途方に暮れた顔だが、ペルツァはうなずいた。

「リンドストレムを殺した犯人を追うぞ、そうすればハルットゥネンの行方もわかる。まず、マンッカーのアル中どもの身柄をそっくり確保することを提案する。いわばやつらを保護してやるわけだ」

わたしはペルツァが、アルコール依存症患者など社会に養われている人々を猛烈に批判するのを、耳にたこができるほど聞かされてきた。ペルツァが首まで汚泥に浸かりながら汗水たらして働き、彼らに食べさせるスープをまかなうための税金を負担している間、彼らは国がばらまいた金でのうのうと暮らしている、というわけだ。いまも、ペルツァの言葉は彼らを保護してやろうという善きサマリヤびとの精神から出ているわけではなく、ただ思うままに権威を振りかざしたいだけだろう。まあ、わたしだって、のこぎりで他人の腹を切り裂くような輩を保護してやりたいとは、あまり思わない。たとえそれが、アルコール依存症の症状によって引き起こされた行為だとしても。とはいえ、罰を与える役割はいかれ頭のハルットゥネンでなくやはり社会が担うべきだ。

「ハルットゥネンの殺しのリストのトップがわたしたちじゃないのは、喜ぶべきことなんじゃないかしら」わたしはパロに苦笑してみせた。「マンッカーの連中を確保するのは生活安全部に頼みましょう。わたしは午後になれば手が空くわ」

「タスキネンが、外を歩くときはいつもより注意しろと伝えてくれと言ってたぞ」部屋を出ていきながら、ペルッァがわたしにどなった。さらに彼は言葉を続けた。「そうすべき理由は、二つあるようだな」

悪魔みたいなやつ！　まるで、わたしの妊娠に感づいているみたいじゃないの。ペルッァの背中にあかんべえをしてやってから、途中まで作成してある強姦事件の報告書を仕上げてしまおうと作業にかかった。でも心の中に、いかれ頭のハルットゥネンと、エリナ・ロースベリの凍えた死体と、わたしの体の中を漂う小さな小さな存在とが交互に現れて、なかなか集中できない。ハルットゥネンの目つきを思い出した。奇妙に色が薄く無表情な目、幼い子どものように大きな丸い目。ああいう目の中に制御不能の怒りが生まれるとき、その影響は恐るべきものになる。昔のSF映画に出てくる怪物がハルットゥネンの中に顔を覗かせたかのように。もっとも、ハルットゥネンは精神鑑定の結果、完全に責任能力があると判定されている。心理療法のセラピーも受けていた。彼がかかっていたのはアストロセラピストとかいう肩書きの人物で、ハルットゥネンの凶暴性を、星の軌道が混乱しているせいだと大真面目に解説していた。加えて、もちろん支配的な母親のせいだとも。

〈供述によると被疑者は事件当夜、ライヤ・コレヒマイネンを相手に何曲もダンスを踊り、被疑者の言葉を借りれば、彼女はいわゆる親密な関係を望んでいるように見え、被疑者が家まで送ると提案すると、承諾したという。しかし車に乗ると、コレヒマイネンは被疑者が肉体的に

接触しようとするのを拒否し、これに怒りを覚えた被疑者は彼女に襲い掛かった〉

タスキネンがペルツァに激怒したときのことを思い出した。ペルツァはこの強姦事件について、ふざけているとは思えない口調で、〝結果を考えずにその気にさせた〟典型的な例だと言ったのだ。わたしはといえば、コレヒマイネンが最終的に告訴に踏み切るかどうかで気を揉んでいた。コレヒマイネンは四十代のシングルマザーだ。十代の息子たちに、なぜ母さんが見知らぬ男に襲われてしまったのか、果てしなく説明を繰り返している。

ヘルシンキへ出掛ける前にインスタントのスープを一杯お腹に入れ、ちょっと考えてから、銃器を保管してあるキャビネットのところへ行った。もしも曲がり角の向こうで銃を持ったハルットゥネンが待ち伏せしていたとしたら、護身に役立つ武器なんてあるだろうか。とはいえハルットゥネンは刃物と自分の拳を使うタイプなので、それに対抗するにはショルダーホルスターに収まるリボルバーが適当だろう。最近はまた以前の射撃の腕を取り戻しているものの、銃を身につけるとどうも落ち着かない気分になる。銃を常時携行している警察官はそれほど多くない。確かにこのごろは警察官が武装する機会も増えているが、ひと目見てわかる状態で武器を所持している例は少ないのだ。

わたしが運転するサーブの助手席にピヒコが乗り込んできた。キヴィマキの事情聴取が済んだら、ピヒコには一人でエスポーに戻ってきてもらわなくてはならない。そう言うと、彼は黙ってうなずいた。あまり口をきかず、高速トゥルク線に乗るともう刑法の教科書を取り出して読み始めた。ピヒコには課内で〝秀才くん〟というあだ名がつけられている。あながちお世辞でもなかった。彼は職務の傍ら、法学と政治学の勉強に打ち込んでおり、警察官を対象とした博士号取得コースのことを聞くと、すぐにタスキネンに応募したいと希望を伝えた。ピヒコは気分次第で振る舞うということがなく、一緒に働きやすい同僚だった。ときどき、彼がこれほど頑張る理由はなんなのだろうと考えることがある。もしかすると高校を中退してしまったために警察学校に入ることになったものの、後になってからようやく、一介の警察官で終わらず目標をもっと高く掲げてもいいのだと気づいたのかもしれない。わたしも博士号のコースはちょっと面白そうだと思っていたが、今後数年間はそんな計画はお預けにしなくてはならないだろう。

内閣府の建物の前にはテレビカメラが列を成していた。その後ろでリポーターやカメラマンの集団が押し合いへしあいしている。彼らに囲まれて、内務大臣マルッティ・サハラが口から泡を飛ばしてなにかしゃべっていた。今日の朝刊を斜め読みしたところでは、ロシア国境の村ヴァーリマーの国境検問所で一月一日の未明に発生した小競り合いに関係するスキャンダルらしい。武器を手にしたクロアチア系ボスニア人の一団が、亡命のためフィンランドへ侵入しようと国境越えを試みたのだ。この騒動で国境警備隊員が一名負傷しただけで済んだのは奇跡的だったが、関係閣僚が休暇の最中に臨時招集されたのだった。報道陣の群れの中に、タルヤ・キヴィマキの鮮やかな黄色いコートが見えた。手にしたマイクをサハラ大臣に突きつけていて、マイクがほとんど大臣の口にくっつきそうになっている。大臣に鋭く迫ろうとするタルヤの目に浮かぶ表情はわたしからは見えなかったが、彼女の浴びせた質問はそう簡単に大臣を放免しないだろうと思った。マルッティ・サハラがこんなふうに報道陣に取り囲まれることは滅多にないが、その実、彼は現内閣の陰の黒幕と噂される男だった。有権者が認識しているよりずっと大きな権力を裏で握っているという話だ。まだ四十歳そこそこで、二〇〇六年の大統領選挙では有力な候補になると目されている。警察の立場から見ると、サハラは実に精力的な内務大臣で、彼の任期中に管轄区域の再編などが実行されていた。一方で彼は〝仲間は見捨てない〟という、フィンランド人男性に伝統的に受け継がれてきたポリシーを持つ人物でもあり、親しい友人の事業が対象の犯罪捜査を嗅ぎつけて、少しでもなにかありそうだと思えば熱心に首を突っ込んでいた。サハラが口を出したおかげで命拾いしたに違いない企業経営者が、何人かいる。

やがてサハラが車に乗り込むと報道陣は散っていった。タルヤ・キヴィマキはカメラマンといくらか言葉を交わし、それからあたりを見回し始めた。明らかにわたしを探している。そのときになって、どこで事情聴取をおこなうか、ぜんぜん考えていなかったことに気づいた。まさか、冷え切ったパトカーの車内で？

「わたしに何をお望みなんですか？」

わたしとピヒコと握手しながらキヴィマキは言った。

「先日わたしに話してくださった内容を、もう一度、今度は正式にレコーダーの回っているところでお話しいただきたいんです。車の中ではなんですので、どこかカフェにでも入らないといけませんが」

「大学図書館のカフェテリアはどうですか」ピピコが提案してくれた。「いまの時間ならすいています」

「それなら都合がいいわ。十二時半には国会議事堂にいなくてはなりませんので」キヴィマキが答えた。「正式な事情聴取の最中に、食事をしてもかまわないのかしら？」

「双方が合意すれば」

とはいえ、カフェでの事情聴取がかなり特殊な例なのは確かだった。キヴィマキを相手に話していると、フェンシングの試合でもしているような気分になる。しかも、自分の手の中にある剣をうまく使いこなせていない気がしてくるのだ。わたしもキヴィマキも、話をすることにかけてはプロだった。もっと言えば、わたしたちはお互いに、相手に質問を浴びせることにかけてはプロなのだ。質問に答えるのはキヴィマキにとって自然な行為ではないらしく、今回も彼女は、エリナの死因はなんだったのかと質問を発し、答えを引き出そうとすることで会話を始めた。

「まだ捜査の途中ですので」

そう言ってかわしたが、こちらから質問を投げ返す前に、キヴィマキは次なる攻撃を仕掛けてきた。

「すでにわかっていることがあるはずだわ。アイラから、凍死のことと、エリナがパジャマ姿で森をさまよっていたらしいという話を聞いています。事実ですか？」

わたしはただうなずき、キヴィマキのために大学図書館の重い扉を開けてやった。学生時代のある時期、わたしもよくここのカフェテリアを利用したものだ。法学部が入っているポルタニア館はあまり落ち着かなかったし、本館にいるとすぐに友達に出会ってしまう。図書館のカフェテリアなら誰にも邪魔されずに過ごすことができた。知った顔に出くわすのはトイレに入ったときくらいのものだった。

カフェテリアの奥のスペースはがらんとしていた。席を取ってレコーダーの調整をしていると、ピヒコがわたしの分もコーヒーを持ってきてくれた。キヴィマキは紅茶と野菜のパイを取って席についた。彼女が食事をしている間に、手早く質問を浴びせることができるだろう。まずキヴィマキの身元確認をおこなった。彼女の出身地がトゥースニエミだと聞いてちょっと驚いた。わたしが生まれ育った田舎町から数十キロしか離れていない。キヴィマキの言葉にサヴォ地方の訛りはこれっぽっちも感じられなかった。方言を排除するよう努力してきたのだろう。年齢は三十三歳だというから、首都圏でもう十年以上暮らしているはずだ。キヴィマキのプライベートをもっと知りたくなった。攻撃的で有能な女の素顔を覗いてみたいと思った。でも、事情聴取のプロセスでは生年月日と住所を尋ねることしか許されない。それが済むと、前回と同じ話題を繰り返した。キヴィマキは今回も、エリナの自殺の可能性を完全に否定した。

「もちろん、エリナがなぜパジャマとガウンだけで森の中をさまよっていたのか、その理由はわかりませんが。もしかすると……」

キヴィマキはそこで言葉を止め、考え込む顔つきになった。考える時間を得るために、フォークに載せた野菜のパイを口に入れている。わたしのコーヒーは煮詰まったような味がした。

ピヒコはもちろんミルクなんか入れてくれていない。

「もしかすると、誰かエリナが世話をすべき相手が、なんらかの手段で森へエリナをおびきだしたのかもしれません。ですが、そうだとしても、エリナはごく短時間で戻ってくると思っていたはずです。でなければ、コートを着ていったはずですから」

これを聞いて、エリナは部屋を出た時点ではコートと靴を着用していた可能性も大いにあると思い至った。何者かがコートと靴を脱がせ、ロースベリ館に戻しておいたのかもしれない。

そう考えるとエリナの死に新たな視点がもたらされるわ……。

「先日お話ししたときも、エリナが世話すべき相手のことをおっしゃっていましたね。あなたはなぜ、エリナに世話されていたんですか？」

わたしは必要以上に無礼な調子で尋ねた。タルヤ・キヴィマキが張り巡らしている権威主義的な壁をぶち壊してやりたかった。

「世話されてなんかいないわ」キヴィマキの声がこわばったが、声の大きさや高さはまったく変わらなかった。「わたしはエリナの友人でした。面倒をみてもらっていたわけじゃありません。第一、わたしとエリナの付き合いが、この事件とどういう関係があるんですか」

わたしは答えず、キヴィマキは明らかに苛立ったようだった。彼女の次の言葉でそれが知れた。

「お決まりのせりふをおっしゃるつもりね。〝これは殺人事件です、警察の質問にはすべて意味があるんです〟はっきり言っておきますが、わたしはエリナを殺したりはしていません。親友が亡くなったというのにこの女は平然としている、そう思っているのでしょう。だけど、悲しんでも支障のない場所で独りになったとき、わたしがどれほど悲嘆に暮れているか、あなたにわかるわけがありません」

「あなたはエリナ・ローズベリさんの親友だったとおっしゃるんですね。では、彼女に妊娠の経験があったかご存じですか？　中絶か流産、またはなにか婦人科の大きな手術の経験は？」

「エリナの病歴なら彼女の主治医に問い合わせればわかるでしょう」

「あなたにお尋ねしたいんです」

「なぜ？　少なくともわたしは、エリナが妊娠したことがあるとは聞いていません。わたしはずっと、彼女は子どもを望んでいないと思っていました。その点で、わたしと彼女は似ていたんです」

「エリナの主治医はどなた？」

「長年、婦人科医のエイラ・レヘトヴァーラ先生に診てもらっていました。二年ほど前に先生が引退されてからも、同じ病院に通っていたはずです。アイラに訊けばわかるでしょう」

　タルヤ・キヴィマキは紅茶を飲み干すと、なにかを待つようにわたしを見つめた。くだらないおしゃべりはやめてもっと冴えた質問をしたらどうなの、と言われているようだ。わたしはますます頭に血が上ってきた。この人、自分がインタビューする立場なら、相手が協力せず、打ち解けない敵意に満ちた態度を取ることなんか望まないだろうに。だけど、キヴィマキ本人も認めたように、死んだのは彼女の親友だ。政府の最新の法案と同じくらい、彼女はエリナの死の真相についても知りたがっているはずだ。

「これ以上お話しできることはありません。エリナがなぜ失踪したのか、理由を考えてみましたが、思いついたのはたった一つ、誰かが彼女に助けを求めたということだけです。あるいは、助けを求めるふりをしたか」

キヴィマキは荷物をまとめ始めた。わたしは、あらためて事情聴取をするかもしれないのでと口の中でつぶやき、ピヒコにはこのままヘルシンキに残るからと言った。

「車、使っていいですよ」

そう言ったピヒコはどこか決まり悪げだった。茶色い髪の下の顔を赤らめながら、ちょっと大学に用があるので、と打ち明けてくる。規則違反でもしているみたいな口ぶりだったが、べつに彼がどこへ行くのか聞き出すつもりもない。代わりにキヴィマキに向かって、国会議事堂まで送りましょうと申し出た。

「そうですね、わたしがパトカーで現場に到着したら、妙に思われるかもしれませんけど」キヴィマキの口調にはさっきまでとは違う皮肉めいたニュアンスがあった。「もっとも、国会議事堂にパトカーで乗り付けるのは、わたしが初めてじゃないけれどね」

エスプラナーディ通りに出たところで赤信号につかまった。予約したクリニックには遅刻確定だ。あせる気持ちを隠そうと、キヴィマキに尋ねた。

「クリスマスにロースベリ館にいらしたということは、あまり近しい親戚がいないんですか?」

キヴィマキは一瞬わたしを横目で見た。またもや無関係な質問に対するコメントが来ると身構えたが、驚いたことに彼女はわたしの質問に答えた。

「近しい親戚なら山ほどいるわ。両親に、兄弟が三人とその家族、みんなトゥースニエミの実家とその周辺に住んでいます。大人が八人に子どもが十人、昔と同じくクリスマスの食卓に全員が顔をそろえたんじゃないかしら。今年はユハがサンタの役をやる番だったはずよ。その見世物に顔を出さないのはただ一人、一族の黒い羊だけってわけ」

信号が青に変わった。また渋滞にはまるまで、今度はシティセンターのところまで進めた。

「黒い羊？」興味がわいて尋ねた。わたし自身、風変わりな職業と、伝統的な女らしさを回避するライフスタイルのせいで、自分が家族の中の黒い羊だと思うことがしばしばあったからだ。

「でも、誰からも尊敬されるお仕事をなさっているじゃないですか」

「確かに最初のうちは、わたしがテレビの仕事をして、大臣だの有名人だのに会っているというので、両親は大喜びでした。だけど、わたしが表に出てこないので、両親はがっかりしてしまったのよ。わたしの姿がテレビの画面に映らない、まして週刊誌になんか登場しないというのでね。本当は、職業がなんであろうと関係ないの。わたしが家族で初めての、たった一人の、高等教育を受けた人間であってもね。彼らの価値観では、夫と子どもを持たない女なんて存在価値がないのよ」

キヴィマキの声はタイヤをパンクさせそうなほど尖っていたが、表情は理性的なままだった。わたしは驚きのあまり、信号が青に変わったのに気づかないでいた。後続車のドライバーが勇敢にもパトカーに向かってクラクションを鳴らしてきて、ようやく車を発進させた。子ども時代のいやな思い出を引きずっているなんて、タルヤ・キヴィマキのような人に限ってそんなことはありえないと思っていたのに。

「あの人たちのおしゃべりにも耐えられない。総理大臣のリッポネンって素顔はどんな人なんだとか、アハティサーリ大統領は実物もテレビで見るのと同じくらい太っているのかとか。テレビドラマの〝ボールド・アンド・ビューティフル〟の登場人物のことを話すのと同じ調子なんだから」

キヴィマキの尊大ともいえる態度は単に自己防御のためなのだと気づいて、一瞬わたしの中に共感の片鱗が芽生えかけたが、すぐに消えた。そのあと信号は青が続いて、車は国会議事堂の前に滑り込んだ。キヴィマキはドアを開けながら、わたしの目をまっすぐに見て早口に言った。

「エリナの言っていたとおりね。あなたたち二人はどこか似たところがあるわ。いつもならわたし、赤の他人を相手に自分自身のことで愚痴をこぼしたりしないんだけど」

ドアがバタンと音を立てて閉まり、残されたわたしはしばし、いまのは本心からのせりふだったのか、それとも、自分の言ったことを本気にするなという警告を込めた目くらましだったのかと考え込んでしまった。

婦人科のクリニックには十分以上遅刻してしまったが、それでも受付してもらえるまで待合室でしばらく待たされた。健康関係の雑誌を手に取ったがろくに頭に入らない。なんとか落ち着こうと努力した。やがて医師から間違いなく妊娠していますと告げられ、すぐに避妊リングを取り出してくれること、母体にも胎児にも影響はないことを説明されると、わたしが感じたのはなによりもまず安堵だった。わたしの体と、その中で育ちつつある小さな命に対して、わたし以外にも責任を負ってくれる人がいるのがありがたかった。医師は、リングが効かなかったことについて医学界全体を代表するかのように恐縮し、中絶を希望するかどうか尋ねてきた。最後のチャンスだ。もう二度と同じことは訊かれないはずだ。短時間の処置を受け、あとはまた以前のとおりに戻れるとしたら、どんなに気が楽だろう。でも、わたしはきっぱりとノーの返事をし、衝立の後ろに行って服を脱いだ。

もはや不要になった物体を引きずり出すのは痛かったが、八か月後にはもっと強い痛みが待っていると考えて我慢した。出産予定日は八月二十五日だという。ああ、夏休みにコルシカ島の山でトレッキングする計画も、今年もエントリーするはずだったヘルシンキ・シティ・マラソンも……。血を流し、目を回しながら立ち上がり、服を着ていると、衝立の向こうから医師が話しかけてきた。

「お仕事で危険な目に遭うこともあるんでしょう。早めにもっと安全な部署に移してもらったほうがいいですよ」

「いいえ、ほとんどデスクの前に座って、人と話したり報告書を書いたりしているだけですから。今後、してはいけないことがあるんですか？」

「いいと思うことはなんでもおやりなさい。もしも肉体的に耐えられないことであれば、ちゃんと体が教えてくれますよ。わたしは警察官のお仕事のことはよくわかりませんが……警察官の制服を着た女性が六か月のお腹を抱えているのには、お目にかかったことがないのでね」

「わたしの場合、私服で仕事しているんです。それに、頭を使う業務が大半ですから。妊娠しても、頭脳には影響ないですよね?」

雪が解けてぐちゃぐちゃになった高速道路をエスポーに向かって戻りながら、妊娠したことはまだまだずっと先まで署の誰にも言わずにおこうと決めた。どうせ誰にも関係ないんだし。妊娠したわたしがちょっとでもミスを犯したら、パロがどんなに嬉々として噂話の種にするか、ストレムがどんなに意地の悪い顔をするか、目に浮かぶようだった。今日は仕事を終えたら射撃練習場に行こう。わたしが思いつく中で、射撃練習場は妊婦から連想するふわふわのイメージと最も相反するものだった。だけど、さすがのわたしの反抗心をもってしても、弾倉を十個空にした後で飲みにいく勇気までは出なかった。

7

署に戻ると、連絡してほしいと伝えてあったニーナ・クーシネンから電話が入っていた。自宅の電話番号のほかに、勤務先らしいエスポー市の音楽学校の電話番号も残されている。両方にかけてみたものの、誰も出ない。音楽学校のほうは、顕現日（一月六日。祝日）過ぎから授業を再開しますとアナウンスが流れていた。

エリナの弁護士に電話した後、もう一度ヌークシオへ行ってみようと思い立った。エリナの足跡をたどりながら風景を眺め、彼女がなぜ、どうやって森へ入っていったのか、考えてみたい。弁護士は明日の朝までにエリナの遺言の主要な部分をまとめると約束してくれた。婦人科医からは、今日は安静にしているよう指示されている。血が太ももの間に染み出し、頭もくらくらする。それでも、このまま仕事を続けようと決めた。家に帰れば、わたしの思考はお腹の中を漂うまだ赤ん坊とも呼べない小さな存在の周りを、ひたすらぐるぐる回り始めてしまう。それには耐えられそうもなかった。仕事と違って、プライベートのあれこれは理性で考えることができない。ロースベリ館に電話を入れてアイラがいることを確認し、廊下に出たところで、ちょうどすれ違ったパロに同行してくれるよう頼んだ。幸いストレムは不在だ。彼がいたら、わたしの嫌がる顔が見たいばかりに嬉々としてくっついてきただろう。パロは午前中、タスキネンとともにマンッカー地区で聞き込みをしていたが、ハルットゥネンを見たという情報は得られていなかった。パロの話では、ストレムが首都圏の酒飲み仲間たちを当たり、殺される直前の数日間にハルットゥネンの父親が取った行動を調べているそうだ。パロが、ハルットゥネンの脅迫をわたしより深刻に受け止めているのはわかっていたが、彼が拳銃をショルダーホルスターでなく腰に下げているのに気づいたときは驚いてしまった。よく見ると、セーターの下に防弾チョッキまで着込んでいるようだ。

「ヌークシオか……」ためらっているのがわかる。「そりゃ、ロースベリがどうやって森へ入っていったのか明らかにするには、現場へ行くのが一番だよな。だけど、きみとおれが一緒に行動するのは、賢明とはいえないんじゃないか。もしも……」

「もしもハルットゥネンがわたしの跡をつけてきて、次にあなたの番になったら、そう言いたいの？」

わたしは必要以上にきつい口調で言った。もちろんパロがおびえるのには十分な理由がある。むしろ、わたしのほうがどうかしているのだ。

「わたしはあなたに命令する立場じゃないから」少し言葉を和《やわ》らげて続けた。「ただ、一緒に来てもらえればありがたいと思っているだけよ。ハルットゥネンもヌークシオまでは来ないと思う。もしかしたら、いまごろはもう拘束されているかもしれないし」

パロは床を見つめていた。短いまっすぐな茶色の髪には、白いものがすでにかなりまじっている。体つきはほっそりしているが、お腹回りにはぽってりと脂肪がついている。文字を読んだり運転したりするとき以外にも眼鏡が必要なはずなのに、彼はなぜか眼鏡を使うのを拒んでいた。グレーがかかった青い目は、絶え間なくこすったりなでたりしているものだから赤くなって、目の脇に皺《しわ》ができ、丸い頬にも皺が寄っている。パロはエスポー警察に勤務して二十五年以上になるベテランだった。この地区にいる犯罪者なら、こそ泥からプロの常習犯まですべて把握している。有用な情報提供者を何人も抱えているし、彼自身、記憶力がいい。信頼できる働き者で、創造力に富んでいたり次々に斬新なアイデアを思いついたりするタイプではないけれど、きっちり仕事をこなす、一緒に働きやすい同僚だった。

「二日酔いはどうなんだ、もういいのか?」

パロは和平交渉でも持ちかけるように尋ねてきた。

「すっかり元気よ。それに、ほら」わたしはちょっと大げさにショルダーホルスターを叩いてみせた。「わたしもちゃんと身を守る手段を持ってるんだから」

パロの希望でわたしが運転席に座った。彼自身は道路の脇に目を配っていたいという。トランクに雪道用の長靴を積み込んだ。本当はスキーのほうが役に立ちそうだったけど。

「アイラ・ロースベリの事情聴取の続きもやりましょう。だけど、一番重要なのは森へ入って、館からエリナが発見された場所まで歩いてみることよ。そして、エリナがなぜあの場所へ行くことになってしまったのか考えましょう。暗くなるまであまり時間がないけど、暗くなったらなったで、メリットもあるわよ。エリナが失踪したときは真っ暗だったんだから。いろんなものが昼間とは違って見えるわ」

「また残業になるな」パロがつぶやいた。「まあ、かみさんも夜のシフトだし、一番下の子は保育サービスがあるし、問題ないけどな」

パロが過去二回の結婚でもうけた子どもたちはそれぞれの母親のもとで暮らしていて、何人かはすでに成人して家庭も持っている。三番目の奥さんはパロより十五歳年下で、パロがやたらとビタミン剤を飲んでいるのは若妻を相手にするのに必要だからだというのが署内のもっぱらの噂だった。

もう日が暮れかけて、ヌークシオンティエ《通り》の脇は不透明な暗緑色に包まれている。カーブを曲がったときに対向車のライトで一瞬目がくらみ、あやうくロースベリ館への交差点を通り過ぎてしまうところだった。前回と違って、館には庭の照明さえついていない。車のライトが投げる弱い光の輪の中で呼び鈴を探っていると、門扉が開いた。一階の窓は一つだけぽつんと明かりがともっている。じきに玄関口の電灯もついた。

玄関に出てきたアイラは、わたしたちが来たのに驚いた顔もせず、招き入れてエリナの部屋へ案内してくれた。アイラを見ていると、この人は実際にはここに存在していないのではないかという気がした。わたしたちの前にいるのはまるで人間の抜け殻だった。アイラの心と思考は体を抜け出して、エリナのいるところへ行ってしまったみたいだ。がらんとした大きな屋敷を満たす静寂の叫び声は、最近空き部屋になったワンルームの静かさなどとは比べようもないほど圧倒的だった。わたしは玄関先で靴についた雪を落としながら、声を張り上げてやたらとパロに話しかけたが、無意味だとわかっていた。アイラの重い身のこなしに彼女の悲嘆が見て取れる。顔に新たな深い皺が刻まれ、薄い髪は頭にぺったりと貼り付き、幅の広い肩ががっくりと落ちている。アイラがエリナの部屋のドアを開けてくれたので、わたしはまず手前にある居間のカーテンを縁取るレースの隙間から外を見た。次に寝室へ入り、実用的なブラインドを上げる。窓の向こうの景色はほとんど真っ暗だったが、居間からはピトカヤルヴィ湖の岸辺が遠くでぼんやりと光っているのが見えた。天井の明かりを消すと、ようやく窓の外の闇が形を取り始めた。アイラの部屋とキッチンから漏れる光が雪に反射し、敷地を取り巻く塀とその向こうの森の輪郭《りんかく》を浮かび上がらせている。

「パロ、外へ出てみて。まず塀の内側、それから塀の向こうへ行ってみてちょうだい。この部屋から、外を歩く人間の姿がどれくらいはっきり見えるか確認したいから」

パロの足取りがぎこちない。一人で外へ行きたくないと思っているのだ。それはわたしも同じだった。ただ先に口を開いたのがわたしだったというだけだ。

「エリナの部屋の電話の音は、あなたの部屋にも聞こえたんですか?」

パロが出ていくとわたしはアイラに尋ねた。

「睡眠導入剤を飲んでいたとお話ししたでしょう。せめて一晩、ゆっくり眠りたかったのよ。エリナの部屋で電話が鳴れば聞こえるけれど、あの晩は聞いていません」

アイラは声に苛立ちを含ませる気力さえないようだった。

「エリナ専用の直通番号がありましたね。館の番号とは別に」

「ええ。非公開の番号で、番号案内に問い合わせてもわからないけれど。エリナは夜になると館の番号のほうは留守番電話にしていたわ」
「あなたへの電話は、どちらの番号にかかってくるんですか？」
「わたしに？」アイラはかすかに微笑んだ。「わたしに電話などかかってきません。昔の仕事仲間が何人か、年に数回連絡をよこすけれどね。それでもこの館はわたしの生きる場所なのですよ」

パロが寝室の窓をコツコツと叩いたので思わず飛び上がった。窓のすぐ前にいるパロの姿は、明かりをつけた部屋の中からでももちろんはっきりと見える。照明をつけたり消したりして、何種類かの組み合わせで見え方がどう変わるか試してみた。パロは庭を歩き回りながらあたりをきょろきょろ見回している。ハルットゥネンが館の塀を乗り越えて現れるのではとびくびくしているみたいだ。エリナが部屋の明かりをすべてつけていたとしても、敷地の中で起きたことならはっきり見えただろう。でも塀の外になると、パロが手にした懐中電灯の明かり以外なにも見えず、懐中電灯を消すと彼の姿は闇に溶け込んでしまった。あの晩は月が出ていただろうか？　少なくとも深夜には気温が下がり空は晴れていた。月明かりに照らされたロースベリ館は、ぬかるみだらけのどんよりと暗い夜とはまったく違うだろう。

門扉の開閉はコードを知っていればパロにも簡単だった。パロにはさらに二階に上がってもらい、各部屋から外を見たときの眺望や、抜け出すとしたらどんな経路がありえるか、ベランダや非常口などを確認してもらった。仮にエリナが部屋を出たのが窓の外になにかを認めたせいだとしても、見えたのは敷地の中だけのはずだ。ロースベリ館の敷地内に入れる人間といえば、ここに寝泊まりしていた講座の参加者以外に誰がいるだろう。でも、何者かがエリナに電話をかけ、森へ呼び出したのだとしたら？ 可能性は無限にあった。

ここであれこれ考え込んでいても仕方がない。森へ行かなくては。エリナの気持ちになって、なぜパジャマ姿で冬の森へ入っていったのか、その理由を明らかにしなくては。

そのとき、エリナの傷ついた子宮口のことを思い出し、妊娠の経験があったかアイラに尋ねてみた。

アイラは茫然自失に近い表情になった。

「エリナが妊娠を？ わたしの知る限り、そんな経験はありません。それは、あのときエリナが妊娠していたという意味ですか……？」

アイラは涙をこぼすまいと目をしばたたかせた。その目に恐怖が満ちている。

「いえ、そういう意味じゃないんです」落ち着かせようとあわてて説明した。「そうじゃなくて、過去に経験があったかということです。子宮口の形状から、エリナには出産か、流産の経験があったのではないかと考えられるんです。でも、記録にはそれらしい記載が一切残っていません」

アイラの表情がほぐれたが、安堵の奥底に宿る悲しみが彼女のまなざしから消えることはなかった。

「きっと、あの古い話と関係があるわ。わたしももう忘れかけていましたよ。七〇年代の半ばごろに、エリナは半年ほどインドに滞在したのです。滞在中に、ひどい出血に悩まされるようになってね。原因は子宮にできた腫瘍だった。現地の無免許医の治療を受け、あやしげな手術を施されたから、その傷跡が残っていたのでしょう。いきさつはあまり正確に覚えていないけれど、エリナのホルモンの機能が正常に戻るまで二、三年かかったことは覚えていますよ。エリナがかかっていた婦人科の先生に訊けば詳しくわかるかもしれません」

結局この線も簡単に説明がついてしまった。私生児も、悲劇的な中絶もなかった。わたしったら、何を想像していたんだろう。窓の外に捨てた子どもの幽霊を見たエリナが、その子を抱き締めようと飛び出していったとか？

「捜査は少しでも進んでいるのですか？」

逆にアイラが尋ねてきた。わたしが力なく首を振ると、アイラもいまだに混乱しきっていると訴えてきた。

階段を下りてくるパロの足音が妙に重苦しく響いた。この館の階段は、女性の足に踏まれることにしか慣れていないみたいだ。靴のサイズでいえばせいぜい四十まで。サイズ四十二の長靴が、みし、みし、と音を立てて下りてきて、パロは上の階にはなにもなかったというように肩をすくめた。

「外は真っ暗闇だよ。もし森の中に誰かいても、懐中電灯でも持っていない限り中からは見えない」

彼は森の中に、ハルットゥネンの姿を探そうとしたのではないだろうか。

「行くだけ行ってみましょうか」

ため息をつきながら言った。アイラも同行しようと思ったらしく、上着に袖を通しかけたので、わたしは断った。アイラも被疑者の一人なのだ。それに、アイラはなにか隠しているという確信がわたしにはあった。

門扉を出たとたん、冷たい風がわたしたちに襲い掛かってきた。ピトカヤルヴィ湖から吹き上げてくる風は丘の上だといっそう激しく、風圧で転倒しそうになる。わたしはマフラーを胸元にぎゅっと押し当て、長靴の口のひもをしっかり絞った。木々の影がまだら模様を落とす雪面をかきわけ、もがきながら進んでいくのは、あまり楽しい気分ではなかった。聖ステファノ《タパニンパイ》の祝日《ヴァ》の夜は積雪が多く、エリナは靴も履いていなかったはずだ。にもかかわらず、エリナが発見された場所への最短コースは、低木の茂みが点在する畑を突っ切って森へ入るルートだった。第二の可能性としては、道路沿いにしばらく歩き、クロスカントリースキーのコースに沿って森へ入っていく道がある。楽なほうの第二の道を取りたくなったが、畑へ行ってみるべきだという勘が働いた。

わたしとパロは重い足取りで畑を突っ切り、丘陵地帯を上っていった。少し上ると民家の明かりが見えてきた。エリナの遺体を発見したスキーヤーが駆け込んで電話を借りた家だ。ピトカヤルヴィ湖の岸辺にはちらちらと光がきらめいていたが、あたりにはただ激しい風が吹きすさび、人けもなかった。パロは顔をしかめ、周囲に視線を走らせながら歩いている。ハルットゥネンの足音なら遠くからでもわかるはずだった。硬く凍った雪面が、わたしたちの足の下で盛んに鳴っている。

「もしかして、エリナ・ローズベリはただ、知らずに酒と鎮静剤のドルミクムをエリスロマイシンと一緒に飲んでしまい、意識が混濁しただけかもしれないわね。そのせいで館の外へさまよい出て、雪の上に座り込んだまま意識を失ってしまったのかも。結局、そんな単純な話かもしれないわ」

わたしは、パロに向かってというよりむしろ自分に言い聞かせるようにつぶやいた。

「だとしたら、背中の擦過傷はどう説明するんだ?」

パロは言葉を返しながら懐中電灯の明かりを森の木々に這わせた。畑に隣接したあたりにはトウヒの木が鬱蒼《うつそう》と生い茂っている。こんなところへ、それも暗くなってから、分け入っていこうという気にはとてもならない。トウヒの枝が折れているなど、エリナがそこを通ったことを示す場所がないか探してみた。だが、森はぴったりと閉ざされて、誰かが最近ここから森の奥へ入ったことなどなさそうだった。

「引き返して、スキーコースのほうを見てみましょうよ」わたしは提案した。「誰か、まったく無関係の第三者が、倒れているエリナを見つけて、安全なところまで移動させようとしたのかもしれないわね。途中でエリナが生きていないと気づいて、怖くなったのかも」

自分たちの足跡をたどって引き返すのは楽だった。畑から道路に出ると足取りも軽くなった。スキーコースの脇は踏み固められて細い道になっており、わたしたちはその道に沿って歩き出した。

森の中に入ってしまうと、風はもうわたしたちに襲い掛かっては来ず、ただトウヒの梢をざわめかせるだけになった。懐中電灯に照らされた木々の姿は異様にねじれていて、枝が髪に絡みついてくる。背の低いトウヒの木につまずいてしまい、あやうく尻餅をつきそうになったが、ちょうど腰の高さのところに生えていた哀れなシラカバにしがみついて踏みとどまった。そのとき、シラカバの枝にピンク色のサテン生地の切れ端が引っかかっているのが目に入った。

「パロ、ちょっとこっちを照らして！」

細長い布切れはごく小さかった。幅が約三センチ、長さは約六センチ。引っかかっていた枝ごと慎重に折り取って、ポケットから取り出した小さなビニール袋に入れる。エリナのガウンが破れた切れ端にまず間違いないという確信があった。最終的な判断は鑑識のラボによる結果を待つことになるが、特にこの材質、ピンクのサテン生地は、スキーウェアの素材としてはけっして一般的なものではない。エリナがたどったルートがわかれば、捜査も進展するかもしれない。わたしとパロは歩く速度を緩め、立ち並ぶ木々の向こうに目を凝らした。突然、パロがはっと体を硬くして立ち止まった。彼が持つ懐中電灯の光の輪がぶるぶる震え出したのがわかった。

「あれはなんだ？」

森の奥、わたしたちの左手から、雪面を踏む音が聞こえてきた。何者かがトウヒの木々の間を抜け、わたしたちのほうへ突き進んでくる。わたしの脳は一瞬にして、ランボーみたいに突撃してくるハルットゥネンの姿を思い浮かべていた。手にはアサルトライフルを握り、口にはナイフをくわえ、赤ん坊のように澄んだ目に殺意の光をたたえて迫ってくるハルットゥネンの姿。パロが腰のリボルバーを抜いた。彼の目にパニックの色を読み取ったわたしは、この期《ご》に及んでようやく、彼がハルットゥネンと死の影にどれほどおびえているかを悟った。アカマツの木立の向こうから聞こえてくる音がなんなのか、わたしには見当がついたし、パロほどの恐怖は感じていなかった。もちろん、気が立っているヘラジカを見くびってはいけない。しかも音の感じから、少なくとも二頭はいるようだ。どうか襲い掛かってきませんように。こっちと同じくらい、ヘラジカもわたしたちを怖がっているはずだ。そうであることを祈った。

「その鉄砲、しまったら？ ヘラジカの狩猟期間は過ぎたわよ」

わたしはわざと軽い調子で言った。ヘラジカは怖くなかった。足音はもう闇の中へ消えていこうとしている。わたしが怖いのは、パロの目の中に生じたパニックだった。パロが銃を取り出したときのすばやさだった。彼の動作は誤射の可能性を十分に秘めていた。同じような精神状態に陥った警察官たちの話を聞いたことがある。制御不能な恐怖に駆られて起こしてしまった事故のことも。わたしの中にも恐怖が忍び込んできた。だけど、わたしが怖いのはハルットゥネンではなかった。わたしはパロが怖かった。同時に、パロの身になって、パロと同じ恐怖を味わってもいた。

「ただのヘラジカだったのよ」パロが銃を構えたままなので、わたしはさらに言葉を継いだ。「さあ、銃をホルスターに戻して、先へ進みましょう。遺体の発見現場はすぐそこよ。済んだらもうこの森から出られるわ」

暗闇がパロの表情を隠していた。パロは腰のホルスターに銃を戻すと体の向きを変え、丘の斜面を上るスキーコース沿いの道に戻ってきた。その姿勢から、彼が恥じているのがわかった。

遺体が発見された場所は以前のままだった。小高い丘のてっぺんに少し開けた場所で、スキーコースが丘を越えて続いている。その脇の、コースからはほとんど見えないあたりに、ごつい枝を広げた大きなトウヒの木が生えている。子どものころ、枝の下に隠れて洞窟ごっこをして遊んだような木だ。

事件は依然として不可思議で説明がつかないままだった。

「だけど、ロースベリは医者だったんだろう」わたしが事故の可能性を考えているとパロが鼻を鳴らして言った。「医者なら薬の相互作用について知っているはずじゃないか。おれだって、エリスロマイシンとドルミクムを一緒に飲んだらまずいことくらい知っているよ」

「エリナは医者じゃなくて、精神科医の教育も受けた心理療法士だったのよ。医師免許は持っていなかったし、薬を処方する資格もなかったわ」

検死医によれば、エリスロマイシンとドルミクムやハルシオンの相互作用の危険性はすでに一年半前から知られていたし、抗生物質の使用上の注意にも、ドルミクムと一緒に服用してはならないと書かれているという。エリナは単に注意書きを見落としただけかもしれない。

ドルミクムの味を思い出そうとした。そもそも、味なんかしただろうか。でもいまは試してみるわけにはいかない。妊娠中に飲んでもいい薬は、解熱鎮痛剤のパラセタモールくらいだろう。たとえば、エリナが飲んだというウィスキーに、味の変化を感じさせないままドルミクムを大量に混入することは可能だろうか?

「第二の推理はこうよ。何者かがエリナを眠らせようとして、抗生物質を服用していることを知らないまま、ドルミクムを混入したウィスキーを彼女に飲ませた。エリナは意識が混濁《こんだく》し、館の外へさまよい出てしまった。だけどウィスキーを飲ませた人物には彼女を殺すつもりなんてなかった。それで、エリナを死なせた罪を問われることを恐れて、自分が何をしたか言い出せずにいる」

「その可能性もあるな」

パロは一応わたしの話を聞いてはいた。でも彼の耳が注意を向けているのは、森の奥から聞こえてくる物音のほうだった。彼の目は木々の枝の動きを、不意に落ちてくる枝の影をずっと追いかけていた。わたしは推理を口にしながら、上着の裾の隙間やくたびれたゴム長靴を通して忍び込んでくる寒気を意識しないよう努めた。

「そうだとしたら、あやしいのは二人。ミッラ・マルッティラとアイラ・ロースベリね。ミッラは、夜の外出をエリナに気づかれないように、薬を混ぜたウィスキーを飲ませたのかもしれない。アイラのほうは、エリナの咳に悩まされないように睡眠導入剤を飲んだと本人が言っていたわ。ついでに酒も飲んで、エリナにもぐっすり眠ってもらおうと薬入りの酒を渡したのかも」

「だが、マルッティラが館を出たのは夜まだ早い時刻だったろう」

「そうね。すでにその段階で薬を飲ませていたのかもしれないわ。でも、どうかしら。ドルミクムは即効性がある薬だしね。こんなことをしてても意味がないわね、戻りましょうか」

わたしたちは来た道を苦労して戻っていった。エリナの遺体の近くから懐中電灯は発見されていない。いまは、雲の間からほぼ満ちた月が顔を覗かせているけれど、タパニンパイヴァのころはまだ半月にもなっていなかったから、光源としては弱かったはずだ。もちろん、何者かがエリナの懐中電灯を持ち去ったことも考えられる。館の懐中電灯がなくなっていないか、アイラに訊いてみよう。

ロースベリ館の窓辺にともる明かりは先ほどより数が増えていた。まるでアイラが、わたしたちのために道しるべとして明かりをともしてくれたみたいだった。塀の内側にひっそりと閉じこもる館は、わたしたちに手招きしているようで、いかにも暖かそうだ。凍える寒さにもハルットゥネンにも脅かされずに済む、安全な場所に見える。でも、それは幻想だ。不吉な運命はロースベリ館の塀をすり抜けて忍び込み、エリナを森へおびきだして、死に至らせたのだから。

「懐中電灯ですって? 考えてもみなかったわ」

アイラは言った。ロースベリ館に戻ったわたしたちは、アイラとともにキッチンで紅茶を注いだマグカップを手にしていた。パロは手の中のカップを疑わしそうにじっと見ている。さっきわたしが口にした、アイラがウィスキーに薬を混ぜたのではという推理のせいで、疑心暗鬼になっているのだろう。わたしは陶器のカップからぬくもりが手に伝わってくるのに任せ、ときどきカップを持ち上げて、凍えた頬にも当てた。

「講座の参加者が夜の散歩に出るときのために、懐中電灯はたくさん用意してあるのです。正確な数は把握していないけれど、もちろん全部回収して、数の減り方に不審な点はないか確認することはできますよ」

「タパニンパイヴァの夜、睡眠導入剤を飲んだと言っていましたね。ウィスキーに混ぜて飲みましたか？」

「ウィスキー？」アイラの声は尖っていた。「わたしはお酒はいただきません。たまにワインをグラス一杯か、ブランデーをほんの少しいただくけれど、ウィスキーは一度しか口にしたことがありません」

「エリナはウィスキーを飲みましたか？」

「ええ、ウィスキーは好物でした。ただ銘柄にこだわりがあって、スコッチウィスキーしか飲まなかったの。モルトウィスキーなら最高と言っていたわ。たまにエリナのためにラフロイグのボトルを買ってやっていたのよ」

「まだ置いてありますか？」

「あると思うわ。クリスマスプレゼントにひと瓶買ったのですよ。ちょっとお待ちなさい」アイラは立ち上がると物入れの上段を開けた。赤ワインが何本かと、まだ中身が半分ほど残っているミュコーにまじって、ほとんど減っていないラフロイグのボトルが見えた。深みのあるスモーキーフレーバーが舌の上によみがえる。だけど、魅惑的な味覚の空想に続いて罪悪感がわきあがってきた。この手のお楽しみは八月までお預けだわ——母乳で育てるつもりなら、もっとずっと長いこと。

「残りは誰が飲むというのでしょう。エリナはクリスマスイブの晩にタルヤ・キヴィマキと一緒に一杯ずつ楽しんだわ。きっとタルヤが瓶ごと引き取ってくれるわね」アイラは独り言のようにつぶやいた。「今日は一日中、手紙を書いたり電話をかけたりで終わってしまった。春のコースの中止を知らせるためにね。エリナの代わりを果たせる人は、誰もいない。このロースベリ館がどうなるのかさえ、わたしにはわからないわ」

「エリナが遺言で違うことを指定していない限り、財産はすべてあなたが相続するんでしょう」

わたしの言葉は意図したよりもきつく響いた。

「そうね……」アイラはウィスキーの瓶を戸棚に戻した。「家を出ていかなければならないとしたら、妙な気持ちがするでしょうね。わたしは生まれてこのかたずっとこの館で暮らしてきたのですよ。途中のほんの数年間を除いてね。看護学校を出た後はしばらくヘルシンキのメイラハティ病院で働いたわ。でも、父と母が相次いで病に倒れてね。両親を看取ったと思ったら、次はエリナの母親が白血病になって長いこと床に臥《ふ》せってしまって。わたしの兄、つまりエリナの父親は、一人ではとてもやっていけなかったでしょう。その兄も十年前に亡くなったわ。彼が亡くなったときに、わたしとエリナで農地の大部分を売却したのよ。その後、年金生活に入るまでに、まだ何年か働くことができた。エリナがレッパヴァーラにある民間の老人介護施設の職をわたしのために手配してくれてね。仕事にはここから通ったわ。わたしはこの家で生まれたのですよ。できればこの家で死にたいわ。でも……」

ドアのほうから聞こえてきた物音がアイラの物思いをさえぎった。キッチンに入ってきた女性が誰なのか、とっさにはわからなかった。それくらい、ジーンズをはいて髪を下ろしたヨハンナ・サンティは以前とは雰囲気が変わっていた。遠くからなら高校生に見えたかもしれない。けれども、わたしに視線を向けてきた彼女の目は老婆のようで、相変わらずクモの巣みたいな皺に縁取られている。

「ヨハンナは明日、故郷へ帰るのですよ」

アイラが説明してくれた。

「そうだったの、聞いておいてよかったわ。向こうでゆっくりしてくるの？」

「いいえ、まさか。寝泊まりする場所がないんですもの。オウル市のホテルに泊まって、村まではバスに乗らないといけないわ」

ヨハンナの声にも新たな響きが加わっている。怒りのような色合いだ。

「自分の家に泊まれないの？」

「レーヴィが許さないわ。離婚の手続きを始めたことを話すつもりだから、なおさらよ。実家の親もわたしには会いたくないと言っているの。うちには妹のマイヤがいて、子どもたちの世話をしているそうよ。もともとレーヴィはわたしが死んだら、マイヤ＝レーナを娶《めと》るつもりなのよ」

声の調子が何を意味するか、もう疑いようがなかった。怒りと皮肉。ヨハンナ・サンティは、意気地なしなどではなかったのだ。どうしてそんなふうに思っていたのだろう。生まれてからずっと教えられてきた戒律をことごとく破り、中絶を決断するなんて、勇敢でなければとてもできないことなのに。

「今日、あなたが紹介してくれた弁護士に会ったのよ、マリア。弁護士の話を聞いて、レーヴィにはわたしが子どもたちに会うのを妨げる合法的な手段はないと確信したわ。もちろん、中にはわたしに会うのを拒否する子もいるかもしれない。でも、少なくとも長女のアンナと、小さい子たちには会えるわ」

挑むような声は少し震えていた。わたしにはヨハンナの恐れがわかった。古レスタディウス派の村人たちは、ヨハンナの手から子どもたちを取り上げようと、村を挙げてあらゆる手段を講じるだろう。それは容易に想像できた。

「ヨハンナ、あなたのことを聞かせてくれないかしら。警察官としてではなく、同じ女性として興味があるの。九人の子を持つ母親なんて、これまで会ったことがないし」

パロがため息を漏らしたのが耳に入った。わたしの言葉を聞いた時点で、残業に耐えようとするパロの意欲は途切れてしまったようだ。ため息にはかまわず、ヨハンナは答えた。

「話すことなんて、なにもないわ。祈って、子どもを作って、それだけ。それにわたし、うまく話せないし。でもエリナが、自分史を書いてみたらどうかって勧めてくれたのよ。自分の人生をよりよく理解する助けになるかもしれないからって。それで、書いてみたの」

「その原稿、読ませてもらえる?」

「どうしてあなたが読むの?」ヨハンナの目がまっすぐにわたしを見た。巻き毛が顔にかかり、彼女は慣れない仕草で髪をかき上げた。生まれてからずっと髪をきつくひっつめて生きてきた人の、ぎこちない仕草だった。「もしもわたしの書いたものを見せたら、あなたも自分のことを話してくれるかしら？　女性なのに警察官だなんて、そんな話は聞いたこともないもの」ヨハンナに笑われている気がして仕方なかったが、彼女の目に浮かぶ表情は子どものように純粋だった。

「いいわ、そうしましょう」

わたしが答えると、ヨハンナは原稿を取りにいった。

「ヨハンナは前より明らかにいい状態ですね」

わたしはアイラに言った。

「そうね。でもそれは、夫がエリナを殺したと信じているからですよ。もしそれが事実なら、子どもたちはヨハンナの手に渡るのだから」

アイラは淡々と答えた。

やがて戻ってきたヨハンナは、きれいにプリントアウトされた紙の束を差し出した。

「ミッラにパソコンの使い方を教えてもらったのよ」うれしそうな顔だ。「これは、あげるわ。わたしはいつでも印刷できるもの」

勝ち誇ったような声の響きに驚いた。アイラの言ったとおりなのかもしれない。ヨハンナが得ている確信は、結局は自己欺瞞《ぎまん》に基づいているのかもしれない。レーヴィ・サンティのことを考えた。一度も会ったことはないが、会う前からわたしはこの男を憎んでいた。彼が犯人だったら、どんなにいいだろう。

わたしとパロは帰り支度を始めた。ヨハンナに、気をつけて行ってきてと声をかけながら、ある考えが頭に浮かんだ。ヨハンナが、夫に殺人の罪を着せようとエリナを殺した可能性はあるだろうか。荒唐無稽な妄想のように思えたが、エリナの死そのものに常識では判断できないところがある。森の中で凍え死んだ雪の女の姿には、儀式めいたなにかが、生贄《いけにえ》を捧げるかのような狂気が感じられる。エリナはヨハンナにとって、子どもたちを取り返すために必要な生贄だったのではないだろうか。

わたしったら、くだらないサイコスリラーの読みすぎかも。

ローズベリ館の門を出たとたん、パロはヒステリックに周囲を見回し始めた。

「本気でおびえているのね」とうとうわたしは言った。「休暇を取って、ハルットゥネンのことを心配しなくてもいい場所へしばらく行ってきたら？」

「休暇なんて、どうしたら取れるんだ」

「医師の……というか、精神科医の勧めがあれば、取れるんじゃない？　殺すと脅されていることがストレスの原因になっているのは明らかなんだから」

パロの表情を見れば休暇に乗り気でないのがわかった。彼の気持ちは理解できる。警察官というのは、いまだにそのほとんどが伝統的なフィンランド人男性なのだ。彼らが持つことを許されている感情は、憎悪と怒り、嫉妬と性欲だけ。家族に男の子が生まれたときと、アイスホッケーの世界選手権でフィンランドが優勝したときに限り、歓喜することも許される。彼らが抱いてもかまわない感情の中に、恐怖は入っていないのだ。実際には、誰もがさまざまな物事を恐れているにもかかわらず。

わたしは男性よりさらにうまく恐怖を隠すすべを身につけていた。なにかあったとき、真っ先に恐怖を覚えるのはわたしのはずだと、周囲に思われているからだ。恐怖を隠すのが少しうまくなりすぎたのかもしれない。自分自身に対してさえも。ハルットゥネンのことなんて、わたしは本当に気に掛けていなかったのだから。

「休暇なんて取ったら、かえって余計なことを考えちまうよ」パロは鼻を鳴らした。「仕事をしているほうがよっぽど安全だ。いつもプロの警察官が一緒なんだから。もっとも、おれたちが二人そろって行動するのはあまりよくないけどな。二人とも狙われているわけだし」

「そうかもしれないわね」

そのとき無線がわたしとパロを呼び出し始めた。呼びかけてきたのはペルツァで、マンッカーの殺人事件の目撃者が二人も現れたと知らせてきた。彼らの証言から、ペンティ・リンドストレムを殺したのは三十歳前後の、がっしりした体格の金髪の男である可能性が極めて高く、目撃者たちはハルットゥネンの写真を見てこの男に間違いないと請け合ったという。

「なんてことだ、やつは自分の父親を殺したのか」

パロがおびえた顔でうめいた。

「ほかにハルットゥネンの目撃情報は?」

わたしはペルツァに大声で尋ねた。

「ほかにはない。あの男は、かなり長期間潜伏していられる程度のネットワークを持っているだろう。もっとも、おとなしく潜伏していられるほど、やつが利口ならの話だがな。脱獄した挙句に武装して立てこもったラルハの例を思い出してみろ」

ペルツァの言葉に含まれたとげは意図的なものに違いなかった。わたしは腹を立てた。署の人間なら、ペルツァ以外の誰でも、まったく違う言葉をかけてくれただろう。わたしを安心させようとして、ハルットゥネンのネットワークについては現在捜査しているし、数日中にきっと身柄を確保できるさ、と言ってくれただろう。

でもペルツァは違う。ペルツァはわたしたちのミスをよく知っていた。わたしたちは、ハルットゥネンが第一に狙っているのは父親を殺した犯人だと想定してしまった。実際には、ハルットゥネンの父親を殺害したのはハルットゥネン自身だったのだ。ほかにどんな相手を狙っているかは不明だが、ハルットゥネンの殺人リストのトップにある名前が誰のものか、わたしには確信があった。

わたしとパロだ。

そのとき初めてわたしは恐怖を覚えた。

8

家に向かって車を走らせながら、アンティにハルットゥネンのことを話しておこうと決心した。どっちみち、わたしが銃を携帯していたら、アンティは訝しく思うはずだ。いままでそんな習慣はなかったのだから。

わたしの話を聞いたアンティの顔には絶望に近い表情が浮かんだ。

「その男は、どれくらい危険な人物なの？」

しばらくの間、黙って座ったまま窓の向こうの暗闇に広がるヘンッターの畑を見ていたアンティは、やがて口を開くと尋ねてきた。

「十分すぎるほど危険よ。だけど脱獄犯だし、おまけに殺人の容疑に問われてるの。だから、わたしやパロを付け狙うよりも、姿を消したままでいることを選ぶんじゃないかと思うんだけど」

「ボディガードをつけてもらうことはできないのか？」

「警察にそんな余裕ないわよ。それに、脅迫なんて半年も前のことだし。ハルットゥネン本人が、もうすっかり忘れているかもしれないわ」

わたしの言葉は自分を安心させるためのものでもあった。

「いまのきみは二人分の心配をしなくちゃならないからね、つらいよ」アンティは微笑もうとした。「ところで、いつになったら家族や友達に発表してもいいのかな?」

「まだ何週間も先よ。妊娠初期にはリスクがあるの。流産の大部分は妊娠十二週に入る前に起きるのよ。それが過ぎるまで、待ったほうがいいわ」

「図書館の除籍図書のセールで、『カクスプルス』の古い号をたくさん買ってきたんだ。これを読めば、赤ん坊の扱い方がわかるはずだよ」

「アンティったら!」わたしはうろたえてカラフルな雑誌の山を見つめた。表紙の中で、母性にあふれた女性たちと、どの子もみんな負けず劣らずかわいらしい赤ん坊たちが、至福の共生関係に浸りつつにっこり微笑んでいる。「これ、わたしも読まなきゃだめ?」

アンティは満足と照れが入り混じった顔をして、ちょっぴり言い訳がましく言葉を続けた。

「このところ仕事がものすごく忙しかったし、例の環状二号線の件はあるしで、すっかり気分が沈んでいたからね。これくらいの楽しみがあっても、いいと思って」

「はいはい、もちろんよ」

わたしはアンティの膝に座り、黒いセーターに包まれた彼の肩に顔を埋めた。アンティの体のぬくもりがわたしを燃え上がらせ、わたしは彼の耳の下にキスをした。あごにも、唇にも。アンティはたちまちわたしの着ていたシャツを引き剝がした。本棚からアインシュタインが軽蔑のまなざしで見下ろしていたが、わたしたちはかまわずにリビングのじゅうたんの上で愛し合った。

愛を交わしたら元気が出てきて、わたしはヨハンナの自伝を手に取ると目を通し始めた。アンティは雑誌をめくっては、こんなことが書いてあるよとばかげた文章を読み上げて邪魔してくる。だけど、静かにして、と何度か頼むと、わたしが重要なものを読んでいるらしいと気づいてくれた。

わたしは昔から自伝を読むのが好きだった。もちろんその気持ちは、覗き見したい、他人の人生に首を突っ込んでみたい、という欲求からきているのだろう。中でも一番興味を引かれるのは、ごく普通の人の生きてきた道を語ったものだ。この手の本は近頃いくらでも手に入るのがうれしい。ヨハンナの自伝も、そんな本の一つとして読もうとしてみた。北ポホヤンマー地方に生まれた三十三歳のとある女性の物語が、たまたま手にした本に書かれていた、というふうに。でも、うまくいかなかった。紙の束にきれいに印刷された、抑制のきいた文章の中の言葉は、あまりに多くのことをわたしに語りかけてきたのだ。

わたしは三十三年前に、オウル市の少し北、ユリ＝イイ郡のカルフマー村で生まれた。当時の村にあったのは、国民学校と教会、商店が二軒、銀行が二軒、保健センターと、祈禱室としても使われていた農業組合の建物くらいだった。ユリ＝イイの中心部からは二十キロほど離れていたから、村の人々は自分たちだけの世界に浸りきって生きていたと言っていい。両親は農民で、祖父母も同じだった。わたしのきょうだいは兄が三人と、わたしのすぐ下に弟が一人、それから末っ子の十歳違いの妹が一人。本当のところ、子どもが六人というのはカルフマー村では少ないほうだ。十人以上の子どもがいる家も多かった。村人のおそらく九十パーセントが古レスタディウス派の信者だったからだ。この宗派では産制器具の使用も中絶も認められていない。そして、子どもが大勢いることは神の祝福と考えられている。

厳格な信仰にもかかわらず、子ども時代は幸せだったという記憶がある。村には子どもがたくさんいたから、みんなと一緒に、小さなころに誰もがするようないろいろなことを体験した。おままごとをして遊んだり、パンの焼き方を習ったり、農家の仕事を手伝ったり。わたしは長女だったから、母の手伝いをする役は自然とわたしに回ってきた。五歳のときにはもう乳搾りをしていたし、七歳になるころには料理も母と同じくらいできるようになっていた。妹が生まれたとき、わたしは十歳だった。わたしが家のことをきちんとできるので、母が産褥《さんじょく》の床についている間も人を頼まなくていいから助かると父にほめられ、わたしは誇らしくてたまらなかった。

国民学校もいい思い出だ。わたしは五歳で字が読めるようになったので、普通の子より一年早く学校に上がった。先生たちは確かに厳しくて、ときには容赦なかったけれど、わたしは行儀がよくてちゃんとした生徒だったから、先生たちも文句のつけようがなかった。ただ、一つだけ問題があった。この髪だ。強いくせ毛でちっともいうことをきかず、おさげを結ってもきちんとまとまっていてくれないのだ。わたしはしょっちゅう、巻き毛がおさげから飛び出していると注意を受けた。でも、髪を切ろうと考えたことはなかった。わたしは幼いころから、巻き毛にはなにか世俗的で邪悪なものが潜んでいると感じていたが、ときどき誰もいないところで髪をほどいて垂らし、肩にかかるその重みや、顔にこそばゆいその感触を楽しんでいた。

　上級中学に進んだのは、次の年には学校制度が変わって基礎学校になることがわかっていたし、そうなればいずれにしてもユリ＝イイまで通うことになるから、というのが主な理由だった。上級中学の入学試験で最高点を取り、ひそかに自慢に思ったのを覚えている。学校が始まるのを、わたしは恐れと期待が入り混じった思いで待ち望んでいた。わたしは学びたくてたまらず、新しい教科や新しい先生にわくわくしていたが、その一方で、学校では罪深い人たちと一緒に行動しなければならないのではと恐れていたのだ。実際、そのことでみんなに脅かされ、学校が始まる直前の夏の間ずっと警告を受け続けた。上級中学に入学したとき、一番上の兄はもう高等学校の六年生で、二番目の兄のシモは留年して二回目の四年生、そして三番目の兄は三年生だった。シモ兄さんが留年したのは家族にとって大変な悲劇で恥だった。留年を知らされたときの父の顔と、父がシモ兄さんに体罰を与えていた様子は、いまでもよく覚えている。

　兄たちは、学校でわたしがちゃんとしているか見張るように言いつけられていた。本当のことを言えば、わたしたちは全員、お互いを見張っていたのだ。それがカルフマーの村人たちの生き方だったし、いまでもそれは変わらない。学校へ行くために乗るバスは、八時五分前か、九時五分前に出て、帰りのバスが出るのは三時十五分。学校へ通う子どもたちには、罪深い生活を体験する暇など与えられていなかった。最初の何年かは、先生も大半は信心深い人たちだったし、その時代にはまだ、学校放送のテレビを見なくてはならないとか、音楽に合わせて体操をさせられるといった問題もなかった。

ところが、学校には図書室があったのだ。図書室の責任者は、信心深い担任の先生ではなく、ユリ＝アウティオ先生という国語の先生だった。三十歳くらいの男性教師で、この人が図書室の係に選ばれたのはどう見てもなにかの間違いだったと思う。校長先生の同級生の息子だったが、父祖の信仰を捨ててしまっていたのだ。図書室には信仰に関連する子どもの本や若い人向けの本がたくさんあったが、ノンフィクションや古典もあった。ユリ＝アウティオ先生は時折、大胆にも現代の青少年向けの作品を入れたりした。でも、そういう本を借りる勇気があるのは、信仰を持っていない生徒だけだった。

特によく覚えているのは、上級課程の三年生のときのことだ。基礎学校の制度でいえば七年生に当たる。そのころ毎週水曜日は授業が午後二時までで、図書室が開くのもその時刻だった。二時から三時までの間、わたしは座り込んで禁断の書物を読みふけり、至福のときを過ごした。ユリ＝アウティオ先生は明らかにわたしの読書熱に気づいていて、巧みにわたしを導いた。アンニ・スワンやルーシー・M・モンゴメリといった作家も先生から教わった。こんな作家の本も確か禁書に数えられていたのだ。作中の人々は熱心に教会に通っているというのに。先生は現代の若者向けの作品にも出会わせてくれた。現代の作品には理解できない場面がたくさんあった。たとえば、夫婦でもないのに接吻《せっぷん》を交わす男女がそうだ。結婚前なのに子どもがいる若い娘まで出てきて、これはわたしの理解を超えていた。結婚しない限り、子どもは生まれないはずなのに。

わたしは少しずつ、世界にはこれまで想像もしてこなかったさまざまな物事がたくさん存在しているのだと気づき始めた。なにより苦しかったのは、カルフマーの村では罪深いとか世俗的だとか呼ばれている人たちの多くが、とても魅力的で面白いと知ることだった。クラスにはわたしのほかにもう一人、本が大好きな女の子がいた。アンネという名で、医者のお父さんと芸術家のお母さんに育てられた彼女に、わたしはどうしようもなく惹かれていった。彼女には夢想家の傾向があって、わたしの狭い世界観を揺さぶろうとし、罪の道へいざなおうとした。アンネとの友情を両親は快く思っていなかった。でも、アンネのお父さんがうちに電話してきて、金曜日に学校が引けてからお嬢さんをわが家にお泊めしたいのですが、と申し入れてくれたときは、さすがに断れなかった。わたしとアンネが九年生のときだ。そのころすでにわたしの体は大人の女性になっていた。恥じらいながら手に入れた初めてのブラジャーを着けたり、生理になったのを父や兄たちから隠そうと無駄な努力をしたりしていたころだ。女の人生のあれこれを秘めておこうとすることは、正直言って間が抜けているとも思えた。村の女性たちは、常に何人かがお腹の大きな状態だったし、月に一度は出産があったのだから。

アンネの家に泊まった夜、街に出掛けるために、わたしは生まれて初めて化粧をし、アンネに貸してもらったジーンズをはいた。アンネの両親も、わたしが自分の属する社会の習慣から解放されるのはいいことだと思っているのがわかった。

彼は、もう何年も前に教会でわたしを見かけて、あの娘を妻にしようと決めていたのだという。

わたしは読むのを中断し、手にした紙の束をぱらぱらめくってみた。明らかに一枚か二枚、抜けている。残念だった。ヨハンナが生まれて初めて街へ繰り出した夜、いったい何があったのか、知りたかった。ヨハンナはわざと何枚か抜き取ったのだろうか。それとも、罪か恥の意識で、その部分を処分してしまったのだろうか？

隣で横になっているアンティはさっきから、雑誌の赤ん坊の写真に頬をくっつけて寝息を立てている。わたしは雑誌を床に放り投げ、ヨハンナの原稿はきちんとたたんでナイトテーブルの上に置いた。抗《あらが》い難い眠気に襲われて、家の中で聞こえるかすかな物音に耳を傾ける暇もなく、わたしは雪の匂いのするやわらかな夢の世界へゆらゆらと落ちていった。いかれ頭のハルットゥネンなんか影も形もない夢の中に。

翌朝、ようやくニーナ・クーシネンと連絡がついて、会う約束を取り付けた。いくつかの雑務を片付け、再びヨハンナの自伝に没頭する態勢を整えた。いよいよ宣教師レーヴィ・サンテイが登場するはずだ。

彼は、もう何年も前に教会でわたしを見かけて、あの娘を妻にしようと決めていたのだという。わたしは大学入学資格試験の後は医学の勉強をしたいと夢見ていた。背景にはアンネのお父さんへの尊敬と憧れがあったと思う。でも両親はわたしの夢に耳を貸そうともしなかった。大学入学資格試験は、最優秀のLが五つ、数学上級だけが真ん中のCという成績だったのに。家政学校か商業専門学校はどうかと勧められたが、どちらにも興味が持てなかった。

わたしがレーヴィに少し惹かれていたことは認めなくてはならない。彼は八歳年上の二十六歳、なかなかハンサムで、わたしたちの村の住人としては服装もしゃれていたし、どことなく育ちのよさそうな雰囲気があった。彼の父親と祖父もやはり名の知られた宣教師で、かなりの財産を築き上げていた。サンティ家の人々が住んでいる家は教区の中で最もすばらしい建物の一つだった。レーヴィもすでに宣教師として輝かしい一歩を踏み出していて、両親の住む家のそばに自分の家を建てた後、次は家族を持とうと考えていたのだ。彼は、年齢もちょうどいいし、神の御心にかなう美しさだから、わたしを選んだのだと言った。もちろんお世辞だ。わたしを美しいと言ってくれた人なんて、わたしに恋したクラスの男の子とアンネのお父さん以外には、一人もいなかったのだから。

わたしの大学入学資格試験合格のお祝いから二週間後にわたしたちは結婚した。結婚式には村中の人たちだけでなく、北ポホヤンマー地方の信仰の兄弟姉妹がたくさん来てくれた。本当のことを言うとわたしは、こんなに有名で人々から尊敬されている男性の妻になることが誇らしくて、その日はまるで女王様になった気分だった。体にぴったりとした純白のドレスを身にまとい、髪はうまくまとめて、ヴェールの下からいうことをきかない巻き毛が数本こぼれる程度で済んだ。アンネにもらった口紅をつけたかったけれど、勇気が出なかった。

その夜の出来事は、わたしがまったく予期していなかったものだった。保健の先生は厳格な信仰の持ち主で、性のことは結婚していない人には関係ありませんと言って性教育を避けて通った。母は、わたしにそれを教えるのが夫の務めだとしか言わなかった。偶然読んだ文章の一節や、こっそりめくってみた雑誌から得た知識で、ある程度の想像をしていたけれど、頭で考えるのと自分の体で体験するのは別のことだ。いま振り返ってみると、レーヴィはあの時点ですでに性的な経験が豊富だったのだと思い当たる。結婚のために身を清らかに保とうなどと、彼は考えなかったのだ。

痛みも、出血も、わたしは受け入れる準備ができていなかった。もう何年も前から母にさえ見せることがためらわれた部分を、他人に触られる恥ずかしさも。毎晩同じことが繰り返されるうちに血は出なくなり、何週間か経つと痛みも消えた。わたしは夫の性欲を我慢して受け入れることに慣れていった。結婚して最初の数週間のうちに妊娠し、最初の子のヨハンネスが翌年の三月の末に生まれた。わたしの十九歳の誕生日の一週間後だった。その年の十一月にはまた妊娠し、それからのわたしの人生は、お腹が大きいか、赤ん坊にお乳をやっているか、子どもたちの世話と家事に追われているかのどれかで過ぎていった。レーヴィは説教のために遠出することが多く、しばしば家を空けた。実家の母や妹、それに姑も家事をずいぶん手伝ってくれたものの、空いた時間をどう過ごせばよいかという悩みなどわたしには無縁だった。夜になると、一日の疲れでぐったりとベッドに倒れこむのが常だった。

五人目のマッティを産んだ後、わたしはある発見をした。このことを書くのは正直言って気が引ける。マッティは体重が四千五百グラムもある大きな赤ん坊で、わたしの恥部にはひどい裂傷ができた。傷をシャワーで洗っているとき、決まった部分をシャワーで刺激したり手で触ったりすると気持ちいいことに気づいた。わたしは自慰の罪を覚えてしまったのだ。この罪を懺悔《ざんげ》したことはこれまでに一度もない。罪はわたしの中で力を持ち始めたのだと思う。なぜなら、反抗的な考えが以前より頻繁にわたしの心をよぎるようになったから。二十五歳になったとき、初めて逃げ出したいと思ったことを覚えている。バスに乗ってオウル市まで行き、化粧品や新しい服を買い、ほかの誰かが作った料理を食べて、ほかの誰かが整えたベッドの上で、ほかの誰かが洗ったシーツにくるまって眠る自分の姿を夢想した。実際にはもちろん逃げたりはしなかったけれど。わたしは子どもたちとあまりに深く結びついてしまっていたのだ。周囲の目には、わたしは子どもたちを立派な信者に育てている、働き者で従順な宣教師の妻に見えただろう。しかし、子どもたちがごく自然な好奇心を発揮したとき、たとえば自分の体に興味を持ったときに体罰を与えたり、子どもたちの想像力に蓋《ふた》をするようなまねをするのは恐ろしいことに思えた。子どもたちを、自分と同じような無知で虐げられた人間にしたくはなかった。八度目に身ごもったとき、わたしの体はすでに危ない状態だった。貧血の症状があり、ときどき、子宮から相当量の出血もあった。九度目の妊娠は、最初から最後までずっと危険と隣り合わせだった。わたしの子宮は絶え間なく酷使され続けて疲弊しており、いつ破裂してもおかしくなかった。一九九四年の春、わたしはヘルシンキ市レディスクリニックで二か月間過ごした。この場所で、わたしの前にまったく新しい世界が開けたのだ。

一週間以上家を空けたのは初めてで、子どもたちに会えないのは無性にさびしかった。それでも、なにも考えずにただ横になっていてかまわないのは、いい気分だった。わたしが何をしているか見張っている人は誰もいない。望むものをなんでも読むことができたし、テレビも見ることができた。あの期間、わたしは信仰の戒律をいくつも破ったが、この世界の驚くべき物事をたくさん学んだ。たとえば、下半身を刺激すると得られるあのすばらしい感覚には、オーガズムという名前があることを知った。

末っ子のマリアの出産は命がけだった。出産が済むと、レディスクリニックの医師から、わたしの子宮はこれ以上の妊娠に耐えられず、もし次に妊娠出産となれば胎児もわたしも命を落とすだろうと宣告された。わたしが不妊手術を断り、さらに避妊リングもピルも使わないと答えると医師は驚愕したが、わたしとレーヴィの宗教上の信念を尊重すると言ってくれた。神の意志には従うべき、それがレーヴィの考えだった。でも、わたしはそれを疑い始めていた。疑念は時折、わたしの中にとても強い罪悪感と不安を呼び覚ましたが、誰にも話すことはできなかった。わたしは、妊娠したら危険だからと訴えてレーヴィとの性的な接触を避けようとしたが、彼は、妻の務めは夫に従うことであり、神がわれわれを気遣ってくださるはずだと言い張った。

今年の十月、わたしはまた妊娠していることに気づいた。死の宣告を受けたも同然だった。レーヴィは当然ながら妊娠を中断することなど聞きたくもないという態度で、そうしたいと言ったわたしを殴った。床に倒れながら、このショックで流産してしまえばいいと思ったのを覚えている。でも、そうはならなかった。

かかりつけの医師からもやはり妊娠は非常に危険だと診断を下されると、わたしの中でなにかが音を立てて壊れた。死にたくない。愛する小さな子どもたちを置いていきたくはない。自分がレーヴィと信仰を憎んでいるのに気づいた。レディスクリニックにいた間に、女性向けのセラピーセンターのことを知ったわたしは、センターの心理療法士に電話してみた。彼女は、わたしには中絶する正当な権利があると言ってくれ、中絶手術を受けた後カルフマー村へ戻れなくなったら自分のところに滞在すればいいとも言ってくれた。

アンネのお父さんがオウル市で開業医をしているのは知っていた。子どもたちの世話は妹に頼んだ。どこへ行くかは告げなかったが、そんなことはもちろん初めてだった。アンネのお父さんがわたしを覚えていてくれ、わたしの置かれた状況をすぐに理解してくれてほっとした。彼は、わたしの勇気が消えないうちに、一刻も早くことを進めなければならないと承知しているかのように、直ちに病院を手配してくれた。本当は中絶と同時に不妊手術も受けたかったけれど、それには夫の同意が必要だった。

中絶はやはり恐ろしい経験だった。重い罪、殺人の罪を犯していると感じた。わたしは信仰と夫に背いてしまったのだ。何をしたか告げるために家に帰ったのは、罰を受けたいと思っていたからかもしれない。レーヴィは子どもたちの前でわたしを殴り、家の外に閉め出した。コートを着るのが精一杯だった。幸い、アンネのお父さんが力になると約束してくれていた。彼に借りたお金でわたしはロースベリ館までたどり着いた。

この館で過ごした何週間かは苦しい日々だった。会うことを許されない、愛しい子どもたちが恋しくてたまらない。自分の犯した罪の重さは耐え難いけれど、わたしは生きていく。子どもたちにはわたしが必要だとわかっているから。これはあの子たちのためにしたことだ。子どもたちをわたしの手に取り返すための方法が、必ずあるに違いない。

ヨハンナの自伝を読み終えたわたしは、デスクの前に座ったまましばらく動けずにいた。怒りのあまり吐き気を覚えた。ヨハンナがどんな経験をしてきたか、概略は以前にも聞いていたし、いまでも、このフィンランドでさえも、こういった運命を与えられる人がいると頭ではわかっている。それでもわたしは激しい怒りに震えていた。屈辱、精神と肉体が受けた暴力、自分自身の体に対する無知、それらが行間から容易に読み取れる。わたしは以前から狂信的な人に恐怖を覚えてきた。わたし自身は神に対して冷淡かつ礼儀正しく距離を置いている。わたし《》と神はお互いに没交渉というわけだ。

そのとき誰かがドアをノックした。ノックの音の正確さで、タスキネンだとわかった。完璧に同じ長さの音が三回、叩く強さもきっちりそろっている。どうぞ、と答えた。

「やあ、マリア。新年の始まりはどんな調子かな」

タスキネンの口調はわざと気楽さを装っていて、わたしはなにかよくない知らせだと直感した。

「特別なことはないですね。例のエリナ・ロースベリの件が、引き続き最重要の案件です。ある参考人の事情聴取のために、オウルの先のカルフマー村まで行くことになりそうです。ロースベリ館でクリスマスを過ごした女性の一人が、エリナが失踪したときに自分の夫がロースベリ館にいたと主張してるんです。夫のアリバイを確かめてくるつもりです」

「現地の警察に任せられないか？　オウル市の中央刑事局はどうだ？」

「自分の手でやりたいんです」

そう言ってから、わたしは自分がいかに強い好奇心を抱いているかに気づいた。カルフマー村をこの目で見てみたい。サンティ一家、特にレーヴィ・サンティに会ってみたい。

「これは、きみ自身の安全に関わることなのだが……」

タスキネンは口をすぼめ、鼻の脇をこすりながら珍しく曖昧《あいまい》な表情を浮かべた。

「ハルットゥネンですか？　まさかオウルまで追いかけては来ないと思いますけど」

「ハルットゥネンの所在はいまのところまったくつかめていない。昨日、ハットゥラとテイスコで銀行強盗が発生しているが、監視カメラの映像から判断して、二人組の犯人のうち一人はハルットゥネンの可能性がある。犯行の手口も、ソウッカの郵便銀行の事例に類似しているんだ。すでにストレムがきみとパロに話したようだが、ハルットゥネンは自分の手で父親を殺害している」

「裏が取れたんですか？」

「そうだ。目撃者はいずれも安酒浸りのアルコール依存者だが、証言の信頼性は非常に高い。ハルットゥネンは父親が飲み仲間二人と一緒にいるところを見つけ、ナイフでたっぷり十回ほどめった刺しにして、さらにのこぎりまで持ち出した。泥酔していた飲み仲間は逃げてしまい、嫌疑をかけられることを恐れて警察にも通報しなかったんだ。さらに、ハルットゥネンは服役中から、過去の恨みを晴らすために脱獄してみせると何度も口にしていたことがわかっている。特に父親については、殺してやると言っていたそうだ」

「加えて、パロとわたしも、ですね。違いますか？」

「ハルットゥネンは、検事と裁判官に加えてきみたち二人の名も挙げている。注意しておいたほうがいいと私は思う。ハルットゥネンがどういう人間かはきみも知っているだろう。きみとパロの命が本当に危険にさらされているとしても不思議はない」

わたしはデスクの一番上の引き出しを開けると、リボルバーをショルダーホルスターとともに取り出した。

「わたしにはこれがあります。クロスボウの矢や、自動発火式の爆弾から身を守ることはできないけど、これがあれば襲撃者をひるませることはできるはずだわ。間に合えば、ですけどね」

「パロは本気でおびえている。しばらくの間、きみとは別々に行動したほうがいいと思うと言いに来たよ」

タスキネンの目つきで、彼がパロの言葉の真意を理解していることがわかった。病的な女性嫌悪主義者であるハルットゥネンは、わたしのほうを第一に狙うはずなのだ。

「どっちにしても、わたしは夜行列車でオウルの先まで行ってしまいますから。サンティという男に会えることが確認でき次第、出発します」

タスキネンはさらに、ロースベリ館の件をはじめいくつかの案件について捜査の進捗状況を尋ねてきたが、どちらかというとわたしの精神状態をチェックしているようだった。それに気づいたわたしはことさらクールに振る舞い、自分にスイッチを入れて最大限に落ち着き払った男っぽい様子に見せようとした。それでも、出掛ける前にはジャケットの下に着けたホルスターにリボルバーを注意深く収め、さらに防弾チョッキも着るべきかしばらく思案したほどだ。幸い、わたしの車は署の駐車場に停めてあったから心配はない。だけど、ニーナ・クーシネンに会うためにタピオラ地区に向かって車を走らせながら、夜中のうちに時限爆弾が仕掛けられていたら、と想像している自分に気づいた。

ニーナが非常勤講師として勤めているエスポー音楽学校は、タピオラ地区の中心に立つ文化センターの中にあった。学校はまだクリスマス休暇中だったが、ニーナは三階の〈グリーグ〉と名づけられた教室でピアノの練習をしていると言っていた。文化センターの中にある図書館にはわたしもよく来るし、コンサートや演劇を楽しむためにセンターを訪れることもあるものの、上のほうの学生用フロアにはこれまで足を踏み入れたことがない。それでしばらく迷ってしまったが、やがて流れてくるメロディを頼りに目指す教室を見つけることができた。〈モーツァルト〉の教室からはクラリネットの音色が響き、〈ベートーヴェン〉ではピアノ三重奏の練習中だったが、〈グリーグ〉からは沈鬱なショパンのポロネーズが流れ出していたのだ。ドアをノックすると、ポロネーズは止まった。

小さな教室には、普通のアップライトピアノのほかに蓋の閉められたフルサイズのグランドピアノも置かれていて、中は窮屈だった。

「警察はまだエリナの死に関して聞きたいことがあるの?」わたしが口を開く前にニーナが言った。「いい加減、解決の兆しが見えてこないのかしら?」

「いまのところわかっているのは、エリナが凍死したということと、死亡したときにアルコールと鎮静剤と抗生物質の相互作用によって意識が混濁《こんだく》し、意識不明に陥っていたかもしれないということだけよ。エリナにドルミクム入りのウィスキーを飲ませたのはあなたなの?」

ニーナの指はほっそりしているが関節は太い。その指が子どもみたいに口に当てられ、アーモンド形の目が大きく見開かれた。

「ウィスキーってなんのこと?」

ニーナの声はかすれて、風邪でもひいているみたいだった。わたしが教室に着いたとき、彼女はドアを開けに来てくれたが、いまはまたグランドピアノの前に置かれた幅の広い椅子に身を沈めている。栗色の髪が肩を越えて鍵盤まで届いていた。しばらくの間ニーナの顔は髪に隠れて見えなかったが、やがて彼女の手が肩のところで髪を振り払った。

「なんの話か、さっぱりわからないわ。誰かがエリナに毒入りウィスキーを飲ませて殺したの?」

「必ずしもそういうわけじゃないわ」わたしはニーナと向かい合わせになるように、アップライトピアノの椅子に腰を下ろした。部屋は狭苦しく、わたしの膝は、ニーナのほっそりした、黒いベルベットのパンツに包まれた太ももにくっつきそうになった。「ニーナ、あなたはなぜクリスマスの日にロースベリ館へ行ったの?」

「そのこととエリナの死と、どういう関係があるの?」ニーナが鍵盤に指を走らせると、不協和音がいくつか鳴り響いた。「なぜ行ったか、ですって? 独りぼっちだったからよ。父はフランスにいるし。三年前に母が癌で亡くなってから、父は冬になるといつも向こうへ行ってしまうの。わたし、クリスマスなんて大嫌い。あの作り物の穏やかさが嫌い、嘘くさい理想の家族像が嫌いよ。ただ品物をプレゼントすることだけが目的なのよ、ほかにはなにもないわ。クリスマスの間、特別なことはなにもしないつもりだった。だけど、孤独に耐えられなくなったのよ。エリナは以前、いつでもロースベリ館に来ていいと言ってくれていたの。それでわたしはタクシーに乗ったというわけ」

わたしが生前のエリナ・ロースベリに抱いていたイメージは、翼を広げる母鳥のそれとはだいぶ違っていたが、それでもエリナがニーナを心から歓迎しただろうことは想像できた。夕食のテーブルに六人目の食器を用意するようアイラに頼み、ゲストルームに清潔なシーツを用意したのだろう。間違っても、孤独なニーナを哀れんで世話を焼きすぎることはなかっただろう。

「つまり、クリスマスをエリナのもとで過ごそうと突然訪ねていくくらいには、彼女のことをよく知っていたわけね？」

「知っていたというか……何度かエリナの講座に参加したことがあったから。秋に開かれた、〝ボディ・イメージ〟の講座が最初だったわ。ロースベリ館の講座って、とても親密な雰囲気があるの……あったの。受講者同士、すぐに仲良くなれたわ。わたし、十二月の初めの、あなたが話をしに来た〝精神的護身術〟の講座にも参加していたのよ」

「そうだったの？」わたしは人の顔をよく覚えているほうなのだが、ニーナは参加者の中にうまく溶け込んでいたらしく、彼女には目を留めていなかった。「エリナの講座のどんなところに魅力を感じていたの？」

「エリナ自身よ。彼女はわたしがこれまで会った中で最高のセラピストだったわ。十二月からエリナのプライベートセラピーを受け始めたところだったのよ、なのに……」

ニーナは肩をすくめた。無造作に見せようとしたその仕草で、豊かな髪が揺れ動いた。ニーナは、これまでに多くのセラピストの世話になってきたと言いたいようだ。この人はいったいどんな問題を抱えているのだろう。敢えてその疑問をぶつけてみた。

「うつ状態よ。見捨てられたという感覚。完璧なセルフイメージの欠如。母が死んでから始まったの。なにもかもすごいスピードで進んだわ。母に癌の診断が下ったときにはもう、重要な臓器のすべてに癌が転移していたの。肝臓も、すい臓も、脾臓も、肺にもよ。三か月ですべてが終わった。わたしの世界はめちゃくちゃに混乱してしまった。わたしが以前かかっていたセラピストのカリは、こう言ったわ。〝星々が軌道から外れて飛び回っている。世界がまったく違って見える〟」

軌道から外れた星について語るセラピスト……ちょっとハルットゥネンのことを思い出させる話だ。それから、ニーナがエリナの居場所を星のチャートを読んで知ろうとしていたことも思い出した。たぶんこの言い回しは、熱心な占星術者なら誰でも使う比喩的表現に過ぎないのだろう。一応、ニーナが以前かかっていたセラピストたちについて尋ねてみた。そのうちの誰かから、ニーナには潜在的に攻撃的なところがないか聞き出せるかもしれない。

「初めて行ったのは、このタピオラにある保健センターの精神科医のところだったけど、なんだかつまらなかったの。ただわたしの話を聞いてうなずくだけで、なにも言ってくれないんだもの。学生健康相談基金にも行ってみたけど、同じだった。その後、しばらくサイエントロジーに夢中になった時期もあったわ。あれは母が亡くなってすぐの夏のことだった。サイエントロジーのクラスに参加しようとしたんだけど、自由になるお金がなくて、クラスの料金を払うために母から相続した株を少し売ろうとしたの。でも父が口を出してきて、それで助かったのよ。ああいう集団は、人を利用して儲けようとしている、頭のおかしい人たちなんだから」

わたしはうなずき、親切そうに見せかけて人に近づいてくるうさんくさい連中のことを思った。病気の人や孤独な人を狙い、美しくなれるとか、健康になるとか、お金が儲かるなどと甘い言葉をかけて餌食にする輩だ。人がどんな方法で幸福を手にしようと、それ自体はかまわない。わたし以外の誰かが、友好的な未確認飛行物体やら癒しの石やらをどれほど信じていようと、他人を操ったりだましたりしようとしない限り、べつにかまわないと思っている。わたしだって、十年ほど前にサイエントロジーの性格診断をつい受けてしまったことがあるくらいだ。あのころはまだ、サイエントロジーではなくダイアネティックスという名称だった。性格診断の結果、直ちにオーディティングとかいうカウンセリングを受ける必要があると言われたが、その栄光に浴することを拒否する程度には、わたしも賢明だったわけだ。

「その後、〝精神と知恵の大会〟に参加したときに、多くの占星術者と知り合ったの」ニーナは続けた。「以前から占星術には興味があったわ。占星術には、理性的な事柄もたくさん含まれていると思うの。単なるたわごとではなくて、自分自身の人生をコントロールし、ほかの人たちを助けるための方法なのよ。わたしも占星術師として活動していて、電話で受付しているわ。相手のチャートを作成して、それを見てアドバイスしてあげるの。これも一種のセラピーね。だけど、わたしなんかカリに比べればぜんぜんたいしたことないわ。彼は心理学の教育も受けているし」

「カリというのはどういう人物？」

「エリナの直前にかかっていたセラピストよ。アストロセラピストの、カリ・ハンニネン。占星術とショートセラピーを組み合わせた手法を取っているの」

それはハルットゥネンがかかっていたセラピストではないだろうか。その男なら法廷で見たことがあった。わたしの目にはとんでもないいかさま師に見えたし、他人の心を操ろうとする連中の中でも最悪の部類だと感じた。ただ、その男がしてみせたハルットゥネンの性格分析は、精神鑑定をおこなった精神科医たちの証言とぴったり一致していた。ただしカリ・ハンニネンの言葉はありとあらゆる天文用語で飾り立てられていた。ハルットゥネンは太陽星座が蠍座《さそり》なので、生まれながらにして破壊的なエネルギーを持っており、これが悲惨な子ども時代と結びついたことから精神病質者という結果に至ったのだろう、そう言っていた。弁護側がハンニネンの証言を望んだことに、わたしはちょっと驚いたものだ。

「どうしてセラピストをハンニネンからエリナに変えたの?」

「カリがアレンジしてくれるのはショートセラピーだけだし、十回のコースを受けていたんだけど終わってしまったのよ。でも、いつでも応対してくれるし、必要があれば一緒にチャートを読むと約束してくれたわ」

セラピスト連盟は、そんな独自の手法を取っている男の名も名簿に載せているだろうか。いずれにしても、カリ・ハンニネンには、カルフマー村から戻ったら電話してみる価値がありそうだった。

「また新しいセラピストを探さなければならないわ」ニーナは静かな声で言った。その目に浮かんだ悲しみは作り物ではなかった。「エリナが死んだのは、わたしにとって母をもう一度失ったようなものよ。わたしは確かに、エリナの中に母を求めていたんだと思うわ。失ったものの穴埋めにね」

わたしの計算では、母親が亡くなったときニーナはすでに二十歳を超えていたはずだ。だけど、年齢に関係なく、母親を失うことは精神に深い傷を残すだろう。子どもと親の関係は一生続くものだ。一生どころかもっと長く、親と子の双方がこの世を去るまで続くのだ。自分自身の未来への思いがわたしの胸をよぎった。なんということに首を突っ込んでしまったのかと怖くなってくる。幸い、わたしは自分自身でなく、ほかの人たちについて尋ねる立場にいた。

「エリナの死を解明するのに役立ちそうな手がかりで、なにか思い出したことはない？」

ニーナは首を振り、以前と同じ聖ステファノの祝日《タパニンパイヴァ》の夜の話を繰り返した。新しい情報といえば、彼女は寝る前にポータブルプレイヤーでバッハの『クリスマス・オラトリオ』を聴いていたということくらいだった。ニーナは何が起きたのか推理することには積極的だと感じたが、事件の解決に協力したいというよりも、どちらかというと警察がどの程度情報を持っているのか知りたがっているように思えた。

文化センターを出てからヘイキントリ・ショッピングセンターまで歩いていき、オウル行きの寝台車のチケットを買った。現地の警察に頼めば、誰かがカルフマー村まで乗せていってくれるかもしれない。電話して訊いてみよう。エリナと会っていたのは実際にはレーヴィ・サンティで、アイラとミッラは見間違えていた、という推理が、ますます魅力的に思えてきた。もちろん偏見に満ちた推測であることはわかっている。わたしは心の中で、ぴかぴかの服に身を包んだ弁の立つ巡回宣教師が、連続ドラマの〝ボールド・アンド・ビューティフル〟を一度でも見た者は地獄に落ちますよとおばあちゃんたちを脅しつけている姿を想像していたのだ。一方、ニーナ・クーシネンはどういう人物なのか実像が把握しきれない気がしていた。タルヤ・キヴィマキは、ニーナはただ人の気を引きたくて大げさに振る舞っているだけだと言ったが、少なくともわたしには、ニーナは本当に苦しんでいるように思える。星たちが、彼女にもっと明るい未来を示してくれているといいんだけど。

ヴァンハン・マンッカーンティエ通《り》に出るかどうかというあたりで、携帯が鳴った。運転しながら通話するのはあまり好きではなかったが、とりあえず出た。ハルットゥネンが拘束されたのかもしれない。

「ペルツァだ」電話の向こうの声が言った。「もうハルットゥネンにびくびくする必要はなくなったぞ。やつの居場所がわかったからな。ヌークシオ地区の無人のコテージに立てこもっている。人質まで取ってな。パロが警察の指定医のところへ精神安定剤をもらいにいって戻ってきたところを、拉致《らち》したんだ」

9

ヌークシオはもう静寂に包まれてはいなかった。ヌークシオンティエ《通り》は封鎖されていなかったものの、ハルットゥネンが占拠したコテージに続く道路まで来ると警察の警備隊が警戒に当たっていた。うちの署の生活安全部の職員たちだ。何をしに来たか詳しく説明して、やっと通してもらった。

そのコテージは、深い森の中の、小さな沼のほとりに立っていた。ロースベリ館までの距離は二キロもないだろう。ハルットゥネンはなぜ、よりによってヌークシオを選んだのだろう。もしかしてコテージの持ち主が知り合いなのだろうか。

コテージを包囲しているパトカーの数は予想より少なかった。上空を旋回するヘリコプターも、軍用車両も見当たらない。しかしその場にいる人間はほぼ全員が目に見える形で武器を携帯していた。人々の群れの中に、たばこを吸っているペルツァと、タスキネン、それにヘルメットをかぶったピヒコがいるのを見つけ、彼らのところへ行く許可を近くにいた警察官に求めた。まだごく若い警察官は、緊張した面持ちで車の列と砂袋が並んだ間を抜け、タスキネンたちのところへわたしを導いてくれた。タスキネンは携帯に向かって激しい調子でなにかしゃべっている。増援をよこすかどうかという話のようだ。わたしに気づいたタスキネンはこちらに近づいてきて、一瞬、わたしは抱き締められると思った。けれど彼の動きは途中で止まった。

「防弾チョッキとヘルメットを着けますか?」

ピピコがろくにあいさつもせずに尋ねてきた。

わたしはうなずき、ピピコが装備を取りにいってしまうと、ペルツァに状況を尋ねた。

「タスキネンがパロに、医者に行ってこいと命じたんだ。タスキネンは、パロに病気休暇が必要じゃないかと考えていた。ハルットゥネンの件で完全にパニックに陥っていたからな。しかし医者の証言によると、パロは休暇はいらないから精神安定剤をくれと言ったらしい。ハルットゥネンは、パロが署を出たときから跡をつけていたに違いない。パロの車に忍び込んで、パロが医者から戻ってくるのを後部座席で待ち伏せしていたようだ。ハルットゥネンはパロに運転させてここまで来て、この場所から警察に電話してきた」

「誰かパロと話した人は? ともかくパロが生きてることは確かなのね?」

「少なくとも十五分前まではな。その後、中で銃声は響いていないぜ。パロの心臓が耐えられるといいけどな。二年ほど前に、ひどい不整脈が出たんだ」

ペルツァはいつもの、なにもかもが糞面白くもないと嚙みつくような冷たい態度を装っていたが、うまくいっていなかった。言葉の端々に怒りと恐怖が垣間見え、次々とせわしなくたばこに火をつけようとするものの、彼の手はなかなかライターを点火できずにいる。わたしはピピコが持ってきてくれた防弾チョッキとヘルメットを身に着けた。

ハルットゥネンは立てこもる場所を選ぶに当たってなかなか賢い選択をしていた。五十平米ほどありそうな、スタンダードな造りのログハウスで、小さな沼のほとり、森の中を走る細い道路の脇に立っている。沼の周辺の木はすっかり伐採されているため、沼に面した側の視界は開けていて、コテージの窓からの射撃に十分な射線が確保できている。道路の方向から見るとコテージの左手がサウナになっており、サウナの窓からは左へカーブする道路を視界にとらえることができる。道路が通っている場所は、森の中に高くそびえる岩盤の斜面の下だ。ハルットゥネンにとって不利に働くたった一つの条件は、コテージの背面に当たる道路が死角になっていることだった。ただ、コテージの右側にも窓が一つあるので、射撃の腕がよければ、コテージから見てどの方角にいる人間でもほぼ射線にとらえることができそうだ――もっとも、コテージの背面側の道路にいる人間を撃とうとすることは、ハルットゥネンにとってはリスクを伴うだろう。背面に気をとられたハルットゥネンの隙をついて、凍結した沼の氷上から他の人間が迫っているかもしれないからだ。

いずれにしてもハルットゥネンの置かれた状況は絶望的といえる。なぜ彼は人質を取ってまで注目を集めることを望んだのだろう。それとも、第一の目的は復讐なのだろうか。

「ハルットゥネンからの要求は？」

ペルツァに訊いた。

「お決まりのやつだ。車と金。やつは、銃器類をひとそろいと、爆薬も山ほど確保していると主張している。最悪なのは、やつの言葉が事実らしいということだ。脱獄してからもう何日も経っている。私設の武器庫を作り上げる時間は十分にあったはずだ」

「確かにそうね。だけど、父親を殺したときの凶器は銃ではなく、のこぎりだったじゃない。それに、ハルットゥネンの犯罪歴には銃器を使ったケースはあまりないわ。通常は刃物と自分の拳を主な武器にしている。もっとも、この状況でそんなことに意味があるかどうかわからないわね。それはそうと、コテージの所有者はわかっているの？」

「ヘルシンキに住む年配の夫婦だ。連絡を取ろうと試みている。いまのところ、夫婦とハルットゥネンの間に特別なつながりは見いだせない。だが、こういう場所のことだ。冬になれば通常は無人になる。押し入るのはたやすいことだ」

やっと電話を終えたタスキネンが歩み寄ってきた。わたしの目を見つめたタスキネンの目には苦悩が浮かび、その色合いは普段より何倍も暗かった。顔の皮膚は厳しく引き締まって仮面のようになり、厳しい寒さにさらされているのに表情が動いていない。

「マリア。きみは来る必要はなかったのに」

タスキネンは手を伸ばし、十代の少年のようにおずおずとわたしの肩に触れた。

「ここ以外のどこにいたらいいんです？　あの中にいるのがわたしでなくてパロなのは、単に偶然のいたずらですから」

ここに来るまでの間ずっと考えていたことを口に出して言ってしまったとたん、自分が壊れていくのを感じた。わたしは泣きたかった。大声で叫びたかった。なのに氷点下の冷え込みが涙を凍らせて、わたしの体の奥深くに封じ込め、のどにはなにかがつかえて声が出なくなっていた。ただ足だけは硬直せずに、降ったばかりの雪のようにやわらかくなり、きちんと体を支えていられなかった。

「マリア？　大丈夫か？」

タスキネンの顔は目の前にあるのに、声はどこか遠くから聞こえてくる。彼の両手がわたしの肩をしっかりとつかんだ。わたしの体をとらえて離さない震えを落ち着かせようとしてくれている。ヘルメットのバイザーがずれて顔の前に下がってきたが、それを上げようともせずにわたしはタスキネンの肩に顔を押し付けた。抱き締めてくる彼の腕は絶望に満ちていて、彼もわたしと同じくらい誰かに触れてほしかったのだと気づいた。近づいてくる車の音で、わたしたちはようやく互いから離れた。青と白の警察のバンが何台もやってくる。その後ろに赤く輝く車両も見えた。消防車だ。二台も来ている。

「私としては、あまりに多くの人員をここに集めるのが本当に正しい選択なのか、疑問なんだが。ヘリが飛び回ったり、特殊部隊が木に登ったりし始めたら、かえって事態が悪化するのではないかと恐れている。テレビ局や新聞社などもってのほかだ」

マイノス・テレビの車に気づいたタスキネンがため息をついて言った。テレビ局の車は、道路を封鎖している横木をすり抜けようとしている。

「報道関係者はいまのところ遠ざけておくと決めてあったじゃないか」タスキネンは怒りを帯びた声で携帯に向かって告げ、それからわたしのほうを振り返った。「幸い、私は決定を下す立場にない。まもなくお偉方が到着するよ。だが、新たなフオホヴァナイネンもラルハも、出してはならない。フオホヴァナイネンが起こした立てこもり事件のとき、私もストレムもパロも、現場のヒルサラにいた。あのときは悪夢のような経過をたどった。加えて、いまはあの中にパロがいる」

「ヒルサラの現場で、ほかにどうしたらよかったって言うんです」ペルツァが声を荒らげた。「あの悪魔が警察官を撃ち殺すに任せればよかったんですか？　やつを逃がしてやればよかったとでも？　おれは、世界中のおめでたい連中が人道論を振りかざすのに心底うんざりなんだ。警察はただ任務を遂行しているだけだろうが！」

ペルツァの罵声はいつもと同じで、それを聞くとほっとした。物事があるべき位置に収まり、世界が元通りになったような気がした。足の筋肉がちゃんと働き始めたのを感じ、声もまた出るようになった。

「パロを無傷で救出するのが最優先事項よ。ここの総指揮は誰が？」

わたしの問いかけにタスキネンが答えた。

「指揮の権限は州警察に移っている。マリア、せっかく来たのなら、州警察が到着するまでいてくれないか。きみはパロと二人でハルットゥネンの取り調べを担当している。だからあの男のことはある程度知っているし、きみたち二人に向けられた憎悪についても理解しているだろう。今後の対応策を協議するにあたって、きみに意見を求めることがあるかもしれない。きみが、ここに残ることに耐えられるなら、だが」

「大丈夫です。ただ、ハルットゥネンが警察官を人質に取ったことがラジオのニュースで流れる前に、アンティに電話しておかないと」

わたしの職業に伴う危険は、アンティにとってはときに耐え難いものになる。わたしとアンティは、とある殺人事件を通して知り合った。その事件の被疑者の一人が彼だったのだ。さらにその後、わたしたちの住まいのすぐ近くで傷害致死事件が発生し、わたしはそれに首を突っ込むことになってしまった。仕事となるとわたしがしばしば後先考えずに突っ走ってしまうのを、アンティはよく知っているし、それで何度か無用のリスクを背負ったことがあるのは自分でも認めざるを得ない。アンティはわたし自身よりもずっとわたしの身を心配してくれている。今回のハルットゥネンの件でもそうだった。電話で事件のことを告げると、アンティは大声を上げた。

「そんなところにいないで、いますぐ帰ってくるんだ！　犯人はきみの命も狙っているんだろう？　ぼくからタスキネン警部に話すから、かわってくれ！」

「射線上に出ていったりはしないわよ」

「そこにいても、きみにできることはなにもないじゃないか！」

「ええ、なにもないわ。だけど、追い出されない限りここを動く気はないの。どうせ、じきに追い出されることになると思うしね。警察の特殊部隊と、陸軍の守備大隊が招集されるだろうから、わたしたちみたいな一般の警察官は用済みになるのよ」

言いながら、自分の声があまりに苦々しいのに驚いた。近年、警察官の指が以前に比べて簡単に引き金を引くようになったといわれており、これに関する議論は当然すべての警察官に影響を及ぼしている。ミッケリ市の中央広場で、人質を取った銀行強盗が乗用車に籠城し、警察官が〝火の掌《トウリコウラ》〟という自らの苗字に押し潰されるかのように発砲したとき、わたしは警察学校を出たばかりだった。この事件にまつわる一連の騒ぎがようやく沈静化したころ、ラルハやフオホヴァナイネンのような事件が相次いで発生した。ヴェサラではモデルガンで警察官を脅した若者が射殺される不幸な事件も起きた。強盗も警察官も、あまりに安易に発砲しすぎるといわれるようになった。

同じころ、女性も志願すれば兵役に就けるようになった。銃の撃ち方講座の類には目を輝かせた小さな戦士たちが押しかけるようになり、空には新たなる偉大な撃墜王が山ほど飛び回り出した。こういった現象はすべて関係し合っているのだろうか。そう考えるのはわたしだけではないはずだ。わたしは、同世代の男性が兵役義務の代わりに社会奉仕を希望し、それに必要な長い上申書を書くのを見てきた世代だ。わたしたちは、平和を求めるデモ行進に参加しては、自分の叫ぶスローガンの内容をほとんど本気で信じていた、そういう世代だった。わたしが警察学校に入学したとき、敵に寝返ったと思った仲間もいたようだったが、まさか九〇年代の半ばになって武器や武力がこれほど賞賛されるようになるとは、思ってもみなかった。

ペルツァは当然、もし要件を満たすほど若ければわたしも軍隊へ行ったかと訊いてきた。きっぱりと意見を表明してやりたいところだったけど、正直、なんと答えていいかわからなかった。たぶん、軍隊には行かなかったと思う。なにも、男たちが作り上げてきた愚かな行為に参加することが、男女平等を意味するわけじゃない。わたしの中に軍国主義があるとしたら、それはポペダの曲『カロリーナ軍曹』のリズムに合わせてジョギングしていることくらいだ。そんなわたしはいま、防弾チョッキとヘルメットを身につけ、ヌークシオの森で寒さに震えながら、同僚の警察官を拉致《らち》した脱獄囚を撃つことが許される行為かどうか、考えているのだった。

州警察のヤーマー警部には、タスキネンがすでに電話で最新の状況を報告済みだったが、現場に到着したヤーマー警部はあらためて事件の経過について説明を求めた。内務省の警視正が、これはわが国の警察の信頼と安全を根底から脅かす事態であり、パロを無事に救出するためにあらゆる手段を講じるべきである、との考えを示しているそうだ。大仰な言い回しに込められた真意はわたしにもわかった。〝熊《カルフ》〟と呼ばれる警察の特殊部隊や、ヘリの操縦手、それにおそらく兵士たちを乗せた輸送車両が、ここへ急行するよう手配されるということだ。

「ハルットゥネンとの連絡手段は？」

ヤーマー警部が尋ねた。

「パロの携帯を使って向こうから電話をかけてきます。こちらから接触を図ろうと試みましたが、それには応じてきません。ですが、州警察の試みを妨げるものではありません」

タスキネンの礼儀正しい口ぶりには苛立ちが隠されていた。もしかして、現場の指揮権を譲り渡したくないのだろうか。タスキネンは続けた。

「コテージの所有者夫妻の娘と連絡が取れました。夫妻は真冬の間スペインで過ごしているそうで、つかまえるのは難しそうです。娘の話では、コテージには暖炉のほか冬季の使用に備えてオイルヒーターがあり、使用できる状態になっているはずだということでした。照明用の電気は来ていませんが、ろうそくと、懐中電灯やオイルランプがあるようです。缶詰の食料もさまざまなものが大量に置いてあると言っていました」

コテージの煙突から煙は上がっていないので、ハルットゥネンはオイルヒーターで暖を取っているのだろう。ヒルサラの立てこもり事件では送電線を切断したが、ここにはそもそも電気が来ていないのでそれは不可能だ。夕闇の訪れは早そうだった。州警察の部隊はもう投光器の準備をしている。誰かの車の窓が開いていて、中からコーヒーの匂いが漂ってきた。驚いたことに、わたしは空腹を覚えてしまった。

タスキネンはヤーマー警部にハルットゥネンの経歴を説明している。ヤーマーはすでに中央刑務所と連絡を取っているそうだ。もはや聞き慣れた、脱獄してあらゆる人間に復讐してやるというハルットゥネンの脅し文句が、ここでも繰り返された。

「ハルットゥネンはセラピーを受けていたはずよ。そのセラピストに連絡を取ってみたらどうかしら。ヒルサラの過ちを繰り返すわけにはいかないわ」

わたしは小声でつぶやいた。べつにタスキネンやヤーマーに進言したつもりはなく、ただの独り言だった。ところがヤーマーはわたしのほうに向き直ると、ずいぶん無礼な口調で尋ねてきた。

「きみは誰かね？」

わたしが口を開く前にタスキネンがすばやく説明してくれた。すると州警察警部殿は、のちほどカッリオ巡査部長と車の中で協議したいと言ってきた。その前にハルットゥネンと接触を試みたいという。

「どうせ電話をかけてみるだけだろうに」ピヒコが、去っていくヤーマーの背中に向かってつぶやいた。「ところで、食べるものが欲しい人は？ おれ、買ってきますよ。トゥルンティエ《通り》に出れば店がありましたよね」

「ついでに電子レンジとズボン下をもう一枚頼む」

ペルツァが言った。なにもできずにただ次に起きることを待つしかない状態で森の中に立ち尽くしていると、これは現実ではないような気がしてくる。待つことは昔から苦手だ。まず行動を起こすのがわたしのやり方なんだから。ときにはよく考えもせずに。もしも、コテージの中にいるのがパロでなくわたしだったらどうするだろう、と考えてみたが、そんな推測に意味はなかった。コテージの中がどんな状況なのか、わたしにはぼんやりとした輪郭《りんかく》しかわからない。ハルットゥネンがどんな武器で武装しているかもわからないのだ。ただ、ハルットゥネンは単独で、コテージの中にはハルットゥネンとパロ以外に誰もいないことだけはわかっていた。

パロがどれほどおびえているか、想像するのはあまりに容易だった。彼は警察官で、この手の事件がどういう結末を迎えるかよく知っている。テレビドラマばかり見ているごく普通の市民なら、警察の狙撃手が煙突を伝ってコテージに侵入し悪人を撃ち殺すといった、英雄的な結末を期待するかもしれないけど。

今後の展開を予想するためにパロを利用するだけの頭が、ハルットゥネンにはあるだろうか。パロもヒルサラの立てこもり事件の現場にいた。現状を打開するために警察が取る作戦行動がどの程度の規模になりそうか、彼なら予想できる。いまの状況はヒルサラのときより悪かった。

ハルットゥネンは、ヒルサラの犯人のような血に飢えた射手ではないかもしれない。しかしハルットゥネンは人質を取っている。

わたしの考え事は州警察警部ヤーマーからの使者にさえぎられた。協議のためヤーマーの車まで来てほしいという。車の中は暖かく、わたしは勧められたコーヒーをありがたく受け取った。

「今回、ハルットゥネンはこちらからの接触に応じてきた。追い詰められていると気づいたのだろう。スピーカー付きの電話機を要求してきている。われわれがパロ巡査部長に呼びかける内容が聞こえない状態では、話をさせるのが怖いのだろう。直ちに準備を開始する」

ヤーマーはコーヒーをすすり、わたしはかじかんだ手をマグカップで温めながら、自分のお腹が鳴る音を聞いていた。

「カッリオ巡査部長、ハルットゥネンの取り調べを担当した二人のうちの一人がきみだそうだな。ハルットゥネンは、きみとパロ巡査部長が作成した調書に基づいて裁かれたということか」

「はい。事件そのものは単純な事例であり、動かし難い証拠もそろっていました」

「ハルットゥネンはきみたち二人とも殺すと脅していたのかね?」

「そのとおりです。実のところ、わたしのほうが先に狙われるのではないかと推測しておりました」

いつの間にかヤーマーの形式ばった口調がわたしにも伝染していた。このほうが、気が楽だ。自分やパロでなく、誰か知らない人のことを話している気分になれるから。

「なぜきみが先に狙われると思ったのかね?」

「ハルットゥネンは強盗と女性に対する傷害の罪で裁かれています。強盗のついでに、娯楽でも求めるかのように女性に乱暴したのです。取調室にいるとき、担当警察官の一人が女性だという事実は、明らかにあの男を苛立たせていました」

ハルットゥネンの明るい青い色をしたつぶらな瞳を、わたしはまた思い出した。色も形も赤ん坊のような瞳なのに、そこに浮かぶ表情は、子どもではなく殺人者のそれなのだ。ペンティ・リンドストレムの、腹をのこぎりで切り裂かれた死体を思い出した。それから、ヌークシオの森でヘラジカの足音を聞いたときの、パロの声の調子も。

「実を言うと、取り調べ中、パロ巡査部長は脇に回っていることが多かったのです。わたしのほうが、ハルットゥネンを簡単に苛立たせてやることができましたし、それによって容易に口を割らせることができたからです。ハルットゥネンは自分の行為を大げさに吹聴したがる傾向があり、これを利用することで取り調べはスムーズに進行しました」

「ハルットゥネンが人質を取った目的について、心当たりはあるかね? この状況では、そんなことをしたところであまり望みはないだろうと思われるが」

「あの男が何を企んでいるのか、わたしにはわかりません。わたしとパロを殺したい、望んでいるのはただそれだけかもしれませんし、実際あの男なら冷酷に殺しを実行するでしょう。おそらく、逃亡を続けることは困難だと考え、最も絶望的な道を選んでしまったのではないでしょうか。協力者がどこかに潜んでいるかどうか、まだわかっていませんが」

「でなければ、ハルットゥネンはただ死ぬつもりで、警察官を一人は道連れにしてやろうと考えたのかもしれんな」

ヤーマーは冷たく言い放った。死への願望は、ヴェサラの事件のときも話題になった。射殺された青年は自分を撃つ勇気がなく、警察に撃たれるように図ったのだといわれていた。真実がどうだったのかはわからない。青年の足でなくもっと上を撃った警察官のことを、どう考えていいかもわからなかった。もちろん警察官は、自分の命が危険にさらされて恐怖に襲われたのだろう。誰でもそうなるはずだ。

「きみはある程度の期間パロ巡査部長の同僚として勤務してきた。この状況に、彼はどの程度まで耐えられそうだと思うかね」

「殺すと脅迫を受けたことで、パロ巡査部長は非常に神経質になっていました。とうとう彼が恐れていた最悪の事態が現実になってしまったわけです。そういえば、彼の家族には連絡したのですか?」

「タスキネン警部が夫人に連絡を取ろうとしていたようだが……カッリオ巡査部長、きみにはしばらくの間、ここに留まってほしい。ハルットゥネンとの交渉で、きみが必要になるかもしれん。ところで、ハルットゥネンのセラピストのことをなにか言っていたようだが」

わたしはカリ・ハンニネンについて知っているいくらかの事実を話し、ヤーマーはハンニネンをここへ呼ぼうと言った。暖かい車を後にして、いまや肌を突き刺すほど強くなった寒風の中へ戻るのはつらかった。風は沼のほうから、さえぎるものもなくびゅうびゅうと吹きつけてくる。ありがたいことに、ピピコが食べ物の入ったビニール袋を提げて戻ってくるのが見えた。

「ソーセージを買ってくれれば、焚き火をしてあぶったのにな」

ペルツァが小さく笑い、冷たいミートパイをほおばった。わたしはライ麦パンとプロセスチーズで満足することにした。

「あっ、なにか始まったみたいですね」

ピピコが突然声を上げた。州警察のライフル部隊の隊員の一人が、沼を覆う氷の上をはるか遠くまで果敢に進んでいき、やがて向きを変えるとコテージを目指して歩き出したのだ。彼が視界から消えると、わたしたちは自然と脇にずれていき、その姿を追いかけ続けた。

「電話機を持っていこうとしてるのよ」わたしは二人に説明した。

「州警察のやつらは狙いをつけて待機しているはずだ。ハルットゥネンが出てきたら、直ちに撃つだろう」ペルツァは言ったが、すぐに気づいた。「もちろん、パロが電話機を取りにやらされれば、別だがな」

わたしたちは斜面を上ってトウヒの林に入っていき、コテージのポーチが見える位置に立った。射線上に入っていることはわかっていたが、ハルットゥネンは目の前の状況に対応するのに精一杯で、こちらに注意を払う余裕などないはずだ。ライフル部隊の隊員がコテージの庭に到着すると、ドアが開いた。出てきたのはパロだった。

ピピコの口から奇妙な音が漏れた。パロの表情はわからない。ただ、隊員が庭に置いた電話機に近づいていくパロの丸まった背中と、のろのろと動く足が見えただけだ。ほんのわずかなドアの隙間からライフルの銃口が覗いていて、パロの背中に狙いをつけているのがわかった。

「いまだ、脇の窓のほうに回り込んで銃撃を浴びせろ！　何をもたもたしてるんだ！　畜生！」

ペルツァが吐き捨てるように言ったが、パロはコテージの中に消えてしまった。

「そう簡単に殺しちまうわけにもいかないですよ。テレビ局のカメラも監視してますし」

ピヒコが言った。

「テレビ局のやつらなんぞ、地獄へ帰れっていうんだ！　あんな野郎を生かしておいて、いったいなんになる？　あいつが監獄で何年もぬくぬくと過ごすために、おれの払った税金も使われるんだぞ。あいつら、警察官の指がやたらと引き金を引くことばかり書き立てるが、強盗の指を話題にしたやつがいるか？　ムラネンみたいな男が軍隊へ行って武器を盗むのはかまわないのに、おれたち警察官がろくでもないやつの頭から髪の毛一本でも撃ち落としてみろ、メディアは一斉に非難しやがる」

「これは、徹夜になるんじゃないかしら。いまは時間稼ぎが必要よ。ラルハだって最後には眠ってしまったじゃない」

わたしはなだめるように言って、射線から外れるよう二人を促した。

「あの中にいるのがパロじゃなくておまえだったらどうだ。警察にどうしてほしい？　自分が命の危険にさらされているときに、のんびりと靴下でも編んでいてほしいか？」

「ヤーマーと交渉しなさいよ」

ペルツァに言い返した。そのとき、タスキネンが集団から離れてわたしたちのところへやってきた。

「先ほど、ヤーマーがハルットゥネンとパロと言葉を交わした。ハルットゥネンは、二時間以内に逃走用の車と五十万マルッカの金が用意されなければパロを撃ち殺すと言っている」

「パロの様子は？」

わたしは尋ねた。

「おびえている。悪いことにパロは手錠を携帯していた。ハルットゥネンは手錠でパロを暖炉の壁面にある鉄の輪につないでいる。ヤーマーによれば、パロはわれわれが要求を呑むよう祈っているということだ。命を救ってほしいと祈っている」

ペルツァの表情が険しくなった。彼がパロの立場だったらどんな行動を取るだろう。彼だって、最後には助かりたいと祈るだろう。ましてペルツァはハルットゥネンの父親の切り裂かれた腹を見ている。

「ペルッティとピヒコはここに残る義務はないぞ」

タスキネンは二人に向かって告げた。あたりは暗くなり、投光器のスイッチが入り始めた。沼の向こうの空に、赤みがかった金色の雲が切れ切れになって輝いている。二人とも返事をせず、ただコートの前をかき合わせた。ペルツァの鼻は寒さで真っ赤になり、いくつもある大きなあばたが怒ったように口を開いている。誰かがタスキネンに、対策本部へ戻るよう声をかけてきた。

「それにしても死ぬほど寒いな」ペルツァが文句を言った。「あいつら、テントを設営するのかな。だったら中に入って温まれるが。おい見ろ、記者どもを追い出し始めたぞ、こいつはい。ついに作戦開始だな」

確かに民間人の車の列がヌークシオンティエ通《り》に向かって動き出していた。彼らが口々に強い不満を漏らす声が風に乗って聞こえてくる。コテージにはテレビかラジオが置いてあるだろうか。少なくとも今夜、ニュースの主役はハルットゥネンだろう。もしかするとハルットゥネンはただ、半日でもいいから世間の注目を浴び、伝説的な存在として名声を手にしたいと思っただけかもしれない。同時にパロも有名になるだろう。わたしの名前がこの事件の報道で読み上げられることがないようにと願った。

タスキネンが再びわたしたちのところへ戻ってきた。表情がさらに厳しくなっている。先ほどだってこれ以上ないくらい厳しい顔をしていたのに。

「ハメーンリンナ市の近郊で、男の死体が発見された。背中をライフルで撃たれている。死体から発見された血まみれの紙幣から推測して、男はテイスコの銀行強盗犯の一人と思われる。銀行の防犯カメラの映像もこれを裏付けた。ヘルシンキの州刑務所から一か月前に釈放されたヨウニ・トッサヴァイネンだ。ハルットゥネンと同じ棟で服役していた」

誰の口からも言葉は出てこなかった。もうめちゃくちゃだ。そのとき、南の空からヘリコプターのローターの音が聞こえてきて、わたしたちはしばらくその音に気をとられた。ほどなく、沼の上空を何台ものヘリが旋回し始めた。

「ヤーマーは内務省の警察局と連絡を取っている。作戦指揮は内務省の管轄になった。ヘリは狙撃手を乗せている。交渉のため接触する前に、ハルットゥネンを少々震え上がらせてやろうということらしい。ハルットゥネンがパロを伴ってコテージから飛び出してくる事態にも備えなくてはならない。現在、煙突からガス弾を撃ち込む作戦を検討中だ」

そのとき銃声が連続して響き渡り、タスキネンの言葉をさえぎった。わたしたちは本能的に地面に伏せた。ペルツァがわたしの上に半分覆いかぶさるように身を投げ出してきて、彼のシエービングローションの匂いで吐きそうになった。少し視線を上げると、銃弾はコテージの右側の窓から放たれているのがわかった。気まぐれに発砲しただけだったのか、十秒もすると銃声はやんだ。

銃声の聞こえ方がどんなふうだったか思い出そうとした。ハルットゥネンは外に向かって撃っただけだろうか、それとも、もしかして最初の銃声はコテージの中で聞こえたのではなかったか。つまり――パロは、まだ生きているだろうか？

しばらくしてわたしたちはようやく立ち上がった。コテージからはゆらめく光が漏れている。ろうそくに火をつけたのだろう。じきに日が暮れて真っ暗になる。わたしはトイレに行きたくなってしまった。射線を慎重に避けながら、用を足すために森の暗がりへ入っていく。ポケットにティッシュが入っていてよかった。

森の中から見ると、投光器の光でくっきりと浮かび上がっている一帯は、戦場の宿営地のようだった。懐中電灯の光やたばこの火があちこちにともり、武装した男たちが携帯電話に何事かしゃべりながらゆっくりと歩き回っている。ヘリコプターは射線上から退避していたが、ローターが立てる耐え難い騒音がいまも南の空の遠くから響いていた。この場にいる女性はわたし一人だろうか。交通整理のほうには女性がいるかもしれない。だけど基本的には、これは男だけで構成された指揮陣営と特殊訓練を受けた男たちが演じる、少なくとも一人の人間の命を賭けたある種の銃撃ゲームだった。

ヘリの接近でハルットゥネンが興奮してしまったため、全員がどこか身を守れる場所に退避するよう指示が出された。ハルットゥネンは、ヘリを退去させない限り銃撃を続けると脅してきたそうだ。依然としてヤーマーが彼と言葉を交わしていて、対策本部ではテープレコーダーが回り続けているらしい。そのとき、二つの黒い人影がしなやかな身のこなしで物陰から現れ、コテージの背面へ敢然と回り込んだのが目に入った。建物の壁にマイクを取り付けようとしているのだ。マイクがあれば、ハルットゥネンとパロの動きを常に監視することができるし、うまくいけば会話の内容も傍受できる。取り付けは成功したらしく、ほどなく二人は防御線のこちら側に戻ってきた。誰かがその場にいる人員を正確にグループ分けし始めた。厳密には、わたしとピヒコとストレムはその場にいるべきメンバーではなかったが、わたしたちを追い出そうとする人は誰もいなかった。パロはわたしたちの同僚なのだから。それに、わたしはヤーマーから、今後わたしが必要になるかもしれないからここにいてほしいとお墨付きをもらっている。わたしとピヒコはできるだけ隅に寄って事態を見守ることにしたが、武器を携帯していなかったというペルツァは、装備を積んだ車両に大またで歩み寄るとライフルを手に取った。彼はわたしたちのところへ近づいてきて、対策本部がパロと言葉を交わしたぞとどなった。パロの体は無傷だが、精神的には限界に近づきつつあるそうだ。言い終えると、ペルツァは一歩前へ踏み出した。もしもハルットゥネンがこちらの射線上に現れたら、誰よりも早く撃ってやると言わんばかりに。

「彼ら、どういう戦略を立てているんですかね？」

ピヒコがぴょんぴょん跳ねながら言った。寒気の中で、吐く息が白い雲になって彼を取り巻き、顔が一瞬見えなくなった。

「二つの戦術を併用してると思うわ。時間を稼ぎつつ、こっちが大人数だということを相手に見せ付けてやる。さっきのマイクが、わたしの推測しているとおり正確な位置に取り付けられていれば、ハルットゥネンが眠りに落ちたのがわかるはずよ。そのときを待って、突撃を仕掛ける。かなり時間が必要だわ、二昼夜くらいはかかるかもしれない」

「ここにずっといるつもりですか？」

「わたしはもう凍死寸前よ。ヤーマーの許しが出たら、家に帰って寝たほうがよさそうだわ。ところで、さっきのパン、まだある？　またお腹がすいてきちゃって」

ライ麦パンとチーズをオレンジジュースで流し込みながら、今後の展開についてピヒコの推理を聞いた。ピヒコの想定はペルツァが考えたほど血なまぐさくはなかったが、やはり言葉の端々にハルットゥネンへの復讐の炎が燃えていた。わたしが食べ物を胃に詰め込み終えると、ピヒコはこっちを横目で見ながら訊いてきた。

「あの中にいるのが自分ではなくパロで、喜んでますか？」

思わず微笑んでしまった。なんてばかな質問だろう。

「喜んでるに決まってるでしょ！　逆の立場だったら、パロだって同じように思ったはずよ。あら、誰が来たのかしら？」

六〇年代初頭のモデルのしゃれた赤いシボレーが、投光器の光の輪の中にカーブを描きながら入ってきた。車から降りてきた男の顔はよく見えなかったが、風になびくコートと、肩にかかるふさふさの金髪が、ライオンのような印象を与える。この人、どこかで見たことがある。

「いったい誰ですかね？」

ピヒコが驚いた声を上げた。

「確信はないけど、たぶんカリ・ハンニネンじゃないかしら。占星術師にしてセラピスト、ハルットゥネンも世話になっていた男よ」

春ごろに放映されたテレビ番組で、科学的懐疑主義者の団体であるスケプシスの指導者たちが、いわゆる周辺科学を代表する人たちと論争しているのを見た覚えがある。議論は不毛な言い争いに終始し、おまけにアンティがしきりとわたしを誘うものだから、愛の行為の邪魔になるテレビは消してしまったのだった。でも、番組に出ていたハンニネンの自信に満ちた言葉は覚えている。彼は、周辺科学と精神科学を、つまり占星術と心理学を融合させることに成功した、と主張していた。

ハンニネンは対策本部に入っていき、わたしたちは再び、膠着《こうちゃく》した状況の中に取り残されて寒さに震えるだけになった。そろそろ退散したほうがいいことはわかっていた。ここにいても、わたしにできることはなにもない。どんなに望んだとしても。それに、またトイレに行きたくなってしまった。

そっと森の陰へ行こうとしたとき、タスキネンが対策本部に来るようわたしを呼んだ。ハルットゥネンの性格分析をおこなうために、わたしが必要なのだという。

急ごしらえのテントがコテージから数百メートルの地点に設営されていた。中に入るとストーブがあかあかと燃え盛っていて、わたしは冷え切ってこわばった体を温めようとストーブに張り付くように身を寄せた。ようやく体が温まってから、タスキネンとヤーマーの前に置かれた机に歩み寄る。二人のほか、机の周りにはカリ・ハンニネンと思しき男と、ほかにも男性が二人座っていた。物腰と服装から判断して、地位のある人々のようだ。テントの奥の壁際でレコーダーが回っており、ヘッドフォンを着けた担当者が二人、その前に座っている。コテージの中の物音を聞き取る作戦は成功しているようだ。

「こちらがカッリオ巡査部長。ハルットゥネンを取り調べたエスポー警察の警察官のうちの一人です」ヤーマーがわたしを紹介した。「こちらは内務省のコスキヴオリ警視正と、ヘルシンキ中央刑務所のマタラ副所長、それからハルットゥネンを診ておられたセラピストのカリ・ハンニネン氏だ。カッリオ巡査部長、かけてくれたまえ」

ヤーマーは礼儀正しく促した。ハンニネンは自分の隣の椅子をわたしのために引いた。彼の手がわたしの背中に軽く触れたのは絶対に意図的だった。近くで見ると、ハンニネンは四十歳に手が届いた往年のロックスターといった風体で、わたしに向かってオーラを全開にし始めた。

女性に会うと自動的にスイッチが入るのだろう。わたしの髪はヘルメットでぺちゃんこにつぶされているし、真っ赤な鼻から鼻水が止まらないし、普通に考えたら色目を使う価値のある相手ではないはずだもの。

「会議の目的は、ハルットゥネンが何を狙っているのか、みなさんとともに考え、彼の立てている計略を事前に把握することです。同時に、ハルットゥネンを投降させるために、少なくとも人質を解放させるためには、どのような戦略が最善かを検討したい」

わたしの前にコーヒーとハムサンドが運ばれてきた。ハルットゥネンの犯罪歴についてひととおり話したところで、外でまた銃声が響いた。

「ハルットゥネンが屋外に向けて発砲しました！」

誰かが報告する声が飛んでくる。

「ハルットゥネンの頭部が見えています、狙撃しますか？」

「頭はだめだ、ともかく身の安全を図れ」

コスキヴオリの返答にためらいはなかった。ほどなく銃声はやんだ。会議を再開する間もなく、ハルットゥネンから電話がかかってきた。

「逃走用の車を準備する期限まで、あと一時間残っている。それが過ぎたらコテージを爆破する。ここにいるパロは、死にたくてたまらないってわけでもなさそうだがな。こいつ、糞まで漏らしてるぜ。おれが持っている爆薬は威力があるからな、おまえらのいるあたりまで地獄になるぞ」

ハルットゥネンの感情のない、少しかすれた声が脅しをかけてくるのが、テントの中のスピーカーを通してわたしたちの耳に響き渡り、わたしは慄然とした。ハルットゥネンはタイムリミットと脅し文句を繰り返し口にしている。その声に絶望のかけらが混じっているのに気づいて、わたしは一時間後には本当に恐るべき事態が起きるのではないかと思い始めた。やがてハルットゥネンは、うまくしゃべれなくなっているパロを電話口に出した。

「車を用意してやってくれ。死人を出したくなければ、どうかハルットゥネンを逃がしてやってほしい。ユルキ、まだそこにいるのなら、おれには妻と六人の子どもがいることを説明してくれ……」

タスキネンの目がまずわたしの視線をとらえ、それから決定権を持つ男たちのところでぴたりと止まった。わたしの横にいるハンニネンが、ハルットゥネンと話がしたいと騒ぎ出した。車を要求してくること自体は狂気の沙汰だ。ハルットゥネンだって、車には追跡装置が装着されるだろうから逃亡など不可能だとわかっているはずだ。もちろんパロを連れて逃げるつもりだろう。だが、コテージを出て車に乗り込むだけでも、パロを盾として利用できるとはいえハルットゥネンにとってはリスクが大きい。

電話の声は再びハルットゥネンになった。こちら側の受話器はハンニネンに渡された。

「やあ、マルック。私だ、カリ・ハンニネンだよ」ハンニネンの声は低く、催眠術のような響きがあった。男が男に向かってそんな声色で話しかけるなんて奇妙に思えた。「つまらぬ落とし穴にはまり込んでしまったようだね。しかし、きみも命を失いたくはないだろう。星たちも、まだそのときではないと告げているよ」

わたしは魔法にかけられたように、ハンニネンのなだめるような声が猛獣みたいな相手を鎮めていくさまを聞いていた。ハルットゥネンに対してどのように話しかければよいか、この男は知り尽くしているらしい。ハルットゥネンの口調は落ち着き始め、ついにはコスキヴオリと直接話すことを承諾した。しかし、パロの解放については話題にすることすら拒否した。逃走用の車にパロも乗せていくと言っている。

「人質として、代わりに私が一緒に行くのではどうだ?」

ハンニネンは、ハルットゥネンの要求に従って再び電話口に出ると、勇敢にもそう申し出た。机の周りに集まっていた人々は眉をひそめた。人質の交換なんて、そんな取り決めはしていない。

「あんたより警察官のほうが役に立つ。パロと交換してもいいのはただ一人、あの女の警察官だ。カッリオといったか」

ストーブの熱で溶けたはずの冷たい塊が体の中によみがえってきた。間抜けなハンニネンが発した次の言葉を聞いたとき、塊は氷に変わった。

「彼女ならここにいるよ。言葉を交わしたいかい?」

みなが一斉に首を振り、非難の声を上げた。ヤーマーが受話器を取った。

「セラピストのハンニネン氏には人質の交換について決める権限はない。車の話を続けようではないか……」

「おれはカッリオと話がしたい」

「彼女はいまは……」

「おれはカッリオと話がしたいんだ。それとも、パロの足を撃って肉片にしてほしいか？　ちょうど目の前に見えてるぜ……」

テントの中の全員の目がわたしに注がれている気がした。わたしは受話器に手を伸ばしたが、ひとことでも言葉を発することができるか、自信がなかった。

「もしもし。こちら巡査部長のマリア・カッリオ。パロ、聞こえる？　すぐにまた会えるから」

「マリア、今日はあんたの車が人目につきやすいところに停めてあって残念だったよ。忍び込むには危険が大きすぎた。今朝、おれはエスポーの文化センターにいたんだぜ。あんたの姿を見たよ。本当はあんたを人質に取りたかったんだ。料理の腕も、このパロよりはあんたのほうがましだろうからな」

「そうかもね」

わたしの声はまたのどに引っかかり、それ以上ハルットゥネンに何を言えばいいかもわからなかった。この会話そのものが脅しだ。わたしがここにいることを明かしてしまったハンニネンに激しい怒りを覚えた。状況がますます混乱しただけだ。

「もしおれが、パロを解放してやるから代わりにあんたがこっちへ来いと言ったら、どうする？　おれは男より女のほうが好きなんだ、昔からな。二人でいたら、きっと楽しいぜ。どうだ、マリア？　ちょっとドライブとしゃれこもうじゃないか」

10

コスキヴオリはわたしに返事をさせず、受話器を取って話し始めた。ヤーマーはハンニネンを机から遠ざけ、電話で交渉する際に言うべき内容について説教し出した。ハルットゥネンはコスキヴオリを相手に話すことを拒否し、車を用意するまであと一時間だと繰り返すと、電話を切ってしまった。タスキネンがわたしと視線を合わせてきたので、わたしは無理に笑顔を作り、肩をすくめてみせた。

「行かせたりはしない。きみ自身に行く用意があったとしてもだ」

タスキネンは言った。

「用意なんてできてません」答えながら、わたしは自分の体に宿っている赤ん坊のことを考え、同時に、もっと食べ物が欲しいと強く願った。「わたしだったら、パロよりさらに殺される確率が上がりますよ」

「きみはもう帰宅したほうがいい」

「ええ、わたしもそう思います。この寒さでもフィアットのエンジンがかかれば、ですけど。その前に、ハンニネンとちょっと話をさせてください。ロースベリの件です」

ヤーマーとタスキネンは意見の食い違いから対立しているようだったが、確証はなく、ただ言葉の端々でそうではないかと感じるだけだった。コスキヴオリは再びガス弾の専門家と協議している。煙突から催涙弾を投入すること自体はそう難しくはない。マイクの取り付けにも成功しているくらいだ。最大の懸念は、ハルットゥネンが報復として直ちにパロを射殺してしまうことだ。

いずれにしても、なんらかの作戦の準備が始まっているに違いない。ヘリコプターの音がまた強まっている。様子を見ようとテントの外に出た。ヘリのうち一台が背面から回り込んでコテージの上空へ出ようとしたが、突然コテージの窓からショットガンの連射を浴びせられ、後退せざるを得なくなった。散弾がヘリの脇腹に音を立てて跳ね返った。

「ソードオフ・ショットガンを使っているぞ」

誰かがあえぐように言った。

わたしの背後でテントの入口が開き、カリ・ハンニネンが出てきてわたしの脇に立った。たばこを勧められたが断ると、彼は自分の分に火をつけた。

「さっきは申し訳なかったですね。女性の警察官なら、マルックの中に非常に強い感情の反応を呼び覚ませる。それを狙ったんですが。警察の方々の邪魔が入りさえしなければ、成功したと確信していますよ」

「パロとわたしを交換するのが最良だとお考えなんですか?」

「まさか!　あなたはマルック・ハルットゥネンのことをどれほど知っているんですか。彼は女性とはうまくやれないんだ」

うなずきながらそれには気づいていたと告げると、カリ・ハンニネンは言葉を続けた。

「何が原因かご存じですか？　マルック・ハルットゥネンの母親ですよ。母親は長年、夫が息子に性的虐待を加えるのを黙認していた。ときには手を貸すことさえあったんだ。母親は正真正銘の悪魔だったんですよ。マルックは女性と正常な性的交渉を持てたことが一度もない」

「彼が強盗殺人犯になったのは、ひどい母親のせいだ、というわけですか？」

ハルットゥネンがなぜ父親のペニスをのこぎりで切断したのか、それは納得がいったものの、わたしは自分の言葉に皮肉が混じるのを抑えられなかった。

「複雑なプロセスなんです。マルックは、人生のなにもかもが体系的にうまくいかなくなってしまった、そういうタイプの人間です。それでも、彼のことを気にかけてやるべきなのですよ。彼にだって生きる権利がある、それは人質と同じです」

「その点ではわたしも同じ意見です。もっとも、わたしなら人質の命を優先させますけど。ところで、この事件が解決したら、ほかの件でちょっとお訊きしたいことがあります。とある事件に関与している、あなたのクライアントについてなんですが」

「クライアントの個人情報については守秘義務がありますので」

「わかっています。ですが、ことは殺人事件なんです。それに、被害者もあなたのお知り合いだと思いますけど。エリナ・ロースベリ、同業者でしょう」

「ということは、お尋ねになりたいのはニーナのことですね！　彼女はなにか罪を犯してしまったのですか？」

ハンニネンの声にはますます熱意があふれ、わたしの目を見つめてくる茶褐色の瞳には不安げな表情が浮かんだ。その様子を見ていると、ハンニネンがクライアントの身を案じていることも、人の心を操るような声で発せられる呪文が本心から相手の幸福を願ったものであることも、信じられそうな気がした。それでも……。

「彼女は被疑者の一人ですが、いまのところはただそれだけです。あなたの電話番号は電話帳に載っていますか?」

「ちょっとお待ちください、名刺を差し上げましょう」

ハンニネンはアンティークレザーのロングコートのポケットをまさぐった。独特の雰囲気を持つ男だ。相手への共感に、余裕に満ちた男らしい自信が混ざり込んでいる。少なくともクライアントが女性なら、確実にアピールするだろう。

「あれはまずいですね」ヘリコプターがまたコテージに接近すると、ハンニネンは非難がましく言った。「マルックは、自分がこの場の状況を制御していると思いたがっているんだ。ヘリが飛び回ると、彼は忍耐力を失ってしまう」

「どうしたらいいとお考えですか?」

「できる限り多く、マルックと話す機会を持つべきです。そして、逃亡は不可能だと本人が納得するまで待つんです。投降するか、少なくとも人質を解放するよう、説得するんだ。私は依然として、人質になる用意がありますよ。マルックは私を殺したりはしない」

散弾の雨が再びヘリコプターの回転翼に浴びせられた。コテージの中の音を傍受していた担当者の一人がコスキヴオリに向かって何事か叫び、わたしは思わずテントに走り込んだ。今度こそハルットゥネンがパロを撃ったに違いないと思った。

だけど、そうではなかった。叫び声は、ハルットゥネンもパロも完全に忍耐力を失ったようだという警告だった。ハルットゥネンは、後退していくヘリコプターと、コテージの背面とに交互に銃撃を浴びせた。コテージの背面へはやみくもに銃弾が放たれ、そちら側に配されていた人員は退避しなければならなかった。ものすごい騒音があたりを満たしている。ヘリコプターは、わざとコテージの上空を旋回してハルットゥネンを苛立たせるよう命令を受けているようだ。ハルットゥネンが北側の窓からヘリを銃撃するよう仕向けているに違いない。建物の南側の端から、特殊部隊が屋根によじ登り始めている。ヘリの立てる騒音で特殊部隊の動きがカムフラージュされていた。無謀な作戦にも思えたが、わたしはしょせん、ただの一般警察官に過ぎない。わたしの背後ではコスキヴオリが受話器に向かって大声で指示を伝えている。狙撃銃を携えた人員が何十人も狙撃陣地に配置され、特殊部隊が屋根からポーチへ飛び降りるのと同時に、煙突から催涙弾が投げ込まれたのが見えた。ヘリコプターが危険なほど低空まで降下し、ヘリからも銃撃が開始された。どこかで叫ぶ声がした。パロによればコテージの中に爆薬は置かれていない！

ヘリの音が銃撃の音をほとんど覆い隠していた。とっさにコテージに走り寄ろうとしたが、誰かがわたしのコートの袖をつかんだ。突然、あたりはまったく静かになった。銃声がやみ、最後まで残っていたヘリも森の向こうへ消えた。コートの袖をつかんでいた人物は手を離した。

顔を見る前に、シェービングローションの匂いでそれが誰だかわかった。ペルッティ・ストレムだ。

特殊部隊の一人が救急車を頼むと叫びながら走ってきたが、担架を持った救急隊員がすでに飛び出していた。森の中にいったいどれほどのカメラマンやテレビカメラが潜んでいたのか、想像もつかない。彼らはいま、獲物の存在に気づいたトラの群れのようにコテージに近づいていく。混乱して何がなんだかわからなかったが、拡声器から響き渡るコスキヴオリの声で状況が把握できた。

「作戦は完了した。マルック・ハルットゥネンは銃撃戦により死亡。残念ながらハルットゥネンはパロ巡査部長に負傷させ重篤《じゅうとく》な状態に追い込んだ」

ペルツァの口から罵声が漏れた。わたしはひとことも口をきかなかった。

「ここで待ってろ、重篤とはどういうことか聞いてくる」

ペルツァはそう言い残して去っていった。わたしは獲物に迫ろうとするカメラの群れを眺め、銃の安全装置がかけられる音と、周囲で口々にしゃべっている人々の声をぼんやりと聞いていた。自分がこの場所にはいないような錯覚に陥った。ペルツァが小走りで戻ってきたとき、彼がかすれた声で言葉を発する前に、その目の表情でわたしには重篤とはどういう意味だったかわかった。

「パロはすでに死亡した」

わたしはペルツァが嫌いだった。だけど、そんなことはどうでもよかった。彼はわたしの、職場の仲間だ。彼の心はいま、わたしと同じことを感じている。わたしたちは互いにすがりつき、抱き合った。ほどなくピヒコとタスキネンがわたしたちに加わった。誰もがそれぞれの流儀で泣いていた。心のうちで泣いている者もいた。わたしはうめき声を上げていた。白布で覆われた担架がコテージから運び出されたときも、わたしは目を上げなかった。

その週はもう職場には行かなかった。わたしたちのために開かれたストレス緩和セラピーに出ただけだ。本当は仕事をしているほうが楽だったかもしれない。毎日が地獄の苦しみだったし、夜になればさらにひどくなった。でも、睡眠導入剤を飲んだのは最初の晩だけだった。子どもの健康を危険にさらすことはできない。

アンティがずっと家にいてくれたので助かった。重く沈んだ心を癒す最良の薬はセックスだった。わたしが、ヌークシオから戻ったその晩にはもう愛を交わしたがったので、アンティは最初驚いていた。愛し合っていると、生きている実感が、自分の人生を続けているという実感が持てた。それに、体がなにかを体験しているとき、心は自由になれる。アンティは戸惑いながら、妊婦には性欲がないと思っていたけど、その神話をきみがぶち壊したよ、と漏らした。かかってくる電話の応対もアンティが引き受けてくれた。インタビューの申し込みを残らず断ってくれ、両親や友人たちを落ち着かせる役も務めてくれた。わたしが本当に感じていることを自分で言葉にするのは容易ではなかったのだ。ある真夜中、夢の中でわたしは文化センターの駐車場にいた。フィアットのドアを開けると、中からハルットゥネンとパロの血まみれの死体が転がり出てきた。

タスキネンは事件の翌日にはもう職場に復帰したらしい。ペルツァはといえば、フィンランド人男性として正統派の方法で自分を癒していた。何日間かにわたり酒を飲み続けたのだ。金曜日の午後に開かれたセラピーでは、ペルツァの体の震えがアルコールによるものなのか、ストレスによるものなのか、判断がつかないほどだった。セラピーの席で、ハルットゥネンは予想より早くパロを撃っていたことが知らされた。催涙弾が投入されたのに気づいたハルットゥネンは、反射的にパロを撃ってしまったのだ。ソードオフ・ショットガンの銃弾はパロの胴体の中央部にひどい銃創を残しており、即死ではなかったものの、命は助からなかっただろうということだった。ハルットゥネンの命を奪ったのが結果的に誰の銃弾だったのかは、断定が難しそうだ。パロを撃った時点で、ハルットゥネンはピストルの銃口を自分の頭に向けており、パロとほぼ同時に自分自身をも撃ったらしい。しかし、ハルットゥネンの体には、下半身から腹にかけて特殊部隊の放った銃弾が無数に撃ち込まれている。事件の検証は長くかかりそうだったし、パロかハルットゥネンの近親者が訴えを起こす可能性もあった。メディアは何日間もこの話題を流し続け、ようやくそれが終わったのは、顕現日に有名な政治家が飲酒運転で逮捕され、新聞の見出しが新たな素材を確保してからのことだった。

エヴァ・イェンセンが電話をしてきたのは顕現日の夜で、わたしの様子を尋ねてくれた。妊娠後期の日々は単調だと嘆くので、明日一緒に散歩でもしましょうよ、と誘った。明日は日曜日、天気予報によれば晴れて穏やかな一日になるという。そろそろ、少しずつでも仕事のことを考え始めていいころだ。馬術の選手だって、同じアドバイスを受けている。落馬を経験した者は、できる限り早いうちにまた馬の背に乗るべきなのだ。エヴァとの電話を終えると、わたしは再びテレビの前に座り込み、フィギュアスケートの中継に見入った。フィギュアの選手にしては体格のいいカナダの男子選手が、映画音楽に乗ってトリプルアクセルを跳び、一瞬、わたしの心からヌークシオの亡霊たちを消し去ってくれた。

日曜日の朝、エヴァが訪ねてきた。ゆっくりしたペースなら、何キロかちゃんと歩けると言い張っている。わたしたちは、まだ凍りついた雪に覆われている畑を突っ切り、中央公園へ向かう細い道のほうへ歩いていった。冬の太陽が淡い黄色の光を放ち、ふんわりと浮かぶ雲が、今日は雪も雨も降らないことを告げている。最後のナナカマドの実をウソがついばみ、野ウサギはわたしたちが近づいていくと灌木の下から逃げ出した。エヴァのはちきれんばかりのお腹は、マント風のコートの下にどうにかこうにか収まっている。大きなお腹にほっそりした手足が生えているのは愉快な眺めだった。それでも彼女は、畑の中を歩くのは滑るけどそんなに大変じゃない、排ガスが充満する大きな道路の脇なんかよりこっちのほうがずっといいのよ、と言った。

「ね、調子はどう?」

畑を抜けて、最初に見えてくる家々の前を通る、滑り止めの砂が撒かれた道に出たところで、エヴァに尋ねられた。

「平均して一時間に一回は、パロが死んだのにどうして自分が生きていられるのかと自問自答してる。ほかのことは、まあ、耐えられるわ」

「自分が生きていることに罪悪感を覚えるの？」

「そんなところね。でも、それが普通らしいわ。ハルットゥネンが第一に狙っていたのはわたしだったっていう、ほんの小さなことで引っかかってるのよ。それに、今回もまた、適切な対応がなされなかったのが悔しい。警察の行動が厳しく批判されているから、新聞はなるべく読まないようにしたの。でも、いつかはその事実にも向き合わないといけないと思う。アンティに、事件を扱った記事を切り抜いたり、テレビのニュースを録画したりしておいてほしいって頼んであるわ。ところで、ハルットゥネンのセラピストだったカリ・ハンニネンとは、知り合い？　あの地獄のような局面に突入する直前に、少し彼と話したんだけど」

「ええ、何度か会ったことがあるわよ。エリナの敵は誰かと言われたら、少なくともその一人が彼だったわ。エリナはハンニネンが用いているアストロセラピーの手法を認めなかったの。というより、エリナは、ハンニネンが自らのセラピーを純粋な科学だと主張することを認めなかった、と言ったほうがいいかしら。わたしもあれが科学だとは思わないわ。手法の一部が占星術に基づいているんだから」

「それは確かにそうね」

「もちろん、ハンニネンとエリナは二人とも、意識の高い、フェミニズムに傾倒した女性という同じ客層を相手にしていたから、そういう意味では二人の間に競争はあったわ。そういう女性の中には、占星術やタロット占いを本気で信じている人もいる。彼女たちに言わせれば、占いは太古の昔から伝わる女性の知恵で、男性の支配する信仰やいわゆるハードサイエンスが、意図的に抑圧しようとしている分野ってことになるらしいわ」

「エリナの考えは違っていたということ？」

「彼女は、人間が自分の決定に責任を持たず、カードや星のせいにするのは危険だと考えていたわね」

「ハンニネンとエリナが争っていたことは周知の事実だったの？」

「そうよ。あの二人は同じ時期に学生だったの。学生時代、二人の間にはちょっとしたロマンスがあった、という噂も聞いたことがある。だけど、試験の成績が常にエリナのほうが上で、うまくいかなくなったらしいわ」

法学部の学生だったころに付き合ったクリスティアンを思い出して、わたしは笑ってしまった。わたしたちも同じ道をたどったっけ。わたしのほうが成績優秀で、彼はそれが我慢できなかったのだ。結局、クリスティアンは法学で修士論文を書き、わたしのほうは一介の警察官になって人生を危険にさらしている。

「何年か前に、エリナとカリがかなり激しくやり合ったことがあったの。エリナが、科学と疑似科学を混ぜ合わせているカリのやり方に対し、少なくとも警告を与えるべきだ、と主張してね。セラピスト連盟からカリを除名すべきではないかとさえ言っていたの。最終的には警告を出して決着したんだけど、その後、カリと連盟の関係はすっかり冷え切っているわ」

「エリナは、カリのクライアントを少なくとも一人引き継いでいるわね。ニーナ・クーシネンよ。二人が争っていることを知っていたか、彼女に訊いてみなくちゃ。だけどいまはハンニネンよりエリナのことを話したいの。彼女はあなたのセラピストだったと言っていたわよね」

「ええ、セラピスト志望者は誰でも、研修で自分自身がセラピーを受ける必要があるの。わたしが研修を受けたのは八〇年代の初めだったんだけど、そのころはまだ、同性愛がようやく病気のカテゴリーから外された段階だった。レズビアンがこの仕事をすることを受け入れてくれるセラピストを探すのに苦労してね。エリナに出会えたことはいろいろな意味で収穫だったわ。この職業について、彼女から多くのことを学ばせてもらったものよ」

　風に揺られたトウヒの枝からざらざらする雪がぱらぱらと降ってきて、わたしたちの顔にかかった。雪はわたしの肌を、ちくちくする櫛《くし》みたいになでていった。トウヒの梢からカササギが飛び立ったが、さほど遠くまで飛んでいかず、二十メートルほど先のシラカバのてっぺんにとまり、鳴き声を上げながら枝を揺すり始めた。わたしたちに話しかけているみたいだ。カササギの言葉で悪口でも言っているように聞こえる。いつだったか、うちのアインシュタインが、木にとまっているカササギと口げんかをしているのを見たことがあった。一方はミヤアミヤア、もう一方はカシャカシャカシャ、その様子を見て、絶対に言葉が通じていると思ったものだ。ふと見ると、引退した船長みたいな感じの男の人が、雪のように白いふさふさの毛に覆われたサモエード犬を、木の根元から引き離そうと躍起になっている。犬はなにか最高に面白そうな匂いを嗅ぎつけたのだろう、どうやってもそこから離れようとしない。わたしはいわゆる猫派の人間だけれど、大きくて毛がふさふさの犬を見るといつも心を奪われてしまう。脇を通るとき、サモエード犬をなでてやらずにいられなかった。犬はわたしの靴に染み付いたアインシュタインの匂いに感づいて、まずわたしの体をくんくんやり、それからエヴァの服のゴールデン・レトリバーの匂いにも反応した。

「エリナは本当にすばらしいセラピストだったわ」エスポーの中央公園に向かって道を曲がったとき、エヴァがまた口を開いた。「彼女は、確かにそこにいてくれるという存在感があって、こちらの話にきちんと耳を傾けてくれた。セラピーが終了してからは、同僚としてさらに深くお互いを知るようになったの。ただ、友達というわけではなかったわね。エリナは自制心の強い人だったから、自分のことはほとんどなにも話さなかったの。自分の感情とか、自分の人生についてとかね。たまにヨーナ・キルスティラのことを口にして、わたしはその口ぶりから、彼はエリナにとって大切な人なんだなと思ったけれど、それ以上は話してくれなかったわ」

「エリナが自殺したということは考えられる？」

わたしが訊くとエヴァは首を振り、幅の広い口をためらいがちに尖らせた。

「死因は結局、なんだったの？」

「薬とアルコールの相互作用で意識不明に陥り、その結果、低体温症になって死に至ったの。誰かの計算が働いていたのか、判断は難しいわ」

アイラが見せてくれた手紙のことをエヴァに話すべきか少し考えたが、あの手紙が本物かどうか自分でも確信が持てずにいるので、黙っておくことにした。

「自殺にしては、ずいぶん不確実な方法よね。どちらかというと、誰かに助けてほしくて、誰かが見つけに来てくれることを望んでする行為に思える。エリナみたいな人がそういうことをするとは考えにくいわ。それにそもそもエリナは死を選ぶようなタイプじゃなかった。確かに、彼女はどこか……なんというか、穏やかな表の顔の下に、悲しみを閉じ込めた秘密の部屋をいくつも隠し持っているような感じがあったけれど。時折、その部屋のドアを少しだけ開けてくれることもあったけれど、それはほんの一瞬だったわ」

「ドアの隙間から、どんなものが見えたの？」

「一人でいたいという欲求と、誰かとつながっていたいという欲求とがぶつかり合っていたと思うわ。エリナにはアイラ以外に近親者はいなかったのよね。エリナは、子どもが欲しいと思ったり、その考えから逃げたりを繰り返していたんじゃないかしら。ヨーナ・キルスティラとの関係を見れば、エリナの他人との関わり合い方がよくわかる。そばにいても、近づきすぎることは望まないんだわ」

どこかで聞いたような話だった。わたし自身、昔からそういうタイプだったし、いまでもそうだ。アンティと結婚した最大の理由は、一人でいたいというわたしの欲求を彼が理解してくれ、分かち合ってくれたからだ。子どもが生まれればこの状況は変わるだろう。子どもは、そばにいてやらなくてはならない存在だ。わたしは初めて、産休は仕事から離れるいい機会でもあると思った。殺人者もいなければ、他人を締め上げて真実の半分でも知ろうとむなしい努力をしなくてもいい、そんな日々を送る機会だ。少なくとも、子どもと一緒の人生は、いまとは違うものになるだろう。

「ところで、わたしたち赤ちゃんができたのよ」

気づいたときにはそう口にしていた。ほんの数日前、いまのところは二人の秘密にしておこうとアンティに申し渡したばかりだったのに。

「まあ、おめでとう！　年越しでうちに来てくれたとき、どうして車なのかなって、みんなで不思議がっていたのよ。いま何週目？」

「ええと……八週かな。予定日は八月の末。ぜんぜん予想してなかったの、避妊リングが効かなかったのよ。まだ、自分でも状況を把握しきれなくて」

「同僚の死に、予期せぬ妊娠。これは、なかなかのストレス要因だわね」

エヴァは淡々とした調子で言い、それからあわてた表情でわたしの顔を見た。あまりに重大な出来事をジョークにしてしまったと思ったのだろう。

「ええ、そうね。そして、ある瞬間に気づくんだわ。この偉大なるシステムの冷徹なる明快さがここにある。生と死は隣り合わせということよ。いやだ、わたし、こんな大げさなことを言うつもりじゃなかったのに！　そろそろ引き返したほうがいいかしら」

エヴァをマンッカー地区の自宅まで送っていった。キルスティは、臨月の妻が十キロ近くも歩いたと聞いて青くなっていた。わたしは家までの数キロを歩こうと決め、家に着いたらアンティが食事の支度を済ませてくれているといいな、と思った。

大通りを歩く気になれなかったので、くねくねと曲がる細い道を選びながらわが家を目指した。突然、わたしは足を止めた。テラスハウスの柵から中を覗き見している男がいる。わたしの知っている人物だ。コートの肩に落ちた髪の毛を、そうせずにはいられないというようにつまんでは捨てている。それはペルツァ・ストレムだった。なのに、ペルツァには見えなかった。疲れたように肩をすぼめ、頭は垂れ、物事をあきらめたような雰囲気が漂っている。いつも自信満々で、憎まれ口ばかり叩いている彼のこんな姿は、見たことがない。わたしは足を止めたまま、近づいて声をかけようか迷っていた。それからふと、そもそもペルツァがどうしてマンッカー地区のテラスハウスの柵の前に、人待ち顔で座り込んでいるのだろうと疑問がわいた。ペルツァの家はオラリ地区だ。事情聴取の相手でも待っているのかしら？　だけど今日は日曜日だし、ペルツァも勤務日ではないはずだ。

ペルツァはいらいらと腕時計に目をやった。そのときテラスハウスのドアが開いて、中から七歳くらいの男の子が顔を出した。

「パパ、すぐ行くからね。おねえちゃんの水着が見つからないんだ」

ペルツァの肩はいつもの位置に戻り、男の子の背後にいる誰かに向かってどなった声は、聞き慣れたかすれ声だった。

「マルヤ、いい加減にしろ、イエンナに水着を出してやれ！」

イエンナにマルヤ――そして七歳くらいの男の子。ペルツァが何をしているのか、わたしにもわかった。子どもたちを待っているのだ。男の子の名前は、確かヤニじゃなかったかしら。以前、重要な逮捕劇の後でペルツァがコーヒーをおごってくれたとき、彼の財布に子どもたちの写真が入っているのを目にしたことがある。彼が他者に温かい気持ちを抱くなんて、わたしには想像できないが、やはりペルツァも子どもたちと深く結びついているのだ。パロが死んだとき一緒に泣いたペルツァの体の震えを思い出した。ペルツァと別れた奥さんの関係は、ペルツァとわたしの関係よりもっと悪いようだ。子どもたちを何時までに家に送り届けるかという会話はどなり合いになっていた。

「どんなに遅くても八時よ、明日も学校なんだから！」

「うるさい、試合を見にいったらどうしたって九時になるだろうが！　二人とももう大きいんだ、真夜中までだって起きていられるはずだ！　イェンナはまだなのか！」

「あなたはいいわよね、明日の朝子どもたちを起こさなくていいんだから！　水着が見つからなかったら、イェンナはプールに行っても見てるだけにするしかないわ」

とうとうイェンナが、ピンク色の水着をうれしそうに振り回しながら出てきた。十歳の女の子の顔立ちにペルツァの面影を見るのは不思議な感じだった。わたしは近くの家の陰に隠れた。同僚の私生活を覗き見していると思われるのが恥ずかしかった。

月曜日の朝、署に行くと、なにもかもがほぼ元通りになっていた。ただ、パロとピヒコが二人で使っていた部屋のドアに、夕刊紙から切り抜いた黒い縁取りのあるパロの写真が貼られていて、先週の前半となにもかもが同じわけではないことを告げていた。ピヒコはすでにどこかへ出掛けた後で、ペルツァもいなかったが、タスキネンは自分の席にいた。やつれた顔に厳しい表情を浮かべている。わたしに気づいて微笑んでくれたが、それが今日彼の見せた初めての笑顔だったのだろう。

「もう仕事ができそうか」

「もちろん。なにか新しい案件は?」

「特に大きな事件はないよ。パロが担当していた案件をみんなで分担しなければならない。職員の補充はまず望めないからな。ヌークシオの人質事件については今週後半以降きみも何度か事情聴取されることになるから、心の準備をしておいてくれ。かなり大ごとになりそうだ」

「そうなるでしょうね。わたしはヌークシオのもう一方の事件を引き続き担当します。明日の夜、オウルへ出発することになると思います」

「例のセラピストのカリ・ハンニネンが、きみによろしくと言っていたよ。あなたのような魅力的な女性のためなら、いつでもお役に立ちたいと思っています、ともね」

ハンニネンの言葉を伝えるタスキネンの声はいつもの調子を保てず、笑いが言葉の端々に割り込んでいた。ハンニネンのコメントは腹立たしかったが、許してやることにした。タスキネンを笑わせてくれたのだから。

レーヴィ・サンティの電話番号を調べるため受話器を取り上げようとしたとき、電話が鳴った。

「どうも、YLEのタルヤ・キヴィマキです。ヌークシオで第二の恐るべき事件が起きましたが、職場に復帰されたようですね」

「ええ。ロースベリさんの件で、なにか新しい情報でも?」

「いいえ、残念ながら。あなたのほうも、このところほかに考えるべきことがあったようですね。実はそのことでお話ししたいんです。ところでわたしたち、ファーストネームで呼び合ったらどうかしら？　マリア、〝Aスタジオ〟ではいま、近年多発している発砲事件を取り上げ、掘り下げる番組を制作中なの。それで、あなたにインタビューさせてほしいのよ。担当はわたし」

「あなた、〝Aスタジオ〟の記者じゃなかったでしょう」

「〝Aスタジオ〟に移ることは以前からなんとなく考えていたのよ。報道にはちょっと疲れてきたし、政治記者の仕事から距離を置きたくてね。理由はいろいろあるんだけど」

「ちょっと難しいわ。第一の理由は、公の場で同僚の死について議論する気になれないということ。第二に、実際問題あなたはまだ、わたしが担当している未解決の事件に関して取り調べるべき被疑者の一人だということよ」

「そうなの？　いずれにしても、ちょっと会えない？　今夜、夕食を一緒にどうかしら、もちろんわたしが持つわ」

「それはやめて。さっきも言ったように、あなたは依然として被疑者なんだから。でも、いいわ、会いましょう。時間と場所は？」

受話器を置いたとき、わたしはまるで浅ましいハイエナだと思った。何があろうと、タルヤ・キヴィマキにインタビューなんかさせてやる気はない。だけど、彼女の持っている情報は引き出したいと思い、夕食の席なら取調室より簡単にしゃべらせることができると計算しているんだから。

幸い、レーヴィ・サンティは巡回説教には出ておらず、自宅にいた。わたしは電話で、かつてないほど権威的な自己紹介をした。ヨハンナが、わたしから弁護士を紹介されたと夫に話していないことを祈りながら。

「いったいなんの話です？　私の……その……妻が、ほかにも誰か殺したのですか？」

「ほかにもとは、どういう意味ですか？」

どういう意味かは正確にわかっていたが、わたしは尋ねた。

「ヨハンナは私たちの子どもを中絶によって殺しました。なるほど、そういう結果につながったのですね。罪の道へと踏み出した者は……」

「サンティさん、奥さんはただ、事件に関わりのある何人かのうちの一人というだけです。詳しいことは、お目にかかったときにお話ししましょう」

受話器の向こうのレーヴィ・サンティの声は、人の耳に心地よく響くよう訓練されたもので、相手の心を操ろうとするようなその口調は、カリ・ハンニネンにちょっと似ていた。ハンニネンにも電話すべきだとわかっていたが、どうしてもその気になれなかった。この数日間、わたしは心の中でずっと考え続けていた。もしも、警察の上層部がハンニネンの言葉にもっと耳を傾けていたら、パロもハルットゥネンもまだ生きていただろうか、と。考えていると、灰の中から怒りがよみがえってきた。パロの死を、誰かのせいにしたかった。その誰かに罵声を浴びせ、殴りつけ、蹴飛ばしてやりたかった。パロの命を奪った銃弾はハルットゥネンが撃ったという事実なんか、どうでもよかった。あのとき、わたしも殺されたのだ。コテージにいたのがパロでなくわたしだったら、わたしも同じ運命をたどっていた。わたしも、まだほんの数センチの大きさしかないわたしの赤ん坊も。

職員食堂へ行くとみんなの視線が一斉にわたしに向けられて、見世物になった気分だった。被疑者たちが同じことを言っていたのを思い出す。派手な死亡事件に関わってしまったり、殺人の容疑をかけられたりしている人間は、看板をしょって歩いているようなものなのだ。他人の心に、避けて通りたい気持ちとじろじろ眺めまわしたい気持ちとを同時にわきあがらせてしまう。生活安全部の女性職員が話しかけてくれ、ほかにも何人か誘って同じテーブルについてくれたので、みんなから隔離されていると思わずに済んだ。だけどそこにいることで、わたしは同僚たちに、この職業につきまとうある事実を否応なく思い出させてしまっていた。それは誰もが忘れていたいと思っている事実だった。

日常の業務からは解放されずに済んで、ありがたかった。山積みになっていた仕事を片付ける必要があったし、アポイントを取ったり、書類を作ったりもしなくてはならない。でも、パロと一緒に担当した案件にぶつかるたびに、脇へ押しやりたくなった。ソウッカ地区で発生した飲食店襲撃事件の書類を目にしたときは、パロの意見を聞こうと席を立ちかけていた。ピヒコはどんな気持ちでいるだろう。部屋のパーテーションに貼られていたパロの子どもたちの写真や、そのほかのパロの持ち物は、もう片付けられてしまっただろうか。パロのロッカーにしまわれていた着替えの服は、もう持ち去られただろうか。有名だった薬のコレクションも、すでに引き出しから処分されたのだろうか。今日はまだ、見にいってみる気になれなかった。

時間があったので、タルヤ・キヴィマキと会う約束をしたレストラン・ラファエロへ向かう前に、家に戻って服を着替えた。乗り込んだバスは低床タイプで、安全ベルトに固定されたベビーカーを無意識のうちにちらちら見ている自分に気づいた。ベビーカーの中にいるのは生後まだ数か月の赤ん坊で、すやすやと眠っている。それでも、父親らしい若い男は、毛布を掛け直したりおしゃぶりの位置を直したり、なにくれとなく世話を焼いている。痩せて長髪の、指の先までタトゥーを入れた彼を、なんとなくどこかで見たことがあるような気がした。

次のバス停で、酔いが回り始めている太った男がビニール袋を手に乗り込んできた。袋の中で瓶がぶつかり合ってがちゃがちゃ音を立てている。男は痩せた父親に気づいて、うれしげに声をかけた。

「よう、ニーベリじゃねえか、この野郎！　ここんとこソルナイネンで見かけなかったな。エスポーにいるのか？」

「嫁さんと娘がこっちにいるんでね。そんなでかい声でしゃべるんじゃねえよ、赤ん坊が目を覚ましちまうだろ」

ニーベリと呼ばれた男はしいっと声を立てた。

ビニール袋を手にした太った男は指を唇に当て、赤ん坊の邪魔をしないように後ろの席に座るよとささやき声で告げた。男が後ろの席に向かってよたよた歩いてくると、ビニール袋が手すりにぶつかってすさまじい音を立てた。

もっとも、男が静かに座っていられたのはほんのいっときで、じきにまたニーベリに向かってしゃべり出した。

「なあ、ハルットゥネンの野郎が警察の糞どもに撃たれた話、聞いたか？　あいつはいかれた野郎だったよな、畜生。ソルナイネンのジムで、あいつがソイニネンってやつの指をへし折ったの、おれは見たぜ」

ニーベリは答えず、ポケットから手巻きたばこを取り出すと巻き始めた。赤ん坊がむずかるとたばこを巻く手は止まり、子どもをあやしてやっている。赤ん坊はなんでもなかったらしく、男はすぐにまたたばこを巻き始めた。巻き上がったたばこは火をつけないまま口にくわえた。

「おい運ちゃん、次はタピオラか？　おれ、次で降りるよ」

ビニール袋の男が言った。バスを降りるとき、男はニーベリが口にくわえた巻きたばこに気づき、あわてて車内に戻ると一本くれとせがんだ。たばこを受け渡して、ついでにソルナイネンのコーヒーをほめる会話が終わるまでに二、三分かかったのに、運転手がおとなしく待っていたのは不思議だった。おそらく、ひと目でわかる二人の経歴に恐れをなしたのだろう。

店に着くと、キヴィマキはすでに奥の半個室の席に座っていた。テーブルの上にレコーダーが置かれている。わたしはミネラルウォーターをグラスで注文し、お腹はぜんぜんすいていないからと念を押した。

「こんばんは、マリア。先週の事件からはもう回復した？」

キヴィマキはやけに明るい声を作って言った。

「いいえ。あなたはエリナの死から立ち直った?」

質問を投げ返してやった。

「なるほどね。わたしたちの会話を録音することについて異議はあるかしら?」

「録音をなんに使うつもり? インタビューを受けるなんて、承諾してないわよ」

タルヤ・キヴィマキは息を吸い込んだが、ちょうどウェイターがやってきてご注文はお決まりですかと訊いたので、なにも言うことはできなかった。わたしはシーフードパスタを頼んだ。月並みなチョイスだが、これなら食べられるだろう。肉が入ったものとトマトを使ったものは、いまは体が受け付けない。

「番組の紹介をさせてもらうわね」

ジャンバラヤとメキシコ産のビールを注文してから、キヴィマキは言った。

「番組では、ヌークシオの立てこもり事件を取り上げるだけでなく、ミッケリ市で起きた事件から始めて、警察による武器の使用が増えている傾向全体を扱いたいの。もちろんヒルサラやヴェサラの事件もよ、それから例の、タンペレ警察学校の一件も」

「どうしてわたしにインタビューしたいの?」

「新聞の報道によれば、ハルットゥネンは彼を取り調べた二人の警察官のうち、もう一方の車に忍び込もうとしたけれどうまくいかず、代わりにパロ巡査部長のほうで満足せざるを得なかったということね。もう一方の警察官が誰なのか、突き止めるのは難しくなかったわ。わたしはあなたに、ある種の思考のゲームを一緒に演じてもらいたいの。もしもコテージの中にいるのがあなただったら、警察にどういう行動を取ってほしかったかしら?」

「あなた、ドキュメンタリーを作るつもりなの、それともセンセーションを巻き起こすつもり? そういう形で自分をさらけ出すことには興味ないわ」

「そう? では、あなたは考えうる最善の手段が取られたと思っている? 批判すべき点はなにもないのかしら?」

批判すべき点ならある。どっさりある。でもいまのわたしは、際限なく続く事後処理には、どうしても必要なものでない限り関わる気力がないのだ。いっそ、悲しみや怒りや恐れをテレビの画面を通してフィンランド中のリビングルームにぶちまけてしまえば、ある意味気が楽になるかもしれなかった。でも、パロはそんなことを望まないだろう。わたしはすでに警察官のやり方を身につけている。自分の領分に首を突っ込ませてはならない。

「間違ったことを目にしたのに沈黙しているのは、モラルに反するんじゃない?」

キヴィマキは続けた。

「自分が捜査中の殺人事件に関連している人物のインタビューを受けるのは、モラルに反するとわたしは思うけど」

「わたしじゃなくて、誰かほかの人間に担当させてもいいのよ」

「インタビューのことはもう忘れて。それより、どうして〝Aスタジオ〟に移ろうと思ったわけ? あっちへ行ったら、カメラから隠れているわけにはいかなくなるでしょう」

「それについてはいくつもの理由があるのよ。一つは、〝Aスタジオ〟なら報道よりもっと長くて深みのある番組を作れるということ。それに、個人的な理由もあるわ。ある意味、これもモラルに関係していると言えるかもね」

　ウェイターが前菜のサラダを運んできた。わたしはしゃべらなくて済むように、口いっぱいにサラダをほおばった。確かに、ほかならぬわたしが、ヌークシオの事件に関して警察のマネージメントを批判すれば、格好の素材になるだろう。警察という男社会の只中にいるたった一人の馬上のヒロインが、誰よりも鋭い目をもって誤りを暴き出すというわけだ。だけどわたしは、犯罪捜査の中でなら自分という人間を危険にさらすことに慣れているけれど、一般社会に向けてそれをする用意はない。サラダを飲み下すと、わたしは自分の考えをキヴィマキに向かって繰り返した。

「残念だわ。わたしたち、お互いに助け合えると思ったんだけど」

「どうやって？」

「わたしはこれまで、エリナの信頼を裏切りたくないと思っていたの。あれは彼女がわたしだけに打ち明けてくれたことだったから。でも、よく考えた結果、そのことがエリナを殺した犯人の動機になりうると気づいたのよ」

　わたしはまたしても考える前に口を開いてしまっていた。

「つまり、わたしがあなたにインタビューをさせてあげれば、あなたはわたしにエリナ殺しの犯人の動機を教えてくれるっていうわけ？　そんなことを言っておきながら、モラルについて一席ぶつなんて！」

わたしは立ち上がり、サラダの皿をぐいと向こうへ押しやった。皿がタルヤの頼んだビールの瓶に当たって、瓶が倒れた。

「エリナ・ロースベリを殺した犯人の動機を話したいなら、エスポー警察署に来てちょうだい、歓迎するわ。木曜日の十時でどう？　ちゃんと来たほうがいいわよ、さもないと証拠隠滅の容疑で逮捕状を取るから。じゃ、楽しい夜を！」

11

店を飛び出してアレクサンテリンカトゥ《通り》に出ると、みぞれがわたしの目に落ちてきた。普段なら、店を変えてウィスキーを二、三杯引っかけるところだけど、妊婦としては、怒りを呑み下すのに目の前に落ちていたコーラの空き缶を蹴飛ばすだけで我慢しなくてはならなかった。木曜日の事情聴取は絶対に実行してやる。もちろん、キヴィマキはただわたしを惑わそうとしただけかもしれない。どっちでもかまうものか。だいたい、あの女は最初から気に食わなかったのだ。彼女の鼻をあかしてやれて、いい気分だった。

次のバスまで三十分以上あったので、みぞれを避けてビアバーのヴァスタランナン・キースキに入った。ぱっとやろうと思い、低アルコールのビールを注文した。空いている席を探しているうちに、今日の仕事はまだ終わっていないらしいと気づいた。窓際の隅の席に、ヨーナ・キルスティラが座っていたのだ。彼の前には、ダークビールのヴェルコのジョッキと、ノートパソコンが置かれている。パソコンは閉じられているようだったし、キルスティラはジョッキの中をぼんやり見つめていたが、邪魔をしてもかまわないかちょっと考えてしまった。

キルスティラには訊きたいことがある。今朝、署のわたしのデスクに置かれていた書類の中に、一つの報告書があった。それによると、キルスティラは確かにハメーンリンナで酒を飲んでいたが、それは聖ステファノの祝日ではなく、翌日の水曜日、十二月二十七日だったのだ。

これが普段の火曜日と水曜日だったら、ただ日付を取り違えただけだと思えたかもしれない。だけど、いくらキルスティラでも、祝日のタパニンパイヴァ《タパニンパイヴァ》と、クリスマス後の平日の水曜日を間違えたりはしないはずだ。加えて、キルスティラはエリナに最後に会ったのはクリスマスの前だと主張していたが、実際にはタパニンパイヴァの夜にヌークシオにいた可能性が高い。

わたしはグラスを手に、キルスティラのテーブルへ近づいていった。キルスティラはジョッキ越しにわたしを見上げ、うなずいた。彼がしらふでないのは見てすぐにわかった。ダークブラウンの瞳は若さに輝いていたが、口元には、気の置けないビアバーにいても消えない深い皺《しわ》が刻まれている。

「調子はどう？」

ほかに何を言えばいいか思いつかず、とりあえず声をかけた。

「あんまりよくないよ。言葉もすべて、エリナとともに死んでしまったみたいだ。幸い、酒だけはたっぷりあるけどね。警察はなにか解明できたの？」

「解明している最中よ。ヨーナ、あなたがハメーンリンナにいたのは、タパニンパイヴァの夜じゃなくて、その次の日でしょう。証人が十人はいるわ」

「うるさいな、ぼくは酒を飲んでるんだよ！　これから取り調べに連れていこうっていうのか！」

キルスティラのわめき声は、ラジオから流れていたグリーン・デイの歌声さえもかき消し、周りのテーブルから好奇の視線が一斉にわたしたちに向けられた。

「落ち着いてちょうだい、わたしはすぐに消えるから。明日にでも電話するわ。それで、いつ署に来てもらうか決めましょう」

わたしは立ち上がった。キヴィマキのせいでまだむしゃくしゃしている。キルスティラを締め上げていると子犬を蹴飛ばしているような気分になったが、この件を放置しておくことはできなかった。

「行かないとだめかな、警察って場所は吐き気がするほどいやなんだ。話をするなら、いまここでしたいよ」

いま、ここで話をしても、キルスティラは酔っているし、わたしは一人だし、正式な事情聴取としての効力はない。それはわかっていたが、わたしはまた腰を下ろした。どうせ次のバスまで三十分あるし、みぞれはさっきより激しく降りしきっている。みぞれに打たれるヘルシンキのバスターミナルほど、わびしくて醜い場所も珍しい。だけど、ヴァスタランナン・キースキの窓の、青と緑と紫色のステンドグラスを通して見ると、風景は違うものに変わった。向かい側の農業組合のビルの窓が飾り物めいた多角形に歪んで見え、泥まみれのバスの車体も美しいパステルカラーに染まっている。

キルスティラはヴェルコのジョッキを空にし、カウンターの店員に向かって手を振ってみせた。もう一杯、早く持ってきてくれ、という合図らしい。彼はここの常連に違いない。店員はおかわりのジョッキを席まで運んでくると、勘定はつけておきますと言った。詩人はジョッキの四分の一ほどをひと息に飲んでから、ためらいがちに口を開いた。

「ちょっと日付を間違えたかもしれない。そうか、ぼくがハメーンリンナで友達と飲んでいたのは、水曜日だったたんだな」

「クリスマスはどんなふうに過ごしたの？　エリナに会うために、ハメーンリンナからいったん戻ってきたんでしょう、違う？」

「ああ。彼女が恋しくなったんだ」

キルスティラは顔にかかる豊かな髪をかき上げ、ポケットから潰れかけたたばこの箱を取り出した。一本だけ残っていたたばこは半分折れ曲がっている。キルスティラはなかなかマッチの火をつけられず、とうとうわたしが彼の手からたばこを取り上げて火をつけてやった。たばこの煙はもともと苦手だけど、妊娠しているいまはますます気分が悪くなる。でも、たまに受動喫煙したからといって、お腹の赤ん坊に影響が出たりはしないだろう。自分自身をラップに包んで外界から遮断することなんて、不可能なんだし。

「クリスマスが来ると、いつもすごくセンチメンタルな気分になるんだ。世の中の話題は家族のことばかり、地には平和、人々は善意に満ちてさ。ぼくが心から大切に思っている人は百キロも離れたところにいるというのに、好いてもいない両親や妹とクリスマスを過ごすのが、ばかげたことのように思えてきたんだ。それで、タパニンパイヴァの夜にエリナに電話をかけて、ヘルシンキのぼくの家に来てくれないかと頼んだんだよ。エリナはしなければならないことがあるから無理だと言ったけど、代わりにぼくがロースベリ館へ来たらと提案してくれたんだ。

タクシーを使うしかなかったけど、エリナはタクシー代を出すと約束してくれた」

キルスティラがエリナに会ったのはロースベリ館の門の前だった。エリナはひどい風邪をひいていたが、少し館の外に出ていたいと言った。『風に当たって頭を冷やしたい』と。キルスティラは、クリスマスが彼女にとって予想外に重苦しい日々だったらしいと感じたという。

「ぼくはエリナにおかしな提案をしてしまった。きっと、クリスマスの雰囲気と世の中のセンチメンタルなムードのせいだったと思う。ぼくはエリナに、一緒に暮らし始めることを考えてくれないか、と言ったんだ。だけどエリナは拒否した。いまはそんな大きな変化を考えられるような状態じゃないって言ってたよ」

キルスティラの話はミッラの証言と一致する。でも、アイラはどうしてキルスティラがエリナを捨てようとしているなんて思ったのだろう。むしろその反対ではないか。

「つまりエリナは、これまでどおりの関係を続けたいと言ったわけね？」

わたしはグラスを空け、すぐに二杯目を頼んだ。本当に飲みたいのは低アルコールのものでなく、アルコール度数の高いちゃんとしたビールだったけど、さすがにそれはわたしの超自我が許さなかった。

「ああ。それで少し言い争いになった。ぼくがクリスマスのほんの数日間さえエリナと離れていられないことを、彼女は喜ぶんじゃないか、なんて思っていたんだけどね。子どもみたいだよね。エリナはあんな遠くに住んでいて、しかも館はいつも女性たちでいっぱいだし、ぼくはものすごく落ち着かないんだ。いや、落ち着かなかったんだ。もしもその場の雰囲気でセックスしたい気分が盛り上がったら、どうすればいい？」

　キルスティラは口を尖らせた。その表情は、二歳になる甥っ子のサクが、そんなことをしちゃだめよと言われたときの顔にそっくりだった。

「文句なんか言うべきじゃなかったね。エリナはもう、ぼくのそばにいないんだから……」

　キルスティラはジョッキにぽたぽたと涙をこぼし始めた。

「ロースベリ館からヘルシンキへは、どうやって戻ったの？　バスはもうなかったでしょう。タクシーを使ったの？」

「小家屋《ピックタロ》に泊まったんだ。館を出たのは朝になってからだよ」

　キルスティラは疲れた声で言った。

「なんですって？　あなた、タパニンパイヴァの夜は一晩中、ロースベリ館の中にいたの？」

「ああ、いたよ、いたんだよ。なにより恐ろしいのはそのことなんだ」キルスティラの目にまた涙があふれた。「エリナは、本当はぼくが泊まるのを許すつもりはなかったんだ。ヘルシンキに帰ってほしいと言われたよ。でも最後には承諾してくれて、ただ、ひどい風邪をひいているから夜はゆっくり休みたいと言った。それでもぼくは、エリナが来てくれるんじゃないかと思って、夜中の一時までは起きて待っていたんだ。なのに、いつの間にか眠ってしまった。待っている間に、戸棚にしまってあった赤ワインを一本、空けてしまっていたしね。それで、朝になって」キルスティラはごくりとつばを飲み込んだ。「朝になって、エリナが結局来てくれなかったことに腹を立てながら、始発のバスでヘルシンキへ戻ったんだ。いまはこう考えてるよ。もし、ぼくがどうしてもと言い張ってエリナの部屋へ行っていたら、彼女はまだ生きていたはずだって」

キルスティラの言葉の最後のほうはすすり泣きに変わり、わたしは慰める言葉もなかった。そろそろバスが出る。次は一時間後だ。キルスティラを独りぼっちで残していくのは気の毒だったが、仕方がない。隣のテーブルのかわいい女の子たちが、詩人のキルスティラだと気づいたようでちらちらとこちらを見ているから、きっと彼を慰めに来てくれることだろう。

「ぼくたち、ちょっと冷たい雰囲気のままで別れてしまった」

キルスティラは赤いスカーフで涙をぬぐいながら言った。わたしはもうコートを着ていたが、席を離れずに聞いてやった。

「携帯を持っていたから、夜中の一時ごろにエリナの部屋に電話したんだ。だけどエリナは、いまは人と会って話をしている最中だから行けないと言った」

「話って、誰と?」

わたしはほとんど叫んでいた。あの晩ロースベリ館にいた女性たちは、エリナが夜の散歩から帰った後は会っていないと全員が口をそろえている。

「詳しくは後で話すと言っただけだった。ぼくにも関係あることだからって。エリナはなんだか……まるで酒に酔っているようだった。もっとも、ぼく自身も酔ってたけど」

バスには駆け込む羽目になったが、わたしは今週中にキルスティラの事情聴取をおこなおうと決心していた。タパニンパイヴァの深夜、エリナのもとを誰かが訪れていたなんて! このことは、少なくとも一つの事実を指し示している。ロースベリ館の女性たちの誰かが、嘘をついているということだ。

次の日はどうしてもロースベリ館に行く時間が取れなかった。パロが担当していた案件がいくつかわたしにも回ってきた。以前と同じように仕事に没頭しようとしたが、時折、なにかの拍子に気分が落ち込んでしまう。気がつくとわたしはただぼんやりと座り込み、自分がヌークシオの森の奥深くに立つコテージの敷地にいて、ヘリコプターの騒音と銃声を聞いているところや、騒音が死んだような静けさに変わったところをまた思い返していた。職員食堂でピヒコと一緒になった。わたしたちの課があるフロアに戻ってきたとき、パロの席を見せてほしいと彼に頼んだ。

デスクは以前のままだった。ただ、パロのごちゃごちゃしたメモの山はすでに分けられて、わたしたちのデスクに配られている。厚手の濃紺のカーディガンが椅子の背に掛けられていた。カーディガンに触れると、パロ愛用ののど飴の、デオドラント剤みたいな匂いが再び立ち上った。

「毎朝、出勤してくるたびに、どうしてパロがここにいないんだろうって、不思議な気がするんです」ピヒコが言った。「明日、パロの奥さんが私物を取りに来るはずですよ。誰がこの席に移ってくるのかな。ラハデがストレムを送り込まないといいけど」

「パロの後任者が必要だわ。ポストが空席になるのはいつかしら？　いまちょうど、親しい友人の一人が初級幹部研修を受けているの。ペッカ・コイヴというんだけど、もしかして知ってる？　彼ならきっといい仕事仲間になると思う。以前ヘルシンキ警察で一緒だったのよ」

コイヴはわたしの友人で、人種差別主義者の起こす暴動で騒々しいヨエンスー市を離れ、いまはエスポー市内のオタニエミにある研修センターで初級幹部研修を受けている。クリスマスが過ぎたら飲みにいこうと約束していたものの、なんだかんだでそのままになっていた。ハルットゥネンの一件を知って電話をくれたが、話しながら、彼はまたもや新たな女性を追いかけているんじゃないかという疑惑が芽生えた。

ピヒコのデスクの電話が鳴った。ピヒコもわたしも驚いたことに、かけてきたのはタスキネンだった。わたしを探していたという。直ちにタスキネンの部屋へ来るよう指示された。行ってみると、タスキネンのほかに、エスポー警察署長その人までお出ましになっていたので、きっとヌークシオの人質事件に関する一次聴取のスケジュールの件だろうと思った。署長と直接言葉を交わす栄誉に浴したことなんて、これまで一度もない。タスキネンは椅子に座るようわたしに手振りで示したが、視線はそらしたままで、わたしの左のこめかみの上あたりをひたすら見つめている。まるで、そちら側の壁に、魅惑的な絵画が新しく掛けられたとでもいうように。

「さっそくだがカッリオ巡査部長、いましがた内務省の高官から、非常に強い抗議の電話を受けた」

署長が口を開いた。定年目前の署長は、ケッコネン大統領の時代（一九五六―一九八二年）に急速に出世を遂げた人々の一人だった。誰がどれほどの代償を払うか取り決められた後は、目の前で起きることを指の間から眺めていたといわれる人たちだ。でっぷりした体つきと、顔に浮き出た血管に、汚職まみれの昼食会や湖岸のサウナ接待の痕跡が見て取れる。高価で洗練された濃紺のスーツは、かえって彼のくたびれた外見を強調していた。このスーツだって、警察の給料で購入したものではないだろう。警察の内部調査の手は何度も署長に迫っていたが、いまのところ彼は名声を保っている。それは、現職の内務大臣も若いころケッコネン大統領の庇護を受けた口で、署長とは旧知の仲だからではないかといわれていた。署長に電話をかけてきた内務省の高官とは、内務大臣マルッティ・サハラ本人に違いない。

「ヌークシオの人質事件の件ですね」わたしはぶっきらぼうに言った。内務省は警察に対して、事情聴取で言うべきせりふを指示してくるようになったのだろうか？

「いや、ヌークシオと言ってもその話ではない。その件については、時期が来たらよく話し合わねばならんがね。今回は、ヌークシオで十日ほど前に発見された、不可解な死体の件だ。犠牲者の名は確かエリナ・ロースベリといったと思うが」

「内務省がその件でいったい何を知りたいっていうんです？」

「内務省は、意味もなく逮捕すると言って本件の証言者を脅迫するようなことがあってはならんと抗議してきた」

「なんですって？」

昨夜のタルヤ・キヴィマキとの会話が関係しているに違いなかった。だけど、キヴィマキは内務大臣とどういうつながりを持っているのだろう？

「昨日、記者のキヴィマキ氏とレストラン・ラファエロでどんな会話を交わしたかは、もちろんきみ自身も覚えているだろう。きみは、キヴィマキ氏の都合も聞かず、一方的に事情聴取の日時を決めた挙句、出頭しなければ逮捕すると脅したそうだな」

「カッリオ巡査部長は非常につらい経験をしたばかりです。つい頭に血が上ってしまったとしても不思議はありません」

タスキネンが口を挟んだ。視線は依然としてわたしではなくわたしの背後に向けられている。タスキネンの目の奥には底知れぬ苛立ちが潜んでいた。タスキネンと署長はこの一年、経済犯罪の捜査を巡ってあまりに多くの衝突を繰り返しており、噂によれば二人の関係は冷え切っているどころか凍りついているらしい。

「巡査部長のお嬢さんが、いや失礼、夫人だったな、とにかく、勤務できる状態にないのなら、病気休暇を取ったらどうかね」

「キヴィマキ氏はわたしと取り引きしようとしました。わたしがテレビ番組のインタビューに応じれば、エリナ・ロースベリ殺しの犯人の動機として非常に有力と思われるある事実を教えると持ちかけてきたんです。つまり彼女は、重要な、おそらくは事件解決の鍵になる事実を、隠蔽していると認めたも同然です。どうすればよかったとおっしゃるんですか?」

署長のたるんだあごを見つめながら、タルヤ・キヴィマキが部署を移ると言っていたのを思い出した。モラルに関わる理由から、政治記者の仕事を続けるのが難しいのだと。モラルに関わる理由とは、内務大臣マルッティ・サハラの存在だったのだ。キヴィマキはあの男のどこがいいんだろう。ジャガイモ畑に囲まれて育った、身長百七十センチしかない演説マシンじゃないの。彼の権力に惹かれたのかしら？　サハラはしばしば陰の首相と呼ばれる男だ。まだ四十歳をいくらも過ぎていないが、国政の頂点ですでに二十年ほどの経験を積んでおり、これまでに三度、大臣も務めている。

「カッリオ巡査部長、きみももう小さな女の子ではないだろう。警察には心理学的な視点が必要なのだ。ときには小さな譲歩が有効に働くこともある」

口を閉じていようとして、署長のあごのたるみを五つまで数えたが、やはり自分を抑えられなかった。

「内務大臣の愛人にも、われわれと同じ法律が適用されるんじゃないんですか？」

いくら署長が相手でもこれは言いすぎだったし、言いすぎだと自覚しているべきだった。激昂して吼えまくる署長の姿は実にドラマチックだった。怒声の中身は主に、わたしは命令される前に自ら病気休暇を申請すべきだ、というものだった。わたしとタスキネンは、火遊びをして家のサウナ小屋を全焼させてしまった子どものように、縮こまって神妙にしていた。

「ユルキ、部下の行動の思慮深さについてはきみが責任を負っていると信じているよ」

署長はわたしたちと握手もせずに部屋を出ていき、後ろ手にバンとドアを閉めた。署長の姿が見えなくなると、ようやくタスキネンはわたしの顔を見た。

「どういうことか説明してくれないか」

わたしはいきさつを説明した。落ち着いて話そうと努力したが、わたしの怒りがタスキネンにも伝染するのを感じた。

「ここまで大ごとにするとは、キヴィマキもずいぶん腹に据えかねているようだな」

わたしの話を聞き終えるとタスキネンは言った。

「彼女、木曜日の十時にはここに来るはずです。わたしだって駆け引きくらいできるわ。内務大臣が、殺人の容疑をかけられた愛人をかばってやったと知ったら、特ダネを探している新聞社はみんな大喜びするんじゃないかしら」

「落ち着くんだ、マリア！　なにもわざわざ話をややこしくすることはないだろう」

「キヴィマキが本当にロースベリ殺しの動機についてなにか知っているなら、一切合財、吐かせてやる。そうよ……そうよ、マルッティ・サハラのシークレット・ブーツにいたるまでね！」

わたしの怒りはヒステリックな笑い声に変わった。愛人との一夜を過ごすマルッティ・サハラがズボン下を脱いだところを想像すると、笑いの発作はますますひどくなった。あの男のズボン下は、きっと水色に違いない。

タスキネンはしばらく目を泳がせていたが、やがてキャビネットからミネラルウォーターのボトルを取り出した。

「これでも飲んで、ちょっと落ち着きなさい。病気休暇を延長しなくて、本当に大丈夫か？」

「延長したほうがいいに決まってます、それは警部もピヒコも同じですよ。署長のことを考えただけで吐き気に襲われるという病気がこの建物には蔓延《まんえん》してるんですから。でもご心配なく、もう騒ぎを起こしたりしません。わたし、今夜の夜行でオウルに行ってしまいますから。大丈夫、ちゃんとお行儀よくします。木曜の朝に戻ってきたときには、タルヤ・キヴィマキがここでわたしを待っているはずだわ」

「きみがなんらかの手を打たなくてもか？」

「ええ。いくら内務大臣の愛人でも、来るしかないことはキヴィマキにもわかっていると確信してます」

タスキネンはわたしの言葉をほぼ信じたようだった。わたし自身、自分の言葉を信じられるといいのに。自室に戻り、態勢を立て直して仕事に集中しようとした。だけど、いくらモーアンの脚の筋肉を眺めても効果がない。なんとか自分に言い聞かせて、エリナ・ロースベリが使っていた弁護士事務所の電話番号を回した。

エリナの遺言状には特に変わった点はないという。女性問題連合組合や赤十字の災害救済基金などへの寄付がいくらか指示され、後は法律も規定しているとおりアイラ・ロースベリが財産を相続することになっていた。ヨーナ・キルスティラの名前は記載すらなかった。

もちろんわたしだって、遺言状に秘密の相続人の名前があるなどと本気で期待していたわけではない。それでもやはり、がっかりした。昨日、キヴィマキとキルスティラの話を聞いてから、この事件の解明を進められるのではないかと期待を抱いていたのだ。もっとも、深夜にエリナを訪れた人がいたというキルスティラの話は、警察の疑念の目を自分からそらそうと嘘をついているのかもしれないし、キヴィマキが言っていた動機というのも、ただの作り話かもしれない。わたしの中の猜疑心《さいぎしん》が、そう警告を発していた。

ロースベリ館に電話をかけると、ヨハンナが出た。ちょうどよかった。

「もしもし、エスポー警察のマリア・カッリオよ。カルフマー村のほうはどうだった?」

「ええ、実は昨日戻ってきたばかりなの。子どもたちに会ったら、離れるのがつらくなってしまって。長男のヨハンネスだけは、わたしを避けていたけれどね」

「ご主人には会った?」

「会わなかったわ。わたしが家に帰っている間、夫とヨハンネスは夫の両親のところにいたの。わたし、住む場所さえあればすぐにでも子どもたちを連れてくるのに。下の何人かだけでも」

「ロースベリ館にはいつまでいるつもり?」

「アイラは、いろいろ落ち着くまでここにいてかまわないと言ってくれているの。まずは住むところと、仕事を探さないとね。でも、奇跡でも起きない限り難しそうだわ」ヨハンナはいま、どうやって生計を立てているのだろう。収入源は? エリナから借金したのだろうか? ヨハンナは続けた。「エリナの遺体、まだ帰ってこないのね。アイラがお葬式の準備を進めたがっているけれど」

その件もすっかり忘れていた。パロの死で、いろいろなことが混乱しきったままだ。

「マリア、タパニンパイヴァの夜にレーヴィは家にいなかったことがはっきりしたの。巡回説教に行ったなんて言うのよ」

ヨハンナの声が怒りを帯びた。わたしはふと、エリナはキルスティラとレーヴィ・サンティの双方と一緒に歩いていた可能性もあると気づいた。まあ、その可能性は低そうだけど。

るわ」

「そのことを話したいと思っていたのよ。わたし、明日カルフマーへ行ってご主人と会ってく

「なんですって？　レーヴィを逮捕するつもりなの？」

「いいえ、いまのところは逮捕すべき理由はないわ。でも、ご主人に話を聞きたいのよ。そう

そう、原稿をありがとう、興味深かったわ。だけど、何枚か抜けているみたいね」

「学校に通っていたころのことは、いまの状況とは関係ないから」

ヨハンナと友達同士みたいな口調で話しながら、わたしはずるがしこいペテン師になった気

分を味わっていた。カルフマー村まで、ただレーヴィ・サンティの行動を確認するためだけに

行くわけじゃない。ヨハンナについても聞き込みをするために行くのだ。エリナ・ロースベリ

の死には、なにか奇妙な、狂気のような要素がまとわりついている。精神的に強いショックを

受けた人物が、少なくとも一人はこの事件に関わっている気がする。その役どころに、ヨハン

ナは当てはまりそうに思えた。

受話器を置くと、すぐにまた電話が鳴った。守衛からで、わたしに来客だという。

「約束はしていないと言っていますが。名前はカリ・ハンニネン、セラピストだそうです。通

しますか？」

時間も気力もなかったが、コーヒーを飲みにいくいい口実になりそうだ。守衛にはこちらか

ら迎えにいくと告げた。エレベーターに乗ったわたしは、気がつくと鏡で自分の姿をチェック

していた。目は疲労のために暗い緑色になり、肌はいままでにないほど青ざめている。鼻のて

っぺんのそばかすは、冬の間は消えている。髪にまた赤のカラーをボトル一本分入れなくちゃ。緑色のセーターに包まれた胸は普段より大きく見えているが、ジーンズのウエストはまだきつくなってはいない。むしろ逆だった。

ハンニネンは今日も歳を取ったロックスターみたいな風体だった。カントリー歌手が履くようなブーツと、さりげなく首に巻いた黒いバンダナで、その印象が強調されている。わたしの姿を認めたとたん、彼が内なるオーラ発散ボタンをオンにしたのがわかった。コーヒー色の瞳にさっきまでとぜんぜん違う光が宿り、上唇の薄い口元には優しげな微笑が浮かび、頰や目じりに笑い皺がいっぱいできている。

「カッリオ巡査部長。お時間をいただけてよかった。たまたま近くを車で通りかかりましてね、一連の出来事から立ち直られたかどうか、様子をうかがいたいと思ったのです。それに、あのときヌークシオで、私と話がしたいとおっしゃっていましたし……」

「コーヒーが飲みたいと思っていたところなんです。まずは署のカフェテリアでお話ししましょう」

ハンニネンはわたしについてきたが、まるでデート中のカップルみたいにドアを開けてくれ、隅の席に着くときには椅子も引いてくれた。少なくとも職場では、わたしはこういう扱いを受けることに慣れていない。グループで行動するときも、男の役割を演じるのが身についていて、自分の荷物は自分で持つし、コートも自分で着る。ハンニネンとの会話は当然ながらハルットゥネンの話題で始まった。彼は怒っていた。同僚たちに聞いたところでは、ハンニネンは事情聴取で警察の行動についてかなり手厳しい表現を使ったという。それはそうだろう。ハンニネンは、やはりハルットゥネンの身の上を気にかけていたのだ。結局は意図せずして状況を悪化させてしまったにしても。

「マルックは確かにあまりにも常軌を逸してしまった人間でした。ですが、彼のような人間でも、あんなふうに銃撃していいという理由があるでしょうか。あんな武器や、ヘリコプターまで……。ああいうやり方で脅されたら、それだけでも誰だって混乱してしまいますよ。もちろんマルックには自殺願望もあったと思いますが。人質が警察官でなかったら、事態の解決はもっと容易だったのですか？」

「あれほど性急な展開にはならなかったかもしれません。今日はむしろ、ニーナ・クーシネンさんについてお訊きしたいんです。わたしの部屋へ行きましょうか」

コーヒーのせいで胸がむかむかし、ハンニネンが一緒にいることで息が苦しくなったが、どうしようもなかった。ハンニネンは、パロとハルットゥネンとともに、わたしの心に釘で打ちつけられている気がする。

「クライアントについてお話しするのは基本的に私の倫理観に反します」わたしの部屋に入って腰を下ろしたとたんハンニネンは言った。「ですが、多少の例外は認めてもいいでしょう。あなたが通常より聡明な警察官であることは知っていますしね」

「エリナ・ロースベリさんとはお知り合いでしたね？」

「以前はよく知っていました。お互いに学生になりたてだったころ、一年ほど付き合っていましたからね。あれからもう二十年になる。実は、そんなことはもうすっかり忘れていたんですよ。エリナが亡くなったと聞いていろいろ思い出しましてね」

「セラピスト連盟で、あなたとエリナの間にいざこざがあったと聞きましたが」

ハンニネンは眉をつり上げ、楽な姿勢を取ると、ベーシックモデルのリーバイスをはいた長い脚を伸ばし、首の後ろで手を組んだ。

「それがお訊きになりたいことですか？」彼の言葉には面白がっているような響きがあった。

「ニーナ・クーシネンなんかじゃなく、エリナと私の関係について知りたい、そういうことですか。容疑者の数が足りないんですか、カッリオ巡査部長？」

わたしは答えず、ハンニネンの彫りの深い整った顔を見つめ返した。徹夜が続いているのか、目の周りに黒いくまができている。

「お望みであれば、エリナ・ロースベリについてお話しすることもできますよ。容疑者だけでなく犠牲者の性格分析もするのが警察のお仕事なんでしょう？　エリナは、常に自分が正しいと信じている女性でした。細い筒を通して世界を見ているようなところがあった。一般には、男性よりあなたがた女性のほうが、新しい物事をすんなりと受け入れるでしょう。超常現象なんかもそうですね。だが、エリナは違った。もちろん彼女はすばらしいセラピストでした、それは私も認めます」

ハンニネンによれば、数年前にセラピスト連盟で起きた揉め事は、彼自身が問題のあるセラピー手法を取ったかどうかということよりも、エリナをはじめ何人かのセラピストたちの視野の狭さこそが問題だったという。その結果、国の社会保険機構が、ハンニネンのセラピーを健康保険の対象と認定するかどうか再審議を始め、結局二年ほど前にハンニネンの名前は保険適用者のリストから外されてしまった。

ハンニネンとエリナの争いがどういう結果を生んだのか、わたしが適切な質問さえすればどのみち明らかになったはずだ。ハンニネンにも、それはわかっていたのだろう。実のところハルットゥネンは、ハンニネンが健康保険の適用を受けてセラピーをおこなった最後のクライアントの一人だったという。ハルットゥネンが自分を選んだのは、自分が腰抜けとは程遠い印象だったからだ、と話すハンニネンは、満足げな様子を隠そうともしなかった。

ハンニネンは自分のこととなるとすらすらと話した。この人が聞き手に回ったら、どんな態度を示すのだろう。保険のリストから外されてからは、以前より明確に占星術師としての顔を打ち出し、それで生計を立ててきたそうだ。心理学の教育も受けているハンニネンに、人々は信頼を寄せるのだ。

「占星術は絡まり合った結び目をほどいてくれます。占星術のおかげで、人々はそれまで気づかなかったさまざまな物事に目を開かれるのです。なにもクライアントに向かって、星がこうしろと命令している、ほかに選択の余地はない、などと言ったりはしませんよ」

「だったらなぜ、星がまだハルットゥネンの死ぬときではないと言っている、と発言したんです?」

ハンニネンの世迷言を聞いているうちにいらいらしてきて、わたしは尋ねた。

「あれはただ、マルックを落ち着かせようとしただけです。結果的に不首尾に終わりましたが。あれは……」

人質事件の経過についてハンニネンと言い争う気はなかったので、彼の言葉を乱暴にさえぎり、話題をニーナ・クーシネンに移した。

「クーシネンさんは、母親が死んでからセラピストにかかるようになったと言っていました。この件については、彼女の信頼を裏切ることなく話していただけるのでは？」

「ニーナは母親と非常に強く結びついていました。ホロスコープが示すとおりですよ。彼女は保護されて育ってきた人です。家は裕福だし、ニーナは一人っ子ですしね。母親は娘がピアニストになることを望んでいましたが、本人はそこまで自信がなかった。父親の仕事の関係で、一家は長らくフランスに住んでいました。それで、フィンランドにいるときのニーナは自分がよそ者だという感覚を持つのでしょう」

「シベリウス・アカデミーで音楽を学んでいたんですよね？」

「そのとおりです。去年の春に卒業して音楽の教師の資格を取っています。小学校の教師なんかにならずに済むといいんですがね。彼女は個人レッスンの講師のほうがずっと向いています」

ニーナ・クーシネンの、どことなく臆病そうな、人と距離を置きたがるような物腰を思い出した。もしかしてニーナは、セラピストとして世話になったハンニネンに恋していたのだろうか。そもそもニーナはなぜ、セラピストをハンニネンからエリナに変えたのだろう？　ハンニネン本人の口からはショートセラピーの話は出ていない。ニーナはハンニネンに不満を持っていたのだろうか。

「クーシネンさんは、エリナの死はまるで母親を再び失ったようなものだと言っていました。彼女が母親への思いをエリナに投影していたという可能性はありますか?」

ハンニネンの顔に微笑が浮かんだ。幼い子どもが、ばかげているけれど愛らしい質問をしたときに、大人が浮かべるような笑顔だった。

「いかにも警察の考えそうな心理分析ですね! エリナは年齢から言ってもニーナの母親役としては若すぎるでしょう。それにエリナは典型的母親のタイプでもない。ニーナの母親という人は、優しくて世話好きで、古典的な母親像そのものだったらしいですよ。ただ、クライアントがセラピストにさまざまな感情を投影するのはよくあることです。実際、それがセラピーのプロセスに含まれてもいるのですよ」

「ニーナ・クーシネンさんは精神安定剤を必要としていますか? 睡眠導入剤は?」

「それは守秘義務の範囲です」

これ以上ハンニネンからはたいした情報を引き出せそうにない。話題がクライアントの個人情報に踏み込もうとしている。

「では、クーシネンさんはなぜあなたのセラピーを受けることをやめてエリナのもとへ移ったんですか?」

またしても、面白がっているような微笑。この警察官は、本人が思っているほど聡明ではないな、とハンニネンが考えているのがありありとわかる。

「ニーナが私のセラピーをやめたなんて、誰に聞いたんです？　ただ形態が変わっただけです。いまでもニーナの占星チャートを読んでいますよ。彼女と一緒にね。ニーナはかなりうまくチャートを読めるようになってきました。自分でチャート作成もしていますし、それでいくらか収入も得ている。一方で、エリナのセラピーには保険がききますからね。それはそうと、セラピスト連盟ではクリスマス前に、極端なフェミニズム思想に基づいたエリナの活動についても問題視し始めていたと聞きましたよ。わが身も省みずに人の批判をした彼女のことを、彼らはなんと言っているでしょうね……」

「エリナのことを本気で憎んでいらしたようですね？　ニーナ・クーシネンを、エリナのところへスパイとして送り込んだんじゃないですか？」

とうとうハンニネンは声を上げて笑い出した。

「まさか！　それどころか、エリナのセラピーの方向性は、母親との関係に問題を抱えるニーナにぴったりだと思っていましたよ。なるほど、何を考えておられるか、わかってきました。私にはタパニンパイヴァの夜のアリバイがないと言ったら、あなたはさぞお喜びでしょうね。自宅にいましたが、一人きりでしたから」

わたしは赤面し、それをハンニネンに見られてしまって自分がいやになった。わたしの悪い癖で、荒唐無稽とわかっているアイデアに飛びつき、夢中になってしまったのだ。

そのときドアをノックする音が響いた。課の秘書が持ってきてくれたのは、ずっと前に頼んでおいた報告書だった。ロースベリ館の電話回線の発着信記録、クリスマス期間の数日とタパニンパイヴァの夜の分だ。

報告書にゆっくり目を通したかったし、ハンニネンにも消えてほしかった。なのにハンニネンは帰るつもりなどないらしく、わたしの向かい側の椅子にどっかりと座り込んで動かない。

「ところで、あなたは何座の生まれですか、カッリオ巡査部長?」突然訊いてきた。検分するようにじろじろとわたしを見る目つきが気に入らない。「二重性のある星座だと思いますね。双子座……いや、違うな。天秤座か、魚座じゃないかな」

「そのことに意味でもあるんですか?」

ハンニネンの推測が当たっていると認めるのはなんとしても癪《しゃく》に障る。確かにわたしは、しょっちゅう方向を変えて泳ぎまわる魚座だった。

「よかったらホロスコープを作って差し上げますよ、もちろん無料で。出生時の正確な日時と場所さえ教えていただければ結構です」

わたしはいらついて眉根に皺を寄せた。星占いなんか、これっぽっちも信じていないんだから、ホロスコープを作らせてやったところで痛くもかゆくもないはずだった。なのに、星の動きを基に性格や運命を調べられるのはごめんだと思ってしまうのは、実は心の底で占いを信じている証拠なのだろうか。たぶんわたしは、ホロスコープを作ったらこの男はわたしを理解しているつもりになるだろうという、それが腹立たしいのだろう。だけどハンニネンのむかつく笑顔を見ていたら承諾する気になって、出生時の日時と場所を告げてやった。言えば帰ってくれると思ったのだ。

期待どおり、ハンニネンは立ち上がり、すぐに作成に取り掛かるから今週中に出来上がりますよと言った。もしかしてこの男、ホロスコープを渡すのを口実に、個人的に会いに来るつもりじゃないでしょうね。口に出しては尋ねなかったけど。

ハンニネンが消えると同時に、報告書を手に取った。ロースベリ館の電話回線の発着信記録は、その大部分が既知の内容だった。クリスマスイブの日、タルヤ・キヴィマキがトゥースニエミの実家にかけている。クリスマス当日には、ニーナ・クーシネンがこれから行くと電話してきた。キルスティラはハメーンリンナとヘルシンキから何度もかけてきている。夜中にエリナと携帯で話したと言っていたのも裏付けられた。ただ、それより早い時刻に、目を引かれる記録が一つあった。タパニンパイヴァの夜十一時に、レーヴィ・サンティの携帯から、エリナ個人の番号に着信があったのはなぜだろう?

12

列車の振動は心地よいゆりかごのようだった。出発して十五分も経つともう眠ってしまい、翌朝オウルに到着する寸前にようやく目が覚めた。かろうじて洗面所に行く時間はあった。顔を洗い、急いで化粧をする。ちょうどマスカラを塗ろうとしたときに列車が大きく揺れて、鼻の頭にこげ茶色の斑点がぽってりとついてしまった。アイメイク用のメイク落としを持ってきていなくて、落とすことができない。普段は化粧を始める前にコーヒーを飲むのだが、今朝のコーヒーはオウル駅までお預けだ。

前回オウルに来てから十年以上経っている。あのときは友達と一緒に、クースロック・フェスティバルに行ったのだった。町の様子はぜんぜん覚えていなかったが、警察署は駅のすぐそばにあるはずだと聞いていた。署の誰かがカルフマー村まで送ってくれるそうだ。レーヴィ・サンティが携帯でエリナの直通番号へ電話をかけたことがわかってから、わたしは正式な事情聴取の機会に備えていた。

オウル駅で、場所を考えたら満足せざるを得ないレベルのコーヒーと、焼き立てでふわふわのチーズ入りのパンをお腹に入れた。それで頭がしゃきっとして、無事に警察署を見つけることができた。守衛に向かって名乗ると、ラウタマー巡査という人に取り次いでくれるという。

待っていると、やがて現れたのはわたしと同年代の、暖かいジャンプスーツタイプの制服に身を包んだ、身長百八十センチはありそうな金髪の女性だった。

「どうも、ミンナ・ラウタマーといいます。あの……もしかして、わたしたち警察学校で一緒じゃなかった？　一年生の冬よ」

「ええ、一緒だったわよ。でも、あなたは妊娠して休学しちゃったのよね。あなたの苗字、あのころはラウタマーじゃなかったでしょ。それで、こっちの警察に知り合いがいるとは気づかなかったんだわ」

「旧姓はアラタロよ。あのときの子は、もう十二歳になってるのよ。さて、行きましょうか」

ミンナ・アラタロが妊娠して警察官研修クラスの途中で去ってしまったとき、どんなに残念に思ったことだろう。クラスにはほかに女性はいなくて、ミンナがいなくなってからしばらくの間、わたしは見捨てられた孤児みたいな気分だった。

あたりはまだ薄暗く、身を切るような風が町に吹きすさんでいる。もう顕現日は過ぎていたが、まだあちこちにクリスマスの飾りつけの明かりが輝いていた。ミンナは時速九十キロをきっちりキープして車を走らせながら、初級幹部研修に応募するつもりだと話してくれた。末っ子も小学生になり、自分のキャリアのために時間を使えるようになったのだという。わたしも自分の近況を簡単に話してから、レーヴィ・サンティに会いに来た理由を説明し始めた。

「現場はヌークシオだったのね」ミンナは言った。「先週の人質事件も、その地区で起きたんじゃなかった？　殉職した警察官は、あなたと同じ署に勤務していた人でしょう」

「ええ、よく知っている同僚だったわ」

わたしは早口で答え、話題をエリナ・ロースベリの件に戻した。ミンナはわたしの顔をちらりと見たが、それ以上なにも訊かずにいてくれた。

「ヨハンナ・サンティという人の年齢は？」

わたしの説明を聞き終えるとミンナは尋ねた。

「六二年生まれよ」

「だったら、高校で同じクラスだったヨハンナ・ユリ＝コイヴィストに間違いないわ。カルフマー村の出身で、宣教師と結婚したの。宗教がらみのことには疎いんだけど、言われてみればレーヴィ・サンティという名前には確かに聞き覚えがあるわ。このあたりの古レスタディウス派の指導的立場にある宣教師よ」

「じゃ、高校時代のヨハンナを知っているのね！　彼女のこと、詳しく教えてもらえる？」

「おとなしくて、ものすごく真面目な生徒だったわね。成績はいつもトップクラス、最優秀のLをいくつ取ったかわからないわ。でも、特に親しくしていたわけでもないの、古レスタディウス派の人たちだけでグループを作っていたしね。あの人たちは、わたしたちみたいな世俗の人間とは付き合っちゃいけないんでしょう。ただ、一つだけよく覚えていることがある。あれは高校一年のときだったわ。ヨハンナって、けっこうかわいい子だったのよ。でも本人は、魅力的に見えないようにあらゆる努力をしていたわ。寸胴の変な服を着て、巻き毛の金髪もきつく結い上げてまとめちゃってね」

車が積雪で幅の狭くなった道のカーブに差し掛かったとき、対向車線に貨物車両を牽引したトレーラーが現れたが、ミンナの反応は早かった。それでもスリップした車がミンナの手の内に戻るまで、一呼吸あった。

「まったく、いまのトレーラー、制限速度を二十キロはオーバーしてたわ！」ミンナは叫んだ。

「追跡するべきでしょうけど、この雪道でラリーはあんまりやりたくないしね」

「同感。若いころなら、なにかあれば片っ端から首を突っ込んだものだけどね。それで、ヨハンナはどうしたの？」

ミンナは、同じクラスにいたヤリ・キンヌネンという男の子のことを話してくれた。荒っぽくてパンクロックが趣味だったヤリは、一年生のときに美しく物静かなヨハンナ・ユリ＝コイヴィストに夢中になったのだという。ヤリは休み時間にヨハンナに話しかけたり、食堂で隣の席に座ろうとしたり、チョコバーを買ってきたり、愛の歌を作って捧げたりした。

「あなた、いまどきのロックって聴く？　レヴォトン・パーっていうグループがあるんだけど、知ってるかしら。ヤリはそこのギタリストなのよ」

そのグループなら知っていた。なかなか面白いネオ・パンク系のバンドだ。メンバーは全員、二十代の若者かと思っていたけど。

ミンナによれば、ヤリというのはヨハンナが絶対に一緒に歩いたりしないタイプだったという。初めのうちヨハンナは、気を引こうとするヤリにひたすら困惑している様子だった。ところが秋が深まるにつれ、ヨハンナの態度が軟化し始めた。ミンナの家にクラスメートが集まってクリスマス・パーティーを開いたときは、ヨハンナもやってきてみんなを驚かせた。もっとも、ヨハンナの兄が夜十時には迎えに来ることになっていた。

その日ヤリ・キンヌネンは、今夜こそ〝眠り姫〟を落としてみせると昼間のうちからクラスの男子に宣言していた。眠り姫というのはヤリがヨハンナにつけた愛称だった。ヤリの言葉は現実になった。ヨハンナの兄が迎えに来たとき、クラスメートはほぼ全員がリビングルームにいておしゃべりしたり酒を飲んだりしていたのに、ヨハンナの姿は見えなかった。

「ヨハンナは、ミニカーのレールやアイスホッケーのスティックなんかが散らかったわたしの弟の部屋で、ヤリとキスしているところを見つかったの。そう、ただキスしていただけよ、ほんとに無邪気にね。だけど、ヨハンナの兄さんはめちゃくちゃに怒り出したの。まずヤリが殴られて、ヨハンナもぶたれたわ。おまけにあの言葉づかいといったら……信心深いはずの人が、汚い言葉をあんなにどっさり知ってるなんて、思いもよらなかったわよ。おまえはまた娼婦のまねをしているのか、とか、なにかそんなことをわめいていた。ヨハンナは兄さんに車まで引きずられていった。もちろんヤリは飛び掛かろうとしたわ。だけどみんなで、騒ぎを起こしたらかえってヨハンナの立場が悪くなるって言い聞かせたのよ」

週明けの月曜日、学校に来たヨハンナは黙りこくっていて、週末の事件にひとことも触れず、ヤリとは一切口をきかなかった。その日の最後の授業は体育だった。着替えのとき、ヨハンナは更衣室の隅に隠れて体を見られまいとしたが、クラスの女子はみんな、ヨハンナの体中があざだらけなのに気づいてしまった。

「いま思えば、あのときなにかしてあげるべきだったんでしょうね」ミンナはため息をついた。「だけど、わたしたちはみんな、信心深い人々には独特の生き方があるってことに慣れてしまっていたし、そっとしておくのが一番だと思ったのよ。ヤリも、次の年の春にとあるタンゴ系の巡業バンドに入れてもらえることになって、高校を中退してしまったわ。ヨハンナは、二年生のときのシニア・デーのダンスパーティーにも、高校生活の最後を飾るペンカリット（大学入学資格試験を控えた最上級生がパレードなどで楽しむ伝統行事）にも参加しなかった。英語の試験を受けに来たときは、もう指に婚約指輪をはめていたの。医者になるのが彼女の夢だったけど、それは叶わずに、結婚しちゃったのよね」

車はイイの町に入った。道はここで東に折れ、イイ川に沿ってカルフマーやユリ＝イイ方面へと向かう。川沿いの道は夏ならサイクリングも楽しそうだ。太陽がそろそろと空に昇り始めていた。低い位置から斜めに射してくる陽の光が、雪面に虹色のきらめきを描き出している。しばらくの間、道路でなく風景を眺めていたが、そのうちに強い吐き気が込み上げてきて、車を停めてとミンナに頼む羽目になった。車から這い出し、道端で嘔吐した。

ミンナは即座にわたしの妊娠に気づき、三人の子を産んだ母親の貫禄で、つわりを克服する方法をあれこれと伝授してくれた。途中でガソリンスタンドがあれば歯を磨こうと目を凝らしていたが、一軒もない。とうとう、カルフマー村まであと一キロというところで車を停めてもらった。車を降り、道端の雪をすくい上げて口に含む。子どものころと同じ味がした。口に入れた瞬間は爽やかで、それから油っぽい味と、きーんと硬い味がする。

カルフマーは小さな村で、集落の中心となる大きめの道が一本通っているだけだった。聞いていた道順はわかりやすく、村の中心部から二、三キロほど行くと、サンティ一家の住む一戸建てが川のほとりに立っているのが見えてきた。家の敷地は、ずっと遠くの小高い丘の上にある農家の地所から分割されたものだろう。この村の家屋はどれも大きな建物で、初めから子どもが十人も生まれてくるのを見越して設計されているかのようだ。サンティ家の一戸建てはほかの家よりさらに立派だった。白い煉瓦《れんが》造りの平屋で、三百平米はありそうだ。庭先に、スタイリッシュなダークグレーのボルボと、同じくボルボのマイクロバスが停めてある。サンティ家の子どもたちを全員乗せるには、ほかの車種では無理なのだろう。スキーと蹴り出し式そり《ポトクケルッカ》（スキー板に椅子を載せたような形状のそり。椅子の後ろに立ち、片足で地面を蹴って進む）がきちんと並べて置かれ、窓辺を飾るフリルのカーテンは昨日洗濯したばかりのようにこざっぱりとしている。想像していたのと違い、この家は見たところまったく暗い感じがしない。玄関のドアを開けてわたしたちを待っていてくれた男性も、わたしの予想とは違っていた。

電話で聞いたレーヴィ・サンティの声は落ち着いていて感じもよかったが、わたしは勝手に、背の低い丸々と太った男を想像していた。薄くて脂っぽい髪を真ん中できっちり分けて、六〇年代に流行った型の眼鏡をかけ、黒いスーツのズボンはどう見ても丈が十センチほど短すぎる、そんなタイプだろうと思っていた。

いま目の前にいるレーヴィ・サンティは、身長百八十センチほど、肩幅が広く、ジャガイモの皮みたいな茶色の髪はきちんと短くカットされている。髪をセットするのに、ムースやスタイリング用の櫛《くし》を使っているに違いない。容貌は十人並みだが人好きのする顔立ちで、服装もわたしの勝手な想像とは異なり、きちんと整っていた。濃紺のコーデュロイのズボンに、青と茶色のゆったりとしたセーターを合わせ、首元からは水色のストライプのシャツが覗いている。四十一歳のはずだが、それより老けて見えるということはなかった。広々とした玄関に足を踏み入れると、立派なクローゼットが列を成していた。家の奥から小さな子どもたちの声が聞こえてくる。突然、廊下の突き当たりに、身長一メートルにも満たないよちよち歩きの子どもが現れて、わたしを指さすと、回らない口でうれしそうに声を上げた。

「おばちゃん。おばちゃん」

まだ二歳にもなっていないだろう。わたしと同じ名前の末っ子、マリアに違いない。思わず駆け寄って抱き上げたくなったが、わたしより早く六歳くらいの女の子が来て、妹をどこかへ連れていってしまった。

「私の書斎に行きましょう、落ち着いて話ができますから。警察の方が母親のことを根掘り葉掘り訊くのなど、子どもたちに聞かせたくありませんのでね。普通の車で来てくださって、ほっとしましたよ」

「事情聴取は形式的な作業に過ぎませんので」

なだめようとして言った。書斎へ案内される途中、伝統的な家具が配された田舎風のリビングが目に入り、守護天使の絵や二段ベッドのある子ども部屋もちらりと見えた。

「宣教師といっても、専従ではないのです。父の製材所の仕事のほうが本業でしてね」

書斎に通され、宗教関係の文献と製材に関する資料とが隣り合わせに並んだ本棚を珍しいと思いながら眺めていると、レーヴィ・サンティが言った。

「午後は製材所へ行かなくてはなりませんので、さっそく本題に入りましょう。じきにマイヤ゠レーナがコーヒーを持ってくると思います」

レーヴィ・サンティを見ていると、なんとなくカリ・ハンニネンを思い出した。外見や話し方が似ているわけではない。耳を傾けずにいられなくなるような、やわらかな声の調子は同じだけれど。二人に共通しているものはなんなのだろう。レーヴィ・サンティは占星術などまったく信じていないはずだ。

「この会話を録音させていただきますが、よろしいですか?」レーヴィ・サンティがうなずいたので、わたしは言葉を続けた。「エリナ・ロースベリさんが二週間ほど前に亡くなりました。死亡の状況に不審な点があります。奥さんのヨハンナさんは、ご自宅を出られてからずっと、つまりもう二か月ほど、ロースベリさんのもとに身を寄せてきました。奥さんの精神状態についてうかがいたいんです。ヨハンナさんは最近、非常につらい体験をされました。中絶も、一時的とはいえ家族と離れることも、けっして簡単に決めたことではなかったはずです。奥さんは精神的に参っていたと思われますか?」

「カッリオ巡査部長、あなたは神を信じていますか?」

サンティの問いは本題と関係ないと思ったが、わたしは答えた。

「何を信じているのかは、自分でもよくわかりません。それがなにか?」

「妻については、精神的に参っていたのでなく、神のご意志に背いたのだと申し上げましょう。聖書では中絶のような殺人を禁じていますし、妻は夫に従うべきであることもはっきりと説明されています。母親がいるべき場所は子どもたちのそばであることも。私にはもう妻という人間が理解できません。妻は確かに、高校生のころ何度か神のご意志に背いたことがありました。彼女の兄が覚えているとおりです。ですがもう何年も、よき母親であり、従順な妻だったのです。最近の彼女の振る舞いが悪魔の仕業かどうかはわかりませんがね。それに妻はすでに人を一人、殺しています。電話でもお話ししましたが、もう一人殺したとしてもおかしくないと思いますね」

「奥さんが中絶したのはエリナ・ローズベリさんのせいだとお考えですか？」

「どういう意味です？」

わたしが何を言いたいのかはよくわかっているはずだったが、レーヴィ・サンティはずいぶん驚いた声を出した。

「エリナ・ローズベリさんは奥さんに中絶を勧め、一時的に滞在する場所も提供しましたよね」

「それは知りませんでした」サンティのバリトンはますます空虚な響きを帯びた。「私はただ、ローズベリさんは避難シェルターのような場所を運営しているのかと思っていました」

「避難シェルター？　家庭内暴力から逃げてきた人のための、ですか？」

反応を確かめるように言った。

「何をおっしゃりたいんですか？」

「べつになにも。ただ、エリナ・ロースベリさんと、彼女がロースベリ館でおこなっていた活動について、あなたの見解を知りたいだけです」

そのときドアが開いて、ほっそりとした若い女性がコーヒーカップを載せたトレイを手に書斎に入ってきた。ヨハンナにそっくりだ。ただ、げっそりとやつれた姉とは違い、マイヤ＝レーナ・ユリ＝コイヴィストには疲れ果てた悲しげな雰囲気はまったくなく、年寄りくさいワンピースを着ていても、彼女はとてもかわいらしかった。

トレイにはコーヒーカップのほかに、自家製らしいライ麦パンと、今朝焼いたばかりなのだろう、いい匂いのするプッラ（甘い菓子パンの一種）が載せられていた。わたしに向けられたミンナの目が、気分が悪くならない程度にしておきなさいよと言っている。トレイを置くとマイヤ＝レーナは引っ込んでしまった。レーヴィ・サンティが製材所へ出掛けてしまえば、彼女とも話ができるだろうか。

ライ麦パンは、クーシカンガスに住むペナおじさんの農家で過ごした夏の日々の味がした。誰もひとこともしゃべらず、わたしはライ麦パンのひと切れをほとんど全部食べてしまった。

「ここ数か月の出来事でヨハンナはつらい思いをしたかもしれません。ですが、それは私も同じです」しまいにレーヴィ・サンティが口を開いた。「人間は、なにもかも神の思し召しだとどれほど信じていても、やはり疑うという罪を犯してしまうものです。ヨハンナが殺した子どもは、私の子でもありました。なぜ神は、子どもを殺して私に罰を与えようとなさったのでしょう」

「いずれにしてもお子さんは助からなかったのではないですか？　それに、そのまま妊娠を続ければ奥さんの体も危なかったんでしょう」

「主ははるかに大きな奇跡をもおこなわれました。われわれが、主のご意志をただ受け入れ、ひたすら主を信じて祈りを捧げれば、主はヨハンナと子どもを救われたでしょう」

　信じられない思いでレーヴィ・サンティの顔を見つめながら、彼とカリ・ハンニネンの共通項がわかったと思った。二人とも、相手が簡単には信じそうにない言葉を口にするとき、自らの個人としての魅力を最大限に発揮しようとするのだ。レーヴィ・サンティはカリスマ宣教師に違いない。

「中絶の後、奥さんが戻ってきたとしたら受け入れましたか？」

「中絶は非常に大きな罪です。世俗化したこの社会では容認されていますがね。もちろん子どもたちには母親が必要ですが、神を信じない母に導かれるよりは、母親不在で育つほうがいいのではないでしょうか」

　ミンナが落ち着きなく体を動かし、彼女のひじがレコーダーに当たって、そのはずみで書類の束が床に落ちてしまった。会話が中断してほっとした。その間に少しは自分を落ち着かせることができる。レーヴィ・サンティの考えを変えることなどわたしの仕事ではないし、それができるとも思わない。それでも、彼の話を黙って聞いているのは苦痛だった。

「ヨハンナは離婚の申請をするつもりでいますが、私たちの信仰は離婚を認めていません。子どもたちのことを考えて、私は心を広く持とうと努力してきました。先週など、ヨハンナがこの家に寝泊まりするのを許してやったのです。子どもたちの心が毒されるのではという恐れがあったのにです。ヨハンナは住む家もないのに子どもたちを手元に置きたがっています。彼女は——」ここでレーヴィ・サンティは大きく腕を広げ、その姿は十字架の上のキリストをまねているようにも見えた。「彼女は私と家族を滅ぼそうとしているのです」

「つまり、お子さんたちを引き渡すつもりはないと？」

「そうです。少なくとも、戦わずしてそうするつもりはありません。それに、私には神がついていますから」

神を信じているかどうか自分でもわからなかったが、少なくとも、定期的に両手を組み合わせて願い事を唱えれば叶えてくれる、自動販売機みたいな神を信じる気にはなれなかった。九人の子を持つ母親が命を守るために中絶を選ぶより、死ぬほうが望ましいと言うような神にも、興味はない。わたしはまた怒りが込み上げてくるのを感じていた。もうちょっとで、コンドームって知ってますかとレーヴィ・サンティに尋ねてしまいそうだった。

「先ほどからずっと、奥さんがエリナ・ロースベリさんを殺したのではないかと示唆なさっていますね。仮にそうだとして、思い当たる動機はありますか？」

レーヴィ・サンティはこれ以上ないほど悲しげな目つきでわたしを見た。

「妻に中絶を決心させたのはロースベリさんなのでしょう、そうおっしゃったのはあなたではありませんか。おそらくヨハンナは罪の意識に目覚め、自分をそそのかした相手を殺したいと望んだのでしょう」

わたしはため息をついた。その理屈に従えば、ヨハンナは中絶手術に関わった医療関係者の命を奪うために、オウル近郊にも出没するはずではないか。そう思いながらも、サンティの示唆に考え込んでしまった。これがまさに、エリナの死につきまとう異様さの正体なのだろうか。確かにヨハンナなら、精神的にまともな状態にあるとはいえない。

「サンティさんご自身は、聖ステファノ《タパニンパイヴァ》の祝日の夜はどこにいらっしゃいましたか？」

「私ですか？　もちろんこの家ですよ。いや、違うか——留守にしていたかもしれないな……ちょっと待ってください」

レーヴィ・サンティはかばんを開け、できるビジネスマンみたいな電子手帳を取り出した。

「その日は、車で南部まで出掛けていましたね……ヴィヒティでタパニンパイヴァの集会があって、話をしに来てほしいと呼ばれていたんです」

「なるほど、ヴィヒティですか」ヌークシオからさほど遠くない。「それで、どこに泊まりましたか？」

「ヴィヒティに住む信仰の兄弟の家です」

「途中でヌークシオに寄ったということはありませんか？」

「そんな場所へ、いったい何をしにいくというんです？」

「奥さんに会うために……あるいは、エリナ・ロースベリさんに会うために。あなたはタパニンパイヴァの夜十一時ごろ、ロースベリさんに電話をかけていますね。どういう用件だったのですか？」

サンティは宙を仰いだ。神に助けを求めているのかと思った。

「電話などしていません」

しまいにサンティはわたしの目をまっすぐに見つめて言った。

「あなたがたの信ずる教えでは、嘘は罪にならないんですか？　あなたは間違いなく電話をかけています。しかも、奥さんも使っていたロースベリ館の代表番号でなく、エリナの直通番号に」

「その人に道理を説いてやるつもりだったとしたら？　妻を家に帰すよう頼もうとしたのだとしたら？」

「祝日の、しかも夜の十一時に、ですか？」

それは疑わしいと思いながら訊いた。

レーヴィ・サンティはわたしの視線を受け止めたが、返事は口にせずに済んだ。突然ドアが開いて、三歳くらいの男の子がとことこと書斎に入ってきたのだ。男の子は背伸びをしてきちんとドアを閉めると、父親のもとに駆け寄った。

「おとうしゃん、あのくるまに、おかあしゃんがのってきたの？」

「シモ、お父さんが仕事をしているときはこの部屋に入ってはいけないと、何度言ったらわかるんだ。あの車に乗ってきたのはお母さんじゃない、この人たちだよ。さあ、マイヤ＝レーナおばさんのところへ行っていなさい」

シモと呼ばれた子は父親の言葉が耳に入らない様子で、わたしとミンナをまじまじと見つめてくる。特にミンナの制服が気になるようだ。レーヴィ・サンティはそわそわと体を揺すり始めた。ここにいるのがわたしやミンナでなければ、もっときつく叱りつけるのだろう。そのうちにシモがわたしの膝によじ登ってきたので、びっくりしてしまった。わたしはこれまで、小さな子どもが寄ってくるタイプではなかったからだ。

「おかあしゃんはね、もうここにすんでないの」シモは話し始めた。「ときどきくるだけなの。おかあしゃんは、ちゅみをおかしたから、ぼくたちとすんじゃいけないの」

三歳の子どもの口から〝ちゅみ〟という言葉が出るなんてどうかしている。お母さんはあなたに会いたがっているのよ、と言ってやりたかったが、ただでさえわけがわからなくなっている子どもをこれ以上混乱させてはいけない。シモの息はライ麦パンの匂いがした。ほっぺたは温かく、お日さまの光をたっぷり浴びた桃のようにすべすべしている。レーヴィ・サンティは立ち上がってドアを開け、大声でマイヤ＝レーナを呼ぶと、早くシモを連れていきなさいと言いつけた。小走りでやってきたマイヤ＝レーナの後を追って、まだ就学前の女の子が三人現れた。三人ともおびえた顔をしている。

「シモ、いらっしゃい。ヨハンネス兄さんとマルクス兄さんのお部屋をおそうじするから、お手伝いしてちょうだいね」

マイヤ＝レーナは子どもの気を引くように言った。おそうじのお手伝いで三歳の子の気を引けるとは思えなかったが、シモはおとなしくわたしの膝から下りると、ぱたぱたと玄関のほうへ走り去っていった。

「エリナ・ロースベリさんに電話をかけた時刻が尋常でなかったことは認めます。ですが、そのときたまたま携帯が目の前にあって、ふと、ああいう人なら遅くまで起きているのではないかと思いついたのです」

「エリナ・ロースベリさんにどうしてほしかったのですか？」

「ヨハンナによく言い聞かせてやってもらいたかったのです。家に戻ってくるか、さもなくば、子どもたちを呼び寄せたいという要求は取り下げるように。ヨハンナは子どもたちを手元に置きたがっていますが、住む家もなければ収入もない、なにもないでしょう……。子どもたちがヨハンナの手に渡ることはありません。彼女は子どもたちを捨てたのですし、精神的にも不安定です。ヨハンナが子どもたちを要求したところで無駄ですよ。裁判には、神のご助力で私が勝つのですから」

それでも弁護士は雇ったほうがいいんじゃないですか、と言ってやろうかと思ったが、黙っていた。

「エリナ・ロースベリさんは協力的ではありませんでした。ヨハンナが自分のしたことを悔い改め、私と教区と神に謝罪するのであれば、家に帰ってくることを許す、と言ったのですが、そのとたん電話を切られてしまったのです」

わたしでもそうするだろう。でも、本当にエリナはそこで電話を切ったのだろうか？　レーヴィ・サンティは否定しているが、実際にはロースベリ館まで出掛けていったのだとしたら？　エリナはサンティに会うために門の外へ出ていき、彼の車の中で話しているうちに薬の作用で意識を失ったのだとしたら? サンティはエリナに復讐する絶好の機会だと思い、エリナの体を森の奥へ引きずっていき、放置して死亡させたのだとしたら? エリナの遺体に付着していた繊維はごくわずかだったが、その分析結果がもう出ているはずだ。もしもその結果が、サンティの車のシートか衣服の繊維と一致したら?

ヴィヒティの町に住んでいるという友人の名を聞き出した。サンティは、その家に着いたのは夜中の零時半ごろだと主張している。それが事実なら、彼は被疑者のリストから外れることになる。事実を確かめなくては。

ヨハンナの両親の住所も尋ねた。母親は数年前に他界していることがわかった。

「ヨハンナの父親と兄弟にとっては、ヨハンナは死んだも同然なのです。彼女が子どもを殺した時点でね。警察の方が行っても、なにも話してもらえないと思いますが」

「まあ、ともかく行ってみますので。その前に、奥さんの妹さんとお話がしたいですね」

サンティの表情がますます険しくなった。

「私が知らないことは、マイヤ゠レーナも知りません。尋ねたいことがあるのなら、私に訊いてください。そうすれば私が出掛けるときにあなたがたも一緒に出られるでしょう」

サンティが出掛けた後もここに残っていいと言わせるまで、少々時間がかかった。しかも、マイヤ゠レーナが末っ子のマリアを寝かしつけ、十一歳のエリサが学校から帰ってきて弟や妹たちの面倒を見られるようになるまで、事情聴取を始めるのは待ってほしいという。それで結局、わたしたちもサンティが出掛けるのと同時に車を出し、ヨハンナの実家を訪ねることにした。

「こんなところまで聞き込みに来るなんて、よほどヨハンナを疑っているのね」

ヨハンナの実家、ユリ＝コイヴィスト家に向かってゆっくりと車を走らせながらミンナが言った。実家にはヨハンナの父親のほか、一番上の兄が妻子とともに暮らしていて、さらにまだ独身の末の兄も同居しているらしい。シモという名の兄は現在ケミ市に住んでいた。

「理由はそれだけじゃないのよ」

短く返事した。何が理由なのかは自分でもよくわからない。ただわたしは、カルフマー村で暮らしていたヨハンナの日々がどんなものだったか、知りたかったのだ。

ヨハンナの長兄にも、ヨハンナ自身と同じくらい大勢の子どもがいるはずだ。だから、ユリ＝コイヴィスト家はさぞにぎやかだろうと想像していた。着いてみると、母屋は暗い赤色に塗られた前世紀の建物だった。庭の奥に手入れの行き届いた立派な石造りの家畜小屋兼納屋が見える。庭に車は停められていなかったが、ガレージに向かってまだ新しいタイヤの跡が三台分ついていた。

何度か玄関のドアをノックし、呼び鈴まで鳴らしてみたが、誰も出てこない。こういう田舎で呼び鈴を鳴らすのは、よそ者だと告げているようなものだ。家畜小屋にも鍵がかかっているし、家の中は真っ暗なので、引き揚げることにした。ユリ＝コイヴィストの一家は中にいたのかもしれないが、警察と話す気がないのだろう。

村の中心から少し外れた場所に立つユリ＝コイヴィスト家は、塗装の暗い色合いのせいもあって、陰鬱で親しみにくい印象だった。マイヤ＝レーナ・ユリ＝コイヴィストが、この家より姉の嫁ぎ先の現代的な家で暮らしたいと思ったとしても、不思議はない。サンティ家に戻ってみると、マイヤ＝レーナはまるでこの家の主婦のように手馴れた様子で家事に精を出していた。ヨハンナが、もしも自分が出産で死んだらレーヴィは後妻としてマイヤ＝レーナを迎えようと決めていた、と言っていたのを思い出した。ヨハンナが離婚を申し立てたらどうなるのだろう。カトリックでは離婚を認めていないが、古レスタディウス派でもそうなのかは知らなかった。

マイヤ＝レーナは、結婚できなくてもレーヴィに尽くすつもりなのだろうか。レーヴィを半ば神のようにあがめ、彼を批判の対象にするなどとんでもないという感じだ。姉は中絶が罪だと知っていたはずです。神がきっと姉と赤ん坊をお救いくださったはずなんです――ヨハンナはいったいどう思うだろう。近しい人たちが、よってたかって自分に死を宣告しようとするなんて。

わたしとヨハンナにも共通点があった。わたしたちはどちらも命の危険にさらされる経験をしたのだ。ヨハンナは自らの手で命を守ったが、わたしが生きているのは単に偶然の産物だった。

「子どもたちだって、姉がいないほうがいいんです。姉が来るとみんな混乱してしまって。マリアもむずかって、このところまた幾晩もちゃんと眠っていないんですよ。大きい子どもたちにはある程度の説明はしてあげられるけど、下の子たちはまだなにもわからないし」

六歳くらいの子どもが着そうな濃紺のワンピースにボタンを縫いつけながら、マイヤ＝レーナは言った。オーブンの中でひき肉の料理がこんがりと焼け、オーブンの熱を受けたパン生地が発酵して膨らんでいる。隣の部屋で、十一歳になるというエリサが弟や妹たちに本を読んでやっている。飼っている子羊がいなくなった人のお話だった。

「お姉さんのことは好きですか？」

マイヤ＝レーナは縫い物からちらりと視線を上げたが、表情を読まれまいとするようにすぐに目を伏せた。

「姉とは年齢がかなり離れていますから……小さいころは、姉が大好きでした。とても優しくて、よく遊んでくれたんです。姉とレーヴィの結婚式もすばらしかったわ。あんなにいい夫に恵まれて、ヨハンナは神に祝福されているんだって、村中の人が言っていました。わたしが高校生だったころ、姉が進学を勧めてきて、自分は勉強が続けられなくて残念だったと不平を言ったのにはちょっと驚きました。立派な家があって、元気な子どもたちがたくさんいて、ほかに何が欲しいって言うんでしょう。姉はもう何年も、世俗的な思想を抱き続けてきたんだと思います。それを娘のアンナの心にまで植えつけたんだわ。おかげで、父親が鞭《むち》を使ってアンナの心から邪悪な思想を追い払ってやらなくてはなりませんでした」

「レーヴィ・サンティさんは子どもたちに暴力を振るうんですか？」

ミンナが穏やかな声で訊いた。ミンナとわたしは視線を交わしはしなかったが、父親がわが子を虐待するとなれば子どもたちの処遇を巡ってヨハンナに有利な証拠になることは、二人とも承知していた。このカルフマー村では、折檻《せっかん》もきちんとした教育の一環とみなされているのかもしれないが、幸いカルフマー村の掟はよそでは通用しない。

どこかで子どもの泣き声がした。

「マリアがまたお昼寝の途中で起きちゃったんだわ。行ってやらなくちゃ。上の子どもたちもじきに帰ってきますから、そろそろお引き取りいただけるとありがたいんですけど。警察が母親のことを調べに来ているなんて、子どもたちにとってあまりいいことじゃないですから」

これで引き揚げるしかない。そろそろ行かないと、わたしも列車に乗り遅れてしまう。わたしたちの車がサンティ家の敷地を後にしたとき、通学送迎用のタクシーが道の反対側に停まるのが目に入った。タクシーから女の子が一人降りてきたが、まとまりにくいのをポニーテールに結ったその髪は見間違えようがなかった。ヨハンナの長女アンナは、母親の髪質を受け継いだのだ。

「ミンナ、停めて！」

車が完全に停まる前に道端に積もった雪の上に飛び降り、少女の背中に向かって叫んだ。

「アンナ！　待って！」

振り向いた少女の目には期待の色が浮かんでいたが、母親が一緒ではないとわかるとがっかりした顔になった。それでもアンナはわたしたちのほうへ歩いてきてくれた。背筋の伸びた、少女から若い女性になろうとしている彼女は、母親のお古らしいダークグリーンのコートを着ていた。

自己紹介をしてから、この村にはゆっくり話せる喫茶店はあるかしら、と訊いてみた。

「そういう店はないんです、みんなコーヒーは家で飲むから」少女の瞳は十三歳にしては大人びた表情で、体つきはすでに女性のそれだった。「車の中で話せばいいです。ヴィータコルピまで行って戻ってくれば、ちょうどいいドライブになるわ」

アンナを後部座席に乗せ、わたしもその隣に乗り込んだ。アンナの顔立ちはヨハンナとレーヴィ・サンティのどちらにも似ている。輪郭は母親に似て愛らしかったが、父親の強さと人を引きつける力も譲り受けていた。

「あんまりゆっくりしていられないんです。マイヤ゠レーナおばさんにあやしまれちゃうから。ちょっと手前でタクシーを降りたって、言い訳しないと。話って、母のことですか？　あっ、おじいちゃんだ！」

アンナはすばやく頭を下げた。わたしたちの車はポトクケルッカを押している腰の曲がった男性の脇を通り過ぎた。

「お母さんのほうのおじいちゃん？」

「そうです。知らない人の車に乗ってるのを見られたら、怒られちゃう。でも、二人とも女の人だから、まだましですけど」

「お母さんに会いたい？」

アンナは哀れむような微笑を浮かべた。なんてばかなことを訊くんだろう、というように。

「もちろんだわ。わたしたち、ヨハンネス兄さん以外はみんな、母についていきたかったんです。だけど、母はまだ住む家がないんでしょう。ああ、こんなカルフマー村なんて早く出ていきたい。好きなときにジーンズをはいたり、ほかの人たちと同じようにテレビを見たりできる場所に行きたいわ。母がすっかり元気になって、わたしたちを迎えに来られそうなのって、いつごろですか?」

「もう、だいぶ元気になったのよ。ここに来たとき、自分でそう言ってなかった?」

「言ってました。少なくとも前とは感じが変わってました。すごく若返って、シモやマリアが生まれる前みたいによく笑うようになってたわ。ヨハンネス兄さんは、母さんは髪を下ろしてズボンをはいてるから売春婦になったんだとか言ってたけど、兄さんは頭がおかしいのよ」

どうして田舎の雪景色の中をアンナ・サンティとドライブなんかしているのか、わからなくなってきた。十三歳の少女の口から、いったい何を引き出せると思っていたのかしら。両親のどちらかが殺人犯だという証拠でも?

「マイヤ＝レーナおばさんは、下の子たちに自分をお母さんって呼ばせようとしてるんです。特にシモとマリアにね。だけど、わたしがちゃんと言って聞かせてやっているの。あの人はおばさんで、わたしたちの母さんじゃない、母さんはきっと迎えに来てくれるからって。でも、子どもたちに説明するのは難しくて……中絶やなんかのことですけど。母も、わたしが何度もしつこく訊かなかったら、教えてくれなかったと思います。だけど、六歳の子にどうやって説明したらいいのかしら」

アンナに次の質問をぶつけたときは、自分が最低の人間になった気がした。

「お父さんが、お母さんや、お母さんが世話になっていたエリナ・ロースベリさんっていう女の人を脅しているのを聞いた覚えはある?」

「ああ、それって死んでしまった人ですか？　父はマイヤ＝レーナおばさんに、中絶みたいな罪を犯した母がまだ生かされているのは、神が自分たちを試そうとなさっているんだって言っていました。父はあのいやなおばさんと結婚するつもりなのよ！　それに父は、信仰の兄弟たちは中絶を容認する医者に反対するために起ち上がるべきだ、とも言っています。アメリカの信徒たちと同じように、って。うちの父は口がすごくうまいから」アンナの言葉は容赦がなかった。「母がいなくなってから、父はわたしが目障りになったんです。毎晩、わたしの寝室を覗き見して、ちゃんとベッドで寝ているか確認してるんだから」

思わず息を呑んだ。もしかして想像していたよりずっと大ごとなんだろうか。絶大な人気を誇る宣教師がわが子に性的虐待を？

「お父さんに何をされるの？」

「なんにも。覗かれてるだけ。でも、それだけでもいらいらするわ。父は、妹のエリサのことはなでてやって、まだ女じゃなくて小さな女の子でよかったとかしょっちゅう言ってるわ。あの、わたし、そろそろ帰らないと。あんまり遅くなると尋問がきついんです。あれは勘弁だわ」

ミンナは車をUターンさせた。アンナは、ヨハンネス以外のサンティ家の子どもたちは全員、母親と一緒に暮らすことを望んでいるとはっきり請け合った。それ以上はあまりいろいろ聞けなかった。保護者や社会福祉士が不在のまま未成年者を相手に事情聴取をおこなうことには、慎重にならなくてはいけない。資料を友人の弁護士のレーナに回せばいいと思った。裁判所は子どもにも事情を聞くべきだろう。

「さっきポトクケルッカを押していたのは、ユリ＝コイヴィスト家の主人だったわけね。ミンナ、もう一度あの家に行ってみる時間はありそう？」

「列車が時刻どおりなら、無理ね。駅に電話して訊いてみたら？　電話番号、わかるわよ」

携帯を取り出したとたん、着信音が鳴り出した。タスキネンの声は途切れ途切れでくぐもっていたが、何を言っているかは聞き取れた。

アイラ・ロースベリが病院の集中治療室に搬送され、命を取り留めるかどうかすらわからない状態だという。アイラは昨夜十時ごろ、古い友人たちを訪ねて館に戻ってきたところを襲われたらしい。門扉を開けようと車を降りたとき、何者かが門柱の上に飾られていた重さ十五キロの熊の石像でアイラを殴りつけたのだった。

13

飛行機に飛び乗りたいところだったが、あいにく午後の便は満席で、すでに三人もキャンセル待ちの列に並んでいた。夜の便だとヘルシンキに着くのが列車とたいして変わらない。それに、あわててエスポーに戻ったところでわたしに何ができるだろう？　アイラは意識不明で、再び目を覚ますかわからない状態なのだ。

深夜にアイラを発見したのはヨハンナだった。遅くまでテレビを見ていた彼女は、番組が終わったころに、そういえばアイラが戻ってきた物音がしなかったと気づいた。アイラの部屋に様子を見にいったところ、モニターの画面に、門の前に停められたままになっている車が映っていた。事態を悟ったヨハンナは救急車を呼んだ。警察に通報したのは救急車の隊員だったという。ヨハンナは、熊の石像が門柱からひとりでに滑り落ちてアイラの頭に当たったと思い込んでいたと主張しているらしい。

「ひとりでに落ちて当たった可能性はないんですね？」

わたしは列車の公衆電話からタスキネンにどなった。森のど真ん中を疾走する鉄の塊の中では、携帯は電波を拾ってくれなかった。

「それはない。石像が被害者に近すぎる。何度も試してみたんだ」

「ヨハンナ・サンティの様子は？」

「元気そうだ。一次聴取を担当したストレムに、食って掛かったらしいからね。いまは病院でアイラ・ロースベリに付き添っている」

「食って掛かった？」

「ヨハンナ・サンティを第一に疑うのは、なにもストレムだけではないだろう。ただ、ストレムはいつもの調子で、疑っていることを隠そうとしなかった。仕方のない男だよ」

わたしはもう、エリナ・ロースベリの死にまつわる捜査は中断することになるだろうと思い始めていた。犯罪につながりそうな手がかりが得られなかったからだ。それなのに、こんな事件が起きるとは……アイラ・ロースベリは、なにか重大な事実を知っていたに違いない。

「最初からそんな気がしていたんです。明日の朝、一番でロースベリ館に行きます。ヨハンヨハンナ・サンティには今夜ロースベリ館へ戻る許可を出したんですか？」

「ああ、出したが……」

「あそこには守衛もなにもいないわ。とにかくロースベリ館に人をやってください、サンティには身辺に危険が迫っていると伝えてください。どっちみち、明日の晩はわたしが館に泊まり込みますから」

「それはだめだ！　私に任せなさい。落ち着くんだ、マリア。頭に血が上りすぎだぞ」

落ち着いてなどいられなかった。指をくわえて列車に揺られているだけなんて、もどかしすぎる。再び公衆電話の受話器を取り、アンティの大学にかけてみてから、もう一つ別のヘルシンキ市の番号へかけた。当然ながらタルヤ・キヴィマキは自宅におらず、またしても留守電を相手に話す羽目になった。

「もしもし、エスポー警察のカッリオです。すみませんが木曜日の十時のお約束はキャンセルさせてください」そこで少し間を置いた。彼女、わたしを追い払うことに成功したと思って一瞬喜ぶだろう。「ロースベリ館に行かなくてはならないので。何者かがアイラ・ロースベリさんの殺害を図ったんです。お会いするのは、金曜日の十時でお願いします」

席に戻って到着まで少し眠ろうとした。うつらうつらしていると、一連の出来事が非現実的な映画みたいに脳裏を流れていった。タスキネンもわたしも、エリナ・ロースベリの件についてはもう捜査を終了しようとしていたのだ。実際には存在しない殺人者を、個人的な妄想にとらわれて追っていただけだ、そう自分に言い聞かせて。アイラは何を知っていたのだろう。わたしはずっと、アイラは警察に事実を打ち明けるかどうかで葛藤している気がしていた。まるでエリナを殺した犯人をかばってやるかのように。自殺をほのめかした、本物かどうか疑わしい手紙までわたしに見せたのも、そのためだったのではないだろうか。アイラがかばおうとした相手はいったい誰だろう。わたしの心に浮かぶ名前は、たった一つだ。ヨハンナ・サンティ。

時刻は真夜中近かったが、ヘルシンキ駅に着くとアンティが迎えに来てくれていた。

「出張、大変だったのかい？」

「出張自体はそうでもなかったけど、途中で新しい情報が入って、そっちがね」

ヌークシオの件に関連して、第二の殺人事件、少なくとも殺人未遂事件が起きてしまったことを手短に話した。

「それじゃ、また仕事のことで頭がいっぱいだね」アンティはため息をついた。「環状二号線の建設に反対する集会が、明日の夕方五時からあるんだよ。きみも行ければと思っていたんだけど」

「行けそうにないわ。だけど、建設反対の署名には全部わたしのサインを代筆していいから」

バスターミナルに吹きすさぶ風は冷たく、バスを待っていると足が凍って地面に貼り付きそうになった。アンティはまた、どうしてここのターミナルには屋根もなにもないんだとぶつぶつ文句を言い続けた。今日の彼はいつものアンティでなく〝嘆きのアンティ〟に変わってしまっている。バスに乗って彼の話を聞くともなく聞きながら、心の中ではアイラのことを考え続けていた。まだ生きているだろうか？　バスの中で携帯に向かってわめくのはみっともないと思っているので、家に着いたらすぐに病院に電話しようと決めた。

「いまさらどうしたらいいのか、正直言ってわからない部分はあるんだよ。道路建設の反対運動のことだけどね。すでに計画も出来上がっているし、予算も組まれている。だいたい、こっちの森に建設すれば直ちに決定的な環境破壊が起きることはない、なんて断言できる場所が、どこにあるだろう。それに、ぼくらの力なんてどうせ及ばないみたいだし。いったん市の役人や建設業者が、ここの森はアスファルトで固めようと決めてしまったら、もう誰にも、できることはなにもないんだよ」

「男でしょ、戦わなきゃ！」

威勢のいい声を作ってアンティに笑いかけた。バスの窓ガラスに映ったアンティの顔が、笑顔で応えようとしてくれている。

「先週の事件は、ぼくとしてもかなりきつかったよ。きみを失っていたかもしれないと考えると……きみだけじゃなく、赤ん坊まで。きみに比べて、ぼくはくよくよ考え込むたちだからね」

「わたしは考えるために立ち止まるのが好きじゃないってだけよ。どうしても必要な場合を除いてはね。ねえ、ここで降りて歩かない？　一日中列車の中で座りっぱなしだったから、ちょっと体を動かしたいの」

積もった雪があたりの音を吸い込み、雪面は幻想的な光を放っていた。さらさらの雪は靴の下で不思議な音を立てる。まるで、雪が薄い皮になって、がらんどうの地球の表面を覆っているようだ。来年のいまごろ、わたしたちは五か月の赤ん坊を乗せたそりを引っ張っているのだろう。どこか遠い世界の話みたいだし、それにつきまとう、金色の額縁で飾られた理想の家族のイメージを思うといたたまれない気分になった。

妊娠してなにより耐え難いのはこれなのだ。母性というこの不可解な栄光、わたしが穏やかで優しげで思いやりに満ちた人間に変わるはずだという周囲の期待、おばさんじみたあの完璧な母親像、髪に巻きつけたカーラーに象徴される家でプッラを焼く人の役割。どんどん膨らんでいくお腹が、わたしをそちらへ押しやっていく。いいわよ、役割っていうのはぶち壊すためにあるんだから。だけど、子どもはどうしたって子どもで、面倒を見てやらなければ本当に死んでしまう、守ってやるべき存在なのだ。自分の体のことを考えた。ウィスキーが好きで、週に三十キロは走り、物理的な負荷をかけられることに慣れているこの体。自分のスケジュールは自分で決めるのが当たり前で、我を忘れて捜査に没頭している女のことを考えた。それからアンティのことも考えた。わたしと愛し合っていない限り、彼の頭脳は持てる時間の四分の三を数学の理論を考えることに費やしている。親になるのはアンティのほうがわたしよりきっと容易だろう。出産に立ち会って、ときどき赤ん坊のおむつを替えてやり、少し大きくなったらスキーを教えてやれば、それでもういい父親だ。いずれにしても、あの雑誌が発散していた真綿のようなやわらかさ、人の親であるということのぬくぬくとしたやわらかさが、チューインガムみたいにわたしたちにもくっついて、子どもが大学入学資格試験に合格する日まで取れずにいてくれることを願った。やがて家に着いたとき、庭先でアンティが振り向いた。その顔にふっと笑みが浮かんだ。

「雪の女になってるよ」

優しく言って、ミトンをはめた手でわたしの鼻の頭からそっと雪を払ってくれる。吐く息が顔にかかる髪に霜を落とし、木の枝から降ってきた雪がわたしの帽子や上着の肩を白く染めていた。

「いまに解けちゃうから」

半ば独り言のようにつぶやきながら、わたしはエリナのことを思い出していた。

さっそくヨルヴィ病院に電話をかけたが、アイラ・ロースベリの状態に大きな変化はなかった。依然として意識不明で、頭蓋骨の損傷の度合いもまだはっきりとはわからない。ただ内臓の機能は正常で、頭部の傷を除けば外傷はまったくないという。当直の医師は、慎重な口ぶりながら、命を落とすより助かる見込みのほうが大きいと思う、と言ってくれた。ヨハンナは、ロースベリ館にたった一人で残されて、いまごろどうしているだろう。アイラもいなくなったいま、彼女はあの館で暮らし続けることができるのだろうか。それとも、館としては留守番がいてくれて助かるのだろうか。

次の朝、わたしはヨルヴィ病院に直行した。アイラに事情を聞けるとは思っていなかったし、顔を見られるかどうかすらわからなかったが、担当医からアイラの状態についてなんらかの情報は得られるはずだ。この後数日間のスケジュールを調整し直さなくてはならない。明日の金曜日の午後、わたし自身がヌークシオの発砲事件に関して聴聞会に呼ばれていることを思い出し、憂鬱《ゆううつ》になった。聴聞会の結果も、その後の裁判の結果も、予想がついている。警察の現場指揮者たちの誰かが糾弾されることになり、実際に作戦の責任を担った人々が罪を問われることはないだろう。病院という巨大な機械の駐車場にフィアットを滑り込ませると、小さな車体はほかの車に紛れて消えてしまいそうだった。正面玄関から中に入りながら、七か月後にはわたし自身もこの建物に呑み込まれることになるのだと気づいた。ぞっとしない気分だ。十四歳のときに扁桃腺《へんとうせん》の切除で二週間ほど北カレリア中央病院に入院して以来、わたしは病院が大嫌いになっていた。二日酔いの主任医師に手術されて、術後なかなか出血が止まらなかったのだ。あのときは医者も看護師も、とんでもない厄介者でも扱うような態度で接してきて、吐き気を催すマカロニの裏ごししたのをむりやり食べさせられた。わたしにとって病院は、世話をしてもらう場所でなく、強制される場所だった。人間が人間として見てもらえず、出血が止まらない扁桃腺や、切除が必要な盲腸や、骨折した足としてだけ扱われる場所だった。ヨルヴィ病院の産科病棟もそうだろうか。

受付の職員に集中治療室の場所を教えてもらうのに、自分が誰で何をしに来たか、ずいぶん詳しく説明しなければならなかった。アイラはまだ集中治療室にいるはずだという。廊下に貼られた色とりどりのテープが各病棟への道順を示してくれていた。わたしの行き先は上の階で、エレベーターに乗り込んだ。

集中治療室ではさらに官僚的な手続きが待っていた。まず一般看護師に説明し、次に専門看護師に頼んで、ようやくアイラを担当している医師と会わせてもらえることになった。ところが、いざミカエル・ヴィルタネン医師に会ってみると、警察官に対する彼の態度はこちらが面食らうほど丁重だった。おそらく、度重なる経験から、こういう態度を取るのが効果的だと知っているのだろう。事情聴取をおこなう許可を出すよう圧力をかけるにも、感じのよい医者が相手ではやりにくいのは確かだ。

もっともアイラに関しては、いまのところ事情聴取など問題外だった。

「すでに意識は回復しています。ただし、かなり混乱していて、何があったか思い出せないようです。頭部の痛みが非常に激しいため、強い痛み止めを投与せざるを得ません。傷害の程度については、現段階ではまだ評価が難しいですね。ロースベリさんは七十歳になっておられる。この年齢になると、たとえばあなたの年代と比べて、回復が遅くなるんですよ」

「患者の精神状態全般は、回復にどの程度影響しますか？　ロースベリさんにとって非常に近しい親族だった姪が、二週間前に突然亡くなったんです。それにロースベリさん自身、何者かに襲われている。この二つだけでも、かなりのショックを受けたはずですよね」

「すべてが影響を及ぼし合うんです。私は幾人かの同僚たちと違って、人間とは精神と肉体が結合して完成されていると強く信じているんですよ。それはそうと、ロースベリさんの体はこの年齢にしては非常に健康ですね」

　アイラはいまも命を狙われているのだろうか。アイラを熊の石像で殴った人物は、エリナを意識不明に陥らせ、凍死に至らせたのと同じ人物と推測されるが、もしそうならあまり危険はない。その人物は明らかにできる限り人目を忍んで行動しようとしているが、集中治療室には常に人の出入りがあるからだ。しかし、犯人は別な人物という可能性もあるのでは？　アイラの遺産は誰の手に渡ることになっているのかしら？　もちろん、実際の世の中はマリア・ラング（一九一四―一九九一年。スウェーデンの推理小説作家）の推理小説とはわけが違うことくらい、わたしにもわかっている。それでも気がつくと、実はヨーナ・キルスティラがアイラの産んだ私生児で、遺産を手に入れようともくろんだのでは、と想像を巡らせていた。ばかな妄想だ。自分で笑ってしまった。くすくす笑い出したわたしを、ヴィルタネン医師が怪訝な顔で見つめている。

「アイラに会わせていただけますか？　ガラス越しに姿を見るだけでもいいんです」

「仕事以外のお付き合いはあったのですか？」

「エリナ・ロースベリさんが死亡した件を調べていました。その前にも、一度会っています」

ローズベリ館で講演をしたのが遠い昔のことのように思えた。どこか別の世界の出来事みたいだ。あのころのわたしはまだ、自分のお腹の中に赤ん坊が隠れていることも知らなかったのだ。

「姿を見たところで特にお役に立ちそうなことはないと思いますが、かまいませんよ。こちらへどうぞ」

アイラの部屋に通じるドアは、半分がガラス張りになっていた。アイラがこっちを見たらどうしようと思いながら、おずおずと中を覗き込む。だけど、アイラの目はなにも見ていなかった。落ち窪んだ両目は身を守るように固く閉ざされ、その下に高く突き出している頬骨は、苔《こけ》の隙間に顔を覗かせた切り株みたいだった。鷲鼻の下の口は、沼のようにぽっかりと開いている。死んでいるようでもあり、不気味でもあった。あの口が話さずにいたことは、なんなのだろう。ちかちかと生き物めいた光を発する機器の脇で、アイラは生気がなく、孤独に見えた。人工呼吸器はもう必要がないらしく、壁際に移されている。

「じきに、いまより長く目を覚ましていられるようになるかもしれませんが、なんとも言えません」

ヴィルタネン医師は声をひそめて言った。

「でも、命は助かりますよね？」

「ええ、それは確かです。すっかり健康を取り戻せるかどうか判断を下すのは、現段階では時期尚早ですが」

アイラは依然として命を狙われているかもしれない。そのことをヴィルタネン医師に示唆せずにはいられなかった。署に戻ったら、アイラの身辺を警護する人間を派遣できるか確認しなくては。ヴィルタネン医師は、アイラの状態に変化があれば直ちに警察に知らせると約束してくれた。

エレベーターに乗ると、大きなお腹の女性が乗り込んできた。出産前に、病院になんの用だろう。どこか具合が悪いのだろうか。わたしの知り合いにも、赤ん坊がこの世に出てくる準備が整う前に生まれてしまい、何か月も入院した人が何人かいた。もしそんなことになったら、わたしなら気が狂ってしまうかもしれない。車を出す前に、外の空気を胸いっぱいに吸い込んだ。カーラジオをつけるとDJのウルマネンとロイハがおしゃべりしていた。なにか元気が出る曲をかけてくれるといいんだけど。そんなわたしの願いが通じたのか、ペット・ショップ・ボーイズの『ゴー・ウェスト』の次に流れてきた曲は、レフピークレスの『花のユリハルマ』だった。左手がついついリズムに乗ってハンドルを叩き始める。わたしの音楽の趣味は常にアンティを恐怖に陥れていた。わたしが心を惹かれるのは、いかにも思春期という感じの、知的とは正反対のベーシックなロックで、国産バンドならポペダやクラミジアあたりだ。わたしが持っているロックのレコードの中でアンティも聴くのは、クラシックなデヴィッド・ボウイとピンク・フロイドくらいだった。

署に寄ってピヒコを拾い、もはやおなじみになったヌークシオ方面への道をロースベリ館へ向かった。もっとも、行って何を見いだそうとしているのか、自分でもわかっていなかった。

ピヒコにオウルでの様子を尋ねられた。一方で彼は、前日の一次聴取でヨハンナが話した内容をわたしに教えてくれた。アイラはヨハンナに発見されるまで二時間程度は門の前で倒れていたとみられる。アイラの頭部に相当量の雪が降り積もっていたからだ。事情聴取を担当したペルツァは、最初はまともな態度だったが、しまいにはヨハンナを問い詰め始めた。アイラ・ロースベリを待ち伏せし、重たい熊の石像で頭を殴りつけておいて、数時間放置してから発見したふりをしたのだろう、と詰め寄ったらしい。

「おまけにストレムは、こんなことまで言ったんですよ。『アイラ・ロースベリは殴られても死ななくて残念だったな、今回は冷え込みも弱くて、分厚いペルシアンラムのコートが体温を保ったから、姪と違って凍死もしなかったしな』。それまでサンティはものすごくおとなしくて、ストレムの質問に〝はい〟か〝いいえ〟で返事ができれば上出来でした。その彼女がいきなり怒り出したんで、おれは椅子からずり落ちそうになりましたよ。サンティは、この世でたった一人自分を守ってくれるアイラ・ロースベリを殺すわけがないって、大声でどなりました。ストレムは呆然としてましたよ。プーッポネンが記録係として同席していたんですが、笑いをこらえて窒息しそうになってました。プーッポネンは巡査部長と同じくらいストレムを嫌ってますからね」

「なんですって？　わたしが彼を嫌ってる？　ペルッティ・ストレムって誰なのさ？」

エップ・ノルマーリの古い歌の一節を借りてとぼけてやった。警察学校時代、この歌詞を引き合いに出しては、みんなでペルツァをからかったっけ。

悲しみを分かち合えばいがみ合いは収まる、なんていうのはおとぎ話の世界だけだ。パロが死んだ後もペルツァは以前と変わらず、最低だった。ペルツァはいまタスキネンとともに別の件を担当しているから、彼でなくピヒコと組むことができてわたしは満足だった。ロースベリ館が立つ丘のつるつる滑る斜面を、わたしたちの車はどうにか上っていった。館の門扉が珍しく開け放たれている。何があったのかしら？　鑑識が来ているという話は聞いていないし、そもそも調べるべき対象はもう残っていないだろう。館を取り巻く塀に視線を走らせた。あの上に載せられた熊の石像には、わたしの身長では踏み台でも使わないと手が届かないだろう。でも、アンティのように百九十センチくらいある人なら、手が届いてもべつに驚くに値しない。このことになにか意味があるだろうか。庭はがらんとしていた。人の通る道と駐車スペースだけ、つい先ほど誰かが雪かきを済ませたようだ。かちかちに凍りついているタイヤの跡が露出していて、そこにパトカーのタイヤがはまり込んでしまった。ロシア車のラーダはずるずると滑ったが、雪の壁にぶち当たる十センチ手前でなんとか停めた。

「賭けてもいいけど、この車の冬用タイヤは違法ものよ」

車から這い出しながらため息をついた。玄関の扉は閉まっており、ヨハンナが出てきてくれるまでチャイムを三回も鳴らした。

「待たせてごめんなさい、電話に出ていたものだから」ヨハンナは謝ったが、その声からは、以前のようなおどおどした感じがすっかり消えていた。「講座のキャンセルの手続きで大わらわなの。アイラが入院中だから、誰かがなんとかしないと」

女性誌の企画で、ごく普通の読者が魔法で美女に大変身、というのがある。わたしはその特集が好きで、いつも魅入られたように眺めていたものだ。目の前のヨハンナはまさしくその手の企画で変身を遂げた人のようだった。もっとも、雑誌の読者と違って二時間かけたメイクで変わったわけではない。すっと伸びた背筋、年寄りくさかったのがジーンズとセーターに変わった服装、背中に波打つ、以前より輝きが増したかのような金色の巻き毛、ヨハンナを変身させたのはこういったものだった。創造主に決められたトーンを、少々変えてみる勇気を持ったのだろう。

「昨日、ご家族に会ってきたわ」わたしはヨハンナに言った。「アンナって、ほんとにとってもいい子ね。小さい子たちもかわいくて……」

ヨハンナの顔に悲しみが浮かんできたが、怒りがそれをかき消した。

「ええ、みんなかわいいわ。もうこれ以上、あの子たちを待ち続けることなんてできない。エスポー市とヘルシンキ市の両方に、市営住宅の入居申込書を出したのよ。だけどどっちも、うちの人数で入れるような広い住宅は少なくて、順番待ちの数がすごいって知らせてきたわ。わたしたち、二部屋もあれば十分なのに、なにか法律で規制があってだめなんですって！　でも一般の賃貸に入るお金はないし。それに、わたしの住民登録がまだカルフマーなのも問題なのよ。いろいろなことを新たに始めるには、エスポーに住所を確保するのが先決だわ。ここにいても生活保護は申請できないし、それにレーヴィと結婚している限り、求職者給付金ももらえないと思うの。制度が適用になる収入の限度がすごく低いから」

ヨハンナの口から言葉があふれ出す様子は娘のアンナにそっくりだった。これが、クリスマスの前にロースベリ館で会ったあのヨハンナだろうか。うつ状態だったのか、抗うつ薬のせいだったのか、ひどく抑圧されていたあの女性と同じ人物なのだろうか。これほどの変貌を遂げるなんて、彼女の内面にはいったいどんなビューティーサロンが隠されていたのだろう。それとも、あの物静かなヨハンナが本来の姿で、いま目の前にいるのは躁状態になった殺人者なのだろうか?

「いま、お金はどうしているの? 貯金でもあるの?」

そんなことはわたしに関係ないと思いつつ尋ねてみた。

「エリナから五千マルッカ借りたのよ。ここにいればお金はいらないでしょう、家賃はかからないし、食費はアイラが負担してくれるし。だけど、永遠にこうしているわけにはいかないわ。アイラがよくなったら、行動開始するわよ」

ヨハンナは高らかに宣言した。

話題をアイラのことに移し、昨日の事情聴取でペルッァが訊いたのと大筋で同じ内容をもう一度尋ねた。返ってきた答えはやはり昨日と大筋で同じで、特に目を引く内容はなかった。あの夜、ヨハンナはなにも聞いていないし、なにも見ていない。彼女はテレビの〝刑事ハルユンパー〟に夢中になっていたのだ。テレビ番組はどれもそうだが、ヨハンナにとってこの刑事ドラマは実に新鮮で、驚きに満ちた内容だった。その前の数日間、ロースベリ館の電話は鳴りっぱなしで、アイラが電話で話した相手が誰と誰か、ヨハンナは把握していなかった。アイラは出掛けていくときも、以前の職場の友人たちに会うと言っただけだったという。その女性たちには昨日のうちにペルッァとピヒコが会って事情を聞いている。もっともあまり成果はなかった。友人たちによれば、その日のアイラはいつもより口数が少なかったが、友人たちはごく自然に、エリナが亡くなったせいだろうと思ったという。アイラが襲われた事件は、エリナの死と同じようにまったく謎に包まれている。手がかりを求めるかのように、わたしはまたエリナとアイラの部屋に足を運んだ。アイラの部屋の壁は殺風景で、本棚を見ても、写真立てに収められた写真が何枚か飾られているだけだ。エリナの写真のほか、戦時中の服装をした、中年に手が届くかといった年頃の男女が写っているものもある。アイラの両親だろう。

エリナのバラの部屋はまるで眠っているようだった。本棚にあったアルバムを引っ張り出すと、高校生くらいのエリナが友人たちとポーズを取っている写真や、両親とともにロンドンやパリなど外国を訪れたときの写真が貼られていた。アイラと二人、どこかの海岸で撮った写真もあった。背景の砂浜が遠くまでかすみ、エリナのまだ少女の面影が残る顔は疲れきった表情を浮かべている。この写真が撮られてから二十五年は経っているだろう。写真の中のアイラは死ぬ直前のエリナにそっくりだった。アルバムの最後のページには、どこかの企業が開いたパーティーの写真を引き伸ばしたものがあった。父親と腕を組み、水色のイブニングドレスで着飾った十代のエリナは、まさに早熟な美女だ。少なくとも、その脇に何人か集まっているタキシード姿の男たちは、彼女に目を奪われている。アイラが言っていたインド旅行の写真はないかと探してみた。エリナの子宮がひどい出血を起こしたという旅行だ。そういえば、エリナがかかっていた婦人科医にまだ電話をしていない。病気休暇から復帰した後、以前と同じ調子で仕事をこなしているつもりでいたが、やはりまったく同じではないのだろう。署長の言葉が正しいのかもしれない。もっと休んでいたいと思った。でも、休むのはロースベリの事件が解決してからだ。このロースベリ館に、ヨハンナの身の安全を脅かす者が現れませんように。ヨハンナにはどこか別の場所に移ってもらったほうがいいのかもしれないが、行き先のあてがなかった。エリナから借りた金額では、あまり長くホテル住まいはできないだろう。借金した中からオウル市でもいくらかは使ったはずだし。

インド旅行の写真は見つからなかった。エリナが大人になってからの写真もなかった。写真をアルバムに貼るのをやめてしまったのかもしれない。思い出を写真の形で残したいと思わない人もいるものだ。目の奥に刻みつけた、過ぎた日々の輝きがあれば、それで十分なのだろう。

窓の外に広がるなだらかな下り斜面に目をやった。ネコヤナギの枝が赤みを帯び、アオガラがえさを求めて庭を飛び回っている。ゆったりと穏やかな風景だったが、それはもろくて壊れやすい穏やかさだった。いまこの瞬間、ヌークシオには多くの幽霊が姿を現しているんじゃないだろうか。

「特になにも見つからないわね。行きましょうか」ピピコに声をかけた。「電話をかける用があるから、運転を代わってちょうだい。この後は署に戻らなくちゃならないの？　それとも、まだ事情聴取に付き合ってもらえる？」

「二時にアポイントが入ってます。でもまだ時間はありますから。あの、本当のことを言うと」

ピピコは目をそらし、ためらいがちに続けた。「本当のことを言うと、おれたちの……おれの部屋に、あんまりいたくないんですよね。パロの荷物が置いてあるうちは」

ピピコは車のドアを荒っぽく開けた。あんなことを告白したけど、けっして臆病な洟垂れ小僧じゃないぞ、と宣言するかのように。わたしはシートベルトを締め、携帯に登録しておいた電話帳から、エリナ・ロースベリの主治医だったという婦人科医の番号を選んでかけた。

警察官だと告げると、医療センターの受付は婦人科医マイヤ・サーリネンにつないでくれた。

サーリネン医師がエリナを診るようになったのはほんの数年前のことだった。前の主治医の定年退職に伴い、新しく担当になったのだ。サーリネン医師は、自分もエリナの子宮口の形状と傷跡には不審の念を抱いていた、と話してくれた。しかし、やはり旅行先のインドで受けた婦人科系の不適切な処置のせいだと説明されたという。

「私は時折……こんなことを言っていいものかわかりませんが……時折、まったく別の理由があるのではないかと思うことがありました」

「どんな理由ですか？　妊娠？」

「ええ……中絶が法的に認められる以前、女性は自分で堕胎したり、あやしげな無免許医の処置を受けたりしていたんです。その場合、エリナの傷と同じような跡が残ります。ですが、私の手元に回ってきたカルテには、そんなことは一切書かれていませんし……それに、彼女の年齢なら、なにも無免許医に頼らなくても、合法的に中絶手術を受けられたはずです」

「前任の先生は、いまどちらに？　連絡を取りたいのですが」

「残念ながら、それは不可能です。一年前に亡くなられたので」

行く先々で袋小路だ。この事件ときたら、こんな展開ばっかりなんだから！　エリナがインドに行ったのはいつごろだとアイラは言っていたかしら。確か、七〇年代の半ば？　そのころにエリナがカリ・ハンニネンと交際していた可能性は？　エリナが自分でハンニネンとの子を堕胎したのだとしたら……。

ハンニネンに電話をかけたが、着信音が一回鳴ったところで留守電のテープがしゃべり始めた。メッセージを残す気にはなれなかった。

「どっちへ行きます？」

ピヒコに訊かれた。車はヌークシオンティエ通《とお》りとトゥルンティエ通《とお》りの交差点に差し掛かろうとしている。

「そうね。とりあえず、あそこのスタンドに入れてちょうだい。あと何本か電話をかけたいから」

まだ昼前だったので、電話に出たミッラ・マルッティラが怒っているのも当然だった。

「こんな時間にかけてくるなって、前にも言っただろ！」

「だったら、どうして電話のコードをつないだままにしておくわけ？　コードを外すの、簡単なのよ」

「あんたの知ったことじゃないね！　そりゃそうと、なんの用だよ」

「おとといの夜、十時から十二時の間、どこにいた？」

「なんでそんなこと訊くわけ?」

「アイラ・ロースベリが殺されかけたのよ」

「アイラが……ちくしょう、なんてことだよ! いったいどうやって……」

「頭を殴られたの。でも一命は取り留めたわ。その時間、あなたはどこにいた?」

「八時から朝の四時まで仕事してたよ。ファニーヒルに行って訊いてみな。開店は七時だよ。ほかに用がないなら、あたしはもうちょっと眠りたいから」

「今夜も仕事?」

「仕事だよ」

受話器がガチャンと叩きつけられて、電話は切れた。

ニーナ・クーシネンのほうは首尾よく運んだ。スヴィクンプ地区にある彼女の自宅に電話をかけたらつかまったのだ。外出の予定はないという。わたしたちの車は、フィンノーンティエ《通り》を南へ向けて走り出した。フィンノーンティエ《通り》とマルティンシッランティエ《通り》の交差点に立つガソリンスタンドに、ハンバーガーの〈ビッグ・ポリス〉が二十マルッカという看板が出ていた。ピヒコと二人、わたしたちにぴったりの名を持つハンバーガーにかぶりついてすきっ腹をなだめてから、タピオラに向かった。

ニーナ・クーシネンは、建築家レイマ・ピエティラが設計したアシンメトリーな構造の集合住宅に父親とともに住んでいた。二十五歳にもなった女性がいまだに父親と同居しているなんて珍しい。もっとも、父親はすでに年金暮らしで、少なくとも冬の間はほとんど南フランスで過ごしているらしい。ニーナはわたしたちが訪ねてきた理由を訊かず、ただアーモンド形の大きな目でじっとこちらを見つめてから、わたしたちを招き入れ、リビングへ通してくれた。

普段なら、背の高い窓から光がいっぱいに射し込んで、リビングを明るく彩るのだろう。でもいまは、シルバーグレーのカーテンがぴったりと閉められている。繊細なロココ調の家具も同じ色合いだ。紫色の厚手のスパッツに黒のトレーナーという服装でも、ニーナはテーブルの上に飾られた小さな置物と同じ、ロココ風の飾り物のようだった。やわらかなトーンのグレーのじゅうたんに、わたしの靴の泥がつかないことを祈った。

白いレースの布が掛けられたグランドピアノのミニチュアの上に、花やキャンドルや写真立てが並べられている。写真はほとんど、茶色の髪をした女性が微笑んでいるものだった。触れたら壊れてしまいそうなほどに痩せ細っている。子どもの写真も何枚かあった。小さいころのニーナだろう。幼いニーナの髪は明るい金髪だったが、アーモンド形の目は見間違えようがない。写真の中の男性はニーナの父親のはずだ。ニーナは母親より父親によく似ていた。背の高さも、ほっそりした体つきや高い頬骨も、目の形も。

「わたしたちがなぜやってきたか、わかる?」

「アイラのことでしょう」ニーナが声を平静に保とうと努めているのがわかった。「昨日ヨハンナから電話があったわ。さっき近所の花屋でアイラにバラの花束を送る手配をしてきたところなの……アイラは、よくなるわよね?」

ニーナはためらいがちに訊いた。

「もちろん。もう、短時間だけど意識を取り戻すこともあるのよ。アイラに何が起きたのか、どこまで知っているの?」

「わたしが知っていること? ヨハンナが話してくれたことだけよ。アイラは外出先からロースベリ館に戻ってきたところを襲われたんでしょう。犯人はきっと、新聞でエリナが死んだことを知って、強盗に入るつもりだったのかも……わからないけど」

ニーナは首を振り、すると茶色の髪が広がってつやつやしたカーテンのように顔を隠した。

「おとといの夜、十時から十二時の間、あなたはどこにいたの?」

「わたし? どこって、家にいたわ……占星術のチャートを作っていたの。注文を受けていた分よ。日付が変わってすぐにベッドに入ったわ。どうしてそんなことを訊くの?」

「いつでも使える車はある?」

「父のボルボがあるけど……でも、雪道の運転は大嫌いだから」ニーナは声を張り上げ、すがるようにピヒコの顔を見た。「フランスでは運転もしたんだけど。フランスならこの国みたいなアイスバーンにならないし」

ニーナは突然立ち上がると、ステレオセットに歩み寄ってCDをかけた。アンプからこぼれてくるピアノのメロディは、わたしの耳にはなじみのない曲だった。ニーナ自身はこの曲を聞いて落ち着きを取り戻したようだ。

「ニーナ、このごろ調子はどうなの?」

わたしは尋ね、自分の声に含まれた同情があながち見せかけだけでもないのに気づいた。夕ルヤ・キヴィマキに言わせれば、ニーナは自分の問題を大げさに見せたがるだけということになるけれど、彼女の人生があまりうまくいっていないのはわたしにもわかる。

「いまわたしのホロスコープでは、土星が火星とスクエアを形成してしまっているの。だけど、こうなることはずっと前からわかっていたから、ちゃんと心構えができていたわ。じきにこの状況も終わって、もっと楽な局面に移行するはずよ」

「それはよかったわね」

そっけなく答えた。

「そういえばあなた、水瓶座じゃなくて魚座なのね！　カリから聞いたんだけど、ホロスコープの作成を彼に依頼したんですってね。だけど水瓶座だと思ったわたしの推測もそんなに外れていなかったわ。あなたの出生ホロスコープでは、月が水瓶座にあるそうなの。でも、カリが話してくれたのはそれだけよ」

最後のひとことはあわてて付け加えられた。

「またカリ・ハンニネンのクライアントになったの？」

ちょっと興味がわいて尋ねた。ハンニネンのことを話すニーナの声は、さっきまでとは違って生気にあふれていたからだ。

「違うわ……ただ、とても難しいチャートが一つあって、そのことで相談に乗ってもらったのよ」

「火曜日の夜、あなたは一人きりで家にいたはずね。あなたがここにいたと証言できる人はいるかしら？　誰かから電話があったとか？」

ニーナは話題が占星術から事件の事情聴取に戻ったのが気に入らないようだった。

「誰からも電話なんかなかったわよ」つっけんどんに言ったが、少し口調を和《やわ》らげて続けた。

「だけど、わたしのほうから電話をかけたの……十時半過ぎに、チャートの相談をしようと思ってカリに電話したわ」

その電話をかけたのは自宅からだったという主張が、嘘だという可能性もある。そのことをニーナに問いただすと、彼女は答える代わりに立ち上がり、わたしとピヒコについてきてと手振りで示した。

ミッラ・マルッティラの寝室が娼婦の部屋のようだとしたら、ニーナの書斎は魔術師の洞窟みたいだった。星座の模様がプリントされた布が壁や窓を覆い、壁には星図と、円形の奇妙なプレートが掛けられている。ニーナ自身の出生時のホロスコープなのだそうだ。本棚にぎっしりと並べられた占星術関連の書籍は、大部分がフランス語か英語だった。

ニーナはデスクトップパソコンの電源を入れ、占星術のプログラムを起動した。わたしにはさっぱりわからない分野なので、どういうプログラムなのか理解できなかったが、ニーナの目的はプログラムの内容を紹介することではなかった。自宅の書斎でなければホロスコープの作成は不可能だと、わたしたちに示そうとしたのだ。

「フランスにはどれくらい住んでいたの？」

帰り際、ニーナに尋ねた。

「生まれてから、十八歳になるまでずっとよ。わたしがフランスの大学入学資格を取得してから、母と二人でこっちに移ってきたの。わたしはシベリウス・アカデミーに興味があったし、母はフィンランドに帰りたがっていたし。まるで……まるで、母は自分に残された時間がもうあまり長くないと知っていたみたいだった」

アーモンド形の目が涙でうるんだ。ピヒコはそれに気づき、わっと泣き出される前にと思ったのか逃げるようにドアから出ていった。わたしのほうが彼より鈍いらしい。わたしはそのまま、なぜ母親が死んだ後もフィンランドに残ったのかと質問していた。

「研究がまだ途中だから。それに――わたし、フランスよりこっちのほうが、住み心地がいいと感じるのよ」

「お父さんはほとんどいつもフランスで過ごしているのに？」

「たぶん、それが理由じゃないかしら」ニーナは吐き出すように言ったが、自分でも言いすぎたと思ったのだろう、少し語気を和らげて付け足した。「父はかなりお酒を飲むの。妻に先立たれた蟹座の男性の典型的な反応よ。父の気持ちはわからなくもないけど、ずっとそばにいてそんな姿を見ているのは苦しいわ」

外に出ると、道路は再びつるつる滑って危険極まりない状態になっていた。わたしは仕事で運転することが多いし、どんな天候でも車を走らせ、どんな車でも問題なく扱ってきたと自負している。だけど、今日のラーダはまるでスケート靴を運転しているようだった。うちのフィアットだって、これに比べればはるかに安全だ。

「この車がシベリア仕様なんて、ありえないわよ」

ヴァンハン・マンッカーンティエ通《り》の信号で立ち往生してしまい、思わずつぶやいた。タイヤが数分間も空回りし続けたのだ。生きて署にたどり着いたときには汗びっしょりで、トイレに駆け込んで体を拭かずにいられなかった。幸い、自室のキャビネットにシャツとブラジャーの替えを入れてあった。乳首を見ると、妙に黒ずんでいる。妊娠するとこうなるとどこかで読んだ覚えがあった。

二時半ごろヨルヴィ病院から電話が入った。アイラ・ロースベリが意識を回復し、状態も良好だという。ただ、一つだけ問題があった。アイラはクリスマスイブ以降の出来事を何一つ思い出せなくなっていた。

14

アイラの主治医ヴィルタネン医師によると、頭部に損傷を受けた場合、最近の記憶を失うのは珍しいケースではないという。特に、大きなショックを受けた出来事を忘れてしまうのは、よくあることだそうだ。もっとも、記憶は時間とともに、少なくとも一部はよみがえるだろうという話だった。

「無理に思い出させようとしても効果はありません。ロースベリさんの事情聴取ができるのは、早くても来週以降になるでしょう。エスポー署から派遣されてきた巡査が警備に当たっていますが、ロースベリさん本人には知らせていません」

「ありがとうございます。警備は、特に次の人物がやってきた場合に必要になるかもしれませんので」

ミッラ・マルッティラ、ニーナ・クーシネン、タルヤ・キヴィマキ、ヨーナ・キルスティラ、そしてヨハンナ・サンティの名前を挙げた。

「サンティさんですか？　ちょうどいま、ここに来ていますよ。サンティさんがロースベリさんに危害を加えるとお考えなんですか？」

わたしはため息をついた。なんと返事すればいいだろう。さっき食べた〈ビッグ・ポリス〉

が胃からせり上がってきて、胸がむかむかする。酸っぱいピーマ（牛乳を醱酵させた飲料）が無性に飲みたくなった。

「とにかく、人の出入りがあれば常に注意を払っていてください。特殊なケースですので」

アイラの部屋に盗聴器を設置したいと思ったが、許可が下りないだろう。警備に当たる巡査が、二十四時間アイラに張り付いているわけにいかないのが残念だった。うちの署にいる若い女性の巡査を何人か集めて、医師や看護師の制服を着用させたらどうかしら？　わたしだって介護ヘルパーの役ならできるかも……そのときペルツァが部屋に入ってきたので、妄想は中断された。あと五分で、ラッキトリで発生した傷害事件の取り調べを始めるぞ、と言いに来たのだ。酔っ払いの集団が起こした騒ぎで、哀れっぽくもなにやら和《なご》やかなムードの漂う、たいして害のない事件だった。命を落とした者は一人もいない。仲間の頭を酒瓶でぶん殴った男は、今日はものすごい二日酔いに陥っている。一方、何度か頭を殴られた被害者のほうは、酔いが回り始めて世界ってすばらしいという気分でいたし、証言者の大部分もそれは同じだった。取り調べ中、ペルツァは何度もいらいらしかけ、わたしは傷害事件の経過を明らかにするよりペルツァをなだめるほうが大変なくらいだった。三時ごろに酔っ払いご一行にお帰りいただき、その後うちの課のメンバーはタスキネンを除いて全員が休憩室に顔をそろえた。ピヒコがパロの葬儀の花輪代を集め出したので、みんなしんみりしてしまった。わたしは葬儀で弔辞を読めと迫られた。

「ユルキに頼みなさいよ、わたしには無理よ。ところで、今夜、時間外勤務ができる人はいる？　出掛けるのは八時以降になると思うけど」

誰も乗ってこない。今夜はテレビでアイスホッケーの中継がある。マティンキュラ地区のアイスアリーナで、キエッコ・エスポーがヨケリと対戦するのだ。ことがアイスホッケーとなると、課のみんなはめっぽう熱くなる。それぞれひいきのチームが違い、今夜対戦する二つのほか、HIFK、タッパラ、それにカルパのファンまでいるからだ。どこのファンかと訊かれれば、わたし自身は一番いい男がそろっているチームを応援するわと答えたが、同時に、アイスホッケーって見ていてあんまり面白くないのよね、とも言った。だって、選手が身につけているものが多すぎるじゃない。

「出掛けるって、どこへ行くんだ？」

クオピオ市出身のプーッポネンが口を開いた。彼のひいきのチームはカルパだ。

「カッリオ地区にあるファニーヒルという店よ。二人ほど同行してほしいの。いわゆるピンクバーね。個室ストリッパーを一人、事情聴取するんだけど」

葬儀場みたいだった雰囲気が突如として白熱したオークション会場のそれに変わり、希望者の人数は一気に三倍になった。結局、ペルツァとプーッポネンが同行することになった。プーッポネンは、規定の残業時間にまるで到達していないから少し点数を稼いでおきたいのだそうだ。ペルツァが行きたい理由はさっぱりわからない。わたしはペルツァになんか来てほしくなかったけど、少なくとも彼なら、若い連中と違って裸の胸に囲まれても理性を失うことはないだろう。

ここ数週間トレーニングをさぼっていて、どうしようもないほど体がなまっている。それで、勤務時間が終わった後タピオラのジムに行くことにした。今後の何か月かに備えて、特に腹筋と背筋をうんと鍛えておかなくては。ジムに来て飛んだり跳ねたり走ったりしていると、頭が普段よりよく回転して、引っかかっていた問題に自ずと答えが見つかることがよくある。だけど今日はそうはならなかった。いつもの倍の負荷をかけて腹筋運動をし、大腿外転筋を鍛えるマシンで十分間も頑張ったのに。わたしの頭の中は真っ白だった。アイラが襲われたことで、エリナの死は事故ではなく他殺だと確信したものの、その確信が遠ざかっていくようだ。アイラを襲った犯人は、ただロースベリ館が無人だと思って空き巣に入ろうとしただけなのかも？ それともひょっとして、アイラの自作自演かも？ ルース・レンデルの推理小説にそんなのがあったっけ……。

古い知り合いのマケが隣のマシンにやってきて、わたしの思考は中断された。ジムの後で飲みにいこうよと誘われたが、今夜の仕事を口実に断った。いつまでも妊娠を隠し続けることはできないだろう。このわたしが〝禁酒の一月〟の伝統を守るなんて、誰が見てもおかしいと思うはずだ。それに、来週には母子健康センター《ネウヴォラ》の初回検診もある。

それでも各種マシンと格闘したことで、いつものように気分がすっきりした。家に帰ってから、アンティが言っていた環状二号線建設反対の集会のことを思い出した。その気になれば間に合ったのに。まったく、カッリオ＝サルケラ夫妻ときたら、世界を変革することになんと熱心なんだろう。風車を見ればことごとく挑みかかるなんて。一年後のわたしは、スリングにくるんだ赤ん坊を抱いて、日中保育サービスの質の向上を求めるデモ行進に参加しているかもしれない。本当にそうならないとも限らなかった。

夜に備えて、わざとユニセックスな服を選んで着替えた。ブラックジーンズに、たっぷりしたフランネルのシャツを合わせ、フリーマーケットで見つけた男物の黒のベストを重ねる。髪は下ろしたが、化粧はマスカラと、青ざめた顔色を隠すパウダーだけの最小限にしておいた。ハードに決めた女が映っていることを期待して鏡を覗き込んだが、目にしたのはただ緊張した表情を浮かべた顔だけだった。やっぱり年齢より幼く見えて、がっかりだ。わたしは常々、どうして世間では若く見られたほうがいいことになっているのか不思議で仕方がなかった。少なくともわたしの職業では、若い女の子に見られたところで自分の信頼性を高めることにはつながらない。

風俗店なんて、べつにわたし自身が好きこのんで行きたいわけではないし、ストレムとプーッポネンが一緒ではなおさらだった。プーッポネン本人は一緒に働いていて気持ちのいい仲間だ。サヴォ地方の出身で、髪は赤毛、顔中にそばかすが散らばっている。彼とストレムの仲は、わたしとストレムよりもっと険悪だった。つまり、彼がストレムとともに行動することは今まではまったく不可能だった。そんなプーッポネンが、自分からストレムと同じ任務に同行したいと言い出したのは意外だった。それだけファニーヒルの誘惑が大きかったのだろう。

ペルツァの運転するパトカーにヴァハン・ヘンッターンティエ《通り》で拾ってもらった。プーッポネンはすでに後部座席に落ち着いている。車の中で今夜の目的を二人に説明した。ミッラ・マルッティラに一昨日の夜の行動を尋ね、アリバイがありそうならその裏付けを取る。まずは店のオーナーに会って、勤務中の従業員に事情聴取をおこなう許可を取り付けなくてはならない。もっとも、許可が出ないわけはないと思っていた。風俗店のオーナーなら、警察とは良好な関係を保っておきたいはずだ。

「客に向かってフェミニストの講義を始めたりして、人様の楽しい夜を台無しにするなよ」

わたしが今夜の計画をひととおり話し終えるとペルツァが釘を刺してきた。

「しまった、暇つぶしの編み棒を忘れてきちゃったわ。次回は持ってこなくちゃ」

顔をしかめて言ってやった。ペルツァは鼻を鳴らし、サーブを店のすぐ前の路肩に乗り上げた格好で停めた。駐車場を探すまでもないだろう、すぐに終わるはずだ、とつぶやいている。店のドアマンは、特にわたしの顔をじろじろと見つめてきたが、ペルツァが警察だと名乗り、オーナーに会いたいと告げると、いったん中に引っ込んだ。やがて戻ってくると、オーナー兼経営者の事務所は二階にあると教えてくれ、しばらくバーで待つようにと言った。

わたしは前にも一度、故郷の町アルピキュラでストリップ酒場に入ったことがある。やはり警察の仕事がらみだった。あのときの顛末《てんまつ》はほとんどコメディで、実際、哀れっぽい喜劇のようなものだった。いま、ファニーヒルのバーに通されたわたしは、戸惑いながら店内を見渡していた。まだほんの宵《よい》の口なのに紳士のグループがいくつも入店していて、席はかなり埋まっている。ビジネスの会合からそのまま流れてきた人たちのようだ。男性はみな基本的にきちんと服を身につけており、女性たちが彼らに裸の胸を鑑賞させてやっている。その場にいる女性でちゃんと服を着ているのはわたしを除けば二人だけで、そのうち一人はフロアのチーフらしかった。もう一人はロシア語を話すグループの紅一点で、途方に暮れた顔をしている。胸を露わにした網タイツの女性たちの中にミッラの顔を探したが、見つからなかった。個室でストリップの最中なのかもしれない。

ドアマンが戻ってきた。ひとこともしゃべらずに、ついてくるよう手振りで示す。赤いベルベットが敷き詰められ、たくさんの鏡がはめ込まれた階段を、わたしたちは上っていった。鏡の中に自分とペルツァとプーッポネンが何人も映っているのが見える。二階の廊下にも同じ装飾が施されていたが、廊下の両側に並んでいるドアの開け閉めのせいで、赤いベルベットは擦り切れていた。売春宿の廊下みたいな眺めだけど、ドアの向こうが一人でストリップを楽しむ客用の個室なのだろう。いくつかのドアの向こうから、ため息のような音楽が流れてくる。

店のオーナー、ラミ・サロヴァーラの姿を見たとき、わたしはあやうく噴き出しそうになった。ここまで事前の予想どおりなのも珍しい。サロヴァーラは背が低く、でっぷりと太った赤ら顔の男だった。頭のてっぺんははげ上がり、サイドの髪を伸ばしてかぶせているものの、はげは隠せていない。その代わり口ひげは立派で、幅の広い鼻の下から上唇まで届いている。

「エスポー警察がうちの店になんのご用ですかな」

サロヴァーラは尋ねた。握手のために手を差し出す気配すらない。べつにかまわなかった。この男のねばつく手になんか、通りすがりにちょっと触れるのさえごめんだ。

「こちらで働いているミッラ・マルッティラさんの件です。彼女の数日前の行動について知りたいのですが」

「ミッラか。警察官が三人も来るなんて、いったいあの女は何をやらかしたんだ?」

言いながら、サロヴァーラは机の上のテレビ画面にちらりと目をやった。下の飲食フロアの様子が映し出されている。もしかしてストリップ用の個室にもカメラが設置してあって、従業員の働きぶりをチェックしているのだろうか。

「わたしたちはただ、マルッティラさんが殺人の計画なんかせずに間違いなくここにいたことを確認したいだけです。そのために、今夜の営業時間中に従業員のみなさんに事情聴取する許可をいただきたいんです。一昨日の夜の勤務表はありますか?」

「飲食フロアのチーフに訊いたらいい。下の階にいる、服を多めに身につけた、しなびかけた女だよ。あんたがた、ミッラが人を殺したと疑ってるんで?」

「あなたには関係ありませんので」冷淡な返事をしながら、わたしはこの男がレイプの被害に遭ったミッラにどんな仕打ちをしたか思い返していた。「プーッポネン、勤務表をもらってきてくれる? ミッラがその日、勤務のシフトに当たっていたか確認してちょうだい」

「営業時間中に従業員の邪魔をする許可なんぞ、出してやる義理はないんだ。業務と無関係の事情聴取なら、ほかの時間にやってもらいたいもんですな」

「その場合は、従業員の名簿を提出していただくことになります。住所、電話番号、その他の情報が記載されたものですが」

冷たく言ってやった。

ファニーヒルの個室ストリップの営業形態について詳しいことは知らない。しかし、同じようなピンクバーでは、売春の斡旋《あっせん》を禁じた法律を逃れるために、いわゆる断続的勤務時間という方法が用いられているのがわかっていた。店の個室で合法的にストリップを楽しんだ客が、個人的にその女性を買いたいと思った時点で、女性の勤務時間はいったん終了する。自分の体を売る行為自体は犯罪ではないし、従業員が勤務時間外に店の外で何をしようと店の関知するところではない、というわけだ。通常は店の近くに住居が用意されていて、女性はそこで客の相手をする。ことが済んだら店に戻って、勤務に復帰するという仕組みだった。このやり口を突き崩す唯一の方法は、労働時間を定めた法律に照らして裁くことだが、いまのところ最高裁による判決例が出ていない。

わたしは、ミッラもこの例に該当するのではないかと疑っていた。彼女の住まいはこのすぐ近く、ほとんど店の向かい側だ。もしそうだとしたら、ミッラは勤務日の夜中でも、こっそりロースベリ館に行く時間があったはずだということにもなる。

サロヴァーラが口を開く前に、勤務表を手にしたプーッポネンが戻ってきた。記録によれば、ミッラは間違いなく一昨日の火曜日の夜にここで仕事をしていた。

「さあ、どうします？　火曜日の夜に仕事に出ていた従業員に、いまここで話を聞かせていただけますか？　それとも、名簿を提出なさいますか？」

わたしはサロヴァーラを追い詰めていった。彼が頭の中でしたたかな計算を巡らせているのがわかる。名簿を提出すれば彼自身に危険が及ぶ公算が大きい。店の所有するアパートの一室に、女性たちが集団で住んでいると知れたら、売春宿をやっていますと宣言するようなものだ。それに、近隣諸国から来てこの店でダンサーとして働いている女性たちの全員が、まともな書類を持っているわけではないだろう。それは確信があった。

「事情聴取の許可さえもらえれば一晩で済むし、まずいことにもなりませんよ」これまでなぜか黙っていたペルツァが口を開いた。「なにも、証言者全員の個人情報が必要というわけじゃないんでね」

そのとおりだ。ペルツァは駆け引きの才能だけはある。彼はサロヴァーラの脱法行為についてなにか知っているらしい。そのことがわたしを苛立たせ、わたしの口からはいささか間の抜けた言葉が飛び出した。

「万一、マルッティラさんが有罪だった場合――たとえば殺人未遂に関してですが――、彼女に手を貸した人も有罪になり、服役しなければならない可能性がありますよ。特に、これまでの経歴にいろいろある場合は」

サロヴァーラの犯罪歴なんて確認していなかった。ところがわたしのせりふは痛いところをついたらしく、サロヴァーラは曖昧《あいまい》に鼻を鳴らすと事情聴取の許可を出した。ただし、店の営業を妨害しないという条件付きだ。部屋を出ようとしたとき、サロヴァーラが突然わたしに声をかけてきた。

「婦人警官さん、警察の仕事に飽きたらうちに来ないかね。歓迎するよ。いかにも女っぽいタイプには赤毛は少ないから、貴重でね。胸のサイズもちょうどいいし、見たところまだそれほど垂れてないようだ。それに、女に命令されるのが好きな客もいるんだよ。あんたには黒い革のコルセットを着せて鞭《むち》を持たせたら似合いそうだな」

ペルツァが息を吸い込み、サロヴァーラに近づきかけたが、彼がサロヴァーラに手を出すよりわたしの口から言葉が出るほうが早かった。

「まあご親切に、でも結構ですわ。自分の裸を誰に見せるかは自分で決めるし、誰の裸を見るかもわたしが自分で決めさせていただきます。あんたになんか、これっぽっちも興味ありませんわ。太りすぎにもほどがあるし、髪の毛だって全部なくなったほうがまだましなのに、必死で隠そうとしちゃって、かえって笑えるわよ。自尊心の欠如が露呈しているわね、そのひげも同じよ。だいたい、いったい何を隠そうとなさってるのかしら？　プロが相手でも、もう勃《た》たないってことをかしら？　そんなの、頭のてっぺんを見ればすぐわかると申し上げておきますわ。ご協力に感謝します、ではどうぞ楽しい夜を！」

わたしは後ろ手でわざと丁寧にドアを閉めながら、もう一度サロヴァーラのトマトみたいに真っ赤になった顔をちらりと見てやった。

「おまえ、お友達がまた一人増えたようだな」

廊下でペルツァが言った。

「どういう意味？」

「この店なら、われらが警察署長殿もお気に入りの場所のはずだしな。署のクリスマス・パーティーの二次会でここへ流れてきたんだが、署長はウェイトレスたちを名前で呼んでいたぞ。

ここの女は上半身があれだからな、名札なんぞつけていないだろう。見ればわかると思うが」

「わたしと署長はいま、このまま行ったら正面衝突して大惨事の危機にあるんだから。そんなのどうだっていいけど。さあ、わたしはミッラ・マルッティラを探すから、あんたたちはほかの従業員に当たってちょうだい！」

わたしは頭がかっかしていた。堪忍袋の緒がとっくに切れていたからだ。でもサロヴァーラに切り返してやれたのが痛快で、一人で含み笑いしてしまった。階段を下りかけたとき背後でドアが開いて、男が一人、ズボンのファスナーを引き上げながら出てきた。わたしに気づくとぎょっとした顔になり、大慌てで脇をすり抜けていった。わたしは廊下に引き返し、男が出てきた部屋の中を覗き込んでみた。中は薄暗かったが、ショーツをはこうとしている女性の姿は識別できた。ミッラ・マルッティラは、簡単に見つかったわけだ。

「こんばんは、ミッラ。ちょっと話がしたいんだけど」

「なんだ、おまわりか。ストリップを見に来たの？　あんたは男にしか興味がないと思ってたんだけど。結婚してるんじゃなかったっけ？」

「軽口はやめてちょうだい。オーナーから、火曜日の夜のことであなたと話をする許可をもらってあるの」

「話すことなんかなにもないよ。あたしは八時から朝の四時まで仕事してたんだから」

ミッラは乳首が透けて見えるブラジャーを着けた。寒いのだろう、青ざめた皮膚に鳥肌が立っている。

「ちょっと待ってて、上になんか着てくるから」

　そう言って、ドアの外へ消えていった。

　部屋に一つだけあった椅子に座って待つことにした。黒い革張りの肘掛け椅子だ。脇に小さなテーブルがあり、その上には手回しよくティッシュペーパーの箱とエキストラ・ストロングと書かれたコンドームのパッケージが置かれている。ステージはせいぜい二メートル四方ほどの広さしかなく、肘掛け椅子に座った人の目の位置が、ちょうどストリッパーの小陰唇を遠慮なく鑑賞できる高さになるよう調整されていた。黒い壁に覆われた、ただでさえ狭苦しい部屋は、赤っぽい照明のせいでますます洞窟めいて見える。ドアの脇にはボタンが並んでいた。照明を変えたり音楽を選んだりするボタンだろう。このステージに上って踊るのは、どんな気分だろう。絶対に手を触れてはならないという条件でストリッパーを見ているほうは、どんな気分なのだろう。戻ってきたミッラが身につけていたのは、赤い花の刺繍《ししゅう》が入った着物風の黒いサテンのガウンだった。よく似たのをわたしも持っている。だけど、あのガウンがセクシーだなんて、いままで考えたこともなかった。ミッラはステージの端に、わたしと向かい合うように腰を下ろし、たばこに火をつけた。

「あなたは一晩中この店にいたと言っていたわよね。だけど、あなたの話は信用できないところがあるの。エリナが死んだ夜、ヨルッカという男の家にいたとも言っていたけれど、ハイカラがあなたに同行したときも、結局その男は見つからなかったでしょう。火曜日の夜、休憩を取って食事をしたのは何時ごろ?」

「なんの話？」ミッラは笑った。「この店じゃ、仕事中に食事なんかさせてもらえないんだよ。お腹がでっぱっちゃうだろ。そうじゃなくたって、あたしは太めなのにさ。けどね、がりがりの痩せっぽちより、あたしみたいなタイプのほうが好みだって男も多いんだよ」

ミッラの目は太いアイラインで黒々と縁取られ、唇も爪も今日は黒く塗られていた。彼女なりの喪服なのかもしれない。

「いま、一緒に来た同僚が、ほかの女の子たちに話を聞いているわ。それでなにもかも明らかになるわね」

「ねえ、アイラの身に何があったの？ あたし、あんたが電話してきたときは本気で眠たかったから、何を言われてるんだかわかってなかったんだよね」

わたしが経緯を説明すると、ミッラの目に信じられないという表情が浮かんだ。

「アイラを襲うなんて、いったい誰がそんなこと考えたんだろ。あんな優しくていい人なのに」優しくていい人、という言葉を口にするとき、ミッラはとても真面目な面持ちになった。「アイラは、エリナの死についてなにか余計なことを知っていた。あんたはそう思ってるわけ？」

「そうかもね。もう一つ、知りたいことがあるわ。アイラが遺産を相続すると約束していたのは誰なのか、よ」

「あたしってことはないからね！ そりゃ、全部あたしの仕業なら、あんたにとっては都合がいいだろうけどさ。あたしはヨーナやキヴィマキのくそばばあみたいに有名人じゃないし、ニーナみたいに金持ち一家のお嬢様でもないんだし」

「あなたが育ったのはどんな家庭だったの？　ローズベリ館で、近親相姦の話もしていたわね」

ミッラは何度か煙を吸い込み、上の空でたばこをステージの端に押し付けた。吸殻が、床に敷き詰められたダークレッドのじゅうたんの上に落ち、わたしはブーツのかかとでもみ消してやった。ミッラは、赤いサンダルに包まれた、爪を黒く塗った自分の足先を見つめたまま、黙りこくっている。

ミッラのこれまでの人生が、わたしになんの関係があるだろう。それでもわたしは、ヨハンナの身の上を知りたかったのと同じように、ミッラのことも知りたかった。初めてミッラに会ったとき、わたしは彼女がストリッパーの仕事からも売春婦の役割からも足を洗いたがっているのだと思った。もしかしてわたしは、自分自身が体験することもない職業から、彼女を救い出してやる自分の姿を想像していたのだろうか。

「あたしの家族ね。ふん！　ケラヴァに住んでるよ。あの人たちはちょっと運が悪くてさ。なかなか子どもができなかったんだよね。それでとうとう養子をもらうことにして、それがあたしだったわけ。ところがリトゥはさ、あたしの養母だけど、あたしを引き取って二か月かそこら経ったころに、妊娠してることに気づいたんだ。結局、男の子を三人も産んでさ。リトゥはちっちゃな宝物の世話に夢中になっちゃって、だんなのリパの相手をしてやるのをすっかり忘れちゃった。だけどリパには、あたしがいたってわけさ。初めてブラジャーを着けたとき、あたしはまだ十歳だったけど、リパはそのときからあたしを大人の女として見てたよ」

「つまり、十歳のときから養父に性的虐待を受けてきたということ？」

「ずいぶんお上品な言い方だよね。性的虐待を受けた、なんてさ。あのおやじは挿入したわけじゃない、あたしのかわいい口と、器用な手で楽しんだんだ。大学入学資格試験に受かったお祝いの日に、あたしはとうとう養母のリトゥと親戚中のやつらに、全部ばらしてやったんだ。あたしの養父がどんなにすてきな父親だったかをね。それからケラヴァには一度も帰ってないよ。べつに帰りたくもないしね」

わたしの中で吐き気と怒りがせめぎ合っていた。ミッラのこれまでの人生を知りたいと望んだのはわたし自身だ。これはその報いだ。エリナはいったいどうやってセラピストの役割に耐えていたのだろう。エリナなら、ミッラやヨハンナにどんな言葉をかけてあげられたのだろう。わたしはもう、かけてあげられる言葉など、とっくの昔に何一つ思い浮かばなくなっていた。

「だけど、あの糞いまいましいやつらは、それからもあたしを苦しめ続けた。あたしはね、学校の成績だってけっして悪くなかったんだ。リパが一晩中あたしを寝かせないもんだから、勉強に集中するのが難しいときもあったけどさ。それでも、文学部に一発で受かったんだから。なのに奨学金の委員会が、二十歳以下の学生はみんな両親の世話になってると思い込んでてさ。しょうがないから、あたしは自分が人より優れてる分野で稼ぐことにしたわけさ」

黒いペディキュアを塗ったミッラのぽっちゃりした足の指は、冷害にやられてしぼんだジャガイモのようだった。養父を訴えることを提案してあげるべきだろうか。虐待行為は何年か前に終わっているが、犯罪としてはまだ時効にならない。だけど、どうやって証明できる？　ミッラの養父母は社会的に立派な人物とみなされているはずだ。そうでなければ養子を迎える決定がまず下されない。

養子……ミッラは確か、七五年生まれだった。ちょうどエリナとカリ・ハンニネンが付き合っていたころだ。もしも……。まさか、そんなことありえない。あまりに空想的すぎる。それでも、訊かずにいられなかった。

「本当の両親が誰なのか、確かめてみたことはある?」

「なんのために?　両親があたしをいらないって言ったのに、なんであたしが両親のことを知りたいと思わなきゃならないんだよ。ここのおやじたちは、あたしを欲しいと言ってくれる。それで十分だよ」

タルヤ・キヴィマキが皮肉を込めて言っていた捨て猫の話を思い出した。エリナは腕を広げて捨て猫を集めているというあの話だ。ミッラの中には、まだ育ちきっていない、道に迷った子猫の姿がはっきりと見て取れた。常に精一杯爪をむき出している子猫。ミッラにしてみれば、エリナの死はまさに最悪のタイミングに当たってしまったのだろう。ミッラの本当の両親について調べようと思った。もっとも、養子縁組の書類でわかるのは母親のほうだけだろう。実の母がエリナ・ロースベリという可能性は?　そのときノックの音がして、わたしはびくっとした。ミッラの次の客だろうか?

現れたのはペルツァだった。ミッラを見るペルツァの目つきの親切そうなことといったら、昼間の酔っ払い集団に向けられていたのと同じくらいだった。

「こちらのマルッティラ嬢はずいぶんとしたたかな嘘をつくようだな。一昨日の夜、仕事を始めた時刻は夜中の十一時半だそうだ。勤務表では八時からということになっているが、タチアナという女性と代わってもらったそうだな？　その間、どこにいた？」

ペルツァを見つめ返すミッラの目つきも、ペルツァのそれと同じだった。

「タチアナがそう言ってるの？　あの子のフィンランド語はひどいもんだし、英語もだめなのに。火曜日の話だってこと、間違いない？　それとも、まさか、あんたみたいなおまわりがロシア語をしゃべれるわけ？」

「火曜日の夜、どこにいたの、ミッラ」

「この間抜けに、出ていくように言ってよ」ミッラはストレムを指さして言った。「こいつが聞いてる限り、あたしはなにもしゃべらない。あたしとあんたが話してる間、こいつはタチアナに踊ってもらったらいいよ。ストリップを見るんなら、ロシア語なんかできなくても大丈夫だよ。必要なのはほかの言葉だからさ」

席を外すようペルツァに合図した。幸い、黙って従うだけの理性は彼にもあった。単に下のフロアにいる上半身裸の女たちに興味をかきたてられただけかもしれないけど。強がってみせるミッラの姿が痛々しかった。ミッラがわたしをけしかけて、彼女の演技をぶち壊し、他人を中傷するのはやめなさいと命令するよう、仕向けている気がする。

「さあ、話してちょうだい。火曜日に何があったの？」

「あたしは……」ミッラの目がしばたたいた。目からあふれ出した黒い筋が頰を伝い、ぽっちゃりしたあごまで流れ落ちた。「あたしはただ、仕事に出る気になれなかったんだ。それで、ロシアの子たちがまとまって住んでるアレクシス・キヴェン・カトゥ《通り》のアパートに電話したんだよ。最初の何時間かだけでもいいから、誰か代わってくれないかと思って。先週の週末は死ぬほどつらかった。月曜は定休日だから、休んでたしね。あたしは、ただ……疲れてたんだよ」

「どうしてこんな仕事を続けているの？」

「あんた、おまわりのくせにずいぶん甘ちゃんだね！　この仕事をやめさえすれば、あたしの人生がましになるとでも言いたいの？　立派な文学部の学生になって、どっかのちゃんとした男と結婚して？　笑わせるんじゃないよ」

ミッラはティッシュペーパーを何枚かまとめて取った。崩れた化粧で顔がおかしなふうに黒く汚れている。

「あたしが住んでる部屋だって、ここの店のものなんだよ。あのロシアの子たちみたいに共同生活するのなんか、死んでもいやだしね。ほかにどこに住めばいいんだよ。学生寮に入れなんて言わないでよね。ああいうとこでやっていけるほど、あたしは社交的じゃないんだよ」

気のきいた言葉は依然としてまったく思い浮かばなかった。頭に浮かぶのは決まりきったせりふばかりだ。こんな仕事はやめなくちゃ。幼少時のトラウマを克服するためにセラピーを受けたらどうかしら。養父を訴えるべきよ。でも、そんなせりふさえも口にすることなく、わたしは事情聴取を続けた。

「つまり、火曜日の夜はずっと自宅にいたの？」

ミッラは首を振った。黒い口紅の色が流れてあごまで伝い落ち、白っぽいファンデーションの下で鼻が真っ赤になっている。

「あんたなんかに話してやる義理はないよ！　あんたはおまわりで、エリナとは違うんだから。はいはい、あたしは家にいましたよ、証人はいませんよ。それとも、もしかしてあたしはロースベリ館にいて、アイラを襲ったのかもよ。エリナを殺したことをアイラに知られてしまったから。もしそうだとしても、どうせ同じことだろ」

「同じじゃないわ」

わたしは椅子から立ち上がると、相手の心に触れられそうな表情を作った。もっとも、この部屋の中では、相手に触れる行為は許されていない。この部屋で許されるのは、裸になった相手を見ることだけだ。精神的にも、肉体的にも。

「確かにわたしはエリナじゃないわ」どんな言葉をかけたらいいかわからないまま、わたしはミッラの肩をおずおずとなでた。「でもね、エリナ以外にも、助けてあげられるかもしれない人間はいるのよ」

そのときドアが勢いよく開いた。ノックの音は聞こえなかった。ラミ・サロヴァーラがこちらを覗き込んでいる。

「おいミッラ、下でおまえを呼んでるぞ。四十五分に指名が入ってるそうじゃないか……さっさと顔を直してこい！　事情聴取で店の営業を妨害しないという約束でしたな？」

最後のひとことはわたしに向けられていた。

「だいぶいろいろわかりましたわ、ご協力に感謝します」

そう返事したが、邪魔をしたサロヴァーラに腹を立てていたのか、それともミッラとの話を切り上げることができてほっとしていたのか、自分でもわからなかった。わたしはもう少しで、人生をやり直す手助けをしてあげる、と言ってしまうところだったのだ。自分自身の人生だって、問題が山積みのくせに。

階下へ下りていくと、プーッポネンとストレムがビールのグラスを前にバーカウンターのところに立っていた。ショータイムが始まっていて、ステージの上では未成年ではないかと思うような若い女性が魅惑的な体をくねらせている。プーッポネンが大いに興味を抱いているようだ。

「まだここで楽しみたかったら、車はわたしが乗って帰ってもいいけど」

にやにや笑いながら言ってやった。

「これだけのために、わざわざおれたちを連れてきたのか?」プーッポネンが疑わしげに言った。「おれはてっきり、逮捕劇になると思ってたよ」

「そうなるかもしれなかったのよ」

わたしは目をきょろきょろさせた。どうもここにいると落ち着かないのだ。じろじろ見られている気がする。この店では、男はきちんと服を着て、女は着ていない。そのルールを乱しているわたしは、この店の外に存在している現実を、ここにいる人たちに思い出させてしまっている。

とはいえ店内には、ほかにもこの手の店にあまりそぐわない人物が存在していた。奥のテーブルに、ヨーナ・キルスティラの姿があったのだ。背広姿のにぎやかな集団に取り囲まれて、彼は独りきりでぽつんと座っていた。

「知った顔がいるわよ」ペルツァに言うと、彼も少し目で探してからヨーナの姿を認めた。

「若い方のロースベリの男か。こんなところで悲しみを癒しているわけだな」

「話を聞いてみましょう。ついでに、キルスティラが火曜日の夜にどこにいたか、確認するのよ」

「あの軟弱野郎がこんな店に来る勇気があるとは、驚きだな」ペルツァが吐き捨てるように言った。

「あら、ピンクバーに来ることが男らしさの特別な証明になるの？　抑圧された男たちが強姦の罪を犯さずに済むように裸の胸を見る機会を得る、ここはそういう理屈で擁護されてる場所じゃなかったかしら？」わたしはテーブルの間を縫ってキルスティラのほうへ歩きながら大声で言った。「こんばんは。わたしたち、バーで出会う運命みたいね」

キルスティラは酔った目でわたしの顔を見つめてきた。わたしがファニーヒルなんかで何をしているのか、すぐには見当がつかないようだ。だがやがて思い当たったらしく、口を開いた。

「抜き打ち捜査？」

「いいえ、そういうのはわたしの担当じゃないから。どうしてここに来たんだと思う？」

詩人はわたしの質問が理解できないようだった。ペルツァが隣のテーブルから椅子を一脚持ってきて、キルスティラと並んで腰掛けた。わたしはまるで注文を取ろうとするウェイトレスのようにテーブルの脇に突っ立っていた。

「かわいい子がそろってるじゃないか、なあ」ペルツァのことさらに親しげな口調は、わたしが聞いたことのない類のものだった。「しかしキルスティラさん、こんな場所に来ていることをいまは亡き恋人が知ったら、どう思いますかね」

キルスティラがあんなにすばやい反応を見せるとは思ってもみなかった。彼はいきなり立ち上がると、ペルツァの鼻をぶん殴り、次の瞬間には店の出入り口めがけて猛然と走り出した。後を追って駆け出したわたしは、途中で椅子を何脚かとジョッキを一つ倒してしまった。キルスティラの上着の裾をつかんだが、彼は上着を脱ぎ捨てて走り続けた。しかしドアマンを振り切ることはできなかった。ドアマンはキルスティラの首根っこをつかみ、プロの仕草で右腕を首に回すと、のど輪攻めをかけた。身長二メートルはある大男の手に落ちたほっそりと小柄な詩人は、まるで子どものようだった。

「いったいなんの騒ぎだ!」ラミ・サロヴァーラが出てきてわめいた。監視カメラの映像で階下の出来事に気づいたのに違いない。「お客の事情聴取をするとはひとことも聞いてないぞ! これは営業妨害だ」

この場から消えてしまいたくなった。後のことはペルツァとサロヴァーラとヨーナ・キルスティラに任せて、ここから立ち去ってしまいたかった。タクシーを拾って家に帰り、アンティと一緒に暖かいベッドに潜り込んでしまいたかった。ロースベリの事件から離れてしまいたかった。事件解明の手がかりかと思えた糸は、どれもどこへもつながっておらず、結局は一つの汚らしい灰色の糸玉から出てきたはんぱ糸でしかなく、たぐってもたぐっても糸玉は一向になくなる気配がない。

「おたくの客が警察官を殴ったんです。おまけに彼は捜査中の事件の被疑者でもあるんです」

なんてことかしら。キルスティラを逮捕せざるを得ない。ペルツァが黙っていないだろう。おそらく起訴することになり、わたしは証人として出廷しなければならないだろう。

キルスティラの一撃にはたいして威力がなかった。幾度も殴られた経験のあるペルツァの鼻からは、血の一滴も出ていない。プーッポネンがペルツァの背後でにやにや笑っている。キルスティラを同志と思ったに違いない。

「詩人キルスティラ、一晩留置場に入ってもらうことになるな」ペルツァは、ドアマンに技をかけられて顔を真っ赤にしているキルスティラに向かって、笑みを浮かべながら言った。「任意同行に応じるか？　それともパトカーから手錠を持ってくるか？」

キルスティラは返事をしない。わたしはドアマンに、離してやってと目配せした。二人の警察官に両側から腕をつかまれたキルスティラが先に立ち、わたしがそれに続いて店を出た。去り際にふと振り返ると、化粧を直したミッラが階段の上に立っていた。彼女の顔にはひどくおびえた表情が浮かんでいた。

15

パトカーの中は実に陽気な雰囲気に満たされていた。プーッポネンが運転席に座り、ペルツァは助手席で鼻をさすっている。わたしはヨーナ・キルスティラと並んで後部座席に座っていた。ペルツァが、キルスティラを直ちにエスポーの留置場へぶち込んでやるべきだと言ってきかなかったのだ。

公務執行中の警察官に対する暴力行為はもちろん犯罪だ。だけど、ちょっとかすった程度のことにペルツァは大騒ぎしすぎだと、プーッポネンもわたしも思っていた。まして騒動の引き金になったのはペルツァ自身の言葉だったのに。それにわたしにとっても、キルスティラを連行したところでたいして捜査の役に立ちそうもない。今日もまた前後不覚なのだから。

それでも彼はムンッキニエミ地区に差し掛かったあたりで目を覚ました。

「留置場なんてだめだ。ぼく、帰ってペンティになにか食べさせなくちゃ」

「誰だ、その、ペンティってのは？」

ペルツァがわめいた。

「ペンティに水はやってある？」わたしが尋ねると、キルスティラはこくんとうなずいた。

「ペンティは猫なのよ」前の座席に向かって説明してやった。

高速トゥルク線を走っていると、キルスティラが気持ち悪いと言い出した。プーッポネンはウィンカーを出し、車を路肩に寄せた。キルスティラはドアを開けるやいなや道端に勢いよく吐いた。ビールとソーセージの匂いが漂ってきて、わたしまで気分が悪くなってしまった。鼻で息をしないように努めたが、署に着いてもまだ胃のむかむかが治まらない。

この時間ならもう誰もいないと思っていたのに、うちの課は全員がまだ残っていた。ソマリ語で交わされる興奮した会話がエレベーターのドアのところまで響いてくる。珍しく声を張り上げて指示を出しているタスキネンの声も聞こえた。

廊下はソマリア人の集団が一族そろって泊まり込みに来たような眺めだった。ほとんどが男性だが、すっぽりとヴェールをかぶって目元すら見えない女性も二人まじっていて、小さな子どもたちの姿もある。

「いったいなんの騒ぎです？」

ペルツァが疲れた顔のタスキネンに訊いた。

「スヴェラ地区で放火だ。この家族が住んでいる家の居間の窓めがけて、何者かが火炎瓶を投げたんだ。いま、事情を聞いているところだ。誰か手を貸してくれないか？　そっちも逮捕があったのか？」

「プーッポネン、おまえ行けよ」

ペルツァが言った。わたしは別の提案をしようと思ったのに。大きな目をした男の子が、わたしの足につまずいて転んでしまった。抱きかかえて、あやしながら立たせてやったが、黒いヴェールをかぶった女性の一人が来てさっと子どもを抱き取ってしまった。ヴェールを通して、ごめんなさい、というかすかなつぶやきが聞こえたような気がした。ついさっきまで見ていた胸も露わなウェイトレスたちと、全身をヴェールで覆った女性たちとの落差があまりに激しくて、普段なら脅威を覚えるヴェールもあまり気にならなかった。

「さっさとキルスティラのほうを片付けましょう。ユルキを手伝わなきゃ」

ため息をつきながらペルツァに言った。ソマリア人の男たちは、嘔吐物の匂いをぷんぷんさせているキルスティラを軽蔑のまなざしで見ている。わたしはキルスティラに、とりあえず男子トイレで手や顔を洗ってくるよう指示した。

「様子を見てきてやるか？　あの赤いスカーフで首を吊らないとも限らんぞ」

ペルツァが言った。

「この上そんな騒ぎまで！　ああもう、しばらくここを離れられるのがうれしくなってきちゃうわよ」

うっかり口走ってしまった。

「なんだと？」

ペルツァは男子トイレの入口で振り返ったが、すぐにキルスティラの行動のほうが興味深いと気づいたらしく、どなりながら中に飛び込んでいった。

「この野郎、トイレに何を流すつもりだ！」

その直後に聞こえた音は、明らかになにかが便器の中に落とされる音だった。雄鶏のマークを無視して、わたしも中に踏み込んだ。ペルツァがキルスティラを羽交い絞めにしている。

「こいつが便器に何を突っ込んだか、見てみてくれ」

便座の蓋《ふた》を上げて中を覗き込んだが、幸い水に浮いていたのは、茶色い物質が入った五センチ四方程度の透明なビニールのパッケージだけだった。

「ハッシシのようね。ヨーナ、あなた、これを持っていたから逃げようとしたの？」

ペルツァの手の中で身をよじっているキルスティラは、まだ酔いが覚めないようだ。まったく、ばかな男だわ、と思った。目の前の二人のうちどっちのことか、自分でもわからなかったけど。少なくともキルスティラは、おとなしく火曜日の夜の行動を話してさえいれば、ハッシシの不法所持で逮捕されることもなかったのに。

「キルスティラの起訴罪状は一つじゃ済まないようだな」ペルツァは意地悪く言って、自分より小柄な男を放してやった。「警察官に対する公務執行妨害に、薬物の不法所持。殺人の容疑はどうだ？　いや、アイラ・ロースベリを狙った殺人未遂のほうか？」

突然キルスティラの目の焦点が合った。

「アイラに何があったんだ？」

「わかったわかった、とぼけるのもいい加減にしろ。火曜日の夜、ロースベリ館で彼女を殴ったのはおまえだろうが。違うか？」

ソマリア人の男性がトイレのドアを開けたが、わたしを見た瞬間に逃げていった。どうしようもなくて、わたしはけらけら笑い出してしまった。今日は一日、あまりにもいろいろなことがあまりにも多すぎた。わたしにはもう、笑いの発作を止める意志の力なんて残っていなかった。

「おいカッツリオ、何がそんなにおかしいんだ！　さっさとここから出ようぜ」

落ち着かせようとするペルツァの言葉を聞くとますます止まらなくなり、わたしは声を上げて笑い続けた。

ようやく少し落ち着いて、キルスティラはうつろなまなざしで一点を見つめている。

レコーダーを調整している間に、わたしの部屋で事情聴取をしましょうと提案できるくらいになった。レコーダーを調整している間に、ペルツァが自分とキルスティラにコーヒーを、わたしにはココアを運んできてくれた。黒いロングコートをはおり、前をきつくかき合わせたキルスティラは、〝美男子図鑑〟の真下にある肘掛け椅子に身を沈めた。コーヒーを飲んで少し目が覚めたようだ。わたしのココアは悲しくなるほど水っぽく、ペルツァがココアの粉をパックの半分しか入れなかったんじゃないかと思ったくらいだった。

火曜日の夜のことから尋問を始めた。

「火曜日の夜だって」キルスティラはいらいらと言った。「おとといの夜ってこと？　そんなことどうして覚えていられる？　どこかの酒場にいたよ。コスモスだったか……いや、コロナだったかも……ああ、そうだ。まずコスモスで飲んで、それからサンタフェのバーに行ったんだ。店を追い出されたのは一時ごろだったと思う。それから家に帰ったはずだよ……」

「誰と一緒だった？」

キルスティラは、コスモスという店で一緒だったという著名な詩人の名を二人ほど挙げた。わたしはさほど深い意味もなく、毎晩飲みに出掛けているのかと尋ねた。

「言葉が出てきてくれないんだ」

彼は悲しげに言い、コーヒーを飲み干すと、たばこを探してポケットをまさぐったが、手の動きは途中で止まった。

「トップレスバーにいれば言葉が出てくるっていうのか?」ペルツァが意地悪く言った。「それほど詩的な場所とは思えなかったがな」

キルスティラはただ首を振るばかりだった。ハッシシについては、昨晩誰かから買ったということ以外、なにも話そうとしなかった。

「コロナにいたときだったか……キースキだったか……覚えてないよ」

同席しているのがペルツァでなくプーッポネンか誰かだったら、キルスティラを釈放してやろうと主張したかもしれない。だけどペルツァを相手に言い争いを始める気になれず、結局、翌朝八時からペルツァが再度キルスティラの取り調べをするのに立ち会うよう努力すると約束した。

吹雪の中を家に向かってごくゆったりと車を走らせるころには、目を開けているのが精一杯になっていた。道路を横切って走っていく野ウサギや、吹雪をものともせずヘンッターの農地にスキーで曲線を描いている人の姿を見るたびに、わたしの口元に笑みが浮かんだ。スキーをする人影はアンティかしらと思ったが、彼はあんなに背が低くも太ってもいない。わが家には明かりが輝き、焼き立てのパンの匂いが漂っていた。アインシュタインが玄関に飛んできてくれ、その後からアンティがにこにこしながら出てきた。環状二号線建設反対の集会があったから、きっとぐったりしていると思っていたのに、彼の顔は輝いている。

「おかえり、ぼくの大事なマリア。遅くまでお疲れさま、ちゃんと生きてる？」

言いながらわたしの体に腕を回してくる。アンティの長い髪は泥炭と風の匂いがした。ウールのセーターに小麦粉がくっついている。

「どうにかこうにか。ああ、いい匂い。お腹がぺこぺこで、もう死にそうなの」

「キルスティから一時間ほど前に電話があったんだ。女の子が生まれたそうだよ」

きついことばかりだった一日の終わりに、すばらしいニュース。涙があふれてきた。いやだ、もう。これまで、赤ちゃんが生まれたと聞いてめそめそ泣き出したことなんかなかったのに。

「お産は順調だったの？」

アンティをせかしてほかほかのパンの待つキッチンへ向かいながら尋ねた。

「うん、十二時間近くもかかったらしいけどね。週明けまでタンミサーリでゆっくりするそうだよ。時間が取れそうなら、土曜日にでも顔を出しにいかないか」

パンを四切れたいらげると、わたしの体はさらに熱いシャワーも要求してきた。やっとアンティとアインシュタインの間に潜り込んだときには、もうだいぶ遅い時刻になっていた。胸を露わにした女性たちが子猫におっぱいをやっている夢を見た。次の朝、睡眠不足を隠すためにぱりっとした服を着て、いつもより念入りに化粧した。昨日ジムで頑張ったせいか腹筋が少し痛む。自分の体じゃないみたいだ。確かにこの体はもう、わたし一人のものではない。この体の中にはもう一人、別の誰かが住んでいる。誰かさんは、いまはまだたいして場所も取らないが、わたしののどに苦いコーヒーみたいなげっぷを突き上げてくる。わたしの嗅覚を乗っ取ってしまい、ガソリン臭やたばこの匂いにわたしより強く反応する。大きくなるためにたっぷり眠ろうとするから、わたしもすぐにぐったりしてしまう。ほんのちょっとしたことで目に涙が浮かぶのも、わたしの中にいる誰かさんのせいだ。誰かさんはじきに目に見えて成長し始め、わたしのお腹はどんどん大きくなって体型が変わり、これまで着ていた服が入らなくなるだろう。誰かさんはいずれわたしの中から外へ出てきて独立した人格を持つことになり、それでもやはり、何年もの間わたしを頼りにするだろう。

　鏡を覗き込んで、ファンデーションを塗った顔をじっと見つめた。自分の目の奥に、ほかの誰かのまなざしを感じる。わたしがまだ会ったことのない誰かがそこにいる。突然、恥ずかしくなるほど大きな喜びが込み上げてきた。目に浮かんだ涙をあわててぬぐうと、今日もまたハードになりそうな一日の待つ署に向かって家を出た。途中、タピオラのバス停でアンティを降ろし、ポホヤンティエ《通り》経由で車を走らせる。

　ヴァンハン・マンッカーンティエ《通り》まで来ると大混乱が待っていた。トレーラーが道路と直角になって立ち往生している。下り坂の滑りやすい路面で被牽引車が外れ、そのまま対向車線のライトバンに突っ込んだようだ。ライトバンの運転手がどうなったか知りたくもなかったが、被牽引車の下敷きになってぺしゃんこに潰れた黄緑色の鋼板から目を離すことができなかった。救急車に乗せられていった男性は、おそらく気が動転したトレーラーの運転手だろう。騒然とした現場にたっぷり十五分も立ち尽くしてから、ペルツァに電話をかけようとした。なのに、携帯がうんともすんとも言わない。まったく、役に立たない安物なんだから！　細い脇道を抜けていったんタピオラ方面へ戻り、別のルートを通って署に着いたときには、すでに九時をだいぶ回っていた。ペルツァが見当たらないので受付に訊くと、ハイカラと二人で第三取調室にいるという。

第三取調室へ急いだが、すでに無人だった。ようやくペルツァを見つけたのは課の休憩室だった。

「てっきり寝坊かと思ったぜ。その体じゃ、たっぷり寝ないといけないだろうからな。キルスティラの一次聴取は、ハイカラと二人で済ませておいた」

「キルスティラはどこ？」

ペルツァがわたしの体の状態について言ったことは無視して尋ねた。

「釈放したよ。罪状が二つになって、やつはすっかりしょげ返って目も当てられないほどだったぜ」

「なんてことをしてくれたのよ！　わたしはまだキルスティラと話があったのに！　火曜日のアリバイの裏は取ったんでしょうね」

「いまちょうどハイカラが電話をかけてるところだ」

ペルツァはデニッシュの最後のひとかけらを口に入れ、すぐ脇まで寄ってくると、わざとらしく秘密めかした口調でわたしの耳にささやいた。

「なあ、おれたちがおまえを失うことになるのはいつごろなんだ？　いつから産休に入る？」

「うるさいわね、いったいなんの話？」嚙みつくように言い返し、いかにも心配していると言いたげにわたしの腕に触れてきたペルツァの手を払うと、部屋を横切ってエレベーターに向かった。後を追ってきたペルツァは、閉まりかけたエレベーターのドアの隙間に足を挟み、むりやり乗り込んできた。

「もうこの課には戻ってこないんだろうな」

しつこくしゃべり続けている。

「どうしてそういう話になるのよ。子どもには父親だっているじゃないの」

かすれた声で言った。ペルツァに対して妊娠を認めてしまうなんて、わたしはばかだ、とわかってはいたけど。

「子育てってやつは、こんな勤務形態じゃとても無理なものだぜ。おれだって、ヤニとイェンナの顔を見られるのは朝食のときだけって状態が何週間も続いたもんだ、よく覚えているけどな。あまり楽しい状態じゃなかったよ」

エレベーターが止まり、わたしはペルツァにかまわずさっさと自室へ向かった。彼はまだついてきたが、部屋の前で誰かが待っているのを見て足を止めた。

わたしの思ったとおりだった。タルヤ・キヴィマキが、わたしに会うためにやってきていたのだ。まだ十時になっていなかったが、彼女はもうわたしの部屋の前に立っていた。真っ赤なパンツスーツに身を包んだキヴィマキの姿は、警察署のくすんだ灰色の壁を背景にするとものすごく目を引いた。前回会ってから美容院に行ったらしく、ストレートなボブカットだった無難な茶色の髪は、ウェーブのかかった金髪のショートヘアに変わっていた。

「おはようございます」

わたしはキヴィマキに声をかけ、自室のドアを開けた。今回は二人きりで話したい。彼女がエリナの死に関して本当に重要な情報を持っていることがわかった時点で、誰かに同席してもらい、レコーダーのスイッチを入れよう。レコーダーはデスクの上に載せられたままで、昨夜の出来事を思い出させた。今日はキヴィマキのほうから口を開いてほしかった。わたしはいま、深い新雪の中を歩くような、へたに動くことのできない立場に立たされている。すでに署長から一度叱責を受けているし、その件についてキヴィマキと話したくもない。ところが、キヴィマキのほうはまさにその件を話題にしたいらしかった。

「マルッティがあなたの上司に電話をかけたりしなかったでしょうね?」

キヴィマキの声を聞くと、本気で心配してくれているのかとうっかり信じそうになった。

「マルッティって？」こっちもなにも知らないふりを装って訊いてやったが、お遊びはすぐにやめにした。「内務大臣マルッティ・サハラのことを言ってるんだったら、確かに彼からごあいさつをいただいたわよ。大臣には、一介の女性警察官の振る舞いなんかより、もっと重要な案件がほかにいくらでもあると思ってたけど」

「あの夜はわたしも少し頭に血が上っていたかもしれないわ」キヴィマキは膝に載せたブリーフケースの表面を指で叩きながら言った。今日は目の覚めるような赤のマニキュアをしている。

「本当のことを言うと……本当のことを言うと、わたしにとってエリナの死は、わたし自身が認めている以上につらい経験だったのよ。あなたの言葉に大げさに反応しすぎたかもしれないわ。マルッティはちょっと生真面目なところがあるしね」

「あなた、内閣で最も身持ちが堅いといわれている男と、関係を持っているわけね? サハラのどんなところがいいの?」キヴィマキには、親友同士みたいな態度で接してやるのが最も効果的だろう。あなたの秘密を教えてくれたら、わたしも教えてあげる。そうじゃなくても、わたしとキヴィマキには、東部の田舎町で心に負ったトラウマという共通項がある。

「マルッティは、公の顔とプライベートの顔がまったく違う人なのよ。石頭なんて、とんでもないわ」よく知られたサハラのあだ名を引き合いに出してキヴィマキは言った。「これはわたしの一世一代の秘密なの。このことを知っているのはごく限られた人だけなのよ。エリナはその一人だった。金銭を払ってでも知りたがる人は多いでしょうけどね。マルッティを叩いてやろうという人はたくさんいるんだから」

「サハラの奥さんは知っているの?」

完全に好奇心から訊いてしまった。不倫の関係を続けるために世間の人々はどうしているのか、こういう話はいつだって興味深い。わたし自身は嘘をつくのがものすごくへただからだ。もしもほかに男がいたとしたら、アンティに隠し続けるのは絶対に無理だったと思う。妊娠のことだって、間抜けなわたしはペルツァの前で口を滑らせてしまった。じきに署内でわたしの妊娠を知らない人はいなくなるだろう。

「彼女は知らないわ。マルッティもわたしも、彼の結婚生活を脅かすつもりはないんだから、奥さんにわざわざ知らせる必要などないでしょう。マルッティの家族はコッコラ市に住んでいるの。彼は空いた時間はいつもそこで過ごしているわけ」

「だけど、あなたの仕事には影響があるんでしょう。報道部門を離れようとしているくらいなんだから」

「自分の愛する人がいる内閣を批判の対象にするのは、モラルに反するのではないかと考えたのよ。それに、報道部門ももう六年になるし。ちょっとモチベーションが落ちてきたわ。あなたは仕事に対してそう思うことはないの？」

今度はわたしが告白する番というわけだ。

「あるわ。だから、しょっちゅう職場を替えてきたのよ。法学部で勉強もしたし、法律事務所で一年ほど働いた経験もあるの。生まれ故郷の町で、ひと夏だけ臨時の治安執行官を務めたこともあるくらい。サハラとはもうどれくらいになるの？」

「二年ほどよ。マルッティは前の内閣でも内務大臣だったでしょう、そのころに知り合って、少しずつ親しくなっていったの。わたしの結婚式を待ち望んでる田舎の両親に、マルッティとの関係を打ち明けてやったらどんな顔をするか、想像するのは楽しかったわよ。もちろん、そんな打ち明け話はしないほうがいいんだけど。だって、マルッティの所属政党は、両親の支持政党じゃないいんだから」

冗談に紛らせようとするキヴィマキの言葉を聞きながら、わたしは微笑せずにいられなかった。この人の中には、癪《しゃく》に障るのに引きつけられるなにかがある。それはたぶん、わたし自身の中にもある、たとえ深い雪に足を取られても自ら道を切り拓こうとする意志の力だろうと思った。もっともいま、彼女に対して気持ちが和《やわ》らぎかけているのを悟られるわけにはいかない。

「ところで、火曜日の夜十時から十二時の間、あなたはどこにいたかしら？」

話題を変えるとキヴィマキは明らかに驚いた顔をしたが、表情はすぐにほぐれた。

「ああ、アイラのことね！　それで……それで、わたしは今日、ここへ来てあなたに会おうと決心したのよ。あなたの立場はよくわかるけれど、やはり脅されるのはいい気分じゃないわ。エリナに何があったのかはわからないけれど、アイラは……アイラは、よくなるんでしょう？」

「よくなることを願っているわ。わたしの質問にまだ答えていないわね」

「火曜日ね。その日、わたしは仕事をしていたわ、マリア。夜、遅いほうの枠のニュースで、中央党の国会議員同士がエネルギー政策を巡って対立している件を取り上げたリポートがあったのよ。わたしが議長にインタビューしたの。仕事を終えてタピオラの自宅に向かったときは、もう十一時半になっていたわ」

深夜なら、ＹＬＥのあるパシラからヌークシオまで三十分もかからずに行けるだろう。しかしそのことは口に出さず、ほかの質問を投げかけた。

「レストラン・ラファエロで会ったとき、エリナを殺した犯人の動機かもしれないことを知っていると言っていたわね。そろそろ、はっきり話してくれないかしら」

キヴィマキはそれまで膝に載せていたブリーフケースを床に下ろした。まるで時間稼ぎをしているようだ。でもこの人は、これから何をどう話すか、何度もシミュレーションしてきているに違いない。

「このことにいったいどういう意味があるのか、正確にはわからないのだけど、でも……いいわ、最初から話しましょう。エリナは基本的には大量にお酒を飲む習慣のない人で、普段はウイスキーしか口にしなかったわ。ちょうど一年前、去年の一月の晩に、エリナをうちに招いたことがあったの。彼女のためにラフロイグをひと瓶買っておいたんだけど、彼女、グラスを何杯も空けてね、ちょっと驚いたわ。酔ったエリナを見たのはあれが初めてだった。もちろん、わたしとマルッティのことや、エリナとヨーナのことをいろいろ話したわ。わたしもエリナも、束縛されるのは望まない、騒々しい子どもたちがいて、亭主の靴下が床に散乱しているような、いわゆる普通の家庭なんて欲しくない、という話もしたの。わたし自身、ラフロイグを飲みすぎてしまって、あの夜話したことを全部は覚えていないのだけど、話の途中でエリナが言ったことははっきり覚えている。若いころに家庭を持つチャンスもあったけど、あきらめてしまった、そう言っていたわ。詳しく話してと頼んだと思うけど、どんな返事だったかは覚えていない。ただ、エリナには人生のある時期に妊娠した経験があるのではないかという感じを受けたのよ」

「その時期っていつごろ？　子どもは生まれてきたの？」

腹筋が、いきなり落ちてきた氷の塊を追い出そうとするかのように、ぎゅっと縮こまるのを感じた。わたし自身、エリナの子宮口に残る不審な傷跡のことを聞いてから、なんとなくそんな経緯を想像していたのではなかっただろうか。

「そのへんはまったく覚えていないのよ。ただ、長く続いた相手だったらしいわ。エリナにとっては大恋愛だったのね。聞きながら、もしかしてヨーナとの間に子どもができたのかとも思ったけど、やはりあれはずっと昔の話をしていたと思うわ。エリナの主治医とは話をしてみた?」

わたしは上の空でうなずいた。ちょうど、タスキネンはもうエリナの遺体を検死医のもとから葬儀会社へ移す許可を出したかしら、と考えていたからだ。さすがにもう許可したはずだ。彼女の死からすでに二週間以上が経過している。アイラはこの週末にエリナの葬儀を予定していたのだろうか。それをキヴィマキに尋ねてみた。

「そのとおりよ、葬儀は日曜日の予定だったの。アイラはヨハンナ・サンティと一緒に葬儀の手配をしていたけれど、アイラが入院したままだから、いまはどうなっているのかわからないわ。なんにしても、葬儀はおこなわれるはずよ」

エリナがまだ埋葬されていないのなら、婦人科の専門医にもう一度遺体を検分してもらい、出産経験の有無について意見をもらうこともできる。検分は葬儀会社でおこなうことになってしまうけど。タスキネンと話してみなくては。キヴィマキにもう一度、エリナがなんと言っていたのか正確なところを思い出せないか訊いてみた。キヴィマキは真剣な顔つきで記憶をたどってくれたが、出てくるのはやはり漠然とした、どうとでも解釈の可能な言葉ばかりだった。

「〝Aスタジオ〟のインタビューは断固拒否するという返事に、変わりはない?」

キヴィマキはドアを開けながらまた言った。わたしがこれまでと同じ返事をすると、もうその話は蒸し返さず、エリナの死もアイラが襲われた事件もうまく解決できることを祈ってるわ、と言って去っていった。わたしと話をしている間ずっと、キヴィマキはよく心を開いてくれ、非常に協力的な態度に見えたが、それがかえって、わたしに一つの疑念を抱かせていた。

過去のエリナの妊娠を匂わせるタルヤ・キヴィマキの言葉は、嘘をついているのでは？　仮にそうだとして、なんのために？　警察の目を自分からそらすためだろうか？　だけど、どんな動機があって親友を殺すというのだろう？

タスキネンに確認し、エリナの遺体はすでに葬儀会社に引き渡されていることがわかった。エリナの葬儀の予定を調べるのと、確実に遺体を検分してもらえそうな当直の婦人科医をつかまえるのとでその日は過ぎていった。昨日、ヨハンナ・サンティが葬儀会社に電話して、葬儀の日程を変更してほしいと申し入れていたことがわかった。葬儀会社は、日程の変更は非常に例外的で手続きも煩雑だと難色を示したようだが、ヨハンナには夫と同じく話術で相手を説き伏せる能力があるらしく、葬儀の日は一週間先に変更されていた。婦人科医のほうは、月曜日に遺体の検分を実施してもらう手筈を整えることができた。

ミカエル・ヴィルタネン主任医師からも、現状を知らせる電話があった。アイラは午前中ずっと意識がはっきりしていたが、やはり疲労が激しく、なにも思い出せないと言っているという。もう週末に入ってしまうのが悔しかった。せっかくうまく進みかけている捜査が中断してしまう。とりあえず、遅くとも月曜日の午前中にはアイラに面会に行くと伝えた。もしアイラの調子がよければ、少し話ができるかもしれない。最後にヴィルタネン医師に尋ねた。

「アイラ・ロースベリさんは最近の記憶を失っているとおっしゃいましたね。そういう演技をすることはできるものですか？」

「もちろんそれは可能ですが、じきにぼろが出るでしょうね。ロースベリさんが、自分を襲った犯人をかばうために記憶を失ったふりをしている、そうお考えなんですか？」

「かばうためか、あるいは生きのびるためです。アイラ・ロースベリさんが命を狙われたのは、姪のエリナが亡くなったときの事情を知っていたからだと、わたしは確信しています。忘れたふりをする理由があるはずです。彼女は元看護師でしたね。それに、高齢者の施設でも働いた経験があるんじゃなかったかしら。人間の記憶がどんなふうに混乱するものか、よく知っているのではないですか？」

「あなたは警察官ですし、警察官のお仕事は疑うことですからね。私に言わせれば、その可能性はあまり高くないと思いますが、まあ、なんとも言えません。ともかく、いまのお話も頭に置いて、経過を観察し続けますよ」

プーッポネンがあわてた様子でドアをノックしたとき、わたしはやっと人口統計局のデータを入手したところだった。

「マリア、フランス語はできるか？」

「高校でやったけど、もう完全に錆び付いちゃってるわ」

「おれとタスキネンで外国人のグループを取り調べているんだけど、こいつらフィンランド語は片言以下で、フランス語しかわからないんだよ。通訳もつかまらない。ちょっとでいいから、手を貸してくれないか?」
「昨日の火炎瓶事件の続き?」
「いや、違う。モロッコ人の学生たちだよ。昨晩遅く、キロ地区の学生寮で学生同士のけんか騒ぎがあったんだ」
「学生なのにフィンランド語も英語も話せないの? 信じられないわね。ちょっと待ってて、少しなら時間が取れるわ。二時にはパシラにいなくちゃならないのよ。内部調査の聴聞会に呼ばれてるから」

急いで人口統計局のミッラ・マルッティラのデータに目を通した。養子の件はひとことも記載がない。記録によれば、ミッラはケラヴァで一九七五年に生まれている。父親はリスト・ユハニ・マルッティラ、母親はリトヴァ・マルヤッタ・マルッティラ、旧姓サーリネン。養子だという事実が統計局の記録に載るのは希望した場合のみで、自動的に記載されるわけではないことは知っている。ミッラの出生証明を取ったほうがよさそうだが、いまはその時間がない。

忘れかけているフランス語はたいして役に立たなかったものの、けんか騒ぎの事情を聞きながら十五分ほど過ごした。モロッコ人男性のうち一人が重傷を負っていたが、仲間たちはみな、これは異なる一族同士のたわいのない争いに過ぎないと主張した。彼らの文化の一部なのだそうだ。判断をタスキネンとプーッポネンに委ね、署を出てパシラ行きの近郊電車に乗り込んだときは、しばしキロ地区を離れてひと息つけるとほっとした気分になっていた。

もっとも、ひと息つくなんて、本当はそんな状況じゃなかった。わたしはなにも、パロの死が引き起こしたさまざまな出来事を考えないようにしようと、ことさらに努力していたわけではない。それでも、頭の中をロースベリ館の事件でいっぱいにしていたのは、やはりハルットゥネンとパロのことを考えまいとしていたからだった。だけどとうとう事件と正面から向き合わなくてはならない。事件後のセラピーでは、悲しみや恐怖を無理に遠ざけようとしないほうがいいとアドバイスを受けたが、同時に、そういった感情に溺れないようにとも言われていた。

聴聞会が開かれる場所は、かつてのわたしの職場、ヘルシンキ警察のオフィスがあるのと同じ建物だった。何年も前、初めて担当した殺人事件を解決した場所だ。あのときはアンティも被疑者の一人で、わたしが彼を取り調べたのだった。アンティが親友を殺したかもしれないと疑ったことがあるなんて、いまでは信じられない気がする。建物の廊下はどこも以前と同じ匂いがした。YLEが入っているブロックの壁面の一部には秋に発生した爆破事件の跡が残り、まだ修復の途中だった。あのころ使っていた廊下にちょっと寄ってみたくなったが、当時の上司のキンヌネンにでも出くわしたらいやだと思ってやめた。キンヌネンはアルコール依存症で、いまも酒を飲む合間に仕事をしているらしい。

トイレに入って化粧をチェックし、ウォータープルーフのマスカラを少し足しながら、居並ぶ査問委員の前で泣き出しちゃだめと自分に言い聞かせた。わたし自身の立場は特に困難なものではない。罪に問われることはないはずだ。わたしはただ、一月初旬のある晩にヌークシオで発生した事件について、その全貌を査問委員会が解明できるよう協力する、大勢のうちの一人に過ぎない。とはいえ浮かび上がる事件の全体像はやはり完全ではなく、どこか歪んだものになるだろう。パロもハルットゥネンも、あの晩どんなことを考えていたのか、わたしたちに話してくれることはけっしてないのだから。

聴聞会は委員会の作成したスケジュールどおりに進行した。二時二分前に、取調室から聴聞を済ませた巡査が一人出てきた。二時一分過ぎ、わたしは取調室に入るよう求められた。

取調室の内装は、意図されたものでもあるのだろう、これ以上ないほど改まった雰囲気だった。部屋の壁はまぶしいほど白く、人工照明が煌々と光り、影が濃く落ちる壁際に長いテーブルが置かれて、その向こうに改まった表情の男性が五人座っている。書記も男性で、査問委員の席から見て左手にある机の前に座っていた。わたしはそれなりに座り心地のよさそうな肘掛け椅子に着席するよう促された。委員たちと向かい合う形になる。腰を下ろして初めて、足が床に届かないことに気づいた。男性の警察官はたいていわたしより二十センチは背が高いから、こういう事態には慣れている。とはいえ、ベッドの端に放り出されたぼろ布の人形になったような気分だった。

査問委員会のメンバーが自己紹介した。警察庁と内務省のトップだった。聴聞を始める前に、親しい同僚を亡くしたわたしに対する悔やみの言葉が述べられた。なにもかもが制御され、計画どおりに運ばれ、一分の隙もなかった。わたしは自分の意見ではなく、事実を述べるよう求められた。わたしはあの作戦に正式に参加していたわけではない。ただ、パロのこともハルットゥネンのことも知っていたから、現場に残っただけだ。

査問委員会は、ハルットゥネンが危険な精神病質者で、彼の行動を事前に予測するのは不可能だったと指摘したい考えのようだった。それならば武器の使用と特殊部隊による急襲は妥当だったといえることになる。特に警部の一人の質問に底意が感じられていらいらしたが、質問にはできる限り率直に答えた。カリ・ハンニネンならきっと査問委員会とのやりとりを楽しんだだろう。わたしとしては、何を言おうと結局は同じことだった。パロは死んでしまったのだ。来週の火曜日には葬儀がおこなわれる。持久戦に持ち込めば彼を救うことができたのかもしれない。できなかったかもしれない。

「あなたは昨年、マルック・ハルットゥネンの一次聴取をパロ巡査部長とともに担当していますね。ハルットゥネンはなぜ、あなたがた二人に対しあれほど深い恨みを抱いていたのでしょうか?」

つまり、わたしとパロはハルットゥネンの取り調べでどんな間違いを犯したのか、という意味だ。

「あなたはパロ巡査部長と一年強、同じ職場で勤務されましたね。同僚としての彼はどんな人物でしたか? 不測の事態に遭遇したときの彼の能力はどの程度でしたか?」

パロ自身があの状況を招いたのではありませんか? パロ本人にも責任があったと考えられますか?

「パロはおびえていました。わたしもです。ですがわたしたちに身辺警護はつけられませんでした。脅迫を受けている市民が、警察はことが起きるまでなにもしてくれないと不満を言うのを何度か聞いたことがあります。いまは彼らの気持ちが以前よりよくわかります」

「あの場合、どうすればよかったと考えますか?」

わたしたちに身辺警護をつければよかった。ハルットゥネンの追跡にもっと力を入れるべきだった。刑務所の監視体制を強化すればよかった。サンタクロースに手紙を書いて、よい子たちを守ってくださいとお願いすればよかった。わたしはむなしさに襲われ、足をぶらぶらさせながら、慎重な表情を浮かべている五つの顔を見つめた。この人たちは、本当は事件を解明したいわけじゃない。ただ警察の名誉を回復したいだけだ。この件の審議には何年もかかるかもしれない。結論が出る前にわたしの子どもが生まれてしまうだろう。それに、どんな結論が出たところで不満を持つ人は必ずいる。わたしが警察官になったのは、真実と正義のためだった。だけど警察の世界にいるだけではこの二つを見いだすことができず、法学部にまで行ったのだ。黄金に輝いていた理想には無残にもひびが入り、あちこち黒ずんでしまったが、いまでもまだ、真実と正義を信じるべきだと自分に言い聞かせている。もしも真実と正義を信じる心がすっかり消えてなくなったら、そのときはこの仕事をやめようと思う。聴聞は一時間もかからなかったが、終わるころにはぐったりと疲れ果てていた。聴聞の間ずっと、期待されている答えと自分自身の思いの板挟みになりながら、ロープの上でバランスを取りつつ踊り続けていたような気分だった。

世界は灰色で、電車の窓から見える風景はすでに暗く、窓ガラスに映る自分の姿を透かして、線路脇の電灯が光っているのが見えた。誰もがこんなふうにして世界を見ているのだ。自分の顔が影を落としている世界を、自分自身のフィルターを通して。自分の顔を透かした向こうに、人は自分の行為を正当化する理由を見いだそうとする。殺人を犯したことへの正当な理由。黒人に暴行をはたらいた理由、毛皮にされるキツネを逃がした理由。わたしが見つけ出さなくてはならないのは、その人の顔を透かした向こうに、エリナとアイラを殺す理由が見える人物だった。

16

生まれたばかりの赤ん坊を最後に抱っこしたのは、もう何年も前のことだった。それで、イェンセン家に生まれた三千五百グラムの女の子を腕に抱いたとき、こんなに小さくて軽いのかとびっくりしてしまった。体重なんか、うちのアインシュタインの半分しかない。

「あわてなくて大丈夫。赤ちゃんって、驚くほど丈夫にできているのよ」

キルスティ・イェンセンが笑っている。赤ん坊はわたしの腕の中でいい子にしていてくれたが、ただ口だけはおっぱいを吸うようにむにゃむにゃ動かしている。週末にタンミサーリを訪れる計画をわたしは楽しみにしていた。タンミサーリの町は冬眠の真っ最中だったけど、木造家屋の立ち並ぶ小道を歩いていると外国に来ている気分を味わえた。ここの病院はヨルヴィに比べるとこぢんまりとして家庭的な雰囲気に包まれ、死の匂いも感じられない。少なくとも家族用の病室には生命が満ちあふれていた。ダブルベッドにはエヴァと一緒にイェンセン家の子どもたちが三人そろって腰を下ろし、アンティはロッキングチェアに体を預け、ラウリとキルスティが競い合ってお産の経過を話してくれる。ユッカは、みんなのために売店にアイスクリームを買いにいってくれていた。

赤ん坊を見かけると、必ずそばに寄ってあやしてやるタイプの人がいるが、わたしはこれまで、そんな行動を取ったことがなかった。かすかに酸っぱい匂いのするしわくちゃの顔には不思議な威厳が備わっていて、むしろ敬意をもって話しかけるべきじゃないかとすら思っていたのだ。そんなわたしも、自分の赤ん坊という事実を少しずつ受け入れられるようになってきて、その事実にもいまではだいぶ慣れてきた。イェンセン家が繰り広げるサーカスのようなにぎやかさの中で三十分ほど過ごした後、わたしとアンティは車を走らせてインコーに向かった。アンティの両親に会うのは久しぶりだ。彼らがタピオラにあった家を売り払ったのはもう二年ほど前で、首都圏に出てくることは滅多にない。アンティと話して、妊娠のことはまだ伏せておこうと決めてあった。到着したとき、義父がグラスに注いでくれた歓迎のワインをわたしが断ったので、どうしたんだという目を向けられたが、二人とも気配りのある人たちなのでなにも訊かれずに済んだ。これがわたし自身の両親だったら、間違いなく根掘り葉掘り聞き出そうとするところだ。

「サルケラ家のちっちゃな新メンバーのこと、もう話してしまおうか？　それともまだ黙っておくかい？」

海を覆う黒ずんだ氷の上でクロスカントリースキーを楽しんだ後、アンティと二人でサウナに入っているときに彼が言った。

「サルケラ家の新メンバーですって？　赤ん坊の姓がサルケラになるなんて、どこからそんな発想が出てきたわけ？」

からかうように言い返した。もっともわたし自身、子どもの姓をどうするのか、まだなにも考えていなかった。

「だって、母親が誰かは間違いなくわかるけど、父親については知りようがないだろう」アンティは笑っている。「実際、子どもはぼくよりきみとの結びつきのほうがずっと強いよ。きみと子どもの姓が同じでも、違ってもね」

アンティの挙げた理由に一理あることは認めた。サルケラのほうがカッリオよりずっと珍しい姓だということも。だけど、いまはまだ、なにも決めずにおくことにした。

サウナから出ると、義理の両親はまだテレビの前にいて、果てしなく続く討論番組を見ていた。今日のテーマは自然医学だ。義母がこのテーマに関心を持っているらしく、今日もタンミサーリの病院でのお産についていろいろと訊かれた。エヴァは子宮口が完全に開くまでの開口期を水中で過ごす出産法を採っていたからだ。わたしもしばらくテレビの前に座り、従来の医学が鍼《はり》療法さえもいんちきとみなしていた時代があったという解説を聞いていたが、ベッドに入って本でも読もうと席を立ちかけた。そのとき、聞き覚えのある声がテレビから流れてきて、わたしの足を止めた。

「伝統的な医学は、占星術やホメオパシー療法などを排除すべきではないと私は考えています」

カリ・ハンニネンの声だった。画面にあらためて目をやると、ハンニネンの発散するカリスマが画面を通してこちらまで届くようだ。わたしは気を変えて再び義母の隣に座り、占星術と精神分析学がいかにして手を取り合えるかと語るハンニネンの解説に耳を傾け始めた。

「周辺科学も医学も、目指すところは同じです。私たちはみな、人々を助けたいのです。ただ、医学は、心理学や精神医学もそうですが、しばしば人間の感情を忘れて生理学的側面にばかり目を向けてしまい、たとえば薬を使って人の感情を抑制しようとします。その点、占星術では、人が自分自身を知り、自分自身と正しく向き合う手助けをしたいと望んでいるのです。ひとりひとりの星のチャートを見れば、たとえばアルコール依存症になりやすい傾向があることなどがわかります。ですが私は、なんということだ、あなたはアルコール依存症になることを星によって運命づけられている、打つ手はありません、などと言ったりはしません。そうではなく、チャートを読んで、これを改善する力を探し出すのです」

スタジオで観覧している女性たちが一斉に拍手した。ハンニネンの言葉には確かに説得力がある。彼がハルットゥネンに呼びかけるときの言葉も、親身に相手のことを思っていると感じさせるものだった。それでもわたしは、ハンニネンに生年月日を教えてしまったことを後悔していた。彼がわたしの星のチャートとやらに何を見いだすのか――あるいは見いだした気になるのか、知りたくもない。

「お仕事を通して、さまざまな人にお会いになり、いろいろな出来事にも遭遇しておられることと思います。十日ほど前にヌークシオ地区で警察官を殺害し、自らも命を絶ったマルック・ハルットゥネンも、あなたのクライアントでしたね。星のチャートから、その人が将来犯罪者になる可能性や、暴力的な死を迎える可能性などを知ることはできるのですか？」

司会者の質問は間が抜けていると思った。カリ・ハンニネンも笑った。

「占星術というのは、星を使って未来を予言する行為ではないのですよ。確かに、ある人物に暴力的な振る舞いに走りがちな性質があるかどうかや、人生で直面するだろう困難については、読み取ることができますが」

「マルック・ハルットゥネンのチャートからは、そういったものが読み取れましたか？」

「はっきりと読み取れました。ですが、マルック自身と彼が人質に取った警察官がともに命を落とすという結末は、必然ではなかった。使い古された表現で言うならば、そんなことは星に書かれていなかったのです」

ハンニネンの顔に浮かんだ微笑には、悲しみがほどよくブレンドされていた。毛深い手で額にかかる豊かな髪をかき上げている。ヌークシオの事件が話題に上ったとき、アンティがわたしの手をつかんだ。

「クライアントに対してはどの程度まで踏み込んだアドバイスをなさるのですか？　たとえば、この仕事に就いていいかとか、この人を結婚相手に選んでいいかといった相談にもお答えになるのでしょうか？」

「もちろんです。最終的な責任は、常にその人自身にありますが。私はこれまで、ある男女が星のチャートの上では相性がよくないとか、ある人が俳優など芸術畑の職業に向いていないといったことも、はっきりと告げてきました。ですがそういう場合は必ず、ほかの選択肢はないか探すのです。問題を抱えたままの相手を放り出すことはありません」

司会者は相手を変え、パワーストーンを使って治療するという施術師に質問を始めた。しかしその後も、カメラは何度もくつろいだ様子のハンニネンを映し出した。観覧席の最前列にいる若い女性たちに色目を使っているようだ。やがて画面には、うめくような声で愛を歌うタンゴ歌手が大写しになり、わたしとアンティはお茶をいれてくると言ってキッチンに逃げ出した。二人の間でハンニネンや占星術のチャートのことを話題にしたのは、次の日、家に向かって車を走らせているときだった。

「ハンニネンの作ったチャートなんか欲しくないと思うのは、きみが実際にはホロスコープを信じている証拠だよ」

アンティは憎たらしいことを言いながら、速度を落としたトラクターを追い越した。

「そんなことないわよ！　わたしはただハンニネンが、星座を知っているくらいでわたしのことを理解していると決め込むのが許せないのよ。助けて！」

最後の悲鳴は猛スピードで突っ込んできたベンツのせいだった。哀れなわがフィアットに衝突する寸前でハンドルを切り、本来の車線に戻っていった。ハンゴンティエ通《どお》りに出ると、命知らずのドライバーがかつて見たこともないくらいたくさんいて、わたしたちの車をびゅんびゅん追い抜いていく。わたしはすっかり震え上がってしまい、携帯が鳴っているのにしばらく気づかないほどだった。

「アッキラです。ヨルヴィ病院から連絡があったら知らせてほしいってことでしたよね。アイラ・ロースベリの記憶が戻り始めたそうです」

「ほんと？　連絡ありがとう。このままヨルヴィに直行するわ」

車はちょうどポルッカランティエ通《どお》りの交差点に差し掛かっている。病院の前で降ろしてとアンティに頼んだ。集中治療室なら、日曜の夜でも当直医がいて、現状を説明してくれるだろう。

「また仕事かい」

アンティはすでにあきらめた口ぶりだ。

「そんなに長くかからないわ。あそこからなら、歩いて帰れるし」

「本を持ってきているから、待合室で読書しながら待ってるさ。それとも、産科病棟を見学させてもらえるかな？　タンミサーリと比較してみたいな」

「あなたは妊婦には見えないと思うわよ」

笑いながら言った。

集中治療室の当直医によると、アイラは回復が早く、翌日には一般病棟へ移れるだろうということだった。ただ、回復といってもその内容はわたしの期待とは違っていた。エリナが失踪したことは思い出したものの、死体で発見されたことは忘れたままだったのだ。事実はまだアイラには伏せられているという。医師に頼んで、アイラと数分間だけ話をする許可をもらった。

アイラは意識がはっきりしていた。ベッドの上で上体を起こしていたが、ロースベリ館で会ったときと比べてはるかに老け込み、小さくしぼんでしまっている。わたしに気づくと、少し曖昧《あいまい》な笑顔を浮かべたものの、すぐに検分するような表情に変わった。

「カッリオ巡査部長。こんにちは。何週間か前に、ロースベリ館で講演をしてくださった方ですね」

「こんにちは、ロースベリさん。お加減はいかがですか？」

アイラにならって、わたしも苗字で呼びかけることにした。この間までファーストネームで呼び合っていたのに。エリナの死に関わることは、まったくなにも覚えていないようだ。

「ときどき頭が割れるように痛みます。何があったのか、思い出せないのです……転んだのでしょうね……エリナを探していたのだと思います。エリナはもう見つかりましたか？」

わたしは首を振った。嘘をつくのは苦しかった。でも、エリナは死んだと告げるのはわたしの役目じゃない。アイラの目の中に暗い光がきらめいた。わたしが、エリナはどこへ行こうとしていたと思うかと尋ねると、アイラは驚いたように首を振った。

「ヨーナと一緒ではないのですか……恋人のヨーナ・キルスティラです。エリナはヨーナと一緒にタリンへ行ったはずです。ローズベリ館にはいらっしゃいましたか？　エリナはもう旅行から帰っているかもしれません」

ヨーナとタリンへ？　エリナが失踪して以来、初めて聞く話だ。それとも、アイラの記憶が混乱し、一昨年のクリスマスかなにかとごっちゃになっているのだろうか。いずれにしてもヨーナに確認しなくては。アイラが嘘をついている可能性だってある。少なくとも、黒ずんだブルーの瞳に浮かぶまなざしは明晰だった。とはいえ、わたしは医師ではないから、確かなことは言えない。

「まだ戻ってきていませんよ」わたしは答えた。「ご自分の身に何が起きたか、覚えていらっしゃいますか？　どこで転んだのですか？」

アイラはまた首を振った。

「思い出そうとすると具合が悪くなるのです」途方に暮れた老人の声。触れれば壊れそうな姿をしていても、この人の口からそんな声が漏れるのはやはり奇妙だった。「頭が痛み出してしまうのです」

そのとき看護師がドアのガラス窓をコツコツと叩いた。これまでの会話はすべて聞かれていたのかもしれない。もう退出する時間だった。いまはアイラから聞き出せることはなにもない。あれこれ尋ねると、回復を妨げるかもしれなかった。

「エリナに会ったら、ここへ来るように伝えてくださいね」

わたしがドアを開けたとき、アイラが声をかけてきた。先ほどと同じ、小さなしゃがれた声だった。わたしはうなずいた。のどに熱い塊が込み上げてきた。エリナがここへ来ることはないのだと知らされたら、アイラはどんな反応をするだろう。どうしてアイラは、身を焼かれるような悲しみを二度も味わわねばならないのだろう。

その夜のうちにヨーナ・キルスティラに電話してみたが、彼は出なかった。きっとまた言葉を求めて酒場を徘徊しているのだろう。わたしは大学入学資格試験に合格したときに買った黒いワンピースを引っ張り出し、サイズ直しをしながらその夜を過ごした。わたしたちの課では勤務中に制服を着用しないので、パロの葬儀には私服で参列しようとみんなで決めたのだ。手持ちのスーツは袖の縫い目が裂けてしまっていた。いつだったかそのスーツを着て踊ったときに、張り切りすぎたのだ。ワンピースは十年以上も前のもので、いい加減引退させてもよさそうだった。わたしは着るものを捨てられないたちで、よれよれになるまで取っておき、どうしても必要な事態に追い込まれてやっと新しいのを買うのが常だ。ふと気がつくと、持っているワンピースで今年の夏に着られるのはどれだろうと考えていた。そんなのは一着もない。フリルのついたマタニティドレスのことを考えるとぞっとしてしまい、反逆の印として冷蔵庫から低アルコールのビールを取り出した。わたしのよく知っている、おなじみの味が口の中に広がった。

　次の朝、署のデスクでわたしを待っていたのは、アイラが襲われた後にロースベリ館の門の前で発見されたタイヤの跡に関する情報だった。問題は、この情報だけを根拠に市民の車のタイヤを調べて回るのは不可能なことだ。だけど、これまでにロースベリ館を何度も訪れている車のタイヤのチェックなら、捜査対象から除外するためといった理由をつければ許可が下りるかもしれない。その後はフル稼働で雑務を片付けていった。明日は母子健康センター《ネウヴォラ》に初回検診を受けにいかなくてはならないし、パロの葬儀もある。昼休みの後、キルスティラに電話してみた。彼は電話に出たが、激しい二日酔いにさいなまれている様子だ。猫のペンティが受話器のそばでミャアミャアとせきたてるように鳴く中、キルスティラは結核患者みたいにげほげほと咳き込みながら、アイラが言うタリン旅行というのはなんのことかわからないと主張した。

「ハッシシのせいで監獄行きになんかならないよね？」

　しゃべりながらキャットフードの缶を開けたらしく、プシッという音が聞こえた。

「たぶんならないと思うわ」べつにわたしがコメントする必要もなかったけれど、そう言ってやった。「あなたみたいに所持していた量が極めて微量だった場合は、最近では不起訴にできるの。だけど、弁護士を雇ったほうがいいわよ。公務執行中の警察官に対する暴力行為は、ちょっとただごとじゃ済まないわ」

「糞みたいな警察官は好きなことをわめき放題なのに、ぼくには抗議する権利もないってわけ？」

キルスティラはさっきよりいきいきとしてきたようだ。キャットフードのほかに、ビールも開けたに違いない。

「ストレム警部補が人より口が悪いことは認めるけどね」

「あいつは、長髪でしかも詩を書くような男が嫌いなんだよ」

キルスティラの口ぶりはとっくの昔にティーンエイジャーを卒業した男のそれとはとても思えなかった。ただ、ペルツァに対する彼の評価は的を射ている。ペルツァの視野の狭さには、わたしも常々大いに感心させられてきた。自分にとってなじみのない物事にはことごとくけちをつけ、非難する。署の職員食堂でたまに出る中華料理にいたるまで。

「悪魔を呼ぶ男……」

独り言をつぶやいた瞬間、ペルツァがわたしの部屋のドアを開けた。

「例の火炎瓶による放火事件だがな……」

「ああ、なに？」

「タスキネンとおれで担当してるだろう。すでに被疑者も確保している。首都圏各所で騒ぎを起こしているスキンヘッドの集団だ。あんな襲撃の仕方をするんじゃ悲惨だぜ、一対一で戦うらしいんだが……」

「講釈はいいわ。わたしに何をしてほしいの？」

「あの一家の母親に事情を聞かなきゃならないんだが、夫が同席しない限り家族でない男と同じ部屋にいてはいけないんだそうだ。しかし本人がフィンランド語を話す以上、夫が同席することはこの国の法律が許さない。おまえが宣伝して歩いている国際的業務ってわけだ。たいして時間はかからん」

「わかったわ、五分間だけ待ってて」

電話機の保留ボタンから指を離したが、キルスティラはすでに電話を切っていた。ひとつ訊きそびれたことがあったけど、後でまた機会があるだろう。

エル・アシュラム家の母親は、わたしの質問に静かな声で言葉少なに答えた。相手の目も見ることができないまま話しかけるなんて、どうにも落ち着かない。ついさっきペルツァのことを偏見が強いと非難したばかりなのに、わたし自身、エル・アシュラム夫人に対して珍しいものでも見るような態度で接してしまうことに気づいた。彼女は自分の娘たちも全身をヴェールで覆って歩くようになってほしいと思っているのだろうか。放火事件に関する決まりきった質問なんかうっちゃっておいて、自分の好奇心を満たしたいという思いに駆られたが、そういうわけにもいかない。ヨハンナが読ませてくれた原稿を思い出した。おそらく、ヨハンナのこれまでの人生は、わたしよりエル・アシュラム夫人の人生と共通点が多いのではないだろうか。わたしは寛容で広い心を持つ人間なのよ、とすました顔をしていたかったが、わたしの寛容なんて、ヴェールと女性器切除を前にすればもう限界に達してしまう程度のものだ。去年の秋口に担当した事件が非常に難しいケースだった。小学校の保健カウンセラーが教師とともに、八歳のソマリア人の少女が虐待を受けていると通報してきた。母親とおばが、自宅の浴室で少女に女性器切除の処置を施したのだ。少女は一週間も無断欠席し、登校してきた日の授業中に出血して、ことが明るみに出たのだった。地方検事や難民支援事務局や福祉局、それに同僚たちとともに、提訴すべきかどうか長いこと話し合った。ところがその後二週間ほどのうちに、新聞の見出しにでかでかと載るような事件が次々に発生してしまった。ヨエンスー市ではスキンヘッドの集団が暴動を起こし、タンペレ市では少女が殺害されて、犯人は精神を病んだソマリア人男性だった。結局、ソマリア人の少女の件は徐々に児童保護局に引き継いでもらうこととなった。ときどき、わたしたちのしたことは正しかったのだろうか、と考えることがある。フィンランド人の家庭にも、誰の目も届かぬままに両親からはるかにひどい虐待を受けている子どもたちが大勢いることを、わたしは知っていた。

退勤する直前に、やっとミッラの母親のリトヴァ・マルッティラと連絡がついた。なんと切り出せばよいものか、わたしは長いこと考えあぐねていた。電話でいきなり、あなたはお嬢さんの実の母親ですか、そうでないならなぜ公的な書類に養子の件の記載がないのですか、などと尋ねるのも気が引ける。

リトヴァ・マルッティラの話し方はミッラに似て乱暴だった。でも、声はどうだろう、似ているだろうか？

「ミッラ？　確かにうちにはそういう名前の娘がいますけどね。でももう何年も家に寄り付いてないですよ。警察から電話があるなんて、あの娘はいったい何をしでかしたんです？」

「ミッラ・マルッティラさんはあなたの生物学的なお子さんですか？」

相手の質問はわざと無視して言葉を続けた。

「生物学的って……どういう意味です？」

「彼女はあなたとご主人の実の娘さんですか？　養子などではなく」

「何をばかなことを！　当たり前じゃないの！　あの娘、警察にそんな嘘を吹き込んだんですか？　ほかにどんな嘘をついたんです？　ちゃんと娘の洗礼証明書だってあります、もし必要なら」

「彼女は嘘をつく癖があるんですか？」

するとリトヴァ・マルッティラは、ミッラは昔からまったく手に負えない娘で、なんのことか知らないが父親まで犯罪者呼ばわりしたといささか混乱気味にまくし立てた。リトヴァ・マルッティラの言葉は人口統計局の登録書類の内容と一致する。だからといってミッラが話してくれたことがすべて嘘だったとも思えなかった。もっともこれ以上マルッティラ家の過去を嗅ぎまわるのはわたしの仕事ではない。それに、妻というものは、近親相姦されたと訴えるわが子よりも、潔白に見える夫のほうを信じてしまうものだ。そういう例が悲しくなるほど多いのをわたしは知っていた。

「あの娘、何をやらかしたんです？」

リトヴァ・マルッティラが繰り返した。

「ある人物の不審死に関わっているんです」

「あの娘は人殺しにまで手を染めたんですか？　近所の人が、ストリップバーであの子が働いてるのを見たと言っていたけど、本当ですか？」

「なぜ娘さんに直接お訊きにならないんです？　電話番号をお教えしますけど」

リトヴァ・マルッティラは返事の代わりにガチャンと受話器を叩きつけた。かの有名な母性愛がたっぷり込められた振る舞いだった。いつだったか、暗い子ども時代を過ごした友人が言っていたことを思い出した。子どもというのはどっちみち親を憎むものだ。なんでもかんでも台無しにしない親などいないからだ。親はよかれと思っているだけで、悪気はないにしても。いまわたしの体の中を漂っている、人間になりかけの小さな生命体は、二十年経ったころにわたしとアンティのことをどんなふうに考えているだろう。この子が思い出すのは、いつも仕事ばかりでろくに時間のない両親の姿だろうか。わたしはまた怖くなり、恐怖を振り切るためにパソコンで人口統計局のデータを検索して、ほんの少しでもエリナ・ロースベリの死に関係がありそうな情報がないか探し始めた。

理論上はミッラがエリナの産んだ子でもおかしくはない。年齢も符合する。しかし、ヨーナ・キルスティラが父親ということはありえない。ほかの可能性もあった。たとえば金銭が目的だったとしたら？　エリナは非常に裕福だったたし、アイラは彼女のたった一人の相続人だ。もしもアイラに子どもがいたとしたら……。

アイラの登録データは以前にも調べていたが、もう一度アクセスしてみた。子どもに関する記録はないものの、もし出産していたとしたら大雑把に見て一九四五年から六七年の間と考えられる。この間に出生した人物ということなら、被疑者のほぼ全員が該当する。まずはサンティ夫妻。もっとも、二人とも生まれた村でずっと暮らしてきたのだから、この線はありそうもない。ニーナ・クーシネンが生まれたときアイラは四十五歳で、年齢的にはぎりぎりだ。とはいえニーナは父親の若いころの写真にそっくりだから、クーシネン家の血を受けていないとは思えない。タルヤ・キヴィマキとヨーナ・キルスティラはともに一九六二年生まれ、カリ・ハンニネンはエリナと同じ一九五四年生まれだ。彼らの生まれた年も想定される期間に入っている。

どの人の登録データを見ても、養子に関わる記載はなかった。もっとも、五〇年代にはまだ、裏で処理された事例もあったかもしれない。六〇年代の初めでもまだそうだったはずだ。いくつか例を聞いたこともある。タルヤ・キヴィマキの両親はかなり年配のようだった。タルヤが生まれたときすでに四十歳を超えていたのだ。タルヤとアイラの顔を頭の中のプロジェクターに映し出してみた。顔立ちに似ているところはあるだろうか？ エリナとタルヤがあれほど意気投合していたのは、実はいとこ同士だったからなのだろうか？ それとも、この理屈はエリナとヨーナにこそ当てはまるのだろうか？

真相はさらに複雑かもしれない——もしもエリナが、アイラの実の娘だったとしたら？ でなければ、わたしは単に昔の推理小説の読みすぎかも。とはいえ、アイラに一度でも出産の経験があるか確かめたいと思った。アイラが世話になっていた医師は誰だろう？　気がつくとわたしの指は、すっかりおなじみになった集中治療室の番号を回していた。ところが、電話の向こうの声は、アイラはすでに一般病棟に移されたと告げてきた。もう特別な監視態勢は必要なくなったそうだ。

基本的には喜ばしいニュースだった。しかし、現実を考えれば危険が増大することを意味する。集中治療室にいれば常に誰かがアイラについているが、一般病棟には部外者が容易に侵入できてしまう。タスキネンはまだ署にいるだろうか。彼の部屋に寄って、アイラに警護をつけるかどうか相談したほうがいいだろう。タスキネンの部屋のドアには交通信号みたいな赤と緑のランプがにぎにぎしく取り付けられているが、少なくともランプが赤でない限り、まずはドアをノックしてしまうのがわたしたちのやり方だった。今日はもうランプの電源は落とされていたが、とりあえずノックしてみた。部屋の中から「入れ」とくぐもった声が聞こえた。タスキネンはデスクの向こうに座っていた。片手に受話器を持っていたが、受話器の向こうからはすでにツーという音しか聞こえなかった。タスキネンの顔はまるで去年のジャガイモみたいにしなびていた。目の周りの皺《しわ》が増えている。

「なにかよくないニュースですか？」

慎重に尋ねた。タスキネンは自分の私生活についてほとんど口にしない。わたしが知らないだけで、もしかすると母親が重病ということもありえる。

「パロの奥さんと話していたんだ。ああ、最初の奥さんだが」

タスキネンは笑顔を作ろうとした。その様子は、かつてわたしたちがパロの歴代の妻たちと三回の結婚でもうけた大勢の子どもたちをジョークの種にしていたころの、過去の遺物のようだった。

「パロの長女が妊娠中で——いや、妊娠中だった、と言うべきか——三か月だったんだ。週末に流産してしまったそうだ。ショックを受けたのが原因の一つということだよ」

「ひどすぎる」

ほかになにも言えなかった。タスキネンは独り言のように言葉を続けた。

「私もそれしか言えなかった。言うべき言葉などないんだ。明日はパロの葬儀で弔辞を述べなくてはならない。だがありふれた常套句しか思いつかないよ。私の頭の中を腹が立つほどぐるぐる回り続けているのがなんだかわかるか?」

「なんですか?」

タスキネンの口調の激しさに驚きながら訊いた。

「例の古いジョークだよ。俳優のタウノ・パロと歌手のジェリー・ルイスがどうしたこうしたという……パロの名前は、タウノではなかったがな」

彼の言いたいことはわたしにもわかった。人の心は不思議な方法で悲しみを排除しようとするものだ。

「金曜日の聴聞会はどうだった」

やがてタスキネンは我に返り、ようやく気がついて握り締めていた受話器を電話機に戻した。

わたしたちは聴聞会での互いの体験を打ち明け合った。この話題に触れたい、これからどうなると思うか意見を交わしたい、二人ともそう思っていた。そして二人とも、今回上層部から犠牲として差し出されるのはコスキヴオリだろうと推測していた。

「それは難しいかもしれないな」一般病棟に移ったアイラに身辺警護をつけてほしいと言うとタスキネンはそう答えたが、努力してみると約束してくれた。「ああ、そういえば、パロの後任に心当たりがあるそうだな。ピヒコから聞いたんだが。パロのポストは三月の初めに空席になるよ」

わたしはタスキネンに、以前の同僚、ペッカ・コイヴのことを話した。彼はオタニエミで初級幹部研修を受講しており、もうすぐ修了するが、その後も人種差別主義者の暴動で騒がしいヨエンスー市に戻る気はないという。

実は近々、わたしのポストにも一年ほど代理の職員が必要になるんです、と言いかけたが、ちょうどそのときノックの音もなくドアが開いた。顔を覗かせたのはとても美しい若い女性だった。シルヤ・タスキネンは十七歳で、年齢の上ではまだ少女というべき年頃だったが、フィギュアスケートの選手だけあって、年齢に似合わない品格と女らしさを備えている。クリスマスの直前に、わたしも彼女が眠り姫の役で出演したアイスショーを観にいった。シルヤはフィンランドで最も将来が嘱望される若手フィギュアスケート選手の一人だ。タスキネンが父親として、警察の安月給をやり繰りしては、娘が年に二回ほど練習のためカナダへ遠征する費用を捻出し続けていることを、わたしは知っていた。

シルヤはスケート用品のショップへ一緒に行くため父親を迎えに来たのだった。わたしとタスキネンは、明日タピオラ教会で、と言って別れた。話の途中でシルヤが来てくれて、わたしはほっとしていた。つまり、わたしはまだ、タスキネンに妊娠の事実を打ち明けたいと思っていないということだ。その日の仕上げにラボへ寄って、エリナが死亡当時に着用していたガウンとパジャマを確認することにした。ヌークシオの小道で発見されたサテン地の切れ端は、やはりこのガウンの裾が破れたものだった。エリナは発見された場所に到達するまでに間違いなくあの道を通過している。ただ、エリナが自分の足で歩いていたのか、それとも誰かに引きずられていたのかは、いまだに確認が取れていない。このところ天候が変わりやすく、雪が降ったり雨になったりが続いているため、問題の小道がすっかり凍結してしまっているからだ。ガウンの裾は、なにか思いも寄らない状況で枝に引っかかったのかもしれない。ゴム手袋をはめて保存用の容器からエリナの衣類を取り出した。一瞬、バラの香りが漂ってこなかっただろうか？　まさか。エリナのバスルームにバラの香りのタルカムパウダーのボトルが置いてあるのを見たから、そんなふうに錯覚しただけだ。ガウンもパジャマも、背中の上部と臀部《でんぶ》に当たる部分に破れ目ができている。エリナの遺体の、あざができていた箇所と一致する。衣類の破れ目は、エリナの体が何者かに引きずられたためにできたとも考えられるし、転倒したエリナが仰向けになったまま雪の斜面を滑り落ちた、といったケースも考えられる。

零下十度を下回る気温で、このガウンとパジャマでは身を守ろうにもあまりに頼りない。それどころか化繊の生地はエリナの体から体温を奪っただろう。こういう衣類は体を温めるためには作られていない。せいぜい心を温めてくれるだけだ。凍える夜にこんな服装で、靴さえ履かずに外へ出ていく人間がいるだろうか。

エリナを丘の上のトウヒの根元へ運んだ人物は、何を考えていたのだろう。雪が降り続き、エリナの体は埋もれてしまって、雪面の下に女性の死体があることに気づく者はいないと思ったのだろうか。それとも、あの場所で雪の女になろうとしたのは、エリナ自身だったのだろうか?

17

署の自室のカーテンを引いて、きつい黒のワンピースに体を押し込んだ。あと三十分でパロの葬儀が始まる。ペルツァとピピコがドアの外で待っていた。ダークスーツを着てネクタイを締めた二人は、知らない人のように見えた。仕事用にしているジーンズとセーターをキャビネットに突っ込んだとき、電話が鳴った。出るかどうか一瞬迷ったが、やはり受話器を取らずにいられなかった。

アイラ・ローズベリの声は依然として年寄りじみていて頼りなかったが、電話をかける許可が出たということは、かなり回復しているのだろう。

「エリナが死んだこと、黙っていたのね」

アイラはなじるように言った。

「記憶が自然に戻るまではそっとしておくつもりだったんです。思い出したんですか？」

「エリナが死んだことは思い出したわ。だけど、なぜ自分がここにいるのか、どうしても思い出せないのよ」

「誰に襲われたかは、思い出せないんですね？」

「ええ。だけど、体の調子はとてもいいの。いまならあなたの質問に答えられるわ。お医者様にも許可をいただいています」

「今日のうちに？」パロの葬儀がどれくらいかかるかわからなかった。でも、たぶん二、三時間で終わるだろう。「もしよければ、夕方、遅くならないうちに行きます」

ドアが開いてペルツァが首を突き出し、わたしが電話中なのにかまわずわめいた。

「まったく女ってのは、いつも人を待たせるな！」

ペルツァにしかめ面を向け、電話を切った。もちろん誰も遅刻なんてしたくはない。葬儀は十二時に始まる。この時刻、フィンランド中のすべての警察署で、殉職した仲間のために数分間の黙禱《もくとう》を捧げることになっていた。

わたしたちが駐車場に下りていくと、ちょうど署長も車に体を押し込むところだった。署長はファニーヒルの常連だとペルツァが言っていたのを思い出した。べつに驚くようなことじゃないし、それ自体は犯罪でもない。権力を持った男くさい男たちの中には、ああいう場所で楽しんでいる人物も大勢いる。署長に関しては、あちこちの町に店を構えるピンクバーのチェーンの株主だという噂が流れたこともあるが、噂の域を出ずに終わっていた。パロが勤務時間外に心臓発作かなにかで死んだのだったら、署長はわざわざ葬儀に参列などしなかっただろう。今日の葬儀には警察庁の上層部から多くの参列者があるだろうし、取材の記者も来るに違いない。また気温が上がって天気が崩れたせいで、あたりはぬかるみだらけになり、見るからに憂《ゆう》鬱《うつ》な風景だった。ここ数日は新しく降った雪が景色を明るくしてくれていたのに、その雪もいまは灰色の惨めな塊になって道端に積み重なっている。わたしの靴は湿っぽかった。母子健《ネ》康《ウ》センター《ヴォラ》の敷地で氷の張った水たまりに突っ込んでしまったのだ。薄い氷がわたしの足の下で割れた。

今朝はまだ夜が明けないうちに、夢にうなされて目が覚めた。夢の中で、わたしの足の間からは血が流れ、ハルットゥネンのまなざしは氷に閉ざされていた。その後はなかなか寝付けず、目を覚ましたまま何度も寝返りを打ちながら、隣で眠っているアンティの体の匂いを嗅ぎ、家中を歩き回るアインシュタインの足音を聞いていた。アインシュタインはきっと、冬の間は床下に潜んでいるモグラを追いかけているのだろう。パロの葬儀と、初めてのネウヴォラでの検診を控えて、わたしは緊張していた。ネウヴォラの保健師が無愛想な中年女性だった話を友人たちに聞かされていたので、内心どきどきしていたが、行ってみるとわたしの担当は活発な感じの若い女性で、妊娠は極めて自然なことですよと言ってくれた。わたしの職業についても非難めいたことは口にせず、母子カードの質問事項に答えてたまにはお酒を飲むと思いますと告げたときも、お説教を始めたりはしなかった。検診の結果はどの数値も正常で、順調だそうだ。毎月の体の変化を記録していくことになる青と白の折りたたみ式のカードを手にすると、なんだか夢を見ているような気がした。

ペルッァが運転席に当然の権利だと言わんばかりに乗り込み、カーラジオをつけた。選局する手はラジオ・フィンランドもクラシックチャンネルも通り過ぎていく。ウルマネンとロイハのDJ番組のところへ来ると、まるで図ったかのように『天国への階段』が流れてきた。くだらないと思いつつも、心が揺さぶられてしまう。教会の前にある駐車場は大混雑で、ペルッァは雪の上に半分乗り上げた状態で車を停めた。タピオラ教会を見るたびに、悪魔を撃退するためのこの建物はなんて寒々としているのだろうと思う。わたしにとっては好きこのんで足を踏み入れたい場所ではなかった。いまは、ざらざらしたコンクリートの壁がろうそくの明かりに照らされ、ぎっしり詰め込まれた参列者の人いきれで教会の中は少し暖かかった。エスポー署の面々は前のほうに座っていた。わたしはタスキネンとペルツァの間に腰を下ろし、中央の通路を挟んだ向こう側に着席しているパロの近親者たちの顔を、好奇心まじりに眺めた。パロの奥さんたちはどの人かしら。一番下の子は、確かまだ小学校にも上がっていないはずだ。きっと、最前列でもぞもぞ体を動かしている女の子がその末っ子だろう。祭壇の前に安置された棺の中にいるのが本当にパパなのか、覗いてみたくて仕方がない様子だ。パイプオルガンがバッハの『マタイ受難曲』のコラールを演奏し始めた。自分の手をじっと見つめながら、どうしてこんなに空っぽでふわふわした気分なんだろうと思った。大柄な男性二人にしっかりと挟まれているのでなかったら、わたしの体はベンチを離れて天井へと浮き上がり、コンクリートを突き抜け、教会を囲んでそびえるアカマツの梢をも通り過ぎて、パロが行ってしまった遠いところへ飛んでいってしまいそうだった。賛美歌は『われらを清め守り給え』だった。これ以上ないほどフォーマルな選択だ。わたしは元気がないなりに一生懸命声を張り上げて歌った。隣で歌っているタスキネンの声は、やわらかいきれいなバリトンだった。ペルツァでさえ、なんとなく賛美歌に聞こえなくもないものを、もごもごと口にしていた。賛美歌の大仰なムードがその後の説教でも続いていれば、いっそ気が楽だったと思う。パロの葬儀が、うわべがきれいに整えられた型どおりの儀式として進行すれば、部外者みたいな顔で眺めていることもできたかもしれない。本人の意思と関係なく英雄に祭り上げられたパロが注目を浴びている様子に、皮肉っぽい微笑を向けながら。けれど、牧師の言葉には心がこもっていて、胸に迫った。その言葉はパロ本人と、彼の近親者と、そして職場の仲間だったわたしたちに向けられていた。

「ユハニ・パロさんは職務を立派に果たしたために犠牲となりました。わたしたちの誰もが、これは理解を超えたことだと思い、理不尽だとさえ感じています。それでも、ユハニ・パロさんの同僚だった多くのみなさんが、暴力の標的となったのが自分ではなかったことに、罪悪感を持ちつつも感謝していることでしょう。そのように感じない理由がわたしたちにあるでしょうか。こうして生きていられることを、わたしたちが感謝しない理由があるでしょうか」

前の席に座っている州警察の警察官の首筋が目に入った。コートの襟から覗く襟足の毛先のカットが不ぞろいだった。涙が勝手にあふれてきて、ひと粒はもう鼻まで流れてきている。牧師の言葉をそれ以上耳に入れないように努めた。べつに泣いてはいけないと言われているわけではない。葬儀の席では声を上げて泣いてもかまわないし、そもそも葬儀とはそういうものだ。タスキネンがポケットからハンカチを引っ張り出した。差し出されたらどうしようと思ったが、彼はハンカチを自分の鼻に押し当てた。誰も互いの顔を見ようとしなかった。自分の悲しみと恐怖を恥じてでもいるかのように。あの棺の中に、同僚たちが咳払いに見せかけてすすり泣く声ももう届かないあの中に横たわるのは、次は自分の番かもしれない。それがわたしたちをとらえている恐怖だった。参列者が多く、献花がひととおり済むまでかなり時間がかかった。子どもは六人もいるし、別れた奥さんたちもそれぞれ自分自身の子を連れて棺の前に立った。成人になったばかりらしいごく若い女性が慰めようもないほど激しく泣き崩れているのは、父親の死のショックで流産してしまったという長女だろう。パロの兄弟姉妹も家族とともに参列しているし、昔のバレーボール仲間も来ていた。

エスポー警察署長は補佐官たちとともに署からの花輪を献じた。署長の弔辞はほとんど大統領のそれのようだった。課からの花輪を献じるとき、わたしは外れていようとしたのに、タスキネンやピヒコと一緒に前に出るようにとみんなから言われてしまった。タスキネンが弔辞を読むのも耳に入らず、わたしは表情を平静に保っていようと必死だった。棺の前を離れるとき、最前列で泣いているパロの親族に目礼しながら、彼らを前にして罪悪感にさいなまれている自分に気づいた。盛大な献花の列を除けば、葬儀自体はごく簡素なものだった。使われた楽器は最初と最後のコラールを演奏したパイプオルガンだけで、賛美歌の選択にも個性は感じられなかった。そもそもパロがなにかの神を信じていたのかどうか、わたしは知らない。わたしたちの間にはそんなことを話題にする習慣がなかった。

葬儀の後、教会に隣接するホテルのレストランに追悼の席がもうけられた。レストランは参列者でぎゅう詰めになった。タスキネンはスピーチを控えて緊張の面持ちだ。ピヒコとプーッポネン、それに課の連中の何人かは、ホテルのバーへ一杯やりにいってしまった。わたしも誘われたが、いまはそんな気分じゃないからと断った。わたしとペルツァは並んで窓際の隅に立ち、タピオラの人工池が凍りついているのをしばらくの間黙って眺めていた。

「あの中でパロの子どもは誰と誰なの？」

中央のテーブルについている人々を示しながらペルツァに訊いた。パロの歴代の奥さんのうち少なくとも一人が、喪服に身を包んだ若い人たちに囲まれて座っている。ペルツァが相手だと、沈黙はあまりに重かった。黙っていると彼との間に妙な結びつきを感じてしまう。ペルツァにしゃべってもらったほうが、気が楽だった。どうせ、いまは黙っていても、じきになにか癪《しゃく》に障ることを言い出すに決まっているし、そうなれば、一瞬生まれた奇妙な連帯感もぶち壊しになるとわかっていた。

「ええと……あのへんの小さいのが、いまの奥さんとの子だろう。あっちの二十代の娘が長女で、ひげ面の男はその亭主じゃないかな。畜生、来やがったぜ！」

最後の言葉は、人混みをかきわけてフロアの中央に現れた署長に対するものだった。スピーチをするようだ。ペルツァはただでさえ人間嫌いだが、署長に対する反感は相当なもので、それはわたしも同じだった。

「あいつら、バーに逃げて正解だったな」

ため息をつきながらペルツァが言った。

署長はもうすぐ定年を迎えて退職する。後任のポストを巡って、すでに熾烈な争いが始まっていた。タスキネンも、いずれは署長の座に就きそうな人物の一人として名前が挙がっているが、彼の政治的に中立な姿勢は出世を阻む要素になるかもしれなかった。

「警察官は、より多くの危険が伴う職業の一つであります」署長は重大ニュースでも発表するかのような口ぶりで話し始めた。「ときには職務が警察官の命を奪うことすらあります。ユハニ・パロ君が巻き込まれた状況は厳しいものであり、ほかの解決策がありえたかどうか、判断は困難です。われわれは、ひとりひとりが、パロ巡査部長が払った犠牲の大きさを理解しており……」

決まり文句のオンパレード。ペルツァに苦笑を向けると、彼も同じ表情を返してきた。ありがたいことに署長のくだらないスピーチは長くはかからず、次に州警察の上層部の誰かが出てきた。話の中身はほとんど署長と同じで、表現が多少洗練されていたくらいだった。家族や親族はどんなふうに感じているのだろう。パロの死が公の出来事にされたことで、ある意味、悲しみが彼らの手から盗まれてしまったようなものだ。いま、パロは誰かの夫でも、父親でも、友人でもなく、ただ殉職した警察官の名簿に載る、一つの名前に過ぎなかった。次もまだタキネンの番ではなく、一人の青年が進み出てパロの息子だと自己紹介した。彼は緊張のあまりときどき裏返る声で参列者に謝辞を述べ、ビュッフェの軽食をどうぞ召し上がってくださいと言った。お偉方がコート掛けのほうへ押し寄せていく。公式の席はここまでのようだ。一番下の女の子が母親の体を押してごちそうのテーブルに突進し、ジュースとケーキが欲しいと甲高い声で叫んでいる。

そのとき、昨日エリナの遺体を検分したはずの婦人科医から、まだ報告をもらっていなかったことを思い出した。

「携帯を持ってきている？」

ペルツァに訊いた。自分のは署に置いてきてしまった。電源を切り損ねて、葬儀の真っ最中に鳴り出したらまずいと思ったのだ。ペルツァは自分の携帯を、珍しくなにも訊かずに差し出してくれた。わたしはレストランを出てロビーにあるバーコーナーに入り、電話をかけた。しかし相手は不在だった。ついてない。少し考えてから、折り返し電話をくれるよう伝言を頼み、ペルツァの携帯の番号と、署の代表番号を告げた。いずれにしてもヨルヴィ病院へ行く前にいったん署に戻らなくてはならない。

レストランに戻ると、近親者はすでに料理を取り終えて、一般参列者の番になっていた。ビュッフェのテーブルを囲む人混みの中にピヒコとプーッポネンがいたが、わたしはぜんぜん空腹を感じていなかった。パロの家族の脇を通り過ぎようとしたとき、未亡人になった三番目の奥さんと目が合って、わたしは足を止めた。なにか言わなくてはと考えているうちに、彼女が口を開いた。

「ハルットゥネンが付け狙っていた二人のうちの一人が、あなたなんですってね」

わたしはうなずき、彼女の目に浮かぶ悲しみと糾弾を正面から受け止めるよう自分に言い聞かせた。

「その幸運がこれからも続くといいわね」

彼女の声は淡々としていたがよく響いた。テーブルの向こう側の席にいた五十代の女性が、立ち上がってこちらに近づいてきた。パロの最初の奥さんだろう。

「口出ししないでちょうだい、エイラ。騒ぎを起こすつもりはないから」三番目の奥さんが言った。「だけど、なんでもないふりをするつもりもないの。わたしはね、ハルットゥネンが人質に取ったのがこの人だったらよかったのにと思っているわ。当然だけど」

返すべき言葉はなにもなかった。もとより返事など期待されていなかっただろう。わたしはただうなずき、弱々しく微笑んで、あと何メートルか歩く間は涙をこらえようと思った。折よくタスキネンが現れて、ネクタイが曲がっていないかと訊いてきた。次は彼がスピーチする番だ。わたしは曲がってもいないネクタイを直してやった。一瞬でも互いに触れ合うためのいい口実になった。タスキネンもわたしも、いまは触れ合いを求めていた。それからペルツァに歩み寄って携帯を返した。

「私は、ユハニ・パロ巡査部長の直属の上司を務めておりました、暴力・常習犯罪捜査課の警部です。これまでわれわれの課では、多少具合が悪くてもみんな休まずに出勤してきました。風邪をひきかけているとか、自業自得の頭痛とか、射撃練習場で肩を痛めたとか、症状はいろいろありますが、必ずぴったりの薬をくれる人物がいたからです」

話し始めたタスキネンの言葉はそれまでのスピーチとあまりにも違っていて、サンドイッチをほおばっていた参列者たちはしんと静まり返った。

「パロ君の歩く薬局ぶりには、みんな笑っていたものです。昨日、私はまた痛み止めが必要になりました。そして気づきました。私の頭が痛むのは、薬をくれる人がもういないせいなのだと。十年以上の歳月をともに働いてきた仲間がいなくなって悲しい、そんな言葉を口にするより、薬が手に入らなくて困ると嘆くほうが容易です」

さらにタスキネンはパロの思い出話をいくつか披露し、わたしたちは泣きながら笑った。スピーチを聞きながら、わたしはパロを思い、同時に、自分がどれほどタスキネンを好いているか、いままで気づいていなかったことを悟った。ちょっと状況が違えば、生まれて初めて職場恋愛の危機に陥っていたかもしれない。

スピーチを終えると、タスキネンはパロの家族と握手を交わした。

「あの金髪の青年もパロの息子かしら?」

ペルツァに尋ねた。彼はタスキネンのスピーチの間、珍しく静かにしていた。

「どいつだ……ああ、トニなら確かに苗字はパロだが、おれの記憶では、パロの二番目の奥さんだったハンネレが、最初の結婚で産んだ子どもじゃなかったかな。いや、トニを産んだときハンネレが結婚していたかどうかは知らんが」

そのときペルツァの携帯が鳴り出した。幸い、周囲がざわついていて、着信音はそれほど目立たなかった。

ペルツァは電話に出たが、そのまま携帯をこちらに差し出してきた。わたしはドアを開けてテラスに出た。何人かがたばこを吸っている。それにまじって、わたしは話し始めた。

エリナの死体を検分した婦人科医は興奮気味だった。

「この女性は間違いなく、一度は出産の経験があります。ただし、出産からかなりの年数が経過しています」

「どれくらいの年数ですか?」

みぞれが顔に当たって冷たいタオルのように肌をぬぐっていく。テラスに出たとたん胸元がみるみる冷え始めて、氷みたいになっていた。

「正確な数字を申し上げるのは困難ですが、二十年は経っているのではないかと思います。書類には出産に関わる記載がありませんね。それで、お電話する前に、ほかの医師にも意見を求めて確認を取りました」

「子宮口の傷跡に関しては?」

「書類には、七〇年代の半ばに、正規の医療が受けられない環境で婦人科系の手術を受けたと記載があります。確かに傷跡はそのせいのようですし、だから出産経験はないと主張することもできたでしょう。それでも、まともな医師が診ればわかるはずですが……」

「おそらく、ただ事実が公にされていないだけだったのかもしれませんね。ご協力に感謝します。この証言は裁判でも必要になるかもしれません」

電話を切ってからしばらくの間、人工池の向こうにそびえる文化センターの積み木のような建物がみぞれの中でかすんでいるのを、わたしはじっと見つめていた。エリナは子どもを産んでいたという事実。それから、さっきペルツァがパロの息子について言っていたこと、インコーへ行ったときアンティがサウナの中で言っていたこと……。

突然、なにもかもがはっきりと形を取り始めた。ロースベリ館にあったアイラとエリナのアルバムの中の写真を、もう一度見たい。意識を集中すると、あのとき見た写真が脳の中のプロジェクターによみがえってきた。高校生くらいの年齢のエリナ、その疲れた顔、アイラの姿、それから南仏かどこかの海岸。エリナを囲んで彼女にみとれている製材所の若い技師たち。そうだったのか！　アイラはもちろん知っている、写真が撮られた日々のことをすべて知っているはずだ。だからこそ、アイラはエリナを殺した犯人をかばったのだ。

だとしたら、アイラはいま、大変な危険にさらされているのでは……。

わたしはレストランに戻った。走り出したいのを必死で我慢した。タスキネンとペルツァがビュッフェのテーブルの前にいるのを見つけ、ゆっくりと近づいていくと、まずはタスキネンにスピーチがすばらしかったと言ってから、おもむろにヨルヴィ病院に行かなくてはならないと告げた。

「エリナ・ロースベリを殺したのが誰か、動機がなにか、わかったんです」わたしは説明した。「まず、電話を何本かかけて、それからおばのアイラ・ロースベリとも話をしなくてはなりません。それらが済めば、犯人を逮捕できるだけの十分な証拠がそろうはずです」

「逮捕はいつになる？」

タスキネンの声にさしたる熱情は感じられなかった。ロースベリ館の一件は、彼にとっては常に抱えている多くの案件の一つに過ぎないのだ。

「できれば今日にでも。誰か一緒に来てもらう必要がありますが」

「わかった」

タスキネンとペルツァが声をそろえて言った。どちらか一方を選んだりはせず、四時半に署で二人と落ち合うことにした。それから、途中で食べようとテーブルの上のミートパイと卵と米のパイをひと切れずつ取って、近くのタクシー乗り場にゆっくりと歩いていき、運転手にヨルヴィまでと告げた。ペルツァの携帯を借りたままだったので、タクシーの車内からサハプー製材株式会社の本社へかけた。最初、先方は驚いていたが、すぐにわたしの持っている情報が正しいことを裏付けてくれた。ヨルヴィ病院の正面玄関に着くまでに、海外の番号案内にもかけることができた。

アイラの部屋を見つけるまでに、病院中をさ迷い歩く羽目になった。ベッドの中のアイラは上体を起こして、手にした女性誌を見るともなく見ていた。頼りなげな雰囲気はだいぶ薄れて、頭に巻かれた包帯も以前より少なくなっている。わたしに気づくと、かすかな微笑のようなものを浮かべてくれさえした。

「カッリオ巡査部長――いいえ、マリア。こんにちは」

「こんにちは、アイラ。調子はどう?」

「どんどんよくなっていますよ。エリナのことを考えると具合が悪くなるけれどね。でも、頭痛はもう、それほどでもないのよ」

「なにもかも、思い出したのかしら?」アイラの目に一瞬恐怖の色が浮かんだが、彼女はすぐにそれを追い払った。わたしは言葉を続けた。「どちらでも同じことね。昔のことなら、あなたはもともとよく覚えていたのだから。エリナが死んだのは、過去のせいでしょう。違いますか?」

「どこまで知っているのですか」

アイラは質問で返してきた。

「かなりの部分を。でも、理解できないことがいくつかあるわ。たとえば、どうしてあなたは、ヨーナ・キルスティラがあやしいと匂わせ続けていたのか。彼の何が気に入らなかったんですか？」

アイラは答えず、ただ首を振った。自分でも答えはわからないとでもいうように。アイラはキルスティラが実際には潔白だと知っていた。だから、彼があやしいと匂わせたところで、重大な問題にはならないはずだと思っていたのかもしれない。

「エリナを殺した犯人は、なぜあなたの命まで奪おうとしたんでしょう？　警察に通報すると脅したんですか？　あなたには最初から、真相がわかっていたんでしょう、違うかしら？」

「警察に通報など、するわけがなかったのよ。でも信じてもらえなかった。あの子は……あの子は、精神的にとても不安定な状態なのです。わたしを殺すつもりはなかったと信じているわ。ただ、かっとなって殴ってしまっただけ」

「何があったか、思い出したんですね？」

もう一度訊いた。アイラは目を伏せたまま、黙ってうなずいた。

わたしが自分の知っていることを話し、アイラにはそれを補ってもらう形で進めることにした。アイラの負担をできるだけ軽くしてあげたかったのだ。アイラが気の毒だった。これまでずっと、ほかの人々の身になり、ほかの人々のために生きてきて、そのせいで命まで落としかけたのだから。

「検察側の証人として証言しなければならないのですか」アイラが訊いた。できればそうしてほしいと答えると、アイラは続けて言った。「わたしはあの子を許していると伝えてやってください。わたし自身、部分的には責任があるのです。遠い昔のあの出来事は、わたしが決めたことだったのだから。でも、わたしの決断は間違っていたようね。こんな悲惨な結末になってしまったのだもの」

わたしはアイラを相手に推理した内容を語り始めた。エリナはなぜ死ぬことになったのか。わたしの推理は正しかったが、その経緯にまつわる人々の思いはアイラのほうがよくわかっていたので、その点は彼女の語るに任せた。

ついに語り終えたとき、アイラの顔は灰色の岩のようになっていたが、その目には落ち着いた穏やかな表情が戻っていた。初めてロースベリ館のキッチンで会ったときと同じ、本来の彼女の表情だ。

「いいことを教えてあげましょう。あなたには少し都合がよすぎるかもしれないわ」アイラが小さく笑った。「今夜、ロースベリ館には、エリナの葬儀の相談で全員が集まっているはずですよ。ヨハンナ、タルヤ、ニーナ、ミッラ、そしておそらくヨーナも。ロースベリ館へお行きなさい。最後の答えが得られるはずよ」

18

「ふん、つまり被疑者全員がロースベリ館に顔をそろえているってわけか」ペルツァはそう言いながら、パトカーをトゥルンティエ《通り》からヌークシオンティエ《通り》に進めた。「どこかの古くさい推理小説みたいじゃないか」

「確かにね。それでわたしは、一人ずつ尋問を始めるわけ。疑惑の少ない人からね。最後に残った一人が、エリナ・ロースベリを殺した犯人ってわけよ」

「キルスティラの野郎も来ているのか？」ペルツァは言葉を続けた。「あの館、男子禁制は撤回したのか？」

「警察官がずいぶん出入りしたし、もうその理念は放棄せざるを得なくなったのよ」

ロースベリ館を舞台とした謎解きの一幕なんて、べつにわたし自身が希望したわけではなかったが、とにかく事実を明らかにしたかった。それがロースベリ館で待っているみんなのためにもなるはずだ。エリナの死によって誰もが大きな影響を受けた。事実が明らかになれば、彼らはまたそれぞれの人生を歩み続けることができる。

ロースベリ館の門扉は今回もロックされていた。リモートコントロールがきかないらしく、タルヤ・キヴィマキが来て開けてくれた。

だ。

「警察官が三人も？　まさか、アイラが……」

まだパトカーのドアを開けきらないうちにキヴィマキが訊いてきた。庭にはエリナの車のほかに、キヴィマキの赤いフォルクスワーゲンと、ニーナ・クーシネンの父親のボルボが停めてある。ニーナは雪道の運転が嫌いだと言っていたが、みぞれが降るのにここまで車で来たようだ。

「アイラは大丈夫よ。わたしたちは、いまここにいるあなたたちに話があるの」

ロースベリ館のキッチンは暖かく、居心地がよかった。ニーナとミッラ、それにヨーナがテーブルに着き、すぐに失礼するからと言ったにもかかわらず、ヨハンナはわたしたちの姿を見てお茶の支度を始めていた。ペルツァとタスキネンは黙っている。この中の誰を逮捕しに来たのか、彼らにはわかっているはずだが、二人ともわたしに任せるつもりらしい。

「アイラからみんなによろしくと言付かってきたわ」誰の顔もまっすぐに見る勇気が持てないまま、わたしは口を開いた。「今日、アイラと長い時間話をしたの。わたしがすでに知っていたことを、アイラが裏付けてくれたわ。エリナ・ロースベリを殺したのが誰かをね」

「殺した？　事故じゃなかったのか？」

ヨーナ・キルスティラがかすれた声で言った。

「ある意味では事故だったと言えるわ。犯人には、エリナを殺すつもりはなかったと思う。少なくとも、当初はね。ウィスキーに鎮静剤のドルミクムを混ぜたものを飲ませたのは、ただ意識を失わせようとしただけだったのよ。犯人は、エリナが治療のため抗生物質を服用していたことを知らなかった。抗生物質のエリスロマイシンが、鎮静剤の作用を強め、その成分の体外への排出を遅らせることも、知らなかったのね。でも、エリナを凍死させるつもりはなかったはずよ、そうでしょう?」

ここまで話して、わたしはようやく全員の顔を見る勇気が出た。真っ青になったヨーナ、髪の毛の先をいじっているニーナ、臆せずに見つめ返してきたミッラ、そして一心にお茶の葉を量っているヨハンナ。最初に口を開いたのはタルヤ・キヴィマキだった。

「作戦は失敗じゃない? いきなり立ち上がって、そんなつもりじゃなかった、と叫ぶ人はいないようね」

「だったら、直接尋ねるしかないわね。エリナはどうやって森へ入っていったのかしら、ニーナ?」

名前が呼ばれるのを聞いた瞬間、ニーナはなにかに打たれたようにびくっと体を震わせた。隣に座っていたミッラがはっと息を呑み、ニーナの顔をまじまじと見つめた。

「いったいどんな理由があってエリナを殺したんだよ?」

ミッラの声はかすれている。ニーナにむしゃぶりつきそうなそぶりを見せたが、途中で動きを止めた。

「誰も殺すつもりなんかなかったのよ。わたしはただ、あの人を苦しめてやりたかった。凍えさせてやりたかった。あの人がわたしにしたように」

「いったいなんの話をしているの?」

タルヤ・キヴィマキが訝しげに尋ねる。わたし以外の人たちが話を進めてくれるほうがいい。彼らにになら、ニーナは話すだろう。親しい友人たちが相手なら、わたしに話すよりずっと楽に言えるはずだから。

「エリナはわたしの母親だった」ニーナはうめいた。「生まれてすぐにわたしを捨て、わたしがここに来たときも、知らんふりを決め込んだ母親よ。わたしが誰だかわかっていたはずなのに！」

「あんたの母親？　だけどあんた、二十五歳にはなってるだろ？　だったら、あんたを産んだとき、エリナはまだほんの子どもだったんじゃないの」

ミッラが驚いて言った。

「エリナは十六歳だったのよ」

わたしが話を引き取った。ニーナの出生について知っていること、アイラが話してくれたことを、わたしはみんなに語った。

ニーナの父親のマルッティ・クーシネンは、六〇年代の終わりごろ、エリナ・ロースベリの父が経営するサハプー製材株式会社で働いていた。当時クーシネンは二十五歳、まだ若かったが、すでに学校の後輩だった女性へイディと結婚し家庭を持っていた。やがてクーシネンは、エリナの父クルト・ロースベリから特別に目をかけられるようになっていく。息子のいないクルトは、跡継ぎがいないことをさびしく思っていたのだろう。クーシネンはたびたびロースベリ館を訪れるようになり、その彼に十五歳だったエリナは夢中になってしまった。エリナは早熟な、背の高い美しい少女だった。最初に二人の関係に気づいたのは、そのころ義理の姉に当たるエリナの母を看病するためロースベリ館に戻っていたアイラだった。アイラは兄クルトに事実を打ち明けたが、思いがけない事態が起きる。エリナはすでにマルッティ・クーシネンの子を身ごもっていたのだ。

エリナ自身、最初は妊娠に気づいておらず、アイラが知ったときにはすでに中絶が不可能な時期に入っていた。しかも、ときを同じくしてマルッティ・クーシネンの妻も身ごもっていることがわかる。激怒したクルト・ロースベリはクーシネンを会社から追放したのだった。わたしは話しながら、ニーナが生まれたときの様子とその直前の嵐のような春のことを語ってくれたアイラの憔悴《しょうすい》した顔と、途切れがちな声を思い出していた。当時エリナの母親は重病の床にあり、エリナ本人は混乱して激しく落ち込んでしまっていた。アイラは、あのころエリナが何を期待していたのか、いまでもわからないと言っていた。マルッティ・クーシネンが結婚してくれると思っていたのかもしれない。エリナはクーシネンを追い出した父親とは口をきこうとすらしなかった。彼女が耳を傾けるのはアイラの言葉だけで、その後の計画もアイラが立てた。子どもは十月には生まれてしまう。秋になってもエリナは学校に行かせず、どこか外国で出産させて、生まれた赤ん坊は養子に出す、そういう計画だった。

追放されたマルッティ・クーシネンは南フランスの同業の会社に職を得た。妻のヘイディは、フィンランドを離れて言葉もわからない外国へ移住するのを嫌がったが、最終的にはクーシネンが妻を説き伏せた。彼の子どもが二人とも、ほんの二週間ほどの差で生まれてくる予定だったのは、まさに運命の皮肉といえるだろう。

その後何があったのか、アイラにも正確なところはわからない。ある晩マルッティ・クーシネンが帰宅すると、妻が気を失って血の海の中に倒れていた。予定日より二か月以上早く出産が始まってしまい、助けようにも手の施しようがなかったという。生まれてくるはずだったのは女の子だったということだ。

マルッティ・クーシネンはアイラに手紙を書いた。エリナが産む子どもを自分たちの実の子として引き取りたい、それをエリナに話してみてもらえないかという内容だった。確かにうまい解決策に見える。アイラはエリナを説得し、提案を受け入れるよう承諾させた。そして、八月に入るとすぐに、エリナはアイラに付き添われてフランスへと旅立ったのだった。そのころにはエリナのお腹は人目につくほど大きくなり、家の外を歩くこともままならなくなっていた。

南フランスでの数か月は苦しい日々だったという。暑さは耐え難く、エリナの状態も、昨日はクーシネンへの思いに身を焦がしていたかと思えば今日は彼に激しい憎しみを抱くというありさまだった。一方のヘイディ・クーシネンも、子どもを失った上に年端もゆかぬ娘が夫の子を身ごもっていると知って、医師の助けを必要としていたことだろう。クーシネン夫妻の子どもが死産だった事実はフィンランドの公的記録には残らなかった。フィンランドの当局はエリナが妊娠していることも把握していなかった。エリナは母子健康センター《ネウヴォラ》にも行かなかったからだ。マルッティ・クーシネンが、エリナが出産するときは妻だといつわって産院に連れていこうと思いついたのも、こういった背景を踏まえてのことだったのだ。本当の妻のヘイディはエリナより八つも年上だったが、妊娠したことでぐっと大人びていたエリナに、誰も疑いの目を向けなかった。もちろん、ヘイディ・クーシネンの処置をおこなった医師には、クーシネンの妻は流産したとわかっていたはずだが、おそらく金で丸め込まれたのだろうとアイラは推測している。

エリナは半分意識を失った状態で出産した。最後は鉗子《かんし》で赤ん坊を引っ張り出さなくてはならなかったという。エリナは赤ん坊の姿を見なくて済むようにしてほしいと懇願し、出産の数日後には退院してしまった。その後アイラとともにパリへ行ったエリナは、そこで一週間過ごしてからフィンランドへ帰国し、学校に復帰したのはクリスマスが過ぎてからだった。フランスに留まったクーシネン夫妻がエリナに連絡してくることは一切なかった。

アイラが話してくれたのはそこまでだった。後になって、エリナが自分の産んだ娘を恋しがることはあったのだろうか。それはアイラには尋ねなかった。養子に出した先が見知らぬ誰かだったら、いっそ気が楽だったろうとアイラは言った。一方で、マルッティ・クーシネンなら子どもの本当の父親だというのも、また事実だった。

ニーナは黙ったまま、身じろぎもせずにわたしの話を聞いていた。そろそろこの館を後にしたほうがいいだろうと思った矢先、タルヤ・キヴィマキがニーナに問いかけた。

「エリナが実の母親だと知ったのはいつなの？」

ニーナはのろのろと目を上げてタルヤを見た。アーモンド形の目は涙に濡れている。いま、あらためて見てみれば、ニーナとアイラとエリナ、三人の頬骨が同じ形をしているのが、わたしにもはっきりとわかった。

「母が……ヘイディ・クーシネンが残してくれた手紙で知ったの。母が亡くなった後のことよ。わたしに真実を告げるかどうか長いこと悩んだけれど、やはり本当の母親が誰か知らせるべきだと決心したと書かれていたわ。そんなことを知って、わたしが喜ぶとでも思ったのかしら！ わたしは知りたくなかった。赤ん坊のうちに一度捨てられていたなんて、そんな話、聞きたくなかった。事実を知ればわたしの悲しみが和《やわ》らぐと思ったのかもしれないけれど、母は間違っていたわ。わたしにはほかに母なんていない。あの母がわたしの母親じゃないなんて、そんなふうに思うことはありえないわ……」

ニーナは泣いていたが、こぼれる涙もあふれる言葉をさえぎりはしなかった。なにもかもをぶちまけることで、気が楽になるのかもしれない。わたしたちに、気持ちをわかってほしいのかもしれない。

「母の手紙に書かれていなかったことは、父が話してくれたわ。わたしが一番理解できないのは父のことよ。母が亡くなった後、父とわたしの関係は完全に壊れてしまった。エリナはフランスを去った後、一度も連絡してこなかったと父は言っていたわ。それでもわたしはあの人の子どもなのに。あの人が何を考えていたのか、わたしにはわからない！」

「あなたを産んだとき、エリナはまだ十六歳だったんでしょう。母親になるのは難しかったのではないかしら」

タルヤ・キヴィマキが言った。

「何が難しかったというの？　エリナの家は裕福で、エリナが学校で勉強を続けたければ子守りに人を雇うことだってできたはずよ。エリナはわたしなんかいらなかったのよ、だから捨てたんだわ」

「エリナが自分でそう言ったのかい？」それまで凍りついたように座っていたヨーナが口を開いた。「ぼくにはまったく違うことを言っていたよ。子どもは手元に置かせてもらえなかった、口を挟むこともさせてもらえなかったとね」

「知っていたの？」

わたしとニーナが同時に声を上げた。

「いや、きみがエリナの子どもだってことは知らなかった。実を言うと、ミッラじゃないかと思っていたんだ……」ヨーナはミッラの顔をちらりと見て、かすかな笑みを浮かべた。「エリナが話してくれたのはね、ただ、とても若いころに子どもを産んで、その子は手元に置くことができなかった、それだけだったよ」

「やはり、エリナはわたしのことなんかひとことも話さなかったのね」ニーナはうめいた。

「わたしになんかこれっぽっちも関心を持っていない女に会うべきかどうか、何年も悩み続けたわ。母のヘイディが亡くなったのだって、エリナは知っていたはずよ。いくつかの新聞に大きく死亡広告を出したんだから。わたしに会いに来る口実になったはずでしょう？　でも、あの人は来なかった」

ニーナの声には怒りがこもっている。いたたまれない気持ちになった。もしもエリナの口から話を聞けたなら、彼女はきっと違うことを言うだろう。彼女はただ、ニーナの人生を混乱させたくなかったのではないだろうか。

「だけどとうとう、わたしを産んだ母親に会おうと決心したの。それで十二月のローズベリ館の〝精神的護身術〟の講座に申し込んだのよ。それなのに、わたしが名前を告げたときも、エリナはなんの反応も示さなかった。あの人にとって、わたしは単なる受講者の一人に過ぎなかったのよ」

「ニーナ・クーシネンというのはごくありふれた名前でしょう」タルヤが言った。「それにエリナは、あなたがニーナと名づけられたことすら知らなかったのではないかしら？」

「そうでしょうね、あの人はわたしになんか興味がなかったんだから。あの講座では、それほど深く知り合う機会もなかったし。確かにエリナって人当たりはいいと思ったわ。わたしはセラピーコースを申し込んでエリナのクライアントになったの。最初の回はクリスマスの三週間前だった。週に一回のコースだったから、結局ほんの数回で終わってしまったけれどね。コースが始まってすぐに両親のことを詳しく話したから、わたしが誰なのかエリナには見当がついたはずよ。それなのに、あの人はなにも言ってくれなかった。ただ黙って聞いているだけだった。想像できる？」

「あんたこそよく考えてみなよ！　エリナはプロだったじゃないか。あんたが追い詰められてるのを見抜いていたんだよ。そんなあんたに、自分が母親だなんて言おうものなら、ますます混乱させちまうってちゃんとわかってたんだ。だいたい、あんたは自分から、正体を隠したままエリナに近づいたんだろ」ミッラは怒っていた。「どうして素直に、事実を知っているって言えなかったのさ？　あのクリスマスのときに、ようやくそれを言ったわけ？　そのためにここへ来たの？」

ニーナの顔は無防備で、表情は涙に洗い流されていた。

「言ったのは聖ステファノの祝日《タパニンパイヴァ》の夜中よ。あの晩、わたしはエリナに、話があると声をかけたの。そしたら変な顔をして、あらそう、とそれだけよ。おまけに、ヨーナ・キルスティラと散歩に出掛けるからすぐには時間が取れないとまで言ったわ。わたしはかっとなった。わたしが何を話すつもりかエリナにはわかっていたはずよ、あの人は聞きたくなかったんだわ！　わたしはね、ウィスキーをひと瓶、買ってあったのよ。講座の途中でエリナが誰かに、ラフロイグが好きだと言っていたのを覚えていたから。そうよ、ミッラ、確かエリナはあなたにそう言っていたわよね。それからわたし、ひと箱分のドルミクムを砕いて水で溶いたの。でも、大それたことを考えていたわけじゃない。ただエリナに、わたしにはあの人を殺すことだってできると思い知らせてやりたかったのよ――もしもわたしが、そう望めば。だけどあれっぽっちの量で死ぬはずなんかなかったわ」

ニーナの涙は乾いていた。彼女はしっかりした声で、あの晩、エリナの部屋を訪れたときのことを語った。エリナはすでにパジャマに着替えていた。二人がまだきちんと話し始めないうちに、ヨーナから電話がかかってきた。エリナがヨーナと話している隙に、ニーナはエリナのグラスに特製カクテルを注いだのだ。

「エリナは電話を切るとひと息にグラスの中身を飲み干したわ。勇気が欲しかったんでしょうね。それで、グラスの中身はウィスキーだけじゃないことに気づかなかったんだと思う。わたしはちょっとうろたえてしまった。あの薬は効き目が早いわ。わたしは……エリナに、あなたがわたしを産んだ母親だと知っていると告げたの。それから部屋を飛び出して、そのまま館を出て、裏門から農地へ走っていった。それ以上、あの部屋にいることに耐えられなかったのよ」

エリナはニーナの後を追った。靴も履かず、上着も着ずに。ニーナは逃げた。めちゃくちゃに走った挙句、森のへりでエリナを振り切った。しばらく氷点下の中を走っていたニーナはやがて正門から館に戻ったが、そのころにはエリナもとっくに戻っていると思っていたという。ニーナは自分の部屋でエリナが来るのを待ち続けたが、エリナはとうとう現れなかった。

「ばか、どうしてみんなを起こさなかったんだよ！」

ミッラが叫んだ。

ニーナは返事をしなかった。言える言葉などなにもなかったに違いない。実際には何が起きたのか、エリナがどうやってあの木の根元までたどり着いたのか、真実を知る手立てはないのだろう。薬の相互作用が急激に強まったのかもしれず、エリナはもう歩けないと悟ったのかもしれない。エリナの体を包んだ冷気も、ニーナの後を追うエリナの心に浮かんだことも、わたしは想像したくなかった。

少なくとも、ニーナにはエリナを殺害する意志がなかったことは明らかなようだ。罪状は遺棄致死と、アイラに対する傷害、または殺人未遂だけになるだろう。あの日の昼間、ニーナはアイラから電話を受け、今夜ロースベリ館に泊まりにいらっしゃいと言われた。アイラはニーナを責めるつもりだったのではない。それどころか、すべて知っている、力になりたいと言ってあげるつもりだったのだ。ところが門の前で待ち伏せしていたニーナは、アイラに口を開く間も与えずに、熊の石像で殴りつけてしまった。しかしニーナは発作的に殴ってしまっただけだと主張した。ただ時間を稼ぎたかったのだと。

「そろそろ行きましょう」タスキネンが口を開いた。「クーシネンさんはわれわれに同行願います。ほかのみなさんにも、後日あらためて事情聴取をお願いします」

「わたしを刑務所に連れていくんですか?」

ニーナはかすかな声で言った。誰も答えずにいると、彼女はまたすすり泣き始めた。ペルッァが困惑した顔でタスキネンを見た。わたしはニーナに一歩近づいたが、これまでずっと黙っていたヨハンナのほうが早かった。ヨハンナはニーナの肩を抱いてなだめてやり、小さな子どもをあやすように話しかけてやっている。何分かが過ぎて落ち着きを取り戻したニーナに、わわたしたちは荷物をまとめて一緒に来るよう告げた。タルヤはニーナのために弁護士を手配するとと約束し、ミッラとヨーナは、ニーナを手荒に扱わないとわたしたちに誓わせた。

ニーナ本人はひとことも口をきかず、みんなが別れを告げるのに返事もしなかった。パトカーに乗ってからもわたしの隣で黙りこくっている。彼女のことをどう考えればいいかわからなかった。エリナに向けられた、これほどまでにすさまじい憎しみは、いったいどこからわいてきたのだろう。それともこれは、ニーナが自分の行為を正当化するための自己防衛本能による反応なのだろうか。

ヌークシオンティエ通《り》の交差点で、パトカーはしばらく足踏みした。車の流れが途切れず、ハンドルを握るペルツァはなかなか左折できない。そのときニーナが動いた。彼女は最初からシートベルトを締めていなかったが、一瞬にして車の外へ飛び出し、ピトカヤルヴィ湖の湖岸目指して走り出した。

わたしもタスキネンもランナーの経験を積んでいるから、ニーナを捕捉するのに苦労などないはずだった。ところがいまは、服装がわたしたちの足かせになった。わたしはロング丈のコートとタイトシルエットのワンピースを身につけたままだったし、タスキネンの黒い靴も、どちらかというと夏向けの、底が滑りやすいものだった。タスキネンは猛ダッシュしたが、ヌークシオンティエ通《り》の真ん中で派手に転んでしまった。わたしたちがやっとスピードを出し始めたころ、ニーナはすでに湖を覆う氷の上のはるか遠くを走っていた。

ペルツァがなにか背後でどなり、続けてエンジン音が聞こえた。ニーナが逃走した方向へ車を走らせ、先回りして不意をつこうとしているのだろう。増援を要請することも思いついてくれていることを祈った。わたしは走りながらワンピースの裾をたくし上げた。タスキネンが再び転倒し、わたしは彼に追いついた。ニーナの姿は小さな点になって、闇に消えようとしている。

「氷の上なんかに逃げて、いったいどうなると思ってるのかしら？　こんなことをしても、どうにもならないのに」

荒い息をしながらタスキネンに話しかける。

「そこまで考えていないんだろう、闇に紛れてわれわれを振り切れるとでも思っているのかもしれない。うわっ」タスキネンが声を上げた。氷上にハンドドリルで開けられていた穴釣り用の小さな穴に足を取られたらしい。「寒中水泳用の穴がないことを祈るよ!」

湖岸からの光に照らされて、ニーナの姿が再び尖った影になって浮かび上がった。足を緩め、走るというより早足で歩きながら、氷上から岸へ上がれる場所を物色しているようだ。タスキネンのコートのポケットで携帯が鳴った。ペルツァからだった。ソルヴァッラの手前で氷上に乗り、すでに増援も要請してあるという。突然、ニーナのはるか後方、湖が湾曲しているあたりに、ペルツァが手にした懐中電灯の光がぽつんと点灯した。

「そっちの姿もクーシネンの姿も見える」タスキネンは息をはずませながら携帯に向かって言った。「あせるな、われわれに危害を加えたりはしないはずだ。重要なのは、彼女が自分を傷つけようとする前に確保することだ」

足の下で氷がいやな音を立てて軋み、わたしは飛び上がった。冬のこの時期なら、湖を覆う氷はすでに固く引き締まっているはずだ。氷が割れるかもしれないなんて、いまのいままで考えていなかった。声が届くほどニーナに近づくと、わたしは叫んだ。

「ニーナ、待って! 逃げてもどうにもならないわ! かえって事態を悪くするだけよ!」

悪くする、悪くする、悪くする……自分の声が対岸の岩に当たって跳ね返ってくる。ニーナは、すぐ近くまでわたしたちが迫り、ペルツァもいることに気づいて、あわてて周囲を見回している。やがて彼女は、数メートル離れた湖の真ん中に、氷が解けて水面が顔を覗かせている部分があるのに気づいた。わたしとタスキネンのやや前方だ。誰かがあの穴を寒中水泳に使っていて、水面が氷に覆われないよう冬中ずっとメンテナンスしているのだろう。ニーナが水面に向かって猛然と走り出したとき、わたしはすぐ近くまで迫っていて、彼女の顔に浮かんだ表情も見分けられた。

「だめ！」

わたしの悲鳴にタスキネンの声も重なっていたと思う。わたしたちも走り出したが、タスキネンはまた足を滑らせ、顔から転んでしまった。彼の下唇が切れて血が出ているのを目の端に認めたが、いまはかまっている暇がない。ニーナは躊躇《ちゅうちょ》なく水に身を投げた。ヌークシオの静寂の中、水音が大音響となってとどろき渡り、水面に張っていたらしい薄氷の割れる音がそれに混じった。対岸から走ってきたペルツァとわたしは穴のふちにほぼ同時に這い寄った。ニーナの体が水をはね散らしながら水面に浮かび上がってきた。口は本能的に空気を求めてぱくぱく開いていたが、彼女はすぐに自分の意志で身を切るような水に頭を突っ込んだ。氷の下に入り込んでしまったらもう終わりだ。わたしは後を追って飛び込もうとコートを脱ぎ捨てかけた。

「ばか、おまえはだめだ！」

ペルツァがどなり、脇に這ってくるとわたしをぐいと押しのけた。わたしの体は数メートル離れたところまで滑ってしまった。ペルツァはコートを脱ぎ捨てるのももどかしげに水に飛び込んだ。わたしが穴のふちまで這って戻ると、タスキネンもそこにいた。どこか遠くから人が走ってくる足音が聞こえる。水面が揺れ、真っ赤になったペルツァの顔が現れた。

「つかまえたぞ」

ペルツァの息が荒い。わたしはニーナの手首をつかんだが、引き上げようとするわたしを、ニーナは逆に黒々とした水の中に引きずり込もうとした。アーモンド形の目がわたしの目を見つめてくる。ハルットゥネンと同じ、氷に閉ざされた目。ニーナのぐったりとした体は衣類が水を吸ったこともあって岩のように重く、わたしの手首をつかむ彼女の指は冷たく、爪は尖っていた。わたしの体の下で氷が軋んだ。その下で水が揺れ動くのを感じる。気づいたときには悲鳴を上げていた。このままではわたしも冷たい水の懐に抱き取られてしまう。わたしの服の袖はすでにぐっしょりと濡れ、氷の表面に染み出した水がわたしの体を洗っている。

同時にタスキネンの手がわたしの足首をつかんだ。わたしはそろそろと後ずさりした。もがくニーナの体をペルツァがしぶきをはね上げながら氷上へ押し上げた。わたしはその細い手首をつかんでいるのが精一杯だった。ニーナの黒く濡れた長い髪が、凍りついた蛸《たこ》の足のようにわたしの顔にへばりついてくるのを感じる。

タスキネンがわたしの脇まで這ってきてニーナの両脇に手をさしいれたときには、すでに彼女は抵抗する力を失っていた。完全に凍えて体を動かせなくなっていたのだ。

自力で這い上がってきたペルツァの状態もほめられたものではなかったが、幸い、わたしたちはもう孤軍奮闘しているわけではなかった。湖岸の民家から走り出てきてくれた人がいるし、警察官が二人、氷の上をこちらに近づいてくるのも見える。

「救急車を頼む!」

タスキネンがどなった。唇からはまだ血を流していたが、さっとコートを脱ぐと、途切れ途切れにすすり泣いているニーナの体を包んでやった。ペルツァはばたばたと足踏みしている。そうでもしないと足が凍りつきそうなのだろう。わたしのコートをかけてやろうかと思ったが、濡れてしまっているので役に立ちそうもなかった。それにペルツァには二十サイズくらい小さすぎる。

氷上で震えていると永遠にこの状態が続くのかと思えたが、ついに警察官たちがパトカーから毛布を持ってきてくれ、ニーナとペルツァはそれにくるまった。自力で歩くことすらできないニーナを、警察官たちが近所の家へ連れていき、やがて到着した救急車が彼女をヨルヴィ病院へ搬送していった。濡れた服を脱ぎ捨てたペルツァは、二サイズほど小さすぎるジャンプスーツタイプの制服を借りて着ていたが、医者に診てもらう必要はないと言い張った。必要なのは医者ではなくラムトディを何杯かと丸ごと一個のニンニクだという。ずいぶん勧めたのに頑としてヨルヴィへ行くのを拒否したので、タスキネンと一緒にオラリ地区の彼の自宅まで送っていった。

「ありがとう、ペルツァ」

自宅の庭先で車を降りた彼に、わたしは口ごもりながら言った。ニーナを追って水に飛び込もうとしたとき、わたしは自分が妊娠していることを忘れてしまっていた。だけど、ペルツァは覚えていてくれたのだ。妊婦だって、たいていのことはできるものの、さすがに寒中水泳はあまりお勧めではないだろう。特に、妊婦初心者には。

「いい加減、行動する前に考えることを覚えたらどうだ」

ペルツァは歯をがちがちいわせながら答えた。彼の言葉に含まれるとげは、いつもよりずっと少なかった。タスキネンは怪訝な顔でわたしたちのやりとりを聞いていたが、ありがたいことになにも訊かず、わたしを家まで送ってくれた。車の暖房は最大にしてあったし、水に飛び込んだわけでもなかったが、わたしは凍えていた。凍てついた体が解けることは二度とないような気がした。

19

次の日、わたしは再びヨルヴィ病院でアイラのベッドの脇に座っていた。朝のうちにニーナと短時間の面会を済ませてあった。聖ステファノの祝日《タパニンパイヴァ》の夜に関するニーナの供述にはいくつか不明な点があったからだ。ニーナは鎮静剤を投与されていたが、意識がぼんやりしてしまう前に五分間ほど言葉を交わすことができた。わたしにはそれで十分だった。

「わたしもニーナに会わせてもらえるかしら」アイラが言った。「ニーナはどれくらいここにいる予定なの？」

「二、三日です。アイラのほうは？」

「明日には退院できるのよ。土曜日のエリナの葬儀には、来てくださるわね？」

「もちろん」

週に二回も葬儀に出るなんて多すぎると思ったが、それでもわたしは答えた。そのとき、クリーム色に輝くバラの花束を抱えたヨハンナが入ってきた。赤い花柄の新しいワンピースとやはり赤系のセーターを着て、唇にもほんのりと赤い色が差してある。目の中の不安がすっかり消えれば、彼女はすばらしい女性になりそうだった。

ヨハンナはわたしたちにあいさつし、ニーナの様子を尋ねてきた。わたしは昨夜の顚末《てんまつ》を話した。

「わたしの提案、考えてくれたかしら？」

ヨハンナがひとしきりニーナの運命を嘆いた後、アイラがヨハンナに訊いた。

「ええ。すばらしいアイデアだと思うわ。子どもたちの気持ちも聞かなくてはならないけれど、反対する子はいないはずよ。ロースベリ館は、きっとあの子たちにとって最高の家になるわ」

「お子さんたちと一緒にロースベリ館で暮らすのね？　それはいい考えだわ」

わたしもうれしくなって言った。わたし自身、サンティ家の子どもたちが住める場所をどうにかしようと奔走していたのだ。友人の弁護士のレーナにも、カルフマー村でわたしとミンナが見聞きした事実を話してあり、レーナはレーヴィ・サンティを追い詰めていた。おそらく養育権を争う裁判にはならないだろう。ヨハンナは、母と暮らしたいと望むすべての子どもたちを引き取ることができそうだった。

「ロースベリ館にも、そろそろ子どもがやってきていいころですよ。子どもたちが学校や習い事に通うのも、大丈夫、わたしとヨハンナとで送り迎えしてやれますとも」

アイラの声は楽しげに弾んでいる。これからは、アイラがサンティ家の子どもたちの世話をしながら生きていくのを見ることになるようだ。彼女は残りの人生もほかの人々のために使うつもりなのだ。それもまた一つの生き方だし、ほかの生き方より劣っているわけでもない。アイラはニーナのことも、できる限り手を尽くして助けてやりたいと言った。すでに家族の弁護士に話をして、裁判でのニーナの弁護と、彼女がエリナ・ロースベリの娘であるという証明を依頼したそうだ。ニーナはエリナの死に責任があるため、エリナの遺産を相続することは法に照らして考えれば難しかったが、アイラの財産に関しては状況が異なるかもしれない。

アイラがニーナのために望んでいる希望の光を、わざわざ消そうとは思わなかった。わたしの推測が正しければ、ニーナには今後長いこと精神面でのケアが必要になるだろう。エリナの死に関する事件の起訴内容がどういう性格のものになるかも現段階では判断が難しい。事件は予想以上に複雑なケースとみなされていた。

病院のロビーから、携帯でカリ・ハンニネンに電話をかけた。

「やあ、あなたか！」彼は温かな声で答えた。「ちょうどご連絡しようと思ってたんですよ。チャートが出来上がったのでね」

「もしよければ、これから取りにいきますけど」

「実はさっき起きたばかりでね。でもかまいません、お待ちしています。朝のコーヒーをご一緒できるとはうれしいですね」

ラウッタサーリ地区にあるハンニネンのアパートは、焼き立てのパンとカフェオレの香りに満たされていた。ハンニネンはジーンズとフランネルのシャツを着ていたが、シャツのボタンは開けたままだった。彼の目はどう見てもわたしの目より溌剌《はつらつ》としている。さっき、エレベーターの鏡で自分の目の下にくまができているのを確認していた。ハンニネンは、半リットルは入りそうなマグカップにカフェオレを注ぎ、オーブンからクッキングシートいっぱいに並べられた焼き立てのクロワッサンを取り出してから、わたしのチャートをテーブルの上に広げた。

カフェオレを飲みながらチャートの意味を説明する。何枚にもわたって印刷された解説文がチャートの下に隠れていたが、ハンニネンは自分の口で、わたしがどんな人間なのか、今後の人生に何が待ち構えているか、解説したがっているようだった。八月に大きな変化があるだろうと言い出したときはちょっと目を丸くしたものの、どんな変化なのか具体的に特定はしなかったのでほっとした。確かにハンニネンの言葉は自信に満ちていて説得力があった。わたしには、まず行動を起こし、後から考える傾向がある、と言われたときは、昨晩ペルツァに言われたことを思い出した。独りでいることを好む傾向も自覚がある。もちろん、ほかの人々の人生や感情そのものには興味があるけど。それでも、結局のところ——ハンニネンは、わたしに何度か会って得た情報からは知りえないことを、一つでも口にしただろうか?

「あなたとともに生きていくのは容易ではありませんね。ほかの人たちの都合やペースに合わせて生きることが、あなたにはできない。わが道を行こうとするタイプだ」

「つまり、わたしは母親には向いていないってことかしら?」

軽い口調を装って尋ねた。

「私ならそんなきつい言い方はしませんね。母親であること、それによる束縛は、あなたにとって容易なものではないでしょう」

「一人の人間の一生が、悪い母親のせいですっかりだめになることがあると思いますか?」

「何が言いたいんです?」

ハンニネンの声に警戒の響きが混じり込んだ。

「いろいろなことを……たとえば、ニーナ・クーシネンのことよ」

「ニーナがなにか？　彼女の母親は悪くもなんともなかった、むしろ過保護なくらいでしたよ。だからニーナはいまだに自立しきれていないんだ」

「わたしが言っているのはヘイディ・クーシネンのことではなく、ニーナの本当の母親、エリナ・ロースベリのことよ。あなたは最初から知っていたんでしょう？　七〇年代にはすでに聞いていたの？　それとも、ニーナがあなたに打ち明けたのかしら？」

ハンニネンは答えず、黙ってシャツのボタンをかけ始めた。

「昨晩、ニーナを逮捕したのよ。タパニンパイヴァの夜にロースベリ館で何があったのか、全部話してくれたわ。実に見事な操作だったわね、うまくいっておめでとうと言わせてもらうわ。セラピストの役を演じながら、その実、ニーナの抱えていた母親にまつわる神経症的症状を巧みに強めていったのね。何が目的だったの、カリ？」

ハンニネンは再びまっすぐにわたしの目を見た。自信が彼の中によみがえっている。

「なるほど、ニーナがそう言っていると。ですが、それこそいかにもニーナらしい行動ですよ。なんでも他人のせいにする。両親や、星のせいにね。今度は私を犠牲者として選んだわけだ。セラピストとクライアントの関係ではよくあることです。ニーナはエリナに対して抱いていた憎しみを、私にぶつけているんだ」

「仮にそうだとしても、あなたにはニーナのしたことに対して道義上の責任があるわ。あなたは、エリナに復讐するために、ニーナの中の憎しみに火をつけた。名の知れたフェミニストのセラピストに隠し子がいたと暴露するだけでも、スキャンダルが欲しい週刊誌にとってはおいしい話でしょうね」

「道義上の責任……それはまた、ずいぶんと難しい概念だね」

ハンニネンは再び足元が確実になったと確信したようだ。その微笑にはまたもや人を魅了しようとする意図が含まれている。

「ニーナがそんなことをしてしまったのは悲しいことだ。あなた自身も新年早々つらい目に遭っている。私を非難しに来る前に、あなたはその道義上の責任についてもっとよく考えるべきだったんじゃないかな」

ハンニネンは席を立ち、たばことライターを取ってくると、窓を開けてそのそばに座り、たばこに火をつけた。煙を窓の外へ出そうとしているのがわかったが、たばこの匂いはわたしの鼻の穴を直撃した。今日一日、わたしの髪はたばこくさいままだろう。このごろはたばこ一本でそうなってしまう。

「エリナの死に関しては、単に道義上の問題では済まないことがあるわ。ニーナの話を聞いてから、わたしはずっと、エリナがどうやってあのトウヒの木の根元にたどり着くことになったのか、疑問に思っていた。ニーナの話では、あの方向へは行かなかったということだったからよ。それに、エリナの背中の擦過傷はどうしてできたのかしら？　ニーナは館に戻ってからあなたに電話をかけているわね。今朝、彼女の通話の記録を入手してあるのよ」ハンニネンが否定しようとしたのをさえぎってわたしは言った。「電話を受けたあなたはロースベリ館へ向かった。おそらく、意識を失い、凍えて道端に倒れているエリナを見つけたのね。そして、殺してしまうことこそが最上の復讐だと思いついたんだわ。エリナのせいであなたが受けた損害に対する復讐よ。あなたはエリナの体を引きずって森へ入り、あの場所に放置して死なせたのよ。その上、ニーナにすべての罪をかぶせるつもりだったんだわ」

ハンニネンは吸殻を窓から投げ捨てると、哀れむような、同情するような声で言った。

「休暇を取ったほうがいいんじゃないかな？　私はエリナの死に一切関わっていない」

「では、タパニンパイヴァの夜中、午前一時半ごろに、あなたの車がヌークシオンティエ《通り》で目撃されたのはなぜかしら？　クラシックな赤のシボレー、見間違うはずもないわ。しかも、目撃者はヌークシオンティエ《通り》沿いに住んでいる青年でね、車が趣味なんですって。年式も、登録ナンバーも、正確に記憶していたわ。あなたの車のナンバーは覚えやすいしね」

ハンニネンのシボレーは二年前に登録を更新している。いまのナンバーはＫＡＲ-１９９だった。

ハンニネンは一切を認めようとせず、わたしも告白を期待してはいなかった。彼はただ笑って、ヌークシオで車を走らせることは犯罪でもなんでもないし、いかなる理由であれ起訴するには証拠が不十分だと言った。

「いまに証拠がそろってなにもかも証明されるわ、それは信じていいわよ！」

わたしは別れを告げる代わりにハンニネンに向かって叫んだ。わたし自身、自分の言葉を信じていなくてはならなかった。さもないと、わたしの仕事も、世界そのものも、意味を成さなくなりそうだった。

頭が混乱していて、すぐにはハンドルを握る気になれず、どこへ行くともなくラウッタサーリ地区の道をぶらぶらと歩き出した。ベビーカーを押す母親の顔は苛立ちにこわばっている。ベビーカーに乗せられた二歳くらいの子どもが泣きわめいている。わたしは、いったい何を間違うと人間はハンニネンやハルットゥネンになってしまうのだろう、と考えていた。ハンニネンの作成したホロスコープは的を射ている。母親でいるのは、わたしにとって容易なことではないだろう。わたしはしばしば、他人の人生にあまりに深く立ち入ってしまい、その結果、自分自身の人生はどうしてもおろそかになってしまう。妊娠はやっと十週目に入ったところだ。中絶するなら、まだ遅すぎはしない。そう考えて、ふっと微笑んだ。そんな考えは、わたしにはもう下手くそな冗談としか思えなかった。

このことを強さに変えなくてはならない。たくさんのミッラやニーナに出会い、そのたびにわたしは学ばなくてはならない。少なくとも、目にした過ちを避けるよう努力しなくてはならない。なにもかもがうまくいくわけではないとわかっている。必ず間違いを犯すだろうし、その影響は何十年も経ったころに現れるのだろう。それでも、わたしはこの挑戦を受けて立とうと思った。

小さな公園に入っていった。幼い子どもたちが、凍りついた斜面をお尻で滑り降りながら歓声を上げている。しばらくの間その姿を眺めながら、何年か後にこの目で見ることになる笑顔を思い浮かべてみようとした。

それから携帯を取り出して職場にいるアンティにかけた。

「わたしよ。ランチに出てこない?」

「いいね。時間は?」

「十五分後でどう? 車を停める場所がうまく見つかればだけど。研究室まで迎えにいくわ」

停めてあったフィアットに戻ると、わたしは市街地の車の列に突っ込んでいった。冬の太陽が世界をいっそうきらめかせている。あと二か月もすれば、太陽はそのぬくもりで雪をすっかり解かすだろう。いまはその前触れだった。コンサート会場のレパッコの前を通り過ぎたとき、カーラジオのスイッチを入れた。パンクロックのヴォーカルが流れてきた。

今日、おれは起ち上がれる
今日、おれは世界へ旅立つ
自分の道を歩いていこう
この目で見よう　壁の向こうにあるものを

リフレインの部分を大きな声で一緒に歌った。せめて今日一日、この言葉を信じていようと思いながら。

訳者あとがき

北欧の国フィンランドで抜群の人気と知名度を誇るマリア・カッリオ・シリーズから、『雪の女』（原題 *Luminainen*）をお届けする。小柄でパワフルな赤毛のヒロイン、マリア・カッリオを主人公とするこのシリーズは、第一作が一九九三年に発表されて以来フィンランドの読者の圧倒的な支持を受け続け、現在までに十一作が刊行されている。二〇〇三年にはテレビドラマ化もされて好評を博した。

日本では、フィンランドといっても具体的なイメージがわかない人が多いかもしれない。簡単に紹介すると、フィンランド共和国の人口は五百四十万で北海道と同程度、面積は日本より一回り小さい三十三万八千平方キロ。その四分の一が北極圏に属する国土は、七割以上が森林、一割が湖沼などの水域に覆われている。森林以外の天然資源は乏《とぼ》しいが、豊かな森の資源を活用した木材・製紙・パルプ産業がこの国の経済を支えてきた。これらと並んで戦後長らく重要産業の一つだった機械・造船業は、第二次世界大戦後の賠償（フィンランドは東の隣国ソ連と交戦しており敗戦国である）で金属機械や船舶などの物品供与を義務付けられたことから大きく成長したといわれる。九〇年代前半には重要な貿易相手国のソ連が消滅した影響を受け深刻な不況に陥るが、産業・経済政策の転換を図り、電子通信機器メーカーのノキアに代表される情報通信分野などハイテク産業を成長させて、みごとに再生を遂げた。本書の物語は、九〇年代半ばのフィンランドが舞台になっている。一九九五年のEU加盟、移民や難民の増加など、九〇年代はこの国の社会があらゆる面で変化していく激動の時代だった。その空気は物語の背景に感じられることと思う。作中で言及される複数の立てこもり事件も実際に起きたものである。

首都ヘルシンキや本書の主人公マリアが住むエスポーは国の南端に位置し、冬季には国内で最も日が長い地域だが、それでも本書の物語が進行する十二月から一月ごろの日の出は午前九時台で、午後三時台には日没を迎えてしまう。そのかわり夏季には深夜まで太陽が空に輝く。北極圏では太陽が地平線下に沈まない白夜の期間が何週間も続く。このような環境に生きるフィンランドの人々は、気温の変化よりもむしろ明るさの変化で季節の移り変わりを感じ取っている。フィンランドはまた、スウェーデン、ノルウェー、デンマーク、アイスランドとともに北欧諸国としてひとまとめに論じられることが多い。確かにこの五か国は、いずれも北欧会議(Nordic Counsil)のメンバーであるなど一定の協力関係を築いているし、似通った気候風土ゆえに共有する文化的特徴もあるが、フィンランドをほかの北欧の国々から明確に隔てているものがある。それは言語である。ほかの四か国の言語がすべてゲルマン系で、ドイツ語や英語とも互いに〝親戚〟といえるのに対し、フィンランド語だけはまったく系統が異なっていて、ほかの北欧語から見れば、いわば〝赤の他人〟の言語なのである。

ゲルマン系の北欧各国語を含むヨーロッパの言語のほとんどは、大きく見れば互いに親戚関係にある。一方、フィンランド語の親戚筋で一国の公用語になっているのは、フィンランド語以外ではバルト三国の一つエストニアの言語エストニア語と、中欧ハンガリーのハンガリー語だけである。このため、欧米の主要言語になじんだ人々の目には、フィンランド語は既知の言語と似たところのない、風変わりで難解そうな言語と映るのだろう。フィンランド語で書かれた作品がこれまであまり海外に紹介されてこなかったのは、言語をめぐるこのような事情も背景にある。しかし近年、フィンランド語作品がさまざまな言語に続々と翻訳され、海外の読者を獲得するようになってきた。マリア・カッリオのシリーズもすでにドイツで高い評価を得ており、欧米やアジアの多くの言語への翻訳も進んでいると聞く。各国での反応が楽しみだ。

フィンランド語にはユニークな特徴も多い。たとえば、道路名の語尾に付いているティエ(tie)、カトゥ(katu)は、それぞれ英語の road、street に相当するが、英語の場合と違い、道路の名そのものと一体化していて容易に分解できない構造になっている。原語の音を尊重する意図もあり、今回は語尾までを含めた道路名全体をカタカナ表記にした上で、「通り」のルビを振った。ちなみに、主人公が夫と印象的な会話を交わす舞台ともなるサウナ(sauna)は、もともとフィンランド語の単語である。その場面で主人公の語りの中に現れるコケモモの実の一節は、民族叙事詩『カレワラ』のエピソードを意識したものだ。

なお、言語に関して忘れてはならないのは、フィンランド語と並んでスウェーデン語もこの国の公用語だということである。これはフィンランドが長きにわたりスウェーデン王国の一部だったという歴史的経緯によるものだ。十四世紀から(実質的には十二世紀ごろから)スウェーデンの統治下にあったフィンランドは、十九世紀初頭にロシアに割譲《かつじょう》されて同国の大公国となり、ロシア革命の混乱に乗じて一九一七年に独立を宣言した、まだ若い国家である。スウェーデン系の人々はこの国のかつての支配階級であり知識層であった。日本で有名なフィンランド人も、ムーミン童話の作者トーベ・ヤンソンや作曲家ジャン・シベリウスなどスウェーデン系の人が多い。本書に登場するロースベリという姓もスウェーデン系であり、郊外の優雅な館に居を構える裕福なロースベリ一族は、スウェーデン系フィンランド人にまつわるイメージの一端を巧みに体現しているようにも思えて興味深い。

本シリーズの主な舞台となるエスポーは、ヘルシンキの西に位置する人口二十五万の都市である。市内には大学のキャンパスがあり、市の北西部ヌークシオ地区には国立公園を擁する、落ち着いた雰囲気の美しい町だ。シリーズ中、本書は四作目に当たる。実は、一作目から三作目まで、主人公マリアは作品ごとに異なる職業に就いている。高校卒業後すぐに警察学校に入学した彼女は、卒業後二年ほど警察官として勤務した後、法学を修めようとヘルシンキ大学法学部に入学。約六年に及ぶ学生生活の間は、勉学の傍ら、時折期限付き契約の警察官として働いていた。フィンランドでは労働者の夏季休暇や産休などの取得制度が充実しており、これを維持するために代理の人員を確保する期限付き雇用契約は特に珍しくない。また転職も一般的である。シリーズ一作目のマリアは、ヘルシンキ警察に半年間の契約で勤務しているものの、まだ法学部にも在籍中だ。そんな彼女が生まれて初めて担当することになった殺人事件は、犠牲者も被疑者の何人かも大学で知り合った友人たちだった。友人を取り調べなければならない自分の立場に悩みながらも、事件解決を目指してひたむきに頑張るマリアの奮闘ぶりが初々しい。続く二作目では法学の知識を生かしてエスポー市内の法律事務所に勤務、三作目では故郷の田舎町に帰り臨時の治安執行官を務めるが、毎回身近なところで殺人事件が発生し、これに深く関わっていくことになる。こうして職を転々としてきた主人公が、ようやくエスポー警察に腰を落ち着けた後の第一作が、本書『雪の女』だ。今後は、マリアがエスポー警察の仲間たちとともにさまざまな経験を重ねながら――ときに歯を食いしばりながら――警察官としても女性としても成長する姿が描かれていく。日本の読者には、シリーズの中核を成すエスポー警察編の第一弾である本書をまず紹介することになった。本書は作品としての評価も高く、一九九七年にはフィンランド・ミステリ協会が優れた国産ミステリに贈る〈推理の糸口賞〉を受賞。二〇〇二年には北欧五か国のミステリ作品が対象となる〈ガラスの鍵賞〉にノミネートされた。シリーズ五作目の ***Kuolemanspiraali*** も、東京創元社から近く刊行の予定である。

作者レーナ・レヘトライネンは一九六四年生まれ。新作を発表すれば必ずベストセラーランキングの上位に躍り出る、フィンランドを代表する女性ミステリ作家である。デビュー作を出版したときは十二歳だったというから、早くから才能が開花したのだろう。その後ヘルシンキ大学でフィンランド文学を専攻している。最新作は二〇一二年に完結した ***Henkivartija*** 三部作で、主人公はニューヨークで訓練を受けてボディガードになったフィンランド人女性だ。代表作であるマリア・カッリオ・シリーズはフィンランド国内を舞台に据えたローカルな味わいが魅力だが、この三部作はそれとはまた異なる、国際的な雰囲気を持っているようである。

作者はマリア・カッリオについて、特にモデルはおらず、自分にとっては定期的に会わずにはいられない友人のような存在であって、自分自身ではない、と言っている。ただ、鉱業で栄えた東部の小さな町で少女期を過ごした過去(ただしマリアの故郷アルピキュラは架空の地名である)や、猫が好きなことなど、作者とマリアに共通する要素も多い。マリアの音楽の嗜好《しこう》とウィスキーの好み、それに男性の好みも、作者と似ているそうだ。女性であることを肯定し、存分に楽しみながら、周囲が押し付けてくる〝女らしさ〟に甘んじることは断固として拒否するマリアの生き方からは、やはり作者の価値観が垣間見えるように思う。女性の社会進出が進み、専業主婦は極めて珍しい(本書に登場するヨハンナは特異な例である)この国でも、女が演じることを期待される役割があり、マリアはそれをことごとくぶち壊そうとしていて痛快だ。作者によるとマリアのキャラクターは最初に名前が決まったそうだが、聖母マリアにも通じるやわらかな印象の名と、カッリオという、〝岩〟を意味する男性的で硬質な響きを持つ姓との組み合わせは、主人公の造形をよく表現しているといえるだろう。

本書を訳しながら、考える前に走り出してしまう主人公に向かって、何度も「ちょっとマリア、少し落ち着いて……」と言いたくなった。いや、実際に声に出して言ってしまった。彼女とは対照的に沈思黙考型の夫アンティも、こんな妻の身を案じて毎日生きた心地がしないのではないか。しかし、このずば抜けた行動力こそが、マリアという女性の最大の魅力でもある。

次の作品では、本書の物語から数か月後、初夏のエスポー市内で発生したある事件にマリアが体当たりで挑む。すでに本書を読まれた読者には、そのころマリアの身体的状況がどういうことになっているかご想像いただけると思う。どんな状況だろうと持ち前のパワーを失わずに突き進んでいくマリア・カッリオの活躍を、ぜひお楽しみいただきたい。

二〇一二年十月

検印
廃止

訳者紹介　東京都生まれ。フィンランド系企業に勤務の傍ら，フィンランド文学の紹介，翻訳に携わる。訳書にサルヤネン「白い死神」などがある。

雪の女

2013年 1月11日　初版

著　者　レーナ・レヘトライネン
訳　者　古《ふる》市《いち》真《ま》由《ゆ》美《み》

発行所（株）東京創元社
代表者　長谷川晋一

162-0814／東京都新宿区新小川町1-5
電　話　03·3268·8231-営業部
03·3268·8204-編集部
URL　http://www.tsogen.co.jp
振　替　00160―9―1565
暁印刷・本間製本

乱丁・落丁本は，ご面倒ですが小社までご送付ください。送料小社負担にてお取替えいたします。

ISBN978-4-488-28004-8　C0197

シェトランド諸島の四季を織りこんだ
現代英国本格ミステリの精華

〈シェトランド四重奏《カルテット》〉

アン・クリーヴス◎玉木亨 訳

創元推理文庫

大鴉の啼く冬 ＊CWA最優秀長編賞受賞

大鴉の群れ飛ぶ雪原で少女はなぜ殺された——

白夜に惑う夏

道化師の仮面をつけて死んだ男をめぐる悲劇

野兎を悼む春

青年刑事の祖母の死に秘められた過去と真実

2011年版「このミステリーがすごい！」第1位

BONE BY BONE◆Carol O'Connell

愛おしい骨

キャロル・オコンネル

務台夏子 訳　創元推理文庫

◆

十七歳の兄と十五歳の弟。二人は森へ行き、戻ってきたのは兄ひとりだった……。

二十年ぶりに帰郷したオーレンを迎えたのは、過去を再現するかのように、偏執的に保たれた家。何者かが深夜の玄関先に、死んだ弟の骨をひとつひとつ置いてゆく。

一見変わりなく元気そうな父は、眠りのなかで歩き、死んだ母と会話している。

これだけの年月を経て、いったい何が起きているのか？

半ば強制的に保安官の捜査に協力させられたオーレンの前に、人々の秘められた顔が明らかになってゆく。

迫力のストーリーテリングと卓越した人物造形。

2011年版『このミステリーがすごい！』１位に輝いた大作。